KB265266

오만한 馬夫들

한국의 정치 · 정치인

오만한 馬夫들

한국의 정치 · 정치인

이진곤 칼럼집

작가

세월 덕분이기는 하지만 18년 수개월 간 논설위원실에 근무하면서 써 온 사설과 칼럼이 꽤 쌓였다. 모르긴 몰라도 원고의 양으로만 따지자면 20권짜리 대하 소설 한 질쯤은 너끈할 것이다.

독자들이 읽기에 어떨지 모르겠으나 필자에게는 고심의 소산이다. 신문지 한 귀퉁이에서 빛 바래게 하기가 많이 쉽다. 모아 두고 보면 한국 정치의 한 축도(縮圖)가 될 것 같기도 하다. 필자의 주관으로 쓴 글이긴 하지만 비교적 일정한 시각으로 보고 느끼고 생각하고 평가한 정치의 현실 · 과정 · 행태 · 심리작용 · 풍경 · 다툼 · 거래 등 온갖 양태와 동인 (動因)들이 그 속에 들어 있다. 맥락이 뚜렷이 이어지는 기록은 될 수 없겠으나 편린들의 모음으로도 의의가 없지는 않을 것이다. 기간으로는 노태우→김영삼→김대중→노무현 정부를 관통한다. 이 또한 의미 있는 일이 될 듯하다.

그렇다고 출판사의 입장이 필자의 그것과 같을 수는 없다. 여러 가지로 감안해야 할 문제들이 많게 마련이다. 그럼에도 불구하고 흔쾌히 출판을 결심해 주신 〈도서출판 작가〉 손정순 사장의 마음이 놀랍고 고맙다. 완성된 원고를 빨리 넘겨드려 편집을 담당하실 분들의 짐을 조금이라도 덜어주는 게 최소한의 갚음이겠다.

그런데 그게 여간 곤혹스런 일이 아니다. 국민일보 게재 칼럼에서만 고르기로 해도 열에 한두 편이 고작이다. 쓴 사람에게는 한 편 한 편의 무게가 다르지 않다. 그 때마다 절실한 감정으로 썼던 글들이다. 골라내기도 어렵지만 버리기는 더 어렵다. 방법은 하나, 아무 생각 없이, 시쳇말로 '찍는' 것이다. 그 일도 호락호락하지 않다, 아까운 생각이 앞서 도무지 일에 진척이 없다. 그래서 생각해낸 게 "독자들이 좋아해 주면 또 엮을 수 있겠지"라는 자기 위안이다.

수년 전의 일이다. 어떤 분이 전화로 칼럼집 한 권 보내 주거나 구할 수 있는 곳을 알려 주면 고맙겠다는 말을 해왔다. 아들에게 읽히고 싶어서 부탁하노라는 말이었다. 마음으로는 그 즉시 책을 포장하고 있었다. 그런데 어쩌랴, 칼럼집이 없는 것을. 그래서 한 반년 치 칼럼을 모아 보냈던 때를 떠올리며 이 글을 쓴다.

이분처럼 과분한 격려를 해 주시는 독자들로부터 많은 힘을 얻었다. 물론 심하게 노여움을 표하는 분들에게서 배운 바도 결코 적지 않다. 정곡(情曲)을 다한 감사 인사를 드린다. 오랫동안 귀한 지면을 내주시고 있는 국민일보의 모든 가족들께도 똑같은 마음으로 고마움을 전한다. 허락된 칼럼난을 소중히 여겨왔다는 말씀도 꼭 드리고 싶다.

칼럼에서 비판을 받은 분들께는 어떻게 미안한 마음을 전해야 할지 좋은 생각이 나지 않아 난감하다. 개인적으로는 싫은 소리를 해야 할 까닭이 전혀 없는 분들이다. 이분들이 중요한 자리에서 중차대한 책무를 수행한다는 사실이 관심과 비판의 전적인 이유다. 눈 크게 뜨고 '권력'을 지켜보면서 쓴 소리를 아끼지 말아야 한다는 게 선현·선배들의 가르침이라고 여겨왔다. 이를 곧이곧대로 따를 만한 역량은 애초에 갖지 못했지만 너무 많이 빗나가서는 안 되겠다는 조바심 때문에 표현이 심해지는 경우가 많았고, 앞으로도 그럴 수밖에 없음을 이해해 주신다면 그만한 다행이 달리 없을 것이다.

논설위원실 식구들이 도와주고 마음 써 주지 않았다면 아마 실수와 오류가 더 많은 글이 됐을 것이다. 엄한 데스크 역할을 해 준 정이 언제나 고맙다. 출판을 처음부터 끝까지 도운 이 또한 논설위원 가운데 한 사람이다. 소리 내 말하지 않아도 성원 모두가 이심전심(以心傳心) 서로의 마음을 헤아려주는 논설위원실 가족과 그 분위기가 정말 좋다.

필자의 칼럼에 무조건적인 지지와 찬사를 보내는 사람이 있다. 눈치 채셨겠지만 30년 가까이 함께 살아온 아내다. 과장된 평가를, 그야말로 '입에 침도 안 바르고' 거듭한다. 그 뜻을 모를 리 없다. 나이 들어가는 남편이 혹 세월에 주눅들까봐 노심초사하는 빛이 역력하다. 그 속을 뻔히 알면서도 퉁명스럽게 받는다. "고슴도치 가족이 따로 없군!" 앞으로도 이렇게 살아가게 될 것이다.

아이들 역시 아비를 격려하기에 아주 익숙해졌다. 멀리 있는 큰아이는 제 미니 홈페이지에 아비의 칼럼을 일삼아 올려놓곤 한다. 작은아이는 제 어미와 장단을 맞춰 아비를 추어 주기에 열심이다. 그럴 때마다 "그 거짓말 진짜야?"라고 묻곤 하지만 마음속으로는 더 할 수 없는 안도와 감사를 느낀다. 이 넘치는 복이 늘 너무 고맙다.

2007년 가을에 이진곤

〈附記〉

1. 여기 수록된 칼럼들은 1989년 이후 지금까지 국민일보에 실렸던 필자 집필의 〈한마당〉〈세상만사〉〈이진곤칼럼〉 가운데 일부다.

2. 각 칼럼 말미에 게재 날짜와 함께 표기하는 〈한〉〈세〉〈이〉 등은 각각 〈한마당〉〈세상만사〉〈이진곤칼럼〉을 가리킨다.

3. 책 제목 '오만한 馬夫들'은 『十八史略』에 나오는 '안자(晏子)의 마부' 이야기에서 얻었다. 주인은 겸손한데 마부가 거만을 떨더라는 내용으로 4부 '거만한 마부들'에 소개돼 있다. 대통령을 비롯한 모든 공직자들은 주인인 국민이 탄, 국가라는 마차를 모는 마부들이라고 할 수 있을 것이다.

2부 대저 權力이란…
대통령의 모습

3부 늘 그리운 이 되시라
한국의 선거, 그 인물과 문화

4부 유랑객들과 가설무대의 정치
한국의 정치 · 정치인

7부 일본 이웃에 사는 법

1부

우리 사는 세상

돈 먹고 배 쓸기

최석(崔碩)은 고려(高麗) 충렬왕(忠烈王) 때 비서랑(秘書郞)을 지낸 사람이다. 그가 승평(昇平) 고을 수령의 임기를 마치고 떠날 때 그곳 사람들이 말 여덟 필을 바쳤다. 그것이 승평 고을의 관습이었다. 최석은 사양을 하다 간청에 못 이겨 단 한 마리만 빌려가기로 했다. 서울에 도착한 즉시 돌려줬는데도 고을 사람들이 그럴 수 없다 해서 도로 보냈다.

그는 자신을 탐관으로 여긴다고 펄쩍 뛰다가 '옳거니' 하고 무릎을 쳤다. 자기 말이 승평에서 새끼를 낳았는데 아무 생각 없이 데리고 왔더니 사람들이 자신을 그렇게 봤나 보다라고 여긴 것이다. 말은 자기 말이지만 그 망아지는 승평의 젖을 먹은 것이라 해서 그것까지 돌려주었다. 고을 사람들은 그 같은 최석의 청렴에 감격해서 송덕비를 세우고 팔마비(八馬碑)라 불렀다. 『고려사(高麗史)』가 전하는 얘기다.(박용구 撰, 『한국기담일화집』)

율곡(栗谷) 이이(李珥)는 석담일기(石潭日記)에서 동시대인 이후백(李後白)의 엄정함을 상찬했다. 후백이 이조판서에 있을 때였다. 일가 뻘 되는 사람이 찾아와 벼슬자리 청을 넣었다. 후백은 작은 책 한 권을 꺼내 보였다.

"이 책은 천거할 만한 사람의 이름을 적어둔 것으로 그대의 이름도 들어 있소. 그런데 이제 보니 그대는 청탁이나 하는 사람이구려."

후백은 면전에서 그 사람의 이름을 지워버렸다.(위의 책)

반면 『일사유사(逸士遺事)』에는 이런 일화가 있다 수동(壽銅) 정지윤(鄭

"

芝潤: 朝鮮 哲宗 때의 시인)이 하루는 어느 재상집에 갔는데 그 집 행랑 앞에서 한 아낙이 안절부절 못하고 있었다. 그 아들이 엽전 한 닢을 삼켜버렸다는 것이었다.

"그게 누구 돈인가?"

"그야 제 돈입지요."

"그렇다면 염려할 것 없네. 배를 문지르기만 하면 돼. 어떤 사람은 남의 돈 7만 냥을 먹고도 배만 쓸어 버리면 그만이라는데 제 돈 한 닢 먹었다고 탈이 날까."

그 집 주인이 들으라고 한 말이었다.(위의 책)

어느 시대에나 청백리(淸白吏)도 있고 탐관오리(貪官汚吏)도 있게 마련이다. 그렇더라도 도무지 알 수 없는 것은 어떻게 평소에는 없던 고위공직자 비리가 특명사정반이 나서니 갑자기 생겨나느냐 하는 점이다.

특명사정반이 일부러 일을 만들어 내고 있을 리는 없다. 그렇다면 답은 뻔하다. 정부 관계기관이 알고도 눈감아 줬거나 아예 사정 활동을 않고 있었던 것이라 할밖에 없지 않은가. 권력기관이라면 매양 겁에 질린 눈으로 바라봤던 국민의 처지만 딱할 뿐이다. 〈한, 900628〉

비정

서소흉노불고신(誓掃凶奴不顧身) 오천초금상호진(五千貂錦喪胡塵) 가련무정하변골(可憐無定河邊骨) 유시춘규몽리인(猶是春閨夢裡人)

"이 한 몸 돌보지 않고 흉노를 쓸어내리라 맹세하더니, 그 5000 사졸 변방 흙먼지 속에 쓰러져 갔네. 가엾어라 무정(無定)강변의 해골이여, 아직도 아내의 꿈속에는 살아 있는 님인데."

뜻이 억지로라도 통하게 옮겨졌는지 모르겠다. 싸움 나간 남편들은 이미 죽은 지 오래이나 아내들은 그것도 모르고 꿈속에 보며 그린다는 정경이 애처롭기 그지없다. 만당(晚唐) 시인 진도(陳陶)의 '농서행(隴西行)'이다.

사우디아라비아의 전장으로 떠나는 출정식에서 군인 아버지는 소매로 눈물을 닦는데 세상 모르는 어린 아들은 그 옆에서 천진무구(天眞無垢)한 표정으로 카메라 쪽을 바라보고 있는 사진 한 장이 그 칠언절구(七言絶句) 위로 오버랩 된다. '인간방패'의 위협 속에 TV카메라 앞에서 자신의 조국을 비판해야 하는 다국적군 포로들의 얼굴에서 처절한 슬픔을 읽는다.

미국을 주축으로 한 28개국의 다국적군은 연일 이라크에 탄우를 쏟아붓고 있다. 금방 무너질 줄 알았던 이라크는 스커드 미사일을 쏴대며 버티어간다. 아무래도 전쟁은 장기화될 모양이다.

게오르규는 기계문명이 지배하는 사회, 기계부품이나 통계의 대상으로 전락한 인간의 처지를 두고 '25시'라고 절규했다. 그것은 '메시아의 강림으로도 구제될 수 없는 절망의 시간'이다. 그 배경은 1940년대의 제2차 세계대전이었다. 지금 걸프지역에서 벌어지고 있는 전쟁 상황은 과연 몇 시를 가리키고 있는가.

컴퓨터전쟁이라고 한다. 어린아이들이 전자오락실에서 화면에 나타나는 적을 대량으로 쏴 죽이는 것보다 더 무표정하고 냉정하게 어른들은 컴퓨터로 전쟁게임을 벌이고 있다. 자신들이 무슨 일을 했는가는 사후

브리핑 또는 매스컴 보도를 통해서나 알게 될 것이다. 그런 전쟁에서 인명살상의 두려움이나 죄의식이 느껴질 리 없다. 전자게임의 상대로서는 역부족인 이라크는 동물적인 대응방식을 공언하고 나섰다. 화학무기 사용 엄포에 더해 이젠 포로들을 인간방패로 쓰겠다고까지 한다.

소련과 동구의 대변혁을 지켜보며 사람들은 이제야말로 '인간화의 시대'에 들어서는 것이라 여겼다. 그러나 컴퓨터화는 본질적으로 인간화와 조화되기 어려운 개념이다. 입력만으로 모든 과정이 자동처리 되는 것이 컴퓨터의 세계다. 그 권한은 물론 각국의 정치 권력자들에게 집중되어 있다. 병사와 백성의 몫이란 죽음·비탄·고통 따위일 뿐이다. 인간 본연의 자태, 생명의 근원을 찾기 위해 '아라비아의 사막'으로 가고 싶다고 했던 청마(靑馬)의 고뇌는 얼마나 인간적이었던가. 그리고 얼마나 순진했던가.

걸프 전쟁에 옛날 같은 도덕적 대의명분은 없다. 현실적 이해만 있을 뿐이다. 미국은 중동석유 관할권 유지를 사활적 과제로 인식하고 있을 것이다. 서방 선진국들의 입장 또한 다르지 않다. 게다가 미국은 얄타체제 붕괴 이후 형성될 새로운 세계질서의 설계자 겸 주도자로 은연중 자처하고 있다. 이라크 후세인의 도전을 묵과하리라 기대할 수 있겠는가.

전환기적 상황의 틈새를 비집고 나가 아랍권에서의 주도권을 기정사실화 하려 했던 후세인의 저돌적 행위에도 애초에 도덕적 명분 같은 것은 없었다. 바로 그러한 사실로 해서 이 전쟁은 더욱 전율을 느끼게 한다. 원한이 없어도, 대의명분이 아니라도 전쟁은 일어나게 된다는 것을 새삼 확인시켜 준 것이다.

국가 간의 관계, 국익의 사이에선 억지도 응석도 통하지 않는다. 관용이나 양보도 바랄 일이 아니다. 노태우(盧泰愚) 대통령이 개전 즉시 화려한 수사를 곁들여 부시 미 대통령에게 적극적인 지지를 표명한 것도 이 같은 현실인식과 전적으로 무관하지는 않을 것이다. 힘의 논리는 힘을 가진 쪽이 필요하다고 판단할 때 언제든 동원될 수 있음을 새삼 확인하게 되었으리라는 뜻이다.

미국은 필요한 만큼 더 전비분담을 요구해올 수도 있다. 또 한반도와 그 주변 지역에서 미국의 이익·영향력이 위협받을 때는 모든 수단을 동원해 그것을 지키려 할 것이다. 소련에 환상을 갖는 것도 어리석고 위험스럽긴 마찬가지다. 소련은 수교 전에나 후에나 경제문제 말고는 거의 관심이 없는 듯하다. 그런 나라를 상대로 선뜻 30억 달러의 경협을 약속했다. 그 의미를 도무지 이해하기 어렵다.

대외 관계에서뿐 아니다. 국내 정치에서도 억지와 거드름이 지나치다. 뇌물외유로 말썽을 빚은 3명의 국회의원들은 "관례인데 왜 그러느냐"고 되레 항변이다. 비뚤어진 관례를 고쳐가는 것이 바로 민주화 과정이다. 그런데 이 나라의 높은 사람, 가진 사람들은 '못된 관례'를 지키고자 안간힘이다. 기득 이익을 잃기가 싫다는 것이다. 3당 합당이나 법안 날치기 처리가 그 같은 의식의 소산이 아니던가. 이젠 야당의원까지 나서서 '관례' 운운하고 있다. 민주개혁의 시계는 거꾸로 도는가.

국민의 신뢰·지지가 없는 정치권력이나 부는 언제나 불안정하다. 그만큼 외부의 입김에도 약할 수밖에 없다. 시키는 대로 하고 돈을 다발로 준다고 해결될 일도 아니다. 최선의 방법은 신뢰를 바탕으로 국민의 단합된 지지를 얻어내는 것이다.

〈부언(附言)〉=지구란 스티븐 호킹의 우주물리학적 차원이 아니라 현실적 안목으로 봐도 정말 별 게 아니다. 미·소가 보유하고 있는 핵무기의 극히 일부만으로도 불모지로 변할 수가 있는 것이 지구라는 이름의 이 작은 행성이다.

한 나라의 경우는 더 이를 것도 없다. 우리의 경제력도, 국민적 결속력도 별로 믿을 것이 못된다. 늘 긴장하고 조심해야 하는 것이다. 어느 쪽이든 그 운명은 전적으로 지도자라는 사람들의 손에 쥐어져 있다. 매양 지휘는 높은 사람들이 하고 잘못된 결정으로 고통당하거나 죽음에까지 이르는 것은 백성이다. 그런데 지도자들 혹은 정치인들이 항상, 그리고 철저히 이성적·도덕적이기를 기대하기는 불가능하다. 그것이 인간사회의 비극이다. 〈세, 910124〉

"네게 묻는다"

"…전략… 어제도 오늘도 어느 남의 나랏 사람 아닌 숱한 이웃이며 같은 겨레들이/이것은 내 것이다! 고 쌓아두고/끼니마다 챙겨먹고 배불리 오고가는 그 한복판에/너는 네 것이 없으니 알배 있느냐고/한 목숨을 이렇게 굶주림에 버려두어 옳단 말인가?

…중략… 인간의 예지란 대체 무엇인가?/인간의 존귀성이란 무엇인가? 윤리는 무엇이며 질서는 무엇이며/문화는 정치는, 국가는 다 무엇인가?/-참 고운 깃발들이다./-그 깃발들은 누가 들며 누굴 위해 있는 것인가?

신이나 악마한테서가 아니다./인간에게서 인간이 개돼지보다 더럽게 버림당하고/헐벗고 굶주리고 병들어 외로이 죽어가는 그 앞에서도/수수방관하는 이 냉혹하고 인색한 근성으로/무슨 고귀한 것을, 영원한 것을 선미(善美)한 것을 외치고 찾는단/말인가?

이것은 분노에서가 아니다./연민에서만도 아니다. 오늘 네가 어떤 거룩한 일을 생각하기 전에/이 일부터 먼저 대답해 주기를 네게 묻는 것이다."(유치환(柳致環), '네게 묻는다' 중에서)

"글쎄요, 한국에 약탈을 당할 만한 무슨 재산이 애당초에 있었던가요? 그토록 빈한합니다. 이 나라는….."

김소운(金素雲)이 1950년 9월 10일자 일본 '선데이 매일(每日)'의 한국전 종군기자 좌담회 기사 내용이었다며 『목근통신(木槿通信)』에 인용한 말이다.

전쟁은 그 후로도 3년을 끌었다. 청마(靑馬)가 〈지성(知性)〉 동계호에 그 시를 쓴 때는 휴전 5년 후인 1958년. 산야에 흩어진 전사자들의 유골도 미처 수습되지 못한 전후 혼란기였다. 몇 끼니씩 건너뛰기는 예사였고 부황으로 누렇게 부어올랐다가 죽어가는 사람이 마을마다 속출하던 기막히는 시절이었다. 정부가 걸핏하면 자랑삼는 1인당 국민소득이 당시엔 70달러였다던가 80달러였다던가.

청마의 그 격렬한 분노와 절망에도 불구, 그 때는 모두 가난했던 탓에 제대로 이웃을 돌볼 겨를이 없었던 것이라고 이해하자. 그로부터 30여 년이 지나 '선진국 진입' 운운하게 된 오늘날은 어떤가.

아이들 생일잔치도 호텔에서 벌인다는 이 대단한 어린이 천국에서 어느 날 느닷없이 '곡예 사육'이 사회문제화 됐다. 돈벌이를 위해 곡예훈

련을 시켜왔다는 이야기다. 가둬 놓고 학대하면서 음식을 적게 주어 성장까지 억제했다니 '사육' 말고 달리 표현할 말이 있을 것 같지도 않다. 자녀 과보호가 청소년 교육상의 문제점으로 지적되고 있는 이 사회의 다른 한쪽에선 어린이 성폭행이란 인면수심의 만행이 예사로 저질러지고 있다. 쌀이 남아돌아 처치곤란이라는 나라에 점심 굶는 국민학생이 1만 명을 넘는다.

세계에서 열손가락 이쪽저쪽에 든다는 무역대국이라고 어깨를 으쓱거리는 뒤쪽에는 '어린이 수출대국'이란 그림자가 짙게 드리워져 있다. 청마가 '판잣집 문전에 탈기해 앉아 있는 대여섯 살의 헐벗은 아이'를 보고 목이 메었던 그 해로부터 작년까지 해외입양아 수가 12만 421명. 올 들어 8월 말까지는 다시 1317명이 더 보태졌다.

소설보다 더 소설적인 이야기는 그뿐이 아니다. 세계의 초강대국 소련에 수십 억 달러 경제협력을 약속한 나라의 수많은 대학생들이 비닐하우스나 축사를 개조한 방에서 자취를 하고 있다. 그 학생들로부터 꼬박꼬박 등록금을 받아내는 대학들의 부지는 수십만 평에 이른다고 한다.

무심하기는 정부도 마찬가지다. 테모에 대해선 서슬이 퍼렇지만 그 비참한 수학환경에 대해선 일언반구 말이 없다. 나라가 어려울 땐 고학도 보람일 수 있다. 그러나 이 흥청거리는 세상에서는 모멸감만 가지게 될 뿐이다.

'촌놈'이란 말을 들었다고 지하 술집에 휘발유를 뿌려 불을 지른 실의의 영농후계자, 직장에서 자꾸 쫓아낸다고 '세상에 복수'한다며 차를 몰아댄 절망한 청년… 이 뒤죽박죽이 된 사회에 지금 한창 '새 질서 새 생활 실천운동' '범죄와의 전쟁' 구호가 요란하다.

하긴 '가난 구제는 나라도 못 한다'는 속담을 가진 나라다. 제 것 없는데 남이 어쩌랴. 돈만 있으면 이 얼마나 살기 좋은 곳인가. 잠옷 한 벌에 120만 원, 블라우스 한 장에 240만 원 한다고 놀라면 그 땐 정말 '촌놈'을 못 면한다.

요즈음 세무조사에 시달린다는 어느 재벌의 총수가 가진 재산이 '몇 조'. 서민은 상상으로도 가늠해보기 어려운 금액이다. 그래도 돈이 아까워 온갖 방법으로 탈세나 혹은 그 비슷한 행위를 해왔다고 국세청 측에선 주장했다. 이 사회의 온갖 이(利)는 독차지하면서 공동의 부담금은 덜 내겠다고 안간힘이다. 부자의 뭉칫돈을 헐기는 어려우니 가난뱅이들의 낱개·낱장 돈으로 메우라는 것이다.

여기가 다민족국가라면 그러려니 할 수도 있다. 하늘이 처음 열릴 때부터 한 겨레였다는 사람들끼리 모여 사는 이 땅에서 사람이 사람을 멸시하고 핍박하기가 어찌 이처럼 악착스러운지.

10개월 만에 재개된 남북고위급 회담에서는 다시 '민족 공동체'가 운위되고 있다. 7000만 겨레가 하나 되게 하자는 회담이다. TV를 통해 그 광경을 지켜보다가 옛날 청마가 느꼈을 공허함을 생각한다. 구호와 깃발은 화려한데 위대하기로 약속됐던 '보통사람들', 자존의 시대로 들어섰다던 '민족'은 어디에 있는가. 우리의 이웃과 이웃, 남과 북의 겨레 간에 진정 화해와 통일에로 이어질 사랑이 흐르고 있는가. 〈세, 911024〉

세모단상(歲暮斷想)

　러시아 공화국 대통령 보리스 옐친은 구 소련 대통령 고르비가 물러나기 무섭게 그 집무실에 들어앉았다고 외신은 전한다. 사임 이틀 후인 지난 27일 고르비가 책상을 정리하러 들렀더니 이미 옐친이 예정보다 3일이나 앞서서 그 자리를 차지하고 있더라는 것이다. 그 새 명패도 새로 마련되어 놓였더라고—

　하긴 그렇다. 개인 사이엔 '인정'이란 게 있지만 권력관계에 그것이 끼어들 여지는 전혀 없다. 냉정한 역학의 세계인 것이다.

　옐친이 며칠 먼저 집무실을 접수한 것은 굳이 이야기를 만들자면 그럴 수도 있겠지만 기실 전혀 이상할 것이 없는 일이다. 오히려 그것은 특기할 만한 세계 정치사의 '발전'이라 할 수 있다. 일찍이 누가 크렘린의 주인이 그처럼 순조롭게 바뀌리라고 기대할 수 있었던가. 옐친에게 냉대를 받았는지는 모르지만 고르비가 권좌를 떠나서도 크렘린궁 주변에서 한가롭게 산책하며 군중과 대화를 나누고 있다는 것은 경이롭기까지 한 뉴스다. 순리란 모두에게 이렇게 편하고 안전한 것이다.

　우리 중에는 간혹 소련의 정치가 훨씬 뒤에서 우리를 쫓아오는 중이라고 착각하는 사람들이 있다. 그래서 느긋이 구경꾼의 여유를 즐기는 모습을 보이기도 한다. 주로 정치인들의 경우다.

　구소련의 정치인들은 시대와 국민의식의 변화에서 깨닫고 배운 바를 실천에 옮기고 있다. 고르비의 조용한, 그러면서도 의연한 퇴장이 보여주는 바가 그것이다. 우리 정치인들은 무엇을 어떻게 실천해 보였던가.

시대가 바뀌기 무섭게 저마다 '민주화'를 외쳤던 사람들의 행태는 과연 민주적이었는가. 한 해의 막바지에서 한 번쯤은 자신들을 되돌아 봐주길 바란다.

사람의 욕심엔 끝이 없다는 것을 부인하진 않는다. 성인이 아닌 이상 욕심을 철저히 제어하길 바랄 수도 없다. 그러나 분명히 깨달아야 할 것이 있다. 어떤 욕심도 세월 앞에선 무색해지고 만다. '천지는 만물의 역려(逆旅)요, 광음은 백대의 과객'이라고 했다. 이백(李白)의 시구던가.

한 해가 다하면 다시 새해가 시작되는 것이 바로 순리다. 제각기 제몫의 소임과 역할이 있다. 맡고 있는 동안엔 최선을 다하고 허용된 시간이 끝나면 스스럼없이 털고 일어설 때에 비로소 민주정치는 운위될 수 있다. 과욕은 헛되고 헛될 뿐이다. 〈한, 911230〉

아! 르완다

르완다인들의 참상은 바로 '지옥도'다. 지난 23일 자이르 고마의 르완다 난민 수용소를 방문했던 필립 블라지 프랑스 보건장관은 그곳을 '인간 종말의 장소'라고 불렀다.

100여 일에 걸친 정부군과 반군세력 르완다 애국전선(RPF)간의 내전 와중에 이미 엄청난 수가 죽었다. 인구 800만 명의 나라에서 희생된 사람이 50만 명이라고도 하고 100만 명이라고도 한다.

패배한 후투족은 투치족의 보복이 두려워 피난길에 올랐다. 자이르의 고마에 있는 120만 명을 비롯, 전체 난민은 200만 명에서 300만 명.

피난은 단지 비극의 서막이었을 뿐이다. 난민들은 시체와 오물로 심하게 오염된 키부호의 물을 마신다. 당연한 결과로 콜레라, 이질, 선페스트, 홍역 등 갖가지 전염병이 덮쳤다. 지금까지 10여 만 명이 콜레라에 감염되어 1만 명 이상이 사망했으며 매일 1000명 정도가 죽어간다고 한다. 시체는 무더기로 쓰레기처럼 처리되고 있다. 사람들이 말하는 그대로 이는 중세 유럽의 흑사병 재난이자 아프리카판 '킬링필드' 다.

1346년 아시아로부터 페스트가 유럽 쪽으로 밀려갔다. 다음해 킵차크 군대가 크리미아에서 제노바 교역소를 포위하고 페스트 환자의 시체를 일종의 세균무기로 이용함으로써 병균은 유럽에 퍼졌다. 3년 동안 유럽은 쑥밭이 됐다. 프랑스의 연대기작가 프루아사르의 추산대로라면 당시 유럽인구의 3분의 1인 2천 500만 명 정도가 사망했다.

'킬링필드' 는 캄보디아 공산세력 크메르 루주에 의한 대량학살을 그린 영화의 제목이다. 이들은 75년 4월 16일 수도 프놈펜에 입성했다. 잔학행위는 다음날부터 시작됐다. 이른바 '전원화' 정책이었다. 모든 도시에서 시민들은 살해되거나 쫓겨났다. 77년 초까지 전체 인구 700만 명 중 절반에 가까운 300만 명이 희생된 것으로 캄보디아 정부는 추정하고 있다. 그들의 선배 학살자 히틀러는 45년 초까지 3년여 만에 적어도 580만 명의 유태인을 죽였다.

'역사에서 배운다' 는 말은 믿기 어렵다. 인간에 의한 인간의 죽음은 그 이전에도 그 이후에도 계속돼왔다. 20세기 들어 지금까지 폭력 등 비자연적인 요인으로 죽어간 사람은 대략 1억 2500만 명에 이른다고 한다.

오늘 전쟁과 질병·기아로 죽어가는 사람들을 구하지 못하면서 '인류의 미래'를 운위하는 것은 위선이다. 물론 세계가 구호에 나서고 있다. 우리도 10만 달러인가를 내놓기로 한 모양이다. 다행스럽기는 하지만 지금의 대책으로는 부족하다. 보다 신속하고 보다 많은 도움이 있어야 그들은 살아난다. 〈한, 940729〉

중화인민공화국 반세기

"우리 민족은 지금부터 평화와 자유를 사랑하는 세계 여러 민족 대가정의 일원이 되어, 용감하고 근면하게 스스로의 문명과 행복을 창조함과 동시에 세계의 평화와 자유를 촉진하기 위하여 일할 것이다. 우리 민족은 더 이상 모욕당하는 민족이 아니다."

1949년 10월 1일 베이징(北京)의 천안문 광장에서 중화인민공화국 성립을 선언하며 마오쩌둥(毛澤東)이 한 말이다.

중국 공산당이 국민당 정권과의 내전에서 승리를 거두고 수립한 것이 바로 중화인민공화국이다. 그러나 사회주의 중국의 성립배경을 거슬러 올라가면 '중화 민족주의'와 조우하게 된다. 중국 공산당은 19세기 초 이래 적극화되어 온 구미 열강 및 일본의 제국주의적 침략과 수탈에 대한 중국 민중의 민족주의적 자각과 저항의 한 산물이었다. 그리고 청조의 유습을 이어받은 당시 지배세력의 왕조적 통치에 대한 중국 인민의 저항 및 혁명의식 응집·표출 조직이었다.

마오가 공산당 정권 수립을 선포하면서 '민족'을 유별나게 강조한 까닭도 다르지 않다. 사회주의로 무장을 했지만 바탕엔 '민족'을 깔고 있었던 것이다. 국호도 마르크스-레닌적 사회주의 정신과는 거리가 있다. 중화(中華)는 고대로부터의 정치적·문화적 중국 중심주의 또는 우월의식의 다른 이름이었음을 상기할 필요가 있다.

공산당 지배의 중국이 오늘로서 수립 반세기를 맞았다. 그 사이 엄청난 격변들을 겪으면서도 공산 중국은 건재하다. 건재할 뿐 아니라 인구와 국토에 걸맞은 정치·경제·군사적 강대국의 길을 기세 좋게 내닫는 중이다.

그 저력으로는 중국인들의 전통적인 실용주의가 지적된다. 덩샤오핑(鄧小平)의 흑묘백묘(黑猫白猫)론이 상징하는 바가 그것이다. 이는 마오 및 4인방이 '원리 고수'의 기치를 들고 주도한 문화대혁명의 '필연적 실패' 배경이기도 하다.

지금은 공산당 지배의 정치체제와 자본주의적 시장경제체제가 공존하는 (상식적으로는) 기묘한 국가체제가 형성되어 있다. 그 때문에 '거대한 실험'이라고 평가되곤 한다. 그러나 중국인들에겐 어쩌면 새로운 시도라기보다는 중국적 전통으로의 회귀일 수도 있다.

같은 맥락에서 주목할 것이 중국의 민족주의다. 물론 한족만의 민족주의는 아니다. 한족이 전체 인구의 94%를 차지할 정도로 압도적이긴 하지만 그 밖에도 55개에 이르는 소수민족이 함께 어울려 사는 나라다. 그러므로 중국의 민족주의는 이를테면 '범 중국 민족주의'로서 궁극적으로는 '중화주의'에 가 닿게 된다. 그것은 문화적 우월의식이기도 하지만 모든 것을 아우를 수 있는 포용력이기도 하다. 그게 중국의 힘일 것이다. 〈한, 991001〉

우리는 감시당하고 있는가

"한밤중에 요란스럽게 울리는 벨소리 혹은 거칠게 두드리는 노크 소리는 곧 체포다. 그것은 흙 묻은 장화로 용감하게 들이닥치는 오만무도한 비밀경찰요원들의 침입을 뜻한다."

솔제니친의 『수용소 군도』에는 처음부터 끝까지 전체주의 권력의 거대한 음모와 잔혹무비의 억압, 그리고 그에 따르기 마련인 극한적 공포가 휘감아 돈다.

그 자신이 피해자였다. 대위로 2차 세계대전에 참전 중 '발트해의 어느 좁은 참호 속에서' 어느 날 갑자기 불려나가 첩보대원 두 명에게 체포됐다. 죄목은 '스탈린 비판'이었다. 친구에게 보낸 편지가 감시자들의 눈에 걸린 것이다. 감옥살이와 유형에서 풀려날 때까지 11년이 걸렸다.

그 스탈린의 소련을 모델로 한 조지 오웰의 『1984년』이 그리는 국가도 거대한 감시와 처벌의 체계다.

"샛길에서는 얘기할 수가 없었어요. 자칫하면 마이크를 숨겨두었을지도 모르니까…. 그렇지만 여긴 괜찮아요. 마이크를 숨겨놓을 큰 나무가 없거든요. 게다가 전에도 여길 왔었어요."

첫 밀회에서 주인공인 윈스턴에게 막 애인 사이가 되기 시작한 줄리아가 하는 말이다.

스탈린식 통치구조는 물론 소련 그 자체가 8년 전에 와해되어버렸다. 그러므로 안심해도 될 것인가. 기실 조지 오웰은 소련을 그린 게 아니었다. 그것은 우리 시대의 음울한 스케치였다.

유사한 구도는 미셸 푸코에 의해서도 제시된다. 그는 근대사회의 기본적인 구조를 제레미 벤담의 '팬옵티콘(panopticon: 한 지점에서 내부가 전체적으로 다 보이는 건물)'으로 설명한다. 이 시설은 감시자가 수용된 사람 모두를 효과적으로 감시 관리할 수 있을 뿐 아니라 감시자가 없더라도 똑같은 감시효과를 내도록 되어 있다. 감시자는 감금된 사람들을 볼 수 있지만 상대방은 그를 볼 수 없기 때문이다. 과학기술이 고도화할수록 그 같은 사회구조 또는 통치체제는 효율성을 높여간다. 어쩌면 이것이 '인간해방'을 제1의 명제로 인식하고들 있는 이 시대의 이면인지도 모른다.

상징어로서의 '감시'가 아닌 현실적 행위로서의 '감시'가 상시적으로 감지되는 사회 속에서 우리는 살고 있다. 옛 사람들은 '벽에도 귀가 있다'며 말조심을 가르쳤지만 그건 아득한 옛날이야기다. 『1984년』의 도청방식도 구닥다리다. 담밖, 허공, 땅 속 어디든 숨어서 보고 듣는 눈과 귀가 있다. 민간에 거래되는 장비로도 수 km 밖에서 음성과 영상을 동시에 잡아낼 수 있다고 할 정도다.

이미 밀매업자와 변태적 범죄적 도시(盜視) 도청(盜聽) 행위자들이 사회 구성원들의 생활에 제약을 가하기 시작했다. 그렇다 해도 이는 아마추어 수준이다. 국가기관이 방대한 조직, 엄청난 예산, 첨단의 장비로 무장하고 감시하기로 들면 공포는 전 국민적인 것이 된다. 실제로는 극히 일부만 감시한다 해도 공포의 크기가 감해지지 않는다. 이를테면 '팬옵티콘 효과'다.

여야가 처음부터 심상찮은 기세를 보이더니 국감이 마감될 즈음에 결국 국정원 도청 감청 문제로 거칠게 부딪쳤다. 여당은 이부영 한나라당

원내총무가 국가기밀을 누설했다며 당국의 사법처리를 촉구하고 나섰다. 이에 대해 한나라당 측은 18일 국정원의 도·감청 의혹에 대한 국정조사 요구서를 제출하며 맞섰다.

여야 정당들로서는 그럴 수 있다 해도 국민의 입장에선 어이없다. 검찰 경찰 등 수사기관에다 국가정보기관까지 남이 아닌 바로 우리 국민을 상대로 도청이나 감청을 한다는 의심이 급격히 부풀어 오르는 때다. 우선은 국민이 납득할 수 있는 설명부터 해주는 게 도리다.

물론 이제 세상이 바뀌었다. '국민의 정부' 하부조직들이 첨단과학의 힘을 동원해서 국민을 상시적으로 감시한다고는 추호라도 믿고 싶지가 않다. 그러나 다른 한편으론 누가 집권자이고 어떤 사람들이 정치를 이끌어 가느냐 와는 상관없이 구조화되어 있는 정치권력의 본질 또는 속성이라는 것이 있다는 사실에도 구애받지 않을 수 없다. 권력이 추구하는 것은 구성원 전체의 복속을 이끌어내기 위한 '효과적 권위적 통제'다. 이 욕구는 집권자와 정권 담당세력이 혼신의 노력을 기울여도 제어하기 어려울 정도로 집요하고 강력하다.

그래서 더 절실한 마음으로 기대한다. 명분 이유 여하 간에 '광범위한 도·감청'은 절대로 용인되어선 안 된다. 그 점을 정부는 확실한 대안과 함께 국민에게 다짐해 줘야 한다. 당연히 민간에 횡행하는 도시·도청 행위를 근절할 대책의 마련도 시급하다. 〈이, 991020〉

문외한의 문화이야기

열차의 지붕까지 사람들로 가득했다. 몸집 작은 중학교 저학년 통학생이 끼어들 자리는 어디에도 없었다. 이웃의 덩치 큰 상급생이 번쩍 들어 화장실 창문으로 밀어 넣어 줬기에 망정이지 아니면 지각을 못 면했을 것이다.

이미 40년 쯤 저쪽으로 멀어진 신라문화제 첫해(1962년)의 기억이다. 구경거리래야 신라 개국 시의 신화를 형상화한 가장행렬 정도였지만 당시의 경주 및 인근 지역 사람들에게는 말 그대로 역사적 사건이었다.

박혁거세의 탄생을 알렸던 백마, 김알지의 금궤 앞에서 울었다는 닭 등의 거대한 형상은 우리 미술선생님의 지휘로 만들어졌다고 했다. 그 분이 타계하신 지도 오랜 지금 거기선 세계문화엑스포가 열리고 있다. 신라문화제와는 비교도 안 되는 거창한 규모의 국제적 행사다.

그러고 보니 때가 늦어도 한참 늦은 이야기다. 늘 잊고 있다가 행사 마지막 달의 초하룻날 문득 떠올린다. 추석 무렵에 노모를 뵈러 다녀오긴 했으나 행사장은 기웃거리지도 못했다. 그래서 많이 면구스럽긴 해도 한마디쯤 거드는 거야 어떨라고.

올해의 주제는 '새 천년의 숨결' 이다(2년 전 첫해엔 '새 천년의 미소' 였다). 경주는 신라 '천년의 고도'. 상징성으로서는 제격이다. 천년 도읍, 천년 동안의 침묵, 새천년을 향한 비상….

문화는 그것이 신라의 것이든 그리스의 것이든 인간의 인간다움과 그 창조력의 표상이다. 한심한 식견으로 말한다면, 고립된 문화는 문명을 창출하지 못한다. 따라서 교류야말로 문화의 의미 있는 존재양식 혹은 양태라 할 수 있다. 그 점에서 경주 엑스포가 '문화의 교류'를 취지 삼은 것은 백번 지당하다.

그러나 우리의 폐쇄성은 여전히 강고하다. 벌써 7년여를 끌고 있는 외규장각 도서의 반환시비가 주는 인상도 그렇다. 한·프랑스 정상회담에서 겨우 반환조건에 합의한 모양이나, 다른 문화재와 교환키로 한 방식이 문제라 해서 또 말이 많다. 충분히 이해가 되는 걱정이고 비판이다. 그렇지만 생각을 달리 하면 막혀 보이는 곳에도 길은 있게 마련이다.

해외로 유출된 문화재는 무수히 많다. 문화재청이 국회 문화관광위에 제출한 국정감사 자료에는 세계 20개국에 흩어져 있는 우리 문화재가 7만4568점으로 집계돼 있다. 이에 비해 그간 국내로 되 들여온 문화재는 4438점뿐이라고 한다. 나머지를 다 되돌려 받을 것인가.

프랑스에 있든 나라 안에 있든 그게 우리 조상의 문화유산이라는 사실은 전혀 달라지지가 않는다. 속없는 소리인지는 모르지만 우리의 국가재정에 여유가 생기면 오히려 프랑스 측에 자금을 지원해 우리 문화재를 유명 박물관에다 모양 좋게 전시토록 하는 것은 어떨지 모르겠다. 일본 미국 영국 독일 러시아 등에 대해서도 보유하되 숨겨 두지 말고 세상 사람들에게 널리 보여 달라고 부탁하는 편이 내놓으라기 보다 더 낫지 않을까.

문화유산은 우리만의 것이 아니다. 유네스코가 세계문화유산을 지정해 인류적 차원에서 보존 노력을 기울이는 뜻도 다르지 않다. 우리의 불국사-석굴암, 종묘, 해인사 장경판전, 창덕궁, 수원 화성 등이 이미 세계문화유산으로 지정돼 있다. 곧 경주 역사지구와 고창 고인돌 유적군도 그 반열에 오른다.

좀 더 쓴 소리를 하자면 이렇다. 우리가 보유하고 있는 문화재는 얼마나 살뜰히 아끼면서 효과적으로 관리하고 있는가. 예는 넘치도록 많지만 이왕 말이 났으니까 경주 이야기를 하자.

경주에 가면 '신라 천년의 고도'는 없다. 유적지는 고층 아파트 군(群)에 포위돼 있다. 그 외곽은 공장지대다. 그나마 시내의 고분군과 첨성대 등 몇몇 유적이라도 없으면 누가 그곳을 '세계문화유산' 지구로 보겠는가. 외규장각 도서 297책을 몽매에도 잊지 못해 일구월심 되돌려 받으려 애쓰는 나라의 문화유산 관리 상태가 이렇다.

베르나르 베르베르가 『지식의 백과사전』에서 새삼 일깨워 줬지만 척추동물과 갑각류의 차이점은 음미해 볼 만하다. 대부분의 척추동물은 연질의 피부와 근육이 뼈대를 싸고 있다. 이에 비해 갑각류는 골격이 몸을 감싼 형태다. 아주 단단하나 일단 뚫리면 그 내부는 취약하기 이를 데 없다.

우리의 문화적 폐쇄성도 갑각류를 닮지나 않았는지 생각해 볼 일이다. 이젠 의식을 바꿀 때가 됐다. 밖으로는 폐쇄성을 극복하고 안으로는 문화인으로서의 자각을 새로이 해야 한다. 우리 안에 가진 것이든, 남의 차지가 된 것이든 인류의 재산으로 함께 아끼는 정신이 소망스럽다. 그게 경주 엑스포의 진정한 의의일 터이다. 〈이, 001031〉

돌아가는 길

자기가 죽으면 관 양쪽에 구멍을 뚫어 손을 내놔 달라고 부탁한 사람이 있었다고 한다. 빈손으로 돌아가는 모습을 세상 사람들에게 보이기 위해서였다던가. 알렉산더 대왕의 말이었다고 어디에선가 읽은 듯하다. 이집트에서 인더스 강에 이르는 대제국을 건설한 제왕이었으나 다른 모든 사람이 그러했던 것처럼 이승을 떠나는 그의 손에는 아무 것도 남아 있지 않았다.

그건 맞는데 도무지 스스로의 기억력을 믿을 수가 없다. 알렉산더가 부왕 필립에게서 왕위를 물려받았을 때가 20세. 13년 동안 그는 그때까지의 역사상 최대 육상제국을 이루어냈다. 그리고 33세 때인 BC 323년 갑자기 병으로 죽었다. 독살되었다는 말이 오래 전해졌지만 '대부분의 사가(史家)'들은 이를 믿지 않았다고 플루타르크는 『영웅전』에서 쓰고 있다. 어쨌든 그 젊은 영웅이, 오래 앓지도 않고 죽었는데 아무려면 노인들이나 할 법한 유언을 남겼을까. 그렇지만 한편으로는 이렇다. '누구의 말이면 어떠랴.'

정주영! 일찍이 이 나라에서 그만한 부자는 없었다. 초등학교만 나와 농사를 짓다가, 취직을 하고 싶어 아버지의 '소 판 돈 70원을 훔쳐' 서울로 도망했던 시골 소년이, 이 땅 위에서는 유사 이래 최대의 부자가 된 것이다. 지금까지는 실화였지만 앞으로는 전설이 되고 신화가 될 터이다.

시골에서 서울로 모여든 사람이야 부지기수였다. 성공한 사람도 물론 많았다. 그러나 적어도 돈으로는 그를 따를 사람이 없었다. 이 점에서 그는 특별한 역사적 인물이기에 충분하다. 부자라는 점에서뿐만 아니라, '성장 한국'을 견인하는 데 있어서도 그는 남다른 역할을 담당했다.

과(過)도 많았다고들 한다. 그랬을 것이다. 그러나 설사 과오가 컸다 해도 한국경제는 그에게 큰 빚을 졌다. 많은 국민이 각별한 마음으로 애도의 뜻을 표하는 까닭이 거기에 있다.

한껏 모은 돈 가운데 단 한 푼도 쥐고 갈 수는 없었지만 대신 이 세상에 자신의 족적과 자신에 대한 기억들은 뚜렷이 남기고 갔다. 86세라면, 아쉽긴 해도 천수(天壽)를 누렸다고 할 만하고…. 김국환의 노래처럼 '수지맞는' 삶을 산 셈이다.

그래서 말인데, 스스로 잘난 많은 분도 한 번씩 자신의 사후를 상상해보는 게 어떨지 모르겠다. 온갖 허위와 욕심으로 삶을 치장해온 사람들이라면 스크루지 영감(찰스 디킨스, 『크리스마스 캐럴』)처럼 진실과 사랑을 배우게 될 테니까.

그것으로도 별로 느껴지는 게 없으면, 무언가 움켜쥐고자 안간힘을 써온 각자의 손을 들여다 볼 일이다. 특히 차기 대선에 벌써 마음 바빠하시는 리더와 그 열렬한 추종자 여러분! 그리고 남보다 더 많이 가지려고 안달하느라 언제나 허기져 있는 (일부) 부자 여러분! 마음속에다 구멍 뚫린 관 하나씩 준비해두고 사시는 게 어떨지…. 〈한, 010324〉

높은 분들을 생각하며

박찬호 선수가 미 메이저리그 개막전에 선발투수로 나서서 게임을 승리로 이끌었다. 민주당은 성명을 내고 "우리 국민에게 큰 희망의 메시지가 될 것" "국제적으로 한국의 위상을 높이는 데도 기여할 것"이라고 격찬했다. 청와대 측에선 "한국인의 기개와 명예를 드높인데 대해 온 국민과 더불어 축하하며 격려한다"는 내용의 축전을 김대중 대통령 명의로 보냈다.

정부 여당 지도부의 입장과 심경을 헤아릴 수는 있다. 그리고 박 선수는 찬사를 받기에 부족함 없는 경기를 해 보였다. 그렇다 해도 반응이 유별나다. 게임은 계속된다. 게다가 남의 나라 프로게임이다. 거기에 '한국인의 기개와 명예' 또는 '한국의 위상' 이라는 말이 왜 필요한지 언뜻 이해되지 않는다.

이런 이야기는 또 어떨지 모르겠다. 남쪽 바다 조금 멀리 떨어진 거문도에 사는 이춘복 할머니의 얘기다. 지난해 이맘때보다 이른 시기에 한 지상파 TV방송이 내보낸 프로그램이었던 모양인데 엊그제 어느 케이블 TV가 다시 이를 방영했다.

'어머니, 그 위대한 이름으로.' 여든을 진작 넘긴 어머니가 예순이 훨씬 넘은 아들의 병상을 지키며 살아가는 모습을 그린 프로그램이다. 아들은 류머티즘성 관절염으로 46년을 누워서만 지내왔다. 머리 부분 이외엔 전신이 굳어버린 이 환자를 돌보기엔 건장한 장정으로도 힘이 부칠 노릇이다. 그런데 늙은 어머니 혼자서 반세기를 하마 꺼질 것 같은 아들의 목숨을 부여잡고 버텨왔다.

90을 바라보는 어머니는 아들에게 맛있는 반찬을 못 만들어 먹이는 게 늘 한이라고 한다. 생각할수록 불쌍하지만, 그 자식을 앞세우고서야 당신도 눈이 감기시겠다는 독백이 처절하다. 4600여 만 명의 국민이 어울려 사는 땅, 지금 잠시 어렵긴 하지만 서너 해 전만 해도 선진국 행세에 세월 가는 줄 모르던 이 나라에 8순의 어머니가 병든 자식을 맡길 수 있는 곳은 어디에도 없는가.

내레이터는 이들 모자가 사는 집을 '섬 속의 섬'이라고 말한다. 어디 그냥 섬이던가. 수십 년을 눈물겨운 정경으로 살아온 이들에게 나라는 따뜻한 눈길 한 번 주지 않았다. 늙고 병든 모자는 사람에 둘러싸인 절해고도에 살고 있는 것이다. 이 나라에서 태어나 이 나라의 법을 지키며 이 나라가 가리키는 길을 좇아 살아 온 사람들이다. 그들에게 조국은, 겨레는, 이웃은 무엇인가.

외국에서 활동하고 있는 프로선수 한 사람의 활약상에 정부 여당이 함께 나서서 환호하는 나라다. 북한 당국의 의도나 태도가 어떠하든 그곳 동포들 걱정에 아까울 것 없어 하는 남쪽 당국이다. 이처럼 인정스럽기 그지없는 정부가 수십 년 간의 병마와 병수발 속에 사위어 가는 늙은 모자, 그들과 유사한 처지에 있는 숱한 우리 이웃들을 대하는 자세는 너무 다르다. 법이 정한 이상의 관심을 보이는 빛이 없다.

"우선 이들부터…" 라고 말하려는 것은 아니다. 다만 어렵게 사는 북한 동포나 유능한 프로선수에 대해 동포애 또는 친애의 정을 표시할 때 이웃에 대한 염려도 잊지 말자는 말을 정부와 여당의 높은 분들께 하고 싶은 거다.

이왕 말을 꺼내기로 했으니 장차 이 나라의 정치를 책임지겠다고 오늘도 서울에서 또는 지방에서 온갖 훌륭하고 거창한 약속을 하기에 여념 없는 차기주자라는 분들에게도 들려줄 이야기가 있을 듯하다.

이솝 우화 가운데 하나다. 신통찮은 5종 경기 선수가 있었다. 여행 중에 로도스 섬에 갔는데 거기서 올림피아제(祭)의 우승자보다도 더 멀리 뛰어 신기록을 세웠다고 자랑을 늘어놨다.

"당신들도 로도스 섬에 가면 틀림없이 내 얘기를 들을 거야. 갈채와 평판이 대단했으니까." 그러자 한 사람이 나서며 이렇게 말했다.

"정말 그래? 그게 사실이라면 굳이 많은 증인이 필요 없지. 여기가 로도스야. 여기서 뛰어봐!"(홍윤기 편역, 『서양고사일화집』)

훗날 무엇을 해주겠다고 거창한 공약을 내걸던 정치인들에게 국민은 이미 오래 전부터 질려 있다. 다시 대선 이후를 기다릴 것도 없다. 지금 서로 욕하거나 멱살잡이 힘자랑을 하는 대신 이웃을 사랑하고 국민에게 희망을 주는 모습을 보여주면 된다. 작은 노력과 적은 정성에 인색한 사람들이 큰 희생을 할 수 있다고 누가 믿겠는가.

정부를 책임진 분들, 다음에 대통령이 되겠다거나 하다못해 킹메이커인가 하는 것이라도 돼야겠다고 안간힘을 쓰는 정치인들은, 여기가 로도스라 치고 바로 지금 나라와 겨레사랑을 실천해 보일 일이다. 거문도의 노인 모자만이라도 그 절해고도에서 구해내 보시라. '국가의 장래'는 그 다음에 운위해도 늦지 않다. 〈이, 010404〉

현충일

쉰 서너 명 한 반에 6·25 전몰용사의 유자(遺子) 둘이 있었다. 한 아이는 비록 아버지가 전사하셨지만 조부모와 어머니, 그리고 삼촌의 사랑 속에 별 어려움 없이 자랐다. 그 덕분에 반듯하게 커서 지금은 모범 공무원, 든든한 가장으로 중년을 넘기고 있다.

또 한 아이는 어머니와 둘이서만 살았다. 집성촌이었으나 지친이 없어 오히려 주위가 더욱 허전한 처지였다. 동무들이 집에 찾아가는 것을 그 어머니는 아주 반기셨다. 그렇지만 여자 혼자서 꾸려가는 시골 살림형편이야 들여다보나 마나다. 아들 곁에 그 동무들을 오래 붙여둘 만한 군것질거리가 있을 리 없었다.

괜히 잘 삐치고 쉽게 눈물 보이고 하던 아이는 갈수록 거칠어져갔다. 사춘기를 지나면서는 어머니한테까지 함부로 해대는 무서운 악동이 되고 말았다. 정말로 힘겹게 20대에 들어선 지 몇 년 안 된 어느 날 제 성질을 못 이겨 나뭇단에 불 질러 놓고 거기 엎어져 죽어 버렸다던가. 풍문에 그 소식을 듣기는 그러고도 한 참 세월이 흐른 후였다.

(그래도 그 때까지는 사회적으로 '호국 영령들에 대한 감사와 존경'이 거듭 강조되었다. 한 목숨 초개같이 조국의 제단에 바친 분들의 숭고한 애국애족의 정신에 진정 어린 찬양과 감사가 바쳐졌다.)

남의 기억이지만 마찬가지로 가슴 절절히 아려오는 이야기가 있다.

"내가 서 있는 이 산맥에 연(連)해서 너들도 아마/싸우고 있으려니, 그리워라 내 아들.

대지에 엎디어 신명께 기도하는 어미의 귀에/들려오듯 하구나, 너들의 군화소리.

지난 한 해에 수 없는 어머니의 눈물을 자아낸/저주의 그 날이여, 다시 돌아왔느냐(6·25 1주년).

제단 쪽으로 눈 한 번 주지 않고 가는 행인들,/이 겨레를 위해서 너들 죽단 말인가(전몰장병 위령제)…"

두 아들을 함께 조국에 바친 '어느 어머니'의 시다. "마음 한 줄기 조국의 말과 글로 옮길 길 없는/나를 용납하소사, 과도기에 났으매." 일문(日文)으로 쓰인 것을 김소운(金素雲)이 우리말로 옮겨 수필집 『건망허망(健忘虛妄)』에 실었다. 나무를 해다 팔아 연명하는 피난민의 처지에 몽당연필인들 구하기가 쉬웠을까. 노트 조각에 바늘로 찔러서 쓴 글이더라고 했다.

지금 이 땅에 살아가는 모든 사람은 역사의 고비마다 조국의 이름으로 불려나가 사랑하는 이들을 위해 생명을 던진 분들의 희생을 딛고 서 있다. 특히 가진 것 많은 사람들, 차지한 자리가 높은 이들은 자신들이 남보다 훨씬 더한 빚을 '호국의 영령' 들에게 지고 있음을 잊어선 안 된다. 솔직히 말하자면 높직이 앉아 헛기침하는 사람들 가운데는 남이 받아야 할 희생의 대가를 과분하게 차지하고 있는 사람이 드물지 않다. 그러면서도 그 자리 그 지위 그 재산이 본래 자신의 것인 양 착각해 온갖 거드름을 피우고들 있다.

그런 작태는 그나마 약과다. 고개를 돌려 안 보면 그만이다. 문제는 오직 자신의 영달이나 치부만을 위해 공공선을 무모하게 짓밟아버릴 뿐 아니라 나라의 장래까지 뒤흔들어 놓는 사람들이다. 이들의 이기적 행위가 낳는 사회적 해악은 국민의 피해로 이어진다. 정말 이들을 위해 수 많은 분이 목숨을 던져 나라를 지켰던 것일까.

(무슨 용이니 뭐니 하는 별칭으로 불리며 기세를 올리는 정치리더들, 그들의 주변을 에워싸거나 아니면 등을 돌린 채로 전의를 불태우는 똑똑한 정치인들이야 다르겠지만…)

〈첨언(添言)〉＝짧은 생애를 날이면 날마다 가슴에 불이 붙은 듯 펄떡거리다가 마침내 불구덩이 속으로 뛰어들어버린 어릴 적 동무, 저녁 하늘의 쌍별을 전장에서 산화한 두 아들인 양 바라본다고 한 김소운의 '어느 어머니'가 문득 생각나는 제46주년 현충일이다. 그 사이 시절은 많이 바뀌었다. '한국전' 등 역사적 사실에 대한 평가도 다양하게 내려지고 있다. 이는 문제될 것이 없다. 다만 어떤 경우에도 조국의 명령에 따랐던 이들의 '희생'을 폄하하는 것으로 들릴 말은 조심해주는 게 도리다.

"우리는 여기서 앞서간 사람들의 죽음이 헛되지 않도록 굳게 결심해야 합니다. 이 나라가 하나님 아래에서 새로운 자유의 탄생을 보게 해야 합니다. 그리고 인민의, 인민에 의한, 인민을 위한 정부가 지구상에서 사라지지 않도록 헌신해야 할 것입니다."

너무 유명해 식상한 느낌조차 주는 에이브러햄 링컨의 '게티즈버그 연설', 즉 남북전쟁의 전몰자를 위한 국립묘지 헌정 기념사다. 처절한 내전이었지만 아무도 거기 묻힌 이들의 고결한 희생정신을 의심하는 사람은 없다. 우리라고 달라야 할 까닭이 있겠는가. 〈이, 010606〉

누가 이들을

"…전략… 누나라고 불러보랴/오오 불설워/시새움에 몸이 죽은 우리 누나는/죽어서 접동새가 되었습니다.

아홉이나 남아 되던 오랍동생을/죽어서도 못 잊어 차마 못 잊어 야삼경 남 다 자는 밤이 깊으면/이산 저산 옮아가며 슬피 웁니다."

국어과목 담당이시던 담임선생님은 칠판에다 김소월의 '접동새'를 적으셨다. 훤칠한 키만큼이나 시원스런 달필이었다. 아마 3학년(중학) 들어 첫 시간이었던 듯하다. 왜 하필 그 시를 처음으로 소개하시려 했는지는 기억에 없다. 두어 해 보태면 40년 전의 일이다. 그래도 그 시는 지금까지 외고 있다. 너무 처절해 싫었는데 그 때문에 오히려 안 잊힌 모양이다.

지난 83년 여름, KBS가 벌였던 이산가족 찾기 생방송 광경은 아직도 생생하다.

"한 가족만 더 보고…."

몇날 며칠 밤을 그렇게 지새웠다. 혼자 이야기가 아니라 우리 국민이 다 따라 울다 웃다하며 지켜봤던 일이다. 30여 년을 억울하게 나뉘어 살았어도 만난 사람은 그나마 행운이었다. 남북으로 나뉜 가족은 한(恨)만 더했을 뿐이다.

벽이란 벽, 기둥이란 기둥 모두 빈틈없이 뒤덮힌 것으로도 모자라 바닥까지 이름과 사진들로 도배질 됐었다. 숱한 이산가족이 이름 판을 목에 걸거나 손에 들고 방송국에 몰려들어 떠날 줄을 몰랐다. 접동새 울음을 그때 들었다.

110층짜리 쌍둥이 빌딩이 테러범에 의해 무너져 내린 뉴욕 참사의 현장에도 가족과 친지를 찾는 전단들이 틈 있는 곳이면 어디든 나붙었다. 그때처럼 뉴욕 맨하탄 거리에도 수많은 사람이 이름과 사진을 담은 종이를 들고 서 있는 장면이 TV 화면을 채웠다.

이미 대부분은 유명을 달리 했을 터이다. 그러나 가족에겐 그게 믿어지지 않는다. 어디선가 금방이라도 함박웃음을 터뜨리며 달려들 것만 같을 텐데 어떻게 체념할 수가 있겠는가. 그들의 애절한 표정을 차마 바로 보지 못해 고개를 돌리며 다시 접동새 울음을 듣는다.

이산가족 찾기 방송이 있었던 이태 후에 남북의 이산가족 100명 씩이 서울과 평양을 각각 방문해 혈육들을 만났다. 참으로 오래 죽음 같은 이산의 고통을 견뎌낸 보람이 있어 마침내 상봉의 날을 맞은 것이다. 온 국민은 한껏 환호했다. 그러나 그 한 번으로 그만이었다.

영영 틀려버린 일인 듯만 했는데 지난해 남북정상회담을 계기로 다시 재회의 길이 열렸다. 지난 2월까지 세 차례의 교환 방문이 있었고 생사확인·서신교환도 아주 의욕적으로 시도됐다. 그러다 또 한동안 소식이 감감해져 애태우더니 힘겹게 반가운 소식이 전해졌다.

지난 15일부터 18일까지 어렵사리 열린 제5차 남북장관급 회담에서 양측 대표들은 제4차 이산가족 방문단을 다음달 16일부터 18일까지 교환한다는 데 합의했다. 정말 다행이다. 무엇이 우선돼야 하는 가를 알아서 합의했다는 것만으로도 적잖이 위안을 느끼게 된다.

그런데 한편으론 어이가 없다. 세계 어느 곳에도 혈육들을 국가 차원에서 갈라놓고 못 만나게 하는 나라는 없다. 과거 냉전시대에는 어쩔 수 없었다고 하자. 지금에야 무슨 장애요인이 있다고 이들의 자유로운 상봉과 왕래를 가로막고 있는지 그게 도무지 납득이 안 된다.

외세 때문에 분단 상황이 초래되고 장기화됐다는 목소리가 남북 양쪽에서 높다. 남의 탓을 하려면 내 주변부터 돌아보는 게 도리다. 지금 혈육의 재회·재결합을 방해하거나 가로막고 있는 것은 외세인가.

이산 1세대만 120여 만 명에 이른다고 한다. 특히 고령의 1세대는 지금 시간과 투쟁을 벌이고 있다. 아예 포기하고 살 때는 오히려 지금보다 고통이 덜했을 것이다. 언제 돌아올지 알 수 없는 차례를 기다리는 초조함이 오죽하랴.

'방문단 교환'과 같은 '상봉 이벤트'는 비용만 많이 들 뿐 효율성은 많이 떨어진다. 더 싸고 효과 큰 방법은 진작 제시돼 있다. 서신교환을 자유화하고 상설 면회소를 두면 된다. 이를 거부할 어떤 이유도 명분도 없다. 그리고 누구에게도 그럴 권리가 없다.

이산가족 상봉은 시간을 다투는 과제다. 당사자들이 세상을 떠나고 난 후에 재회의 기회를 줘봐야 아무 소용이 없다. 면회소에서 서로 만나는 것까지 악착스레 막아야 할 이유가 있으면 말씀해보시라. 그게 아니라면 적십자회담이든 당국 회담이든 빨리 다시 열어 이 문제부터 해결할 일이다. 이 일 하나 '자주적'으로 이뤄내지 못하면서 달리 할 수 있는 일이 뭐가 있겠는가. 〈이, 010919〉

잊지 말아야 할 사람들

페르시아의 다레이오스가 그리스에 쳐들어갔다가 마라톤에서 아테네군에 패배한 후 10년 만인 서기 전 480년, 이번에는 그의 후계자 크세르크세스가 더 많은 군대를 이끌고 다시 침략전쟁을 벌였다. 헤로도토스에 따르면 크세르크세스군(軍) 전투부대의 총 병력 수는 264만 1610명이었다.

이들과 테르모필레 협로(峽路)에서 맞선 그리스의 군세는 스파르타의 왕 레오니다스의 중무장병 '300인대'와 각국의 병사 등 도합 4520명. 그나마 전투에 앞서 다른 병력은 모두 철수하고 레오니다스의 병사들과 테스피아이인 700명, 테바이인 400명만이 결전에 임했다.

훗날 이곳에서 전사한 그리스군(軍)의 비명(碑銘)에는 다음과 같은 글귀가 새겨졌다.

"일찍이 이 땅에서 300만 명의 군대와 맞서 싸운 펠로폰네소스의 4000 병사."

그리고 레오니다스 왕을 따라 장렬하게 전사한 스파르타군(軍)만을 위한 비명이 따로 쓰였다.

"여행자여, 가서 스파르타인에게 전하라. 우리가 그들의 명을 수행하고 여기에 누워 있다고."

먼 나라의 참으로 오랜 옛날이야기다. 불과 반세기 전 이 땅의 곳곳에서 나라의 부름에 응해 전장에 나갔다가 산화(散華)한 이들을 위한 감동적인 비명은 어디에 마련돼 있는가.

하긴 잘 가꾸어진 국립현충원들이 있다. 주요 전적지마다 기념비가 있고 기념관이 세워진 곳도 있다. 그리고 해마다 6월이면 유족들이, 반세기가 지났어도 흩어지기는커녕 더 응어리지기만 하는 슬픔과 그리움을 한 가슴씩 안고 이곳을 찾는다.

"…전략… 조그만 마을 하나를/자유의 국토 안에 살리기 위해서는/한 해살이 푸나무도 온전히 제 목숨을 다 마치지 못했거니/…중략…/일찌기 한 하늘 아래 목숨 받아/움직이던 생령(生靈)들이 이제/싸늘한 가을 바람에 오히려/간 고등어 냄새로 썩고 있는 다부원(多富院) …후략…"
(조지훈, '다부원에서')

숱한 젊은이들의 피로 얼룩졌던 그곳에도 물론 기념관이 세워졌다.

그러나―, 그것으로 끝이다. 6·25는 이제 유족들만의 비탄으로 남았다. 50여 년의 세월이, 살아남은 사람들과 그 후손의 기억에서 그 참극과 함께 고귀한 희생들을 슬그머니 지워버렸다.

어제는 6·25 제52주년. 그러잖아도 잊혀져가던 날이 월드컵 열기와 함성에 아예 묻혀 버렸다. 전국 곳곳에서 기념식이 열리긴 했으나 참석자가 절반으로 줄고 행사도 축소됐다는 보도다. 비극을 오래 가슴에 안고 괴로워해야 할 까닭이야 있겠는가. 그렇지만 영령들의 숭고하고 장렬한 희생까지 잊히고 있는 세태는 유감스럽다.

초등학교에 입학한 때는 6·25 전쟁이 끝난 후 3년째 되던 해였다. 학교 뒤로 좌우대칭형의 칠보산이 있었다. 해발 500m가 좀 넘는 산이지만 앞에서 보면 평지에서 바로 솟아오른 모양이어서 훨씬 더 높아 보인다. 형제(봉)산이라고도 했다. 닮은 모양의 봉우리 둘이 앞서거니 뒤서거니 서 있어 붙여진 이름이다.

가난했던 시절 시골 초등학교 아이들의 소풍 길은 대개 산이나 들로

향하게 마련이었다. 정상까지 오르기로 했던 것으로 미루어 아마도 3~4학년 무렵이었을 터이다. 칠보산, 그 꼭대기에서 우리를 맞은 것은 일곱 가지 보배가 아니라 하얗게 풍화되어 가는 숱한 백골들, 치열했다던 포항-안강전투의 처절한 흔적이었다.

사랑하는 사람들을 떠나 전장의 총포화 속에서 산화해간 이들. 적으로 맞닥뜨려 죽이고 죽고 했으나 개인적인 감정이 있었을 리 없는 사람들이다. 그러면서도 생명을 내놓고 싸워야 했던 까닭은 그게 나라의 명이었고 가족을 지키는 길이라 믿었기 때문이다.

전쟁을 일으키고 명령을 내린 사람들에 대해서는 이런 저런 평가를 할 수가 있다. 전쟁의 의미에 대해서도 서로 다른 견해들이 충돌할 여지가 없지 않다. 그럼에도 불구하고 전장에서 산화한 이들의 고귀한 희생정신은 순수하게 기려져야 한다. 그 의미는 오직 하나, '조국과 국민을 위한 거룩한 죽음'이다.

유족들에 대해서도 더 각별한 배려가 있어야 마땅하다. 그건 배려가 아니라 보은이다. 가장이, 자식이 살았더라면 유족들은 지금보다 훨씬 행복하고 유복한 생활을 누릴 수 있었을 것이다. 하다못해 물질적인 손실만이라도 채워주는 것이 국가의 제1책무이자 도리다.

혹 현충원 앞을 지나칠 때가 있으면 역사의 고비마다 조국의 명에 따라 목숨을 바쳤던 이들의 고귀한 희생을 되새기시라. 단 몇 초면 된다. 이를 마다할 만큼 감사에 인색한 사람은 우리 중에 아무도 없기를—.

다른 이야기지만 덧붙이자. 우리 축구선수들, 독일팀에 지긴 했어도 정말 잘 싸웠다. 마음을 다한 격려와 찬사를 보낸다. 당연히 히딩크 감독에게도….〈이, 020626〉

우리 정치의 바탕은…

영·호남 접경 마을에서 이틀인가 묵은 적이 있다. 강을 사이에 두고 호남과 영남이 나뉘는 지역이다. 친인척이 이쪽저쪽에 살고 있을 만큼 가까운 이 두 마을 사이에서 패싸움이 잦다고 했다. 강 건너 쪽을 향해 손가락질 하며 퍼붓는 비난 욕설도 거칠기 그지없었다. 타관 사람이 듣기에는 말씨까지도 비슷한 두 마을 사람들 사이를 헤집고 들어앉은 지역감정에 어이없어 했던 기억이 30년쯤 지난 지금까지 남아 있다.

그런데 따지고 보면 그게 영·호남 사이의 문제만은 아니다. 어릴 적 기억으로 아랫말 윗말 사이에도 긴장이 상시화 했고 패싸움 또한 잦았다. 혼인 풍습에도 이런 의식이 배어 있었다. 새신랑은 신부 문중의 청년들에게 호된 신고식을 치러야 했다. 친구의 큰 자형이 장가들던 40~50년 전 그날의 광경은 지금도 목이 움츠러들 정도로 험악했다.

기실 이 같은 대외적 배타성과 대내적 패거리의식, 그리고 이와 직결된 신고식은 집단이나 조직의 불문율 같은 것이었고 그 자체가 문화였다. 인간 사회의 일반적인 현상일 수도 있겠지만 우리의 경우 그 정도가 더 심했던 것으로 여겨진다. 이제 그 잔영만이 군데군데 조금씩 남았을 뿐이나 그래도 때로는 심각한 문제를 낳는다. 정치 쪽이 유독 심하다.

'패거리 정치' '집단주의 정치' 가 가리키는 바도 다르지 않다. 동아리 밖의 사람 또는 세력에 대한 극단적 배타성을 특징으로 하는 이 정치행태가 한국정치의 한 특징으로 꼽히는 것은 확실히 큰 불행이다. 대외적 배타성은 필연적으로 대내적 행동통일을 요구한다. 그게 더 무서운 일이다.

이부영 열린우리당 의원이 당 의장직 사퇴의사 표명 후 열린 시무식에서 '과격상업주의 같은 타성'을 경계하는 발언을 했다가 한 당원으로부터 성토당하는, 사진 속의 광경은 섬뜩하다. 하긴 촬영 각도나 시점에 따라 표정과 상황이 극적으로 과장될 경우도 있다. 그렇지만 그 당원이 이 의장에게 "그 더러운 입을 다물라"고 소리쳤다는 말은 예사로 들리지 않는다.

"집단주의자는 동료들 가운데 누군가가 조금이라도 올라가면 매우 질투한다. '사촌이 땅을 사면 배가 아프다' 든가, '이웃의 불행은 나의 행복'인 것이다."

사카이야 다이치라는 일본의 저술가가 『일본이란 무엇인가』(동아일보 출판부 역)에서 묘사하는 일본인의 의식이다. 그 바탕에는 단일민족이라는 조건이 깔려 있다. 그래서 그런가, 어쩐지 우리를 가리키는 말 같기도 하다.

이런 조건 하에서 불평등 구조를 전제로 하는 근대화를 추진한다는 것은 지난한 과제였다. 그 때문에 '사회 전반에 질투심이 넘쳐나고 폭로와 암살이 속출'했다. 풍요(근대화)와 평등(일본적 가치)이라는 상반된 욕구에 부응하려는 고민의 결과는 '국가집단주의' 사고로 나타났다. 사카이야의 분석은 이렇게 이어진다.

"그것(국가집단주의)은 이후 천황가를 가부장으로 하여 일본 국민 전체가 가족처럼 살아간다는 '가부장적 전체주의국가' 론으로 발전하여, 괴상한 집단주의적 근대공업사회를 낳게 되었던 것이다."

일본 근대화 추진세력이 화혼양재(和魂洋才: 일본의 혼을 지키면서

서양 기술을 받아들임)를 내걸었던 것처럼 우리의 개화파도 동도서기(東道西器: 우리의 전통적 사상과 제도를 지키면서 서양의 문물을 받아들임)론을 내세웠다.

다행히 사카이야가 지적한 것과 같은 '가부장적 전체주의국가' 화는 면했으나, 동도를 지키지도 못했고 서기를 제대로 받아들이지도 못했다. 그래서 외래제도를 바탕으로 정부를 수립한 지 60년 가까이 되는 지금까지 사상누각 같은 (한국형)민주정치의 틀 속에서 국민들은 끊임없는 반목과 질시, 증오와 대립의 행태들에 시달려야 했다. 게다가 지금은 남들이 다 팽개쳐버린 고문서 조각들을 경전 삼아 이념투쟁까지 벌이고 있다.

그래서 말이지만, 어쩌면 우리도 집단주의의 족쇄에 발목 잡혀 있는 것 같다는 생각이 문득문득 든다. 같은 겨레 한 이웃이라면서도 뜻이 다르고 이해가 맞지 않으면 결코 용납하지 못하는 심성을 우리는 과연 털어내 버렸는가. 정치인들이 헌신하려는 대상은 정말로 나라와 겨레인가 아니면 집단주의가 만들어낸 우상인가. 피가 튈 듯 격렬한 투쟁의 정치에 자주 기가 질린다. 〈이, 050105〉

"타이탄에 비가 내린다."

토성의 제1위성 타이탄에 액체 메탄 비가 내린다는 기사의, 무미건조한 제목일 뿐이다. 그런데 어느 신문에선가 그 제목을 보면서 엉뚱하게

도 (기사를 읽기전의 한 순간이었지만) 애조 띤 트로트 곡의 가요를 듣는 기분에 젖어들었다. 50대 후반의 나이란 이럴 때는 정말 거추장스럽다.

다시 현실로 돌아오면 그 정교무비의 현대과학 앞에 기가 질린다. 호이겐스를 실은 토성 탐사선 카시니가 지구를 떠난 것은 1997년 10월 15일. 7년 가까운 세월 동안 35억km를 달려 지난해 7월 1일 토성의 궤도에 진입했다. 그리고 다시 6개월 반쯤 된 지난 14일 호이겐스가 모선을 떠나 타이탄에 안착했다. 호이겐스는 그 이틀 전 쯤에 비가 내린 흔적을 촬영해서 보내왔을 뿐만 아니라 그 이전 타이탄 대기를 뚫고 하강하면서 녹음한, '해안의 바람소리를 연상케 하는' 우주의 소리도 보내왔다.

이것이 미국과 유럽의 과학기술 수준이다. 우리로서는 아직 상상으로도 벅찬 차원에 이들은 닿아 있는 것이다. 당연히 이는 인류의 미래를 위한 발걸음이다. 사유와 지식의 지평, 그리고 생존터전의 범위를 확대하는 인류사적 과업이라고 할 수 있다.

그런데 이 경이로운 시간에도 인류의 유일한 삶터인 지구에선 사람 사이의 살육전이 이어진다. 이야말로 인간성의 퇴행현상이고 인간의 자기부정행위다. 미래지향적인 목적에 선용되어야 할 과학기술이 다른 한편에선 동류살해에 악용되고 있다. 이 뒤틀린 현실을 어떻게 이해해야 할 것인가.

남은 그렇다하고 우리는 얼마나 미래지향적인 삶을 살고 있는가. 주로 정치의 경우이지만, 과거의 덫에 걸려서 날마다 비명이다. 끝없이 과거 행적에 대한 책임이 추궁되고, 단죄의 칼을 가는 소리가 험하다. 정치권만의 분위기라면 그나마 다행이겠는데, 이것이 사회적 현상으로까지 확산되는 것 같아 때로는 섬뜩해진다.

지금 한창 화제가 되고 있는 '광화문 현판 교체' 문제가 풍기는 인상도 다르지 않다. 기실 역사적으로 상징성을 가진 건물의 현판에 집권자의 글씨를 남기려 한 발상 자체가 문제이긴 했다. 광화문에 자신의 필적이 남아 있다고 나라와 겨레, 그리고 자신에게 도대체 무슨 의미가 있을까. 정조(正祖)의 초상화를 모신 수원 화령전의 운한각(雲漢閣) 현판은 이미 지난 24일에 바뀌어 걸렸다지 않은가(하긴 그래봐야 북한 김일성 주석의 예에 비하면 시늉조차도 안 되는 욕심이긴 했다. 명산이란 명산에는 김 주석을 찬양하는 글귀가, 한 글자에 2~3m 크기로까지 새겨져 있다던가. 전신상·흉상 등 갖가지 동상·석상 등도 3만5000여개에 이른다 하고).

그렇지만 이 시점에 굳이 현판을 바꿔달아야 한다는 쪽의 조급함도 썩 좋아 보이지는 않는다. 광화문이 조선왕조 정궁이었던 경복궁의 정문이긴 하지만 이 시대의 의미는 '역사' 일 뿐이다(그나마도 지난 69년에 철근콘크리트로 복원한 것이니 문화재축에 끼워 넣기도 어렵다). '독재자' 의 글씨를 두고 볼 수가 없어서 바꾸겠다며 정조의 필적을 집자해서 새 현판을 만들겠다는 것도 거북하다. 박정희 전 대통령은 '독재자' 였다 하고, 정조 임금은 민주적 지도자였다는 것인가.

개혁을 주도한 임금이어서 그렇다는 지적도 있긴 하다. 그렇지만 유홍준 문화재청장은 "내가 정조와 대통령을 비교한 것은 사실이나,그 때문에 혹은 정치적인 다른 이유로 광화문 현판을 교체하려는 것은 아니다" 고 반박한 것으로 전해졌다. 아마 그럴 것이다. 문화, 특히 조상들이 이루고 다듬어 끼친 문화의 향훈에 젖어서 살 유 청장이 세속정치의 셈법을 남 앞서 익히기야 했겠는가.

다만 없애는 것은 쉽지만 되살리기는 불가능하다는 점을 들어 말하고자 한다. 광화문이나 정조가 역사이듯이 박정희도 이제는 역사다. 바꿔야 할 것이면 바꾸되 시간을 두고 여러 사람의 의견을 들은 다음에 해도 늦지 않다. 정부가 바뀔 때마다 과거 단죄하기, 책임자가 바뀔 때마다 과거 흔적 지우기에 집착한다고 해서야 어떻게 국민의 미래지향적인 기상을 고취시킬 수 있겠는가.

우주 탐사선이 아득히 먼 천체에서 인류의 미래를 탐구하는 동안 우리는 과거의 늪에서 헤어나지 못한 채 서로 원망과 한만 쌓아가는 것 같아 안타깝다. 우리에게 과거사란 정말 탈출할 방법이 전혀 없는 블랙홀인가. 〈이, 050126〉

어머니

미국 슈퍼볼 MVP 하인스 워드의 성공 스토리는, 흑인 남편을 따라 5개월 된 혼혈의 아들과 함께 미국으로 이민 간 김영희(56) 씨의 피눈물과 모정과 의지와 희망의 일기이기도 하다. 오직 아들을 훌륭히 키우기 위해 만난을 무릅썼던 그 어머니가 오는 4월에 아들을 데리고 고국 나들이를 할 것이라고 한다. 말 그대로 금의환향(錦衣還鄉)이다. 김 씨는 미국에서 혼자 버려졌을 때부터 아마 이날을 꿈꾸며 마음을 다잡았을 것이다.

워드의 어머니뿐이겠는가. 대성한 사람들의 뒤에는 '반드시'라고 해도 좋을 만큼 훌륭한 어머니들의 현명한 가르침이 있다. 어디 세속적인 성공만을 기준으로 하랴. 선한 이웃, 착한 시민으로 살아가고 있는 이 세상의 모든 사람들은 다 어머니의 사랑과 가르침에 재능 인성 역량의 뿌리를 두고 있다. 어머니야말로 가장 위대한 교육자다.

다만 갈수록 '교육자로서의 어머니' 역할이 위축되고 경시되는 것 같아 걱정스럽다. 워드의 한국인 어머니 이야기가 미국인뿐만 아니라 우리들까지 감동시키는 것은 어쩌면 이곳에서도 '어머니의 도덕·인격 교육'은 이제 흔적으로만 남았음을 반증하는 현상일지도 모르겠다. 기술 기능 기교 따위가 인격 보다 중시되는 사회는 필연적으로 어머니를 왜소화하고 그 역할을 위축시킨다. 자연 재승덕(才勝德)하고 경조부박(輕佻浮薄)한 재사들이 더 거드름 피우는 세태가 되고 만다.

어머니의 역할이 소망스런 시절이다. 사람들이 오직 제 잇속만 따져 남의 사정은 아랑곳없이 동분서주 좌충우돌하는 세태가 된 것 같아서 더 어머니가 그리워진다. 요령꾼으로서 습득해야 할 재주보다는 인간으로서 갖춰야 할 미덕을 가르치는 교육이 진정한 주민·국민·민족 공동사회의 재건을 가능케 한다.

특히 올바른 정치인을 만들어내는 교육이 절실하다. 우리 사회가 교육자의 자리에서 어머니들을 밀어내버리고 요령꾼 계략가들을 들이민 탓이 아닌가 의심스러울 정도로 정치인들의 품격이 크게 떨어져 있는 게 현실이다. 다 그렇다는 말은 아니니까 '훌륭한 정치인' 들께서는 안심하셔도 좋겠다. 사실 학식이나 재능으로 따진다면야 정치인만한 인재도 달리 없다. 문제는 리더로서의 품격이다.

미안한 얘기지만 엊그제부터 계속되고 있는 국회 인사청문회가 풍기는 인상이 그렇다. 세상 사람들보다 뛰어난 점이 있기 때문에 장관으로 청장으로 발탁되었을 것이다. 하긴 평소에 남다른 박학과 언변 그리고 기량과 능력을 과시해 온 사람들이기도 하다. 그런데 해명하고 반박하는 재치는 돋보이지만 인격 덕성 같은 것은 쉽게 감지되지 않는다. '부덕의 소치' 운운하는 이도 있으나 정말로 덕이 없음을 송구스러워하는 빛은 안 보인다.

옛날에라고 훌륭한 정치인만 있었던 것은 아니겠다. 그러나 수기치인(修己治人), 자신의 몸과 마음을 닦은 후 남을 다스린다는 엄한 도덕률만은 공유하고 있었던 것으로 전해진다. 오늘 날의 정계에서는 학식 재치 요령 따위의 기술 기능만을 중요시하는 인사들이 더 행세하는 분위기가 되어 버렸다. 반대의 목소리라도 있을라치면 더욱 큰목소리로 반박하거나 비웃는 방법으로 이를 압도해버리려는 모습을 어렵잖게 본다.

"늙으신 어머님을 고향에 두고/외로이 서울 길로 가는 이 마음/돌아보니 북촌(北村: 북평)은 아득도 한데/흰 구름만 저문 산을 날아 내리는구나."(이현희 역)

한국 어머니의 표상으로 첫손 꼽히는 신사임당이 친정을 떠나 대관령을 넘으면서 읊은 시다. 어머니의 어머니의 어머니의 어머니로부터…. 그분들의 염려와 사랑으로 오늘의 우리가 있게 되었음을 언제나 생각하시라. 그 어머니의 사랑에 담긴 가르침을 새겨 품격을 높이시라. 그런 후에야 정치를 한다고 나서는 게 어머니에 대한 도리일 듯하다. 국민이나 이웃을 다스리는 높은 자리에 오르겠다고 안간힘을 쓰는 분들, 어떻게 생각하시는지? 〈이. 060208〉

이런 공직자들

"옛날에는 정권에 불리한 보도가 나오면 '좀 빼 달라' '고쳐 달라' 거나 앞으로 우호적인 기사를 써줄 것을 기대해서 자주 만나고 '소주 파티'도 하며 향응을 제공하고 그랬는데 앞으로는 불합리한 기사에 대해서는 인간적 관계를 통해 해소하려 하지 않고 정정보도와 반론도 청구하고 아주 원칙대로 해나갈 생각이다."

노무현 대통령이 취임 사흘 전 인터넷 신문《오마이뉴스》와 가진 인터뷰에서 한 말이다. 취임 한 달 조금 더 지난 2003년 3월29일의 청와대 직원 워크숍에서도 그는 '소주'를 언급했다.

"(직원) 여러분 중 일부는 기자들과 나가서 술 마시고 헛소리하고, 나가서는 안 되는 정보를 내보내고, 정말 배신감을 느꼈다." "우리 사이에서 이거 어느 놈이 (정보를) 내보냈다고 의심하는 일 없도록 하자."

기자와 공직자의 관계를, 전자는 알량한 영향력으로 으름장을 놓고 후자는 이들을 달래느라 굽실거리며 향응을 제공하는 구조로 인식했다는 뜻이다. 부인만 하기는 어렵다. 그러나 더 큰 문제는 기자와 공직자를 선악(善惡) 이분법으로 재단하고 있는 노 대통령의 언어와 의식에 있다.

해묵은 이야기이긴 하다. 그런데 그 '착하기만 한' 공직자들의 야비하고 범죄적인 행위는 정말 눈 뜨고 못봐주겠다. 그래서 지난 일을 떠올리는 것이다. 엊그제 밤에 자정을 넘기며 방영된 KBS TV 시사기획 '쌈'은 정부 중앙부처 고급 공무원들의 해외 연수 실태를 보여줬다. 선진 행정을 배우고 오겠다며 연간 7000만 원(급여 포함)의 국비를 타서 해외로 나간 공무원 가운데 일부가 떼로 모여 골프장에서 살다시피 한다는 내용(부분적으로)이었다.

어제 중앙일보에는 공기업과 공공기관의 감사 21명이 '혁신포럼'이라는 것을 한다며 열흘 일정으로 남미 3개국 관광에 나섰다는 기사가 실렸다. '혁신포럼 세미나 하러 남미 이과수 폭포 간다'는 기사 제목이 눈길을 끈다.

옛날 강원도 정선 고을의 한 부자가 '양반'을 샀다. 군수가 양반 증서라는 것을 만들어 줬다. 선비가 지켜야 할 도리와 몸가짐만 빽빽이 열거된 것을 보고 양반 매수인이 좋게 고쳐달라고 사정하자 군수는 '양반의 본색'을 그대로 적었다. "문과의 홍패라는 것은 크기가 두 자도 못 되지만, 여기에는 100가지 물건이 갖추어져 있어 이것을 돈 자루라 부른다. … 궁한 선비가 시골에 살아도 오히려 자기 맘대로 할 수가 있으니, 이웃집 소를 가져다가 자기 밭 먼저 갈고, 마을 사람을 불러다가 내 밭 먼저 김매게 해도 어느 누구 욕하지 못한다."

그 증서라는 게 온통 남의 것을 갈취해 제 욕심 채우고 그것도 싫증나면 가엾은 백성에게 온갖 패악을 부려도 좋다는 내용뿐이었다. 부자는 "그만 두시오. 그만 두시오. 맹랑하도다. 장차 나를 도둑놈으로 만들 작정이시오?"라며 거절하고 가버렸다. 연암 박지원의 『양반전』(최태응 역주) 내용이다.

빗나가는 사람들에 한정해서 하는 말이지만 옛날의 양반이나 지금의 공직자나 행실이 어쩌면 그렇게 흡사할까. 높은 자리에 앉아 호의호식하며 권세자랑 하는 것으로도 성에 차지 않아 혈세로 제 잇속 채운다는 것인가.

"관리도, 관료도, 공복도, 머슴도 공무원에 대한 만족할 만한 규정이 아니라고 생각한다. 공무원은 이제 스스로, 주도적으로 국민에게 도움이 될 만한 행정 서비스를 찾아 제공하는 '행정 리더'로서 규정되어야 한다."

노 대통령이 2002년 대선을 2개월여 앞둔 시점에 펴냈던『노무현의 리더십 이야기』한 대목이다. 물론 대다수 공직자는 그런 자질과 책무의식 및 실력을 갖추었다고 믿는다. 그렇다면 기자의 취재를 피해 골프채 수레를 내팽개치고 도망가던 고급 공무원, 포럼인지 뭔지 아주 어려운 이름 달아 해외 관광에 나섰다는 공기업 감사님들은? '리더'는 무슨….

〈이, 070516〉

2부

대저 權力이란…

대통령의 모습

이 땅에 이런 비극이

"그(루이 16세)는 오로지 특권계급의 칼과 맞서는 전쟁을 벌임으로써만 본격적인 개혁을 실시할 수 있을 것이었다. 그러나 그는 귀족들과의 서전에서 도망치고 말았다."(알베르 마티에, 『프랑스 혁명사』)

시위에 가담했던 한 대학생이 전경 여럿이서 작정하고 휘두른 쇠파이프에 맞아 사망했다. 국가 공권력의 이름 아래 가장 원시적인 형태의 폭력이 자행된 것이다.

충격에서 깨어날 새도 없이 남녀 대학생 둘이 분신자살을 기도했다. '살인행위'에 대한 극한의 항의였다. 여학생은 목숨을 건지기가 어렵다고 한다.

" '이 시대에 우리는 눈물을 흘릴 여유가 없다. 지금 우리에게 열사는 필요 없고 전사가 필요할 때다' 는 말이 항상 마음에 남아 있습니다."

분신 여학생은 학우들에게 그런 내용의 유서를 남겼다.

이민족 간에 내전을 벌이고 있는 국가, 정치적 테러가 다반사로 된 지역들에서 전해진 소문이 아니다. 한 핏줄끼리 모여 사는 곳, 현직 대통령이 취임에 즈음하여 '민주개혁과 국민화합을 통한 위대한 보통사람들의 시대' 개막을 선언했던 이 나라에서 백주에 벌어진 사건이다.

경찰이 시위학생을 사람들이 보는 앞에서 타살(打殺)하고, 대학생들이 정부를 상대로 '전사'임을 자처하는 상황이 이 시대 이 땅에서 벌어지고 있다. 어찌 이 지경에 이르고 말았는가.

노태우 대통령은 즉각 내무부 장관을 경질했다. 국무총리의 대국민 사과와 관계 장관들에 대한 유사 사건 재발방지 대책 마련 지시가 뒤따랐다. 관련 전경들은 구속됐다. 당연한 조치이긴 하되 그것은 '해결책'이기는커녕 '무마책'도 못된다. '구조적 문제'에서 비롯된 사건을 '우발적 범행'이라고 강변하는 한 상황의 근본적인 개선은 무망하다.

노 대통령은 임기 후반에 접어들면서 특히 시국안정에 강한 집념을 보였다. '5·7특별담화' '청와대 특명사정반 설치' '대범죄 전쟁 선포'로 이어진 노 대통령의 시국대응자세는 비장함마저 느끼게 했다. 문제가 있을 때마다 장관들에 대한 문책인사도 단행됐다. 그럼에도 불구하고 상황은 호전되지 않았다.

보안사 민간인 사찰, 안면도 핵폐기물 저장시설 논란, 수서(水西)비리, 국방부장관 과격 발언, 세무 공무원 무더기 잠적, 낙동강(洛東江) 페놀오염, 원진(源進)레이온 직업병 문제 등이 줄을 이었고 끝내는 경찰의 대학생 폭행치사 사건까지 벌어졌다.

내각 및 관료조직이 노 대통령과 일체감을 가졌다면 생겨나지 않았을 문제들이다. 각료를 비롯한 고위공직자들은 '대통령의 의지'에 충분한 주의를 기울이지 않았다. 자연히 하부조직은 과정이야 어떻든 결과만 지시대로 맞춰놓으면 된다는 요령에 익숙해졌다. 과격 시위를 막으라니까 폭력으로 짓눌러버리고 마는 것이 그 단적인 예다. 대통령의 권위는 행정체계 내에서조차 빛 바래고 있는 것인가.

개혁의 지도자는 국가통치구조 전반을 효과적으로 장악할 수 있는 실력과 분명한 목표·결연한 실천의지를 함께 갖추어야 한다. 지난 87년 대통령 선거 유세에서 노 후보가 부각시키려 했던 자신의 모습도 그러했다.

그런데 막상 집권한 후에는 '우유부단한 대통령'으로 인상지어졌다. 사려가 깊고 참을성이 많다는 것은 바람직하지만 좌고우면이어서는 곤란하다. 주춤거리고 있는 사이에 실력과 의지에 대한 의심이 부풀어 조기 '레임 덕' 현상을 초래하게 되는 것이다.

'민주개혁'의 기치를 든 이상 노 대통령은 계속 앞장서서 이끌었어야 했다. 고삐를 늦추어 기득권세력이 자기보호의 방책을 둘러칠 시간을 줘버리면 개혁이 들어설 여지가 남을 리 없다. 격변기의 안정은 같은 속도로 달려갈 때만 유지될 수 있다. 구시대적 토양 위에 새 시대의 가치와 질서는 생성되지 않는다.

노 대통령은 구시대와의 단호한 결별에 실패했다. 그 바람에 일련의 능동적 민주화조치까지 억지로 떼밀려 한 것으로 인식되고 말았다. '5공 청산' 문제로 임기초반 내내 시달린 까닭도 그것이다.

국면전환을 위해 감행한 '3당 통합'은 오히려 상황을 악화시켰다. 노 대통령의 민주화 의지 자체에 대한 '국민적 회의'를 불러일으키고만 것이다. 적어도 개혁 추구세력에게선 노 대통령이 그것을 포기한 것으로 간주되었다. 기대가 사라질 때 반발은 거세지게 마련이다.

그렇다고 수구세력이 노 대통령을 든든히 떠받쳐 주는 것도 아니다. 그들은 대통령을 방패나 울타리로 삼고 있을 뿐이다. 노 대통령의 임기가 끝나면 그들은 다시 새로운 울타리를 찾아 모여들 것임에 틀림없다.

아직 시간은 있다. 지금부터라도 구시대적 기득권 보호 장치를 제거하는 한편 민주적 제도·관행을 확립시킨다면 국민은 노 대통령을 '민주개혁의 지도자'로 기억하게 되리라고 확신한다. 이 땅의 젊은이들이 서로 적개심을 불태우며 거리에서 싸우다가 쓰러져가는 비극도 더는 되풀이 되지 않을 것이다.

노 대통령의 용기와 용단을 보고 싶다. 〈세, 910502〉

잔치만 벌일 건가

케네디는 1961년 1월 20일 그의 저 유명한 취임연설에서 유엔을 '우리의 최후·최선의 희망인 주권국가의 세계의회'라고 불렀다. 거창한 이름을 얻긴 했으나 유엔은 그 후로도 오랫동안 제 기능을 하지 못했다. 동서 양진영의 첨예한 대립구도 하에서 일반적 국제평화기구인 유엔의 역할은 극히 제한적일 수밖에 없었던 것이다.

이제 세상은 부시 미 대통령이 유엔총회 연설에서 여유 있는 표정으로 '팍스 유니버설리스(전 세계에 의한 세계평화)'를 운위하게 되었을 만큼 엄청나게 변화했다. 미·소를 정점으로 하는 양극체제는 더 이상 존재하지 않는다. 부시가 지난 23일의 연설을 통해 다짐한 대로 미국이 '팍스 아메리카나(미국에 의한 세계평화)'에 집착하지 않는다면 유엔은 명실상부한 세계평화유지기구로서의 위상을 확립하게 될 것이다.

그 유엔에 우리나라가 회원국으로 가입했다. 한반도와 그 주변지역은 물론 세계적으로도 남북한의 유엔가입은 각별한 의미를 갖는다. 우리 국민이 느끼는 감회가 예사로울 수는 없다. 이 글의 전제도 다르지 않다.

노태우 대통령의 24일 유엔총회 연설은 성공적이었다고 전해졌다. 현지의 반응도 좋았던 모양이다. 다행스런 일이다.

그런데 국내의 한 백성에겐 그 연설문이 상당한 미문(美文)이었다는 인상만 남아 있다. 보라는 달은 안 보고 가리키는 손가락을 본 셈이다. 새롭고 특별한 내용이 없어서였겠지만 화려한 수사적 문장이 우선 눈길을 끌었던 때문이었을 수도 있다. 88년의 취임사만큼은 아니었으나 이번의 연설문도 내용보다는 오히려 문장에 더 신경을 쓴 듯한 인상을 주었다.

명문을 남기고 싶다는 것은 누구에게나 자연스런 욕심이다. 글머리에 인용했던 케네디의 취임연설이 역사적 명연설로 인구에 회자돼 오고 있거니와 노 대통령의 연설이라고 그렇게 되지 못하란 법은 없다. 다만 포장이 화려할수록 내용물은 빛을 잃는다는 사실을 간과하진 말아야 한다. 분위기에 취해 능력과 실천의지를 앞질러 가는 약속을 해버리면 신뢰의 상실을 초래한다는 점도 상기할 필요가 있다. 이미 경험한 바다.

글은 또 그럴 수 있다 하더라도 유엔 가입과 대통령의 연설을 지나치게 이벤트화하려 한 정부의 자세는 납득하기 어렵다. 뒤늦게 들어가는 나라의 행차와 행사로선 너무 넘치지 않았는가. 여야 대표 역대 국무총리, 전·현직 각료, 국회의원에다 재벌총수까지 대거 몰려갔다. 자축하는 것은 좋다. 그렇지만 거기에도 절제는 있어야 한다. 잔치도 형편에 맞춰 벌여야 하지 않겠는가.

돌아보면 88서울올림픽 이후 지금까지 내내 잔치다. 경제가 위기국면에 빠져들고 사회불안이 위험수위를 오르내려도 잔치는 끝날 줄을 모른다. 대단히 유감스럽게도 그 같은 분위기나 행사를 주도하는 측은 정부다. 정부가 돈 자랑·돈 쓰기의 모범을 보이는데 부자들이 가만있겠는가.

11만 원짜리 팬티, 1500만 원 하는 응접세트, 1억 원 나가는 일체식

주방, 2억 원에 가까운 외제 자동차, 15억 원에 이르는 호화빌라가 예사롭게 팔린다는 세태다. 산자수명(山紫水明)한 곳이면 어디고 할 것 없이 궁전 같은 별장이 자리 잡고 있다고도 한다. 온통 돈 잔치에 여광여취(如狂如醉)해 있는 모습들이다. 그 난장판 속에서 수출은 구조적 한계를 드러내고 수입은 봇물 터진 양 급증하여 무역적자가 이미 100억 달러를 넘어섰다. 이런 경제 추세의 귀착점을 생각하면 전율스럽기까지 하다.

부끄러워하거나 미안해 하는 사람은 아무도 없다. 책임을 미루는 데는 이골이 나 있다. 그들의 손가락 끝을 따라가다 보면 결국은 노동자나 서민에게 가 닿는다. 이 사람들이 일은 안 하면서 너무 많은 것을 요구하는 바람에 이렇게 됐다는 것이다.

얼마 전 노 대통령이 경제 각료들을 호되게 질책했다는 보도가 있었다. 그 며칠 후엔 "야단맞았다고 흔들리지 말라"고 격려했다는 소식이 전해졌다. 그게 무슨 뜻인지 도무지 헤아릴 길이 없다.

"회사 하나 하다가 잘못해서 부도낸 놈도 쇠고랑차고 몇 년씩 살아야 하는 이 엄정한 신상필벌의 나라에서, 그래 나라 하나를 통째로 파산시킨 놈들은 집에 가서 잘 먹고 잘 살아?"

『옛날 옛날 한 옛날』이라고, 한 10년쯤 전에 이창우(李彰雨) 씨가 쓴 책인데 그 속에 나오는 말이다. 제세(制世)산업의 극적인 성장·몰락 과정에서 세인의 이목을 끌었던 사람이다. 다소 거칠긴 하지만 '말인즉슨 옳은 말'로 기억하고 있던 대목이어서 나라 경제를 책임진 분들에게 소개한다.

"내가 죽은 후에 대홍수야 나든 말든."

프랑스 국왕 루이15세가 한 말이라던가.

정부가 어쩌자고 심각한 기색이라고는 없이, 예산은 필요한대로 요구하고 잔치는 핑계 있는 대로 다 치러야 하겠다는 것인지 정말 알 수가 없다.

유엔 가입은 뜻 깊은 일이다. 북방외교도 당연히 중요하다. 때론 국부를 과시해야 할 때도 있다. 지금까지의 일은 그렇게 이해한다고 해도 더는 안 된다. 주머니가 비어버렸다. 경제여건, 무역환경을 봐서는 언제 다시 채워 넣을 수 있을지 기약하기도 어렵다. 돈도 돈이지만 더욱 무서운 것은 국민의 좌절감이다.

그래서 하는 말이다. 이제 그만 잔치판을 걷자. 〈세, 910927〉

‘6 · 29’ 논란

‘6 · 29선언’ 의 진짜 주인공은 전두환(全斗煥) 씨라는 주장이 공개적으로 나왔다. 당시 전 대통령의 사료 담당 공보비서관을 지낸 사람이 《月刊 朝鮮》 92년 1월호에 이 같은 내용의 글을 기고했다. 그 때 대통령 직선제 수용을 결심한 사람은 전 씨였고 노태우(盧泰愚) 당시 민정당 대통령 후보는 오히려 “쉽게 갈 수 있는데…”라며 주저했다고 한다.

‘6 · 29’ 가 누구의 작품이냐는 의문, 혹은 논란은 전혀 새로운 것이 아니다. 선언 직후부터 이미 제기되어 왔다. 지난 89년 12월 31일 국회 광주 · 5공 특위 연석 청문회 때는 전 씨에게 선언의 배경 · 경위 등을 직접 추궁하기도 했다. 전 씨는 “어느 시대, 어느 정치 사회를 막론하고 이면 사는 있게 마련이지만 속속들이 알려진 사례는 거의 없다"며 여운을 남겼다.

많은 사람들이 '노 후보의 영웅적·희생적 결단'이라는데 대해 회의적인 시각을 가졌던 것은 사실이다. 그는 그해 6월 2일 저녁의 청와대 여권 핵심간부 모임에서 전 대통령으로부터 민정당 대통령 후보 지명을 받았다. 대단히 감격해서 눈물을 흘렸다고 전해졌다. 노 후보는 다음날의 당 중집위, 같은 달 10일의 전당대회를 통해 정식 후보로 선출되었다. 6·29선언은 그 후 불과 19일만의 일이다. 그 때문 만이라고 할 수는 없지만 그것도 '회의론'의 한 근거가 되기는 했다.

여권에선 '코페르니쿠스적 발상의 대전환'이라는 의미를 부여했다. 벼랑에 섰던 민정당 정권의 기사회생 및 재집권 전략으로서는 과시 대단한 것이었다. 상황은 극적으로 반전되었다. 그러나 노 후보와 그 주변 인물들의 정치철학·가치관까지 근본적으로 변화했다고 믿기엔 그 시간이 터무니없이 짧았다.

물론 당초 의도가 어떤 것이었든 6·29선언의 의의는 결코 과소평가될 수 없다. 민주화를 가로막고 있던 권위주의의 둑을, 적어도 그 일각은 허물어뜨렸다. 따라서 '민주화'의 일대 계기를 제공한 공로는 평가되어야 하리라고 본다.

그 점 전제하더라도 누가 6·29선언의 당사자였고 그 참뜻은 무엇이었는지 분명히 정리되지 않으면 안 된다. 노 대통령, 전 전 대통령 어느 한 쪽을 위해서가 아니라 역사를 위해서다. 역사란 스스로 바르게 쓰이지는 않는다고 생각한다. 진실을 기록하여 전하려는 인간의 의지가 있어야 하는 것이다. 〈한, 911223·1판〉

'아니오'가 있어야 한다

"오후 2시 반이 가까워지면 본회의장 근처의 복도와 계단 주위에서는 긴장감이 감돈다. 방문객·출입기자·사무처 직원들이 복도 양편으로 갈라져 서고 경위는 두 눈을 부릅뜨고 주위를 살핀다."

신형식(申洞植)의 유저 『영국 의회』가 그려 보이는 하원의장 '행차' 장면이다.

"시계탑(빅벤)의 종소리가 2시 반의 시보를 알리는 순간, 경위는 큰 소리로 '의장행차!'라는 구령을 하며 이와 동시에 모든 사람들은 침묵을 지키고 부동자세를 취하게 된다. 이어 정숙해진 장내에 저벅저벅 보조를 맞춘 발걸음 소리가 들리면서 일단의 행렬이 다가온다. 수문장을 선두로 경위장이 은색의 메이스를 메고 나타난다."

그 메이스(mace)라는 것은 우리말로 철퇴 전곤(戰棍) 지팡이 혹은 홀(笏)이다. 동서고금을 통해 그것은 '절대적인 권위, 권력, 관직의 상징'이다. 영국의회의 메이스는 왕권의 상징이면서 하원의장 권위의 표상이기도 하다.

새삼 강조할 것도 없이 영국 하원의장의 권위는 대단하다. 의회 내에서의 위상은 절대적이다. 또 본인이 사의를 표하지 않는 한 계속 연임되는 것이 관례다. 소속 정당이 소수당이 되더라도 의장의 지위는 흔들리지 않는다. 의장과 의회는 별개가 아니다. 따라서 이는 곧 영국의회의 권위고 위상인 것이다.

김영삼(金泳三) 대통령이 황낙주(黃珞周) 국회의장을 심하게 질책한 데 대해 민주당이 반발하고 나섰다. 김 대통령이 민자당의 선거법 개정안 '단독처리' 방침에 적극 동참하지 않은 것을 두고 황 의장을 아랫사람 꾸짖듯 했다면 민주당이 아니라도 문제로 인식하기에 충분하다. 개인 적, 혹은 소속 정당 내에서의 관계가 어떤 것이든 대통령과 국회의장은 한쪽이 야단치고 다른 쪽이 야단맞을 사이가 될 수 없다.

김 대통령은 지난 9일 영국 런던의 퀸 엘리자베스 2세 국제회의 센터 연설에서 "한국의 민주주의를 위한 나의 오랜 투쟁 과정에서 영국의 민주주의는 중요한 길잡이가 되었다"고 상기했다.

아마 그랬을 것이다. 대통령으로 취임한 후에도 영국정치와 정치제도에 깊은 관심을 기울인다는 보도가 잇달았다. 정치개혁과 관련, 영국전문가들에게 조언을 구한 것으로도 알려졌었다. 영국에서의 감회가 각별했으리라는 점을 미루어 짐작할 수 있다.

그러나 영국정치는 단시간 내에 공약과 구호만으로 우리정치에 이식될 수 있는 게 아니다.

상식이지만 영국의 의회민주정치 역사는 유장(悠長)하다. 1215년의 대헌장이 영국민주정치의 개막을 알리는 신호였다면 그 역사는 800년에 가깝다. 서민원(庶民院)의 창시자란 이름으로 불린 시몬 드 몬폴이 전국에 걸쳐 귀족, 성직자 및 서민 대표자를 소집, 대회의를 개최한 1265년부터라 하더라도 730년의 연륜이다. 또 귀족과 승려의 귀족원에 대해 기사와 도시 대표자가 서민원을 형성함으로써 양원제가 실시된 에드워드 3세 시대 뒤로는 660여년이 지났다. 영국 의회민주주의의 연대기는 그 이후로도 수많은 실적이 쌓여지며 오늘에 이르렀다.

그에 비해 우리 헌정사는 아직 반세기에도 못 미친다. 온갖 우여곡절을 거쳐 이른바 '문민정치'가 부활된 지는 겨우 2년여에 불과하다.

정부 여당은 그 점을 분명히 인식해야 한다. "봐라! 우리가 민주정치를 이루지 않았느냐"고 자랑하는 것은 독선이 아니면 코미디다. 우리는 아직 행정부의 수반인 대통령이 사실상의 입법부 수장 임명권을 가지고 때로는 야단도 치는 정도의 정치수준에 머물러 있을 뿐이다. '문민정부'의 등장만으로 민주화가 완료되었다는 오해를 극복하는 것이 중요하다. "문민정부와 여당이 하는 일이니까 당연히 옳다. 따라서 찬성해야 마땅하다"는 도그마에 빠진 사람은 혹 없는가.

민주화된 나라에도 '아니오'는 있어야 한다. 그건 소금과 같은 것이다. 그게 없으면 정치권력은 오만에 빠지고 부패하게 된다. 정치사의 경험이다.

중국 위(魏)나라의 문후(文候)가 어느 날 술자리를 벌이고 가신들과 환담하고 있었다. 그는 가신들에게 자신을 비판해달라고 부탁했다. 저마다 '칭송성 비판' 곧 아첨을 늘어놨지만 임좌(任座)만은 달랐다. '부족한 군주'라며 그 잘못을 지적했다. 비판을 바란다던 문후의 표정이 굳어졌다. 임좌는 자리를 피할 수밖에 없었다. 이번엔 적황(翟黃)의 차례가 되었다. 그는 '성군'이라고 답했다. '주군이 어질면 신하가 직언을 하는 법'이라는 게 그 이유였다. 문후의 얼굴이 펴지고 임좌에게는 감사의 술잔이 내려졌다.

정부 여당의 실력자들이 '아니오' 소리에 겸허하게 귀 기울이는 날이 오길 바란다. 그 때 우리는 훨씬 성숙된 우리의 민주정치를 보게 될 것이다. 〈세, 950323〉

경복궁 복원과 민족정기

"역사는 청산과 계승을 통한 창조의 과정입니다. 우리는 오늘 옛 조선 총독부를 철거하는 역사적 작업을 시작하였습니다. 이 건물이 철거되어야만 우리 민족사의 정통성을 상징하는 경복궁이 본래의 모습을 되찾을 수 있습니다."

김영삼 대통령이 15일 광복 50주년 기념식 경축사를 통해 그같이 강조했다. 김 대통령은 덧붙여 말했다.

"옛 조선총독부 건물의 철거는 단순히 식민잔재의 외형적 청산에 그치는 것이 아닙니다. 그것은 우리 모두의 의식 속에 남아 있는 그릇된 역사의 잔재로부터 진정으로 해방되는 것을 뜻합니다."

이날 기념행사 중 11.4톤 무개의 이 건물 첨탑이 대형크레인에 의해 끌어 내려졌다. 철거된 자리엔 일제에 의해 헐린 경복궁의 전각들이 복원되어 들어선다. 그래야만 훼손된 민족정기가 회복된다고들 한다. 우리민족과 국토의 '기와 맥'을 끊기 위한 일제의 흉계가 총독관저 총독부 청사 경성부청사(현 서울시 청사)등에 배어있으므로 헐어내지 않으면 안 된다는 풍수지리적 주장도 끊임없이 제기되어 왔었다.

오욕의 상징을 현장에서 대하는 마음에 다름이 있을 리 없다. 그렇지만 철거와 관련해선 생각이 다를 수도 있다. 기맥론(氣脈論)은, 비록 일제가 의도했다 해도 접어두는 게 좋겠다. 풍수지리적 관점이 국가적 결정을 좌지우지 하는 근거가 되어서는 안 될 것이기 때문이다.

총독부 건물을 부수고, 경복궁을 복원해서 민족정기를 되살린다는 것도 명분으로는 부족하다. 왕조중심 혹은 집권자 위주의 역사관은 주권 재민시대의 국민정서에 맞지 않는다. 왕궁이 어떻게 민족 정통성의 상징일 수 있는가. 건물하나에 짓눌려 있을 만큼 우리의 민족정기가 흐릿한 것일 수도 없다.

민족의 자존심 때문이라면 납득할 수는 있다. 그러나 그게 꼭 건물을 헐어내야 회복될 수 있는지는 재고해 볼 필요가 있다. 와신상담(臥薪嘗膽)의 고사도 있거니와 치욕의 역사일수록 직시해야 한다. 흔적을 없애 버리면 마음의 경계도 느슨해지고 만다. 잊는 것으로 극일을 하고 자존심을 회복하겠다는 것인가.

그 건물은 일제 침략 및 식민통치의 상징이자, 왕조와 위정자들이 국권을 빼앗김으로써 백성을 이민족의 압제 속에 밀어 넣은 죄과의 산 증거이기도 하다. 국정을 책임진 사람들에 대한 경계로서 그 같은 '역사의 거울' 하나쯤은 있어서 나쁠 것이 없다.

역사의 현장이란 측면도 감안되어야 한다. 일제 때는 총독부였으나 해방직후엔 미군정청, 대한민국이 출범하고서는 정부청사였다. 고통과 오욕으로 점철되긴 했지만 해방의 환희와 정부수립의 역사도 함께 안고 있는 건물이다. 일제의 조선총독이 미군에게 항서를 바친 장소 또한 그곳이다. 거기에 일제의 망령 따위가 도사리고 있을 까닭이 없다.

굳이 허물고 부수자면 어디 그 뿐이겠는가. 일제시대에 지어진 건물을 모조리 헐어내고 경부선·경인선 철도와 그때 뚫린 모든 신작로를 다 파헤친다 해도 분을 풀기엔 부족할 것이다. 혹 그럴 계획은 없는지 모르겠다.

청산이나 해방은 정신에 달린 것이지 건물하나에 좌우될 것은 아니다.

역사에서 배우려 하지 않고, 흔적을 없애 고통을 잊겠다는 민족에게 설욕의 날이 올 것 같지는 않다. 그것도 대통령의 말 한마디로 결정되었다. 좀 더 논의해본다고 문제될 게 뭔가. 일제가 다시 쳐들어와 거기다 총독부를 설치할 것도 아닌데.

건물 하나를 도저히 두고 못 봐주겠다고 하면서도 정작 청산되어야 할 정신적 일제잔재에는 너무나 관대하다. 정부수립이후 숱한 친일 인사들이 정치 행정 사회 문화 등 각 분야를 주름 잡았다. 지금은 다른 형태로 각 부문에서 '일본'이 넘쳐나고 있다. 그러나 그것을 청산 극복하려는 시도는 거의 없다.

정부는 기회 있을 때마다 한·일 우호와 협력만을 강조한다. 일제 때 군인으로 광부로 공원으로 또 종군위안부로 끌려가 인간으로서는 상상할 수도 없는 고통을 겪었던 사람들의 한과 울분에 대해선 외면과 회피로 일관하고 있다.

일본의 각료라는 사람들이 걸핏하면 망언을 늘어놔도 유감표명이 고작이다. 일왕(日王)이나 총리들이 어정쩡한 표현으로 사과라는 것을 할라치면 앞장서 의미를 부여해주는 아량을 보인다. 이번 무라야마 일본 총리의 사과 발언이 과거보다 크게 진전됐다던가 어쨌다던가.

이제 첨탑은 잘라냈으니 일제의 상징은 제거된 셈이다. 나머지는 그냥 두는 게 어떨지. 위정자들이 그 역사의 거울에 항상 자신을 비춰보고 경계로 삼는다면 허물어서 기대할 수 있는 것보다 더 많은 것을 얻을 수 있다. 그 자리에다 외세에 패망하고 백성에 거부당한 왕조의 옛 영화를 재현해 놓는다한들 민족정기 회복에 무슨 도움이 되겠는가.

〈세, 950817〉

자책해야 할 사람들

노태우 씨가 결국 구속되기에 이르렀다. 특정범죄가중처벌법상의 뇌물수수죄와 정치자금법 위반 혐의가 적용되는 모양이다. 헌정사상 전직 대통령이 재임 시의 비리 때문에 구속되는 첫 사례다.

전직 대통령이라도 죄를 지었으면 벌을 받는 다는 것이야 지극히 당연한 법치주의의 상식이지만 그 것을 확인하는 국민들의 감회는 각별하다. 세상이, 시대가 바뀐 것을 실감케 된 데서 그나마 위안을 받게 되었다. 그러나 마음의 상처는 여전히 깊다. 무엇보다 좌절감이 국민의 마음을 괴롭히고 있다.

장자(莊子)의 조롱이 2천 300년 저 편에서 들려 오는 듯해서 더 창피하고 울화가 치민다. 『장자』 외편(外篇)의 거협(胠篋)은 도둑 이야기다. 거협이란 상자를 연다는 뜻으로 곧 도둑을 가리킨다. 장자는 말한다.

"도둑이 상자를 열고, 주머니를 더듬고, 궤짝을 따는 것을 막기 위해서는 단단히 매고 묶고 자물쇠를 채워야 한다. 그것이 이른바 세상 사람들이 말하는 지혜라는 것이다.

그러나 이것은 좀도둑을 막기 위한 궁여지책에 불과하다. 큰 도둑이 볼 때는 이보다 더 어리석으면서도 자신에겐 고마운 일이 달리 없다.

그들은 고이 간직하고 알뜰히 모아둔 것을 주머니 째, 궤짝 째, 상자 째 고스란히 가지고 가기 때문이다. 그들은 오히려 자물쇠가 더욱 튼튼하고 주머니 끈이 더욱 단단히 묶여져 있지 않을까봐 걱정한다. 그러고 보면 세상에서 말하는 지혜라는 것이 결국은 큰 도둑을 위해 재물을 쌓아두는 결과 밖에 더 될 것이 없다."

노 씨 재임기라고 법, 제도, 그리고 검찰이 없었겠는가. 내각과 청와대 막료진, 방대한 정부기구도 엄연히 존재했다. 국민의 대표기관인 국회, 법치주의 최후의 보루라는 사법부 또한 없었던 게 아니다. 기회 있을 때마다 국정을 책임지는 집권당임을 자랑하는 여당, 정부·여당에 대한 투쟁의욕에 넘치는 야당도 물론 있었다. 더욱이 그 때는 이른바 '5공 청산기'였다.

그런데도 대통령의 부정축재 앞에선 무력했다. 절대왕권 하에서가 아니라 국민에 의해 뽑힌 대통령이 법에 따라 정치하는 이 민주국가에서 대통령의 탐욕을 진정시킬 아무런 실효성 있는 장치도 없었다는 것을 새삼 확인하게 되는 것은 큰 충격이다.

누구도, 무엇도 믿고 기대할 수 없다는 사실 때문에 국민은 망연해 있다. 정치한다는 사람들, 국민이 부여한 권한을 행사하며 국민의 혈세로 녹을 받는 사람들은 분위기에 편승해서 같이 노 씨를 비난하기 전에 이 점을 먼저 생각해야 한다. 물론 언론도 책임을 면할 길이 없다. 함께, '아니오'라며 막아서지 못했던데 대해 뼈아픈 반성부터 하자는 것이다.

지은 죄는 무거우나 노 씨의 처지도 가련키 이를 데 없다. 재임 기에 수교했던 중국의 장쩌민(江澤民) 국가주석이 체한 중인 때 더러운 뇌물수수 혐의로 구속되는 심사가 오죽하겠는가. 바로 전임자였던 전두환(全斗煥) 씨의 예에서 교훈을 얻지 못했던 그의 큰 어리석음(泰愚)이 안타깝다.

이제 노 씨가 구속됨으로써 상황은 새로운 국면으로 접어들게 되었다. 김 대통령의 생각은 분명해 보인다. 국빈이 방문 중임에도 불구하고 전직 대통령을 구속하는 것은 사법적 문제에 정치적 고려는 있을 수 없음을 확인시키자는 뜻인 듯하다.

그렇다면 사법적 대응이 노 씨만으로 끝나지는 않을 것이다. 돈을 준 기업은 말할 것도 없고, 돈을 정당치 않은 방법으로 받은 사람도 그 대상이 될 수 있다. 전직 대통령이란 '성역'을 깨뜨린 마당에 사람과 그 지위를 가리려 할 리가 없다.

김 대통령은 그간 강조를 넘어 다짐으로 '세대교체'를 말해왔다. 민자당의 강삼재(姜三載) 사무총장은 구체적으로 김대중 국민회의 총재를 가리키며 연일 '정계은퇴'를 강도 높게 요구하고 있다.

이로 미루어 '노 씨 비리수사' 정국의 방향은 짐작하기 어렵잖다. 야당 지도자들에 대한 '세대교체' 압력이 갈수록 더해질 것이다. 국민회의 측이 '전면전'을 선언하고 나섰지만 대응수단은 제한되어 있다. 부인할 수 없는 흠집까지 안고 있는 만큼 명분의 우위도 확보하지 못했다. 김 국민회의 총재는 참으로 곤혹스런 선택을 요구받고 있는 것이다.

이점에선 김종필 자민련 총재의 입장도 크게 다르다 할 수 없다. 여당 역시 예외가 되지는 못한다. 노 씨 수사가 일정한 성과를 거두기만 하면 '세대교체'의 격류는 여당 쪽을 먼저 덮칠지도 모른다. 그 자체가 곧 정계개편이다.

노 씨 수사 과정이든 정국 변화든 지켜보는 국민의 바람은 하나다. 사법적 사안은 법으로, 정치적 문제는 정치력으로 풀어야 한다는 것이다. 법을 굴절시키거나 법과 정치를 뒤섞음으로써 다시 국민에게 배신감 좌절감을 주는 일이 없기를 바란다. 〈세, 951116〉

김 대통령의 마상정치

　김영삼(金泳三) 대통령은 1993년 2월 25일 국회의사당 앞에서 '문민민주주의 시대의 개막'을 선언하며 제14대 대통령에 취임했다. 김 대통령은 이날 취임사를 통해 '신한국의 꿈'을 펼쳐보였다. '정의가 강물처럼 흐르는 사회' '더불어 풍요롭게 사는 공동체' …. 국민은 실로 30여 년 만에 등장하는 문민정부를 깊은 감회로 환영하며 감격에 넘쳐 이 꿈들을 가슴에 심었다.

　취임사를 계약서나 차용증서로 여겨 디밀고 따질 일은 못된다. 그렇게 접어두자 하면서도 황량하고 망연한 심정으로 다시 그날의 다짐을 떠올리게 되는 것은 너무 뒤틀려버린 현실 탓이다. 정의의 강은 오물과 악취 속에 흐름을 멈추었다. 풍요의 공동체는 신기루처럼 사라져 가고 있다. 마냥 즐거워야 할 설 대목의 풍경은 스산하기 그지없다. 실직의 고통과 공포 속에 전전긍긍하는 서민의 마음을 '한보 비리 의혹'이 발기발기 찢어 놓는다. '신한국'은 정말 꿈일 뿐이었는가.

　사람들은 김 대통령을 타고난 승부사라고 했다. 거기에 더해 오직 앞으로 내닫기만 하는 정치적 무인(武人)이었다. 남다른 투지와 배포가 없었다면 아마 김 대통령은 그 험한 세월 어느 고비에선가 좌절하고 말았을 것이다. 승부욕 강한 무인 기질이 승리의 원천이었다. 그러나 정권을 쟁취한다는 것과 국가를 경영한다는 것은 전혀 다른 과제다.

　"나는 말 위에서 천하를 얻었소. 시서(詩書) 따위는 소용이 없소."

　그렇게 말하는 한(漢) 고조(高祖)에게 육가(陸賈)가 되물었다.

"폐하께서는 말 위에서 천하를 얻으셨습니다만 어떻게 거기서 정치를 하실 수 있겠습니까."

김 대통령 역시 말에서 내리려 하지 않았다. 대통령이 되자 그는 다시 새로운 전장을 향해 큰 칼을 높이 들고 나섰다. 구시대와 부정부패가 궤멸시켜야할 적이었다. 개혁은 국민적 요구였다. 초기의 지지율이 90%를 넘었던 사실만으로도 기대의 정도를 가늠하기에 충분하다. 그 분위기가 그의 투지를 자극했다.

전장에 나간 장수의 덕목은 전기 포착과 결단이다. 그것이야말로 김 대통령의 장기다. 그는 짓쳐나갔고 그럴 때마다 적어도 외형상으로는 승리를 거두었다. 문제는 문민민주정치의 시대를 맞아 안정과 안도를 희구했던 국민적 정서를 간과한 데 있었다. 독선 독단 독주의 정치, 인치, 문민독재의 비판이 쏟아진 게 그 때문이었다.

정부 여당이라도 경세(經世) 체제를 갖추었다면 그나마 부작용을 최소화할 수 있었을 것이다. 김 대통령은 그 조건마저 간과하고 전장의 막료 체제를 고수했다. 구시대를 극복하고 부정부패를 척결하기 위해선 전투태세를 풀지 말아야 한다고 생각했는지도 모른다.

시대상황을 감안한다 하더라도 그것은 바람직한 선택일 수 없었다. 대통령은 군영에서 막료에 둘러싸여 작전을 세우고 마상에서 공격명령을 내리는 장군이 아니라 모든 국민이 다 바라볼 수 있는 자리에 앉아 국민과 함께 나라 일을 논의해야 할 국가경영의 책임자다. 무리가 따르는 것은 당연했다.

한고조의 무장들이 저마다 건국의 공적을 자랑하며 술에 취해 궁중에서 칼을 휘두르던 상황이 재연된 것은 아니지만 오른팔 왼팔들의 위세가 대단해진 것은 사실이다. 자연 정부 여당 내의 언로는 막혔고 오직 측근의 진언에 의한 대통령의 결단만이 국정을 이끌었다. 그것이 '정면돌파' 'YS특유의 승부수'로 부추겨지며 미화되었다.

그 후유증의 하나가 바로 '한보사태'다. 달리는 말 위에서 주위를 제대로 살필 수 있을 리 없다. 잡초를 뽑는 데는 호미가 제격이다. 대포로는 군데군데 웅덩이만 만들 수 있을 뿐이다. 부패의 독초가 여전히 왕성한 생명력을 과시하게 된 까닭이 달리 있었던 게 아니다.

게다가 권력 핵심부의 일부 인사들까지 비리에 물들었다는 의혹을 받고 있다. 자신들의 공적과 대통령의 신임을 과신하는 사람들이라면 스스로를 치외법권적 존재로 착각하게 마련이다. 아무런 죄의식 없이 '응분의 몫'으로 뇌물을 받아 챙겼을 가능성이 없지 않다.

이젠 말에서 내려 국민 속으로 걸어 들어가야 한다. 거기서 정치는 전투가 아니라는 사실을 확인하게 될 것이다. '나라를 구한다'는 거창한 목표나 비장한 각오는 필요치 않다. 임기 동안 최선을 다해 국가를 경영·관리하면 된다. 최우선의 과제는 말할 것도 없이 '한보의혹'의 진상 규명과 엄정처리다. 국법이 대선의 공적이나 김 대통령의 신임보다 더 크고 중하다는 것을 확인시켜줘야 한다.

아울러 서둘러야 할 일이 있다. 주변 정리다. 대통령에겐 심복이 오히려 부담이 된다. 국민의 소리가 우레같이 커도 집권자가 귀를 기울이지 않으면 들리지 않는다. 못 들으면 국민이 바라는 길로 나아가기 어렵다. 그것은 민주적 정치지도자의 길일 수 없다. 국민과 어울려 국민과 함께 하는 정치를 지금부터라도 익혀야 한다. 상식을 굳이 강조해야 하는 마음이 무겁다. 〈세, 970206〉

사정치(私政治)

중국인들은 화가위국(化家爲國), 즉 국가란 가(家)의 확대판이라는 인식을 가지고 있었다. 관직도 귀족의 사관(私官)에 뿌리를 두었다. 이를테면 재상이란 제사의 희생우(犧牲牛)를 잡고 집안 대소사를 돌보던 재(宰)와 바깥일을 맡았던 상(相)이 합쳐진 이름이다.(전목, 『역대중국정치의 득실』) 그런 점에서 전국시대 제후국이었든, 진(秦) 이후 통일제국이었든 그 정치의 본질은 사정치(私政治)였다고 할 수 있다.

우리 옛 왕조들도 중국의 정치제도를 모방했던 만큼 그 아류가 되게 마련이었다. 옛날 일이야 탓할 바 아니다. 지적하려는 바는 그 수천 년 전의 유습이 재연되고 있는 우리의 정치현실이다.

가신정치(家臣政治)의 전형을 이루었던 게 아마 김영삼 전 대통령 정부였을 것이다. 김 전 대통령은 '상도동계'라고 불린 '가부장-가솔' 구조의 조직을 기반으로 국가경영에 나섰다. '국제화' '세계화'를 선창했으나 그 자신은 고대의 사정치적 사고를 털어 내지 못했던 것이다. 국가경영에 차질이 빚어지고 끝내는 경제국난까지 초래됐던 게 이와 무관치 않았을 터이다.

그가 다시 민주산악회 총동원령을 내렸다. 후임자가 독재를 할 뿐 아니라 장기집권의 음모까지 꾸미기 때문에 옛날의 민주세력을 재 결집시키지 않으면 안 되겠다는 것이다. 그 '민주세력'이란 게 자신이 이끌던 사조직이다.

대통령을 지낸 경험으로 장기집권의 음모를 실제 감지하는지는 알 수 없다. 그러나 구경꾼의 눈에는 의도가 그리 순수해 보이지 않는다. 명분 여하 간에 대통령·총리로 재직 중인 양김과 겨룰 만한 정치세력을 확보할 심산이란 인상이 훨씬 짙다. 신당을 창당할 생각은 없다고 하지만 그렇게 하든 않든 야당을 분열·약화시키기는 마찬가지다.

이왕 '의리' 이야기가 나왔으니 말인데 이런 고사는 어떨지 모르겠다. 묵가(墨家)의 거자(鉅子: 영도자)로 맹승(孟勝)이란 사람이 있었다. 그는 형(荊=즉 楚)나라의 양성군(陽城君)과 의리로 맺어져 있었다. 그 양성군이 죄에 몰려 성을 버리고 도망치는 신세가 되었다.

맹승은 "성을 지켜달라는 부탁을 받았으나 함락을 못 면하게 되었으니 자결할 수밖에 없다"고 했다. 제자 서약(徐弱)이 극구만류하자 "우리가 의를 지키지 않는다면 훗날 누가 우리 묵도(墨徒)에게 배우거나 친구가 되려 할 것이며 누가 군신의 관계를 맺으려 할 것이냐"고 되물었다.

제자는 "과연 선생님이십니다. 제가 먼저 죽어 명부의 길을 열겠습니다"며 자결했다. 맹승은 제자들을 시켜 송(宋)나라 전양자(田襄子)에게 거자의 자리를 넘겨주는 편지를 보내고 죽었다. 이 때 스승을 따라 죽은 제자가 83명이었다. 심부름 갔던 두 제자도 새로 거자가 된 전양자의 (절대적) 명령을 어기면서까지 돌아와 역시 스승의 뒤를 따랐다.

중국 전국시대의 의리일 뿐이다. 오늘날의 가치체계에 수용될 수 있을 리 없다. 그러나 의리를 앞세워 시대역행적인 사정치 구조 속으로 부르는 사람이나 뛰어들려는 사람들로 하여금 신의가 어떤 것이어야 하는지를 생각하게 하는 교훈으로서는 의미가 있다.

김 전 대통령만을 두고서 하는 말이 아니다. 전직 대통령이어서 먼저 지적했을 뿐이다. 김대중 대통령의 경우는 동교동계의 가부장에다가

'선생님'의 위상까지 보태졌을 정도다. 지역할거정치로 인한 반사적 이익에 더 의존했던 김종필 총리는 최근의 우여곡절에도 불구하고 자민련 주인으로 건재하다.

6일 국민회의 의원 연수회에서 앞으로 창당될 신당의 당내 민주화가 일부 영입파 의원에 의해 주장되긴 했던 모양이다. 심지어 김 대통령의 2선 후퇴론까지 나왔다고도 한다. 그렇지만 찻잔 속의 태풍으로 끝날 게 뻔하다. 김 대통령의 국정 장악력과 통제력·지도력 강화를 주요 목적 가운데 하나로 해서 추진되는 신당 창당 작업이 아니던가. 김 총리도 일전 일본에서 내년 1월 자민련에 복귀하겠다고 예고했다. 구심력이 약해 흔들리는 당을 자신이 돌아가서 추스르겠다는 것이다.

물론 리더들만의 책임은 아니다. 당원과 당료들 스스로 자율을 감당하지 못하고 구심력이 약화될까봐 불안해하는 모습들이다. 사당형(私黨型)의 정당들에 의한 사정치가 쉽게 극복될 수 없는 까닭이 여기에 있다. 유권자의 민주의식 부족이 한몫하고 있는 것도 사실이다. 현실정치는 국민의 평균적 정치의식의 반영이다. 불만스럽겠지만 유권자들도 이를 인정해야 한다. 〈이, 990908〉

김 대통령의 지도자론

김대중 대통령은 최근 일본 쇼가쿠칸(小學館)출판사와의 인터뷰에서 중국 최초의 통일제국을 이뤄낸 진나라 시황제를 역사상 가장 성공한 지도자로 꼽았다. 시황제는 법가사상의 숭배자였다. 한비(韓非)가 쓴 고분과 오두를 읽고 신하들에게 "아아, 이 사람을 만나서 서로 이야기를 할 수 있다면 죽어도 한이 없겠구려"라고 할 정도였던 것으로 전해진다 (그러나 막상 만나게 됐을 때는 순자(荀子) 문하에서 한비와 동문수학했던 이사(李斯)의 모함에 넘어가 이 법가사상의 완성자를 옥사시키고 말았다).

시황제는 한비의 법가사상을 통치원리로 삼았다. 이 바탕 위에서 철저한 법치주의자였던 이사의 보필과 잔혹한 침략전쟁을 통해 중앙집권의 대제국을 세웠다. 물론 법가적 법치와 오늘날의 법치는 근본적으로 다르다. 그때의 법은 곧 형(刑)으로서 집권자의 냉혹한 통치수단이었다.

그는 또 (김 대통령도 지적했지만) 통일제국의 정비와 유지를 위해 한자의 자체(字體), 도량형, 수레바퀴의 규격 등을 통일했을 뿐 아니라 사상까지 획일화하려 했다. 그 절정이 분서갱유(焚書坑儒)였다. 이상(理想)을 불태우고 매몰시켜 버린 것이다.

워런 베니스는 『성공한 리더 실패한 리더십』(서규환 역)에서 "꿈꾸지 않는 잠이 죽음이듯이 꿈이 없는 사회는 의미가 없다"고 말했다. 시황제의 진이 그 경우였다. 이상을 거부한 통치방식은 제국의 수명을 3세(世) 16년으로 다하게 했다.

김 대통령이 시황제와 함께 성공한 리더로 꼽은 사람은 러시아의 피터대제(재위 1682~1725)와 일본의 오다 노부나가였다. 피터대제는 왕국의 판도를 넓혀 대러시아의 기반을 확보하고 절대왕정을 확립한 군주였다. 대국에 걸맞도록 제도개혁을 단행했으나 미래지향적 사상의 빈곤을 드러냈다. 오다 노부나가 역시 오랜 전국시대를 통일의 시대로 이끈 전제(專制)무장이었다. 개혁정책도 강력히 추진했다. 그렇지만 그에게도 이상사회 건설의 비전은 없었다.

시황제, 피터대제, 노부나가 3인 모두 혼란을 평정하고 대제국을 건설하거나 그 기초를 닦았다는 점에선 세계사의 진전에 일정한 기여를 했다. 다만 그들이 신봉한 것은 오직 힘이었고 구사한 것은 엄혹하고 비정한 '통치자의 법'이었다.

김 대통령이 이들을 성공한 리더로 평가하게 된 까닭을 이해할 것 같기는 하다. 국내정치만을 두고 말한다면 지금은 '혼란의 시대'다. 정치권의 정쟁은 만성화했고 온갖 의혹사건들로 불신은 전사회적 현상이 되었다. 국민적 호응 속에서 의욕적으로 개혁을 추진하고 싶어 했던 김 대통령으로서는 민주적 방식에 (일말의) 회의를 느낄 만도 한 상황이다.

그렇더라도 김 대통령의 선택은 의외다. 그는 오랜 세월 민주회복을 위해 투쟁해온 대표적 민주리더로서, 취임 후엔 각 분야의 민주개혁을 주도해왔다. 상식적인 추측으로는 시대의 변화에 맞춰 국민의 의식을 바꿔놓고 사회를 변화시킨 미국의 프랭클린 루스벨트나 존 F 케네디를 성공적 리더로 지목할 법했다. 그런데 예상 밖으로 '정복자'들을 가리켰다. 혹 이 같은 그의 인식이 정부 주도의 기업 구조조정, 검찰 중심의 구악척결, 신당창당을 통한 집권기반 강화 시도 등의 정치스타일과 맥락을 같이 하는지 궁금하다.

김 대통령의 '지도자론'에 연상되는 것이 '마녀 사냥'론이다. 지난 6월초 러시아와 몽골을 국빈방문하고 온 그는 귀국 기자회견에서 "김태정 법무장관 부인이 잘못했다면 책임을 져야 하지만 잘못이 없는데 마녀사냥 식으로 몰아가는 것이 바람직한 일인가 생각해봐야 한다"고 말했다. 그 다음 날엔가 김 대통령은 김 장관에 대한 '신임'을 재확인했었다. 아랫사람을 철저히 믿어주는 것은 바람직한 리더십이지만 그럼에도 불구하고 대통령의 반사적 대응은 충격이었다.

특별검사의 수사로 그 때의 기억이 새삼 뚜렷해지는 즈음이다. 김 대통령의 '성공한 리더론'이 거기에 오버랩 된다. 지금은 나라가 사분오열된 전국 상황이 아니다. 신세기 새 천년을 향해 국민 모두가 희망을 부풀리며 나아갈 때다. 리더들은 당연히 국민 결집의 구심력으로 작용할 새로운 가치와 이상을 제시해야 한다.

김 대통령은 오랜 민주화 투쟁 과정에서 몇 번이나 독재정권에 의해 죽음 직전까지 내몰린 혹독한 경험을 한 바 있다. 그 모진 세월을 거쳐 그는 마침내 국민 직선의 대통령이 되었다. 그러므로 더욱 '시황제'는 어색하다. 시황제적 통치논리대로라면 김 대통령 자신에 대한 구정권들의 핍박 또한 성공적 리더십으로 평가될 수 있지 않겠는가.

하긴 가볍게 한 이야기를 너무 민감하게 받아들이는 데서 빚어지는 곡해일 수도 있겠다. 그들의 리더십이 우리 정치현실에 재연될 것도 아니고…. 〈이, 991215〉

정치리더 여러분

남북 정상회담을 위한 제2차 준비접촉(4월 27일)에서 북측 김령성 대표단장은 '천리비린(千里比隣)'이라고 했다. "마음이 지척이면 천리도 지척"이라는 풀이를 덧붙인 덕담이었다. 오늘 열리는 제3차 준비접촉에서

실무절차뿐 아니라 의제에까지 합의가 이뤄지면 증오와 상극의 밤을 지나 '거리도 지척, 마음도 지척'인 화해와 상생의 아침을 맞게 될 것인가.

중국 초당(初唐) 시인 왕발(王勃)의 시에 '두소부지임촉주(杜少府之任蜀州)'가 있다. 소부, 즉 현위(縣尉)가 되어 임지인 촉주로 떠나는 두 씨에게 준 시다. "해내존지기(海內存知己) 천애약비린(天涯若比隣)"이 시의 제 3 연이다. "이 세상에 지기만 있다면야/하늘 끝이라도 그 이웃인 것을" (『당시전서』, 김달진 역해).

낡은 추사(秋史) 현판 하나를 얻어 왔는데 거기 새겨진 글의 출전이 마음에 들어 그대로 재호(齋號)를 삼았다는 김소운의 수필을 읽으며 시인과 시를 궁금해 했던 삼십 수 년 전 기억이 새롭다. '비린거(比隣居)'라고 재호를 붙인데 대한 배경설명은 두어 줄로 짧았으나 시골 태생의 한 고등학생을 감동시키기에 부족함이 없었다.

김대중 대통령과 김정일 북한 국방위원장 간에 '지기'라는 말을 갖다 붙일 만큼의 무슨 살뜰한 개인적 인연이 있는 것은 아니다. 그러면서도 굳이 만나야겠다고 애쓴 것은 민족 분단의 고통을 치유해 가는 긴 여정의 실질적 첫 걸음을 내딛고자 해서였을 터이다.

금상첨화라더니 그 화해무드가 내정(內政)에도 번지고 있다. 김 대통령은 이회창 한나라당 총재와의 여야 영수회담을 필두로 자민련, 한국신당, 민국당의 수뇌들을 개별적으로 만나 '경쟁과 협력의 정치'를 함께 다짐했다. '화해의 회동'은 이에 그치지 않고 김 대통령과 김영삼 전 대통령(여전히 감정의 골이 깊은 듯하지만 이 '양김'이야말로 '지기'라 일컬을 만한 사이다)의 만남으로까지 이어진다. 이미 오는 9일로 날짜가 잡혔다.

군이 따지자면 순서가 뒤바뀌었다. 진작 내정의 화해를 이루고 이를 바탕으로 북한당국과 대화를 하는 게 순리였다. 안에서조차 갈등구조를 해소하지 못하면서 반세기 이상 굳어져 온 남북 간 증오 · 대결구조를 극복하겠다고 마음이라도 낼 일이겠는가.

역순이 됨으로써 김 대통령의 진의가 굴절되어 비칠 소지를 남기긴 했다. 그 점이 아쉽기는 하나 김 대통령이 진실로 '정치평화'를 이루겠다는 의지에 차 있다면 '내심' 같은 것은 따질 필요가 없다. 상식이지만 정치평화는 정치세력간의 신뢰기반 구축을 선결조건으로 한다. 믿음이 전제되지 않으면 정당 간 무한대결구조는 절대로 깨뜨려지지 않는다.

중년층이 가장 쉽게 떠올릴 듯한 이솝우화가 '여우와 두루미'다. 50년대의 초등학교 교과서에서 읽었을 것이기 때문이다. 여우가 두루미를 초대해서 접시에 국물을 담아 대접하고, 두루미가 그 보복으로 목긴 병에 고기를 넣어 여우에게 내놨다는 이야기다. 이런 식의 속셈 있는 대접이라면 서로에 대한 믿음이 생겨날 리 없다.

그간 김 전 대통령은 김 대통령의 전직 대통령 초청 회동에 참석하길 거부해왔다. 그래서 여론의 눈총도 많이 받았지만 그의 입장에서는 그런 형식의 모임에는 뻔히 못 갈 줄 알면서 목소리 높여 불러대는 청와대 측이 되레 못마땅했을 수 있다. 상황이 별로 달라지지 않았는데 이번엔 김 전 대통령이 흔쾌히 청와대의 초청을 수락했다. 애초에 단독으로 만나자 했더라면 그간의 우여곡절은 피할 수가 있었을 것이다.

우리 정치리더들도 이제쯤은 멋을 생각할 때가 되었다. 전장에 선 장수의 표정으로 정치를 이끄는 바람에 정치권은 물론 나라 안 분위기가 늘 각박하다. 빅토리아 여왕 치세에서 쌍벽을 이룬 정치가가 디즈레일리와 그래드스턴이다. 어떤 사람이 디즈레일리에게 '불운'과 '재난'의 차이에 대해 물었다. 디즈레일리가 대답했다. "응, 그래드스턴 군이 만약 템스강에 빠졌다면 그것이 불운, 누구에겐가 떠다밀려 떨어졌다면 그것이 재난이겠지." 가공의 일화인지도 모른다. 그렇더라도 영국인이 만든 이야기다. 정적에 대해서는 영국인도 어쩔 수 없구나 하다가 다시 느낀다. 얼마나 여유 있고 정감 넘치는 '미움'인가.

클린턴 미국 대통령이 지난달 30일, 재임 중 마지막이 될 백악관 출입 기자단 연례 만찬 석상에서 소개했다는 자기 주연의 코믹 비디오가 또 우리를 부럽게 한다. 손수 만든 도시락을 건네려고 상원의원 선거 유세 길에 나서는 아내 힐러리를 부르며 뛰어나가는 광경, 자전거타기 · 종이 접기도 싫증나서 세탁기를 돌리며 잡지를 읽고 있는 모습…. 밖으로는 한없이 부드럽다가도 안으로 고개를 돌리는 순간 금방 겨울날 야외 석상처럼 굳어지는 우리 정치리더들의 표정은 정말이지 더 보고 싶지가 않다. 〈이, 000503〉

위대한 지도자

"우리나라 역대 대통령 7명 중 대학생들에게 가장 인기 있는 대통령은 김영삼 대통령인 것으로 나타났다." 다른 일로 자료를 찾던 중에 우연히 눈길이 머무른 국민일보의 95년 9월 6일자 기사다. 〈고대(高大)신문〉이 학부 대학생 250명을 대상으로 개별 방문조사를 실시한 결과라고 했다.

같은 기사에 이런 내용도 있다.

"또 차기 대권주자와 관련, 전체 응답자의 38.7%가 새정치국민회의로 정계에 복귀한 김대중 씨가 적당하다고 대답했으며…"

지금 김 전 대통령의 인기도는 거론하기조차 민망할 정도다.

"오도넬이 썼듯이, 오늘은 그들(대통령들)이 신의 섭리로 탄생한 인물처럼 추앙받다가도 내일은 마치 무너져버린 신상들처럼 저주를 받는다."(린츠 바렌주엘라, 『내각제와 대통령제』, 신명순 · 조정관 역)

이는 곧 김 전 대통령의 처지다. 재임시 역동적으로 개혁을 추진했고 남달리 청렴을 실천했던 점을 감안하면 당사자로서는 억울하기 이를 데 없는 일이겠지만 그게 민심인 걸 어쩌랴.

여론조사 당시 지금의 김 대통령은 국민회의 총재 취임(9월 5일)을 목전에 두고 있었다. 국민 사이엔 그가 은퇴선언을 번복한데 대해 비판도 많았지만 대학생들은 그럼에도 불구하고 그를 가장 기대할 만한 차기 대안으로 인식했다. 그 2년여 후 실시된 대선에서 그는 마침내 당선의 영광을 안았다.

그러나 취임 3년이 지나면서 김 대통령 역시-김 전 대통령 같지는 않다고 해도-지지도 급락을 경험하고 있다. 당사자들로서는 참으로 실망스럽고 서운한 일이겠지만 그게 세상인심이다. 다른 말로 하자면 '대통령직의 운명' 이기도 하다.

하긴 세상인심이 너무 각박해진 것도 사실이다. 분노 · 불만 발산의 대상이 필요한 때문인지도 모른다. 지금 세상에 분개할 일이 어디 하나 둘이던가. 그 탓에 글도 말도 너무나 거칠어진 세상이 되어 버렸다. 토머스 홉스의 표현을 흉내 내자면 '만인에 대한 만인의 증오와 악다구니'

시대 속에 사는 것 같은 착각에 빠질 때가 잦다.

그렇다고 인심 탓만 할 일도 아니다. 평판은 자신에게서 비롯된다. 세상이 바뀌고 가치관이 달라져도 오래도록 변함없이 존경과 그리움의 대상이 되는 지도자도 많다.

물론 정치적으로 많은 치적을 남기거나 전승(戰勝)의 공적을 남기거나 한 덕분이다. 그러나 이런 것만으로는 부족하다. 외형적으로 두드러지는 업적은 주변적 요건에 불과하다. '변하지 않는 존경과 신뢰'의 원천, 그건 '인간에 대한 사랑'이다.

페리클레스(BC 495?~429)ㅡ. 그는 지금까지도 아테네의 가장 위대한 정치지도자로 추앙받고 있다. 아테네 민주정의 황금시대를 열고 이끈 바로 그 사람이다. 아테네인들에겐 신뢰와 권위의 화신이었다.

그의 임종이 가까워왔을 때였다. 친지와 병사들이 문병 차 왔다가 병상을 둘러싸고 그의 높은 덕망과 지조와 권세를 칭송하였다. 상승(常勝)의 지략과 용기에도 찬사를 보냈다.

그런데 기력이 쇠잔해 혼수상태에 빠진 것 같았던 그가 갑자기 말했다. 자신은 운이 좋았을 뿐이며, 다른 장군들도 똑같이 큰 공을 세웠다는 것이었다. 아마도 『플루타르크의 영웅전』 해당 부분에 가필을 했겠지만 드니 랭동은 이렇게 전하고 있다.

"내가 자랑스러워하는 건 그러한 공적이 아니오. 그건 나의 자질이라기보다는 운이 따랐던 거요. 내 유일한 자부심은, 백성을 폭력이 아닌 말로 다스릴 수 있었으며 단 한 명의 아테네인도 내 마음대로 죽이지 않았다는 데 있소."(『소크라테스와 아테네』, 윤정임 역)

"질투나 증오의 감정을 가지지 않았으며, 아무리 심한 비난과 적대행

위를 한 사람일지라도 훗날 좋은 지기(知己)가 될 수 있으리라는 생각을
권력의 절정에 있을 때조차 결코 버린 일이 없다고 스스로 말한 바가 있
다."

『플루타르크의 영웅전』(김영 역)이 전하는 그의 면모다. 플루타르크
의 그에 대한 찬양은 이어진다.

"이처럼 온유하고 공정하며 권력을 남용한 적이 없으며, 결코 부패한
일이 없는 인물이었기에 올림피아라고 불러도 조금도 잘못됨이 없었던
것이다."

사랑이 없는 권력은 폭력이 되기 십상이다. 권력이 클수록 사랑도 커
야 한다. 그것이 사후 2430년이 지난 오늘날까지 페리클레스가 후인들
에게 따사롭고 향기로운 체취를 남길 수 있었던 비결이다. 이런 사람들
에 대한 기록을 읽는 기쁨과 위안보다 더한 것도 없다. 위인은 아무나
되는 게 아니다. 〈이, 010704〉

세상 참!

군대의 힘으로 합헌 정부를 둘러엎거나, 헌정을 파괴하면서 등장했던
사람들이라면 또 모른다. 국민의 크나큰 축복을 받으며 청와대에 들어
갔던 대통령들의 임기 말이 도대체 왜 이런가.

대변인, 비서실장에게 차례로 시켰다가 7일엔 결국 김대중 대통령 자
신이 국무회의를 통해 아들들과 측근 인사들 문제에 대해 사과했다. 따

지고 보면 이게 다 공(公)과 사(私)가 확연히 구분되지 않은 우리의 정치 문화 탓이다. "이건 내거다!" 집권자가 그런 기분을 얼굴에 나타내면 가족도 덩달아 마음속으로 외치게 된다. "그래, 이건 우리 거다!" 이른바 킹메이커나 또는 선거 공로자, 그리고 오랜 측근들이라고 다를까.

온 나라 안이 영일 없이 비리의혹 사건으로 들끓는 것도 기가 막힐 노릇이지만 국민의 존경을 한 몸에 받던 정치 리더들이 대통령 임기 말에 하나같이 불명예의 나락으로 떨어지는 모습은 정말이지 목불인견(目不忍見)이다. 지금의 김 대통령이나 김영삼 전 대통령이 만약 과거 어느 날 "이제 정치 민주화의 계기가 마련됐다. 우리가 구상해온 개혁의 방향과 내용은 이렇다. 이것으로 우리의 역할은 끝났다. 우리는 국민 속으로 돌아간다"고 했더라면 어땠을까?

부담 없기는 옛날이야기가 제격이다. 고대 그리스 도시 국가들을 대표했던 스파르타와 아테네는 각각 개혁입법가 리쿠르고스와 솔론에 크게 힘입었다. 이 글의 관심사는 이들의 개혁 내용이 아니라 개혁 자세다.

스파르타의 리쿠르고스는 전설 속에 존재하는 인물이거나 아니면 기원 전 8~7세기의 실존 인물일 것으로 전해진다. 자신의 형인 선왕(先王)의 유복자가 태어나자 즉위 8개월 만에 주저 없이 왕위를 넘겨줬다. 그는 일대 개혁을 단행, 강력한 체제, 평등한 사회의 틀을 갖추었다. 그런 다음 그는 신의 뜻을 알기 위해 델피(고대 그리스의 가장 중요한 성지)에 가면서 자신이 돌아올 때까지 법을 준수하겠다는 시민들의 다짐을 받았다.

델피의 신전에서 그는 자신의 법이 훌륭하다는 신탁을 얻고 나서 자결했다. 자신이 영원히 돌아가지 않으면 시민들도 영원히 그 법을 지킬 것이라고 믿었기 때문이다. 그 후 600년 동안 리쿠르고스의 법은 개정할 필요가 없이 잘 적용됐다.

아테네의 솔론(BC 640?~560?)은 그리스 7현인 가운데 한 사람이다. 당시 아테네는 극도의 혼란에 빠졌다. 시민들은 정치체제와 제도의 전면적 개혁을 희망하게 됐고, 이를 솔론에게 맡겼다. 시민들은 왕이 되라고 권했으나 그는 이를 거절했다. 왕의 자리가 좋기는 하지만 일단 앉으면 못 떠날 것이기 때문이라고 했다. 스스로 천하제일이라고 자존자대하게 될 것이 두렵다는 말이었다. 그는 리쿠르고스와는 달리 일정한 계층적 질서 위에서의 평화를 추구했다.

개혁 입법이 완료되어 아레오파구스(Areopagus: 집정관을 지낸 사람으로 구성된 상원)가 이 법의 시행을 결의하고 시민들 모두가 준법을 선서했다. 이후 그는 10년간의 여행길에 올랐다. 그만한 세월이면 시민들이 법에 익숙해지리라고 여겨서 내린 결정이었다.

우리의 경험이 주는 교훈도 다르지 않다. 개혁 대통령들을 향한 갈채는 금방 원성과 조소로 바뀐다. 개혁에 대한 저항 때문이기도 하지만 주로 권력이 자신을 오만하게 만들고 결국은 타락시키는 탓이다.

솔론의 일화엔 이런 것도 있다. 외국 여행 중에 그리스 7현인 중에서도 으뜸으로 꼽혔던 탈레스를 찾아갔다. 그는 탈레스가 독신으로 지내는 까닭을 물었다. 탈레스는 대답을 하지 않았다. 손님이 돌아간 다음 어떤 사람에게, 솔론이 묻거든 아테네에서 열흘 전에 왔다면서 이렇게 저렇게 말하라고 해뒀다. 며칠 후 솔론이 다시 왔다가 그 사람에게 아테네 소식을 물었다.

"별일은 없습니다만, 어떤 젊은이가 죽었는데 많은 시민이 무덤까지 따라가는 것을 보았습니다. 그 젊은이는 아주 이름 높은 분의 아드님인데 부친은 오랜 외국 여행에서 돌아오지 않았다고 하더군요."

문답이 계속되면서 솔론은 그게 자기 아들의 이야기임을 알게 됐다. 그는 머리를 치고 땅바닥을 구르며 슬퍼했다. 탈레스가 말했다.

"선생처럼 강직한 분마저 꺾어버리고 마는 그 슬픔을 염려하여 나는 처자가 없이 지냅니다. 그러나 슬퍼하지 마십시오. 저 사람의 이야기는 지어낸 것이니까요."

그래서 말인데 개혁을 주창하고 입안하는 사람, 이를 앞장서 추진하는 사람은 높은 자리를 차지하지 않는 게 좋을 듯하다. 한 20년쯤 전으로 돌아가서 그때 독재 권력에 고통당하고 있던 두 김 씨가 나중에 아들들의 비리연루 의혹 때문에 고통을 겪고 국민에게 사과하는 상황이 오리라고 누가 상상이나 할 수 있었을 것인가. 세상 참! 〈이, 020508〉

대중 스타로서의 정치인

"지금이 내가 떠날 때다. 내 정신이 온전할 때 떠나야 한다."

한 일간지가 전하는 히딩크의 말이다. 환호에 도취돼 머뭇거리다가는 떠날 때를 놓치고 만다. 그는 떠날 때를 아는 리더임을 확인시켰다.

주로 연예와 스포츠 분야가 인기인을 양산하지만 사실 직업적 제한은 없다. 어떤 분야에서든 대중 스타는 생겨난다. 당연히 대중사회의 정치인에게도 '스타'가 될 길은 언제나 열려 있다.

대선 후보들과 유력 정당들이 정책경쟁은 외면하고 폭로, 흑색선전, 인신공격 등에만 몰두한다고 비판이 대단하지만 따지고 보면 이 또한 대중정치의 한 속성이라고 할 수가 있다. 대중사회는 이성보다 감성에 지배받는 경향이 뚜렷하다. 자극성이 강한 폭로 따위의 수법에 의존하는 게 그 때문이다.

인기인으로서의 정치인들에게 나타나는 또 하나의 특징은 인기의 자체 생산이다. '조작' 이라고 말하면 아주 기분 나쁠 테니까 최대한 순화해 붙이는 명칭이다. 그 전형적인 기법으로는 청중 동원을 통한 대규모의 대중 집회가 있다.

여기에서 끝나면 정치인이 아니지. 정말로 정치인을 정치인답게(?) 하는 것은 자기도취다. 자신이 비용을 들여 동원한 청중을 보며 자신의 인기에 도취해버리는 것이다. 이 경지에까지 올라야 정치인(한국에서는)으로 자타의 공인을 받게 된다(심각하게 하는 이야기는 아니니까 고깝게 듣지 마시길).

하긴 이제 대중연설의 시대는 막을 내리고 있다. 아무래도 사자후 정치의 절정은 1987년 대선 무렵이 아니었나 생각된다. 양김(당시의 김영삼 민주당 총재와 김대중 당 상임고문)은 노태우의 6·29선언으로 대통령 직선제가 부활되자 '후보 단일화' 에 한목소리를 내기 시작했다. 그러나 내심으로는 양김 어느 쪽도 후보직을 양보할 마음이 전혀 없었다.

이해 9월 8일부터 김 고문은 광주·목포 등 호남지역 순회연설을 통해 지지열기를 과시하기 시작했다. 그 여세를 몰아 그는 입후보 불가피론을 펼쳤다. 이에 맞서 김 총재는 다음 날인 10월10일 통일민주당의 대통령 후보 출마를 공식선언하고 17일엔 부산 수영만에서 집회를 가졌다.

"이날 대회에 참석한 군중 수를 일본의 아사히신문은 170만, 월스트리트 저널은 100만 명 이상이라고 보도했다. 사람들은 240만 명 이상이 모였다고 했다."

회고록에 적힌 그의 기억이다. 당시 부산 인구는 350만 명 쯤 됐다. 240만 명이라면 갓난아기부터 기동이 불편한 노인에 이르기까지 전체 부산 인구의 70%에 육박하는 수치다.

김 고문은 10월 28일 대통령 출마 및 신당 창당을 공식 선언했다. 11월 12일 평화민주당 창당대회가 열렸고 그는 대통령 후보로 나섰다. 그 역시 회고록을 통해 이렇게 기억하고 있다.

"나는 이길 수 있다고 믿었다. 투표 사흘 전이었던 12월 13일, 서울 근교 보라매공원에서의 유세에는 무려 250만 명의 사람들이 몰려왔다."

보라매공원의 총 면적이 12만 7000여 평이다. 이 가운데 청중이 모일 수 있는 곳은 운동장을 포함한 녹지대에다 수림대까지 포함해 8만 5000여 평. 여기를 빼곡이 채운다고 해도 40만~50만 명이 고작이다.

물론 그들에겐 엄청난 청중 동원력이 있었다. 그러나 동시에 과장력에서도 타의 추종을 불허했다고 할 수 있다. 그래서 '정치 9단'이라고 했을까? 설령 양김이 주장한 만큼의 청중이 몰려들었다고 해도 히딩크가 먼 타국에서 누린 인기에는 어림없이 못 미친다. 독일과의 준결승전 때 전국의 거리응원 인구가 650만 명이라고 했다. 그들 대다수는 동시에 열렬한 히딩크의 팬이었다. 가정에서 TV를 지켜본 더 많은 국민 또한 히딩크를 좋아했다.

막 역할을 끝내려는 양김의 흉을 보자고 할 까닭이 있겠는가. 다음 번 대통령이 되겠다는 일념으로 대중 인기몰이에 나서고 있는 분들에게 들리라 해서 하는 말이다. 이제야 과거와 같은 대형집회의 시대는 지난 것 같지만 그래도 정치인에게는 대중적 인기가 필요하다.

다만 건강하고 자발적인 인기여야 한다. '생산된' 인기의 뒤끝을 우리는 거듭해서 목격하고 있다. 국민의 인기를 추구하되 건전한 방법으로 하시라. 그래야 진정한 민주 리더가 될 수 있다. 머리를 짜내면 선거전도 스포츠 경기 못지않게 생동감 넘치도록 할 수가 있다.

그리고 인기의 절정에 이르는 순간, 겸손하게 감사를 표하면서 떠날 준비를 해야 한다는 것을 명심하시라. 내가 모든 것을 다 하겠다는 것은 어리석은 과욕이다. 내일 일은 내일의 사람에게 부탁하고 맡기는 게 순리다.

정말이지 히딩크처럼 마음껏 박수를 보내줄 리더를 보고 싶다.

〈이, 020710〉

권력의 두 얼굴

페리클레스 시대는 곧 고대 아테네 민주정의 황금기였다. 그러나 이때는 아테네가 델로스 동맹의 맹주로서 제국주의적 행태를 전형적으로 과시한 시기이기도 했다. 델로스 동맹에 가입한 200여 개 도시국가들은 기실 동맹국이 아니라 아테네의 신민이었다.

동맹의 본부와 가맹국들의 군비분담금을 관리하던 금고는 델로스 섬에 두어졌다. 그것을 페리클레스가 자국으로 옮겼다. 동맹 내의 화폐도

올빼미가 새겨진 아테네의 것으로 통일했다. 아테네인이 관련된 동맹 내의 모든 소송사건은 아테네 재판소가 관할권을 가졌다.

아테네의 제국주의적 성격을 단적으로 보인 것이 멜로스에 대한 압박이었다. 아테네인들은 힘 있는 자가 지배하는 것이야말로 신의 뜻, 자연의 조건에 합당한 원칙이라고 주장했다. 그들은 멜로스 인들을 설득하는 데 실패하자 성인 남자들을 학살하고 여자와 아이들을 노예화하는 등 수단 방법을 가리지 않았다.

미국은 어떤가. 21세기가 민주정치의 황금시대라면 그 중심국은 역시 미국이라고 하지 않을 수 없을 것이다. 미국은 근대 민주정의 종가이자 가장 적극적인 전파자로서 지금도 왕성한 의욕을 드러내 보이고 있다. '제왕적 대통령직'이라는 표현이 미국에서 비롯되기는 했지만 역사상 미국 안에서 미국인들을 상대로 제왕적 지위를 누렸던 대통령은 거의 없었다.

그러나 밖으로 향한 그들의 모습은 대제국의 황제다. 특히 20세기 말 엽부터 이들의 영향력은 지구적 파급력을 확보하기에 이르렀다. 이른바 세계화의 중심에는 미국이 있고, 이 새로운 세계 질서를 이끌어 가는 것은 미국의 대통령이다.

그 현실적 표현은 부시 부자(父子)에게서 볼 수가 있다. 1991년의 걸프전에서 세계는 미국의 힘을 TV 화면을 통해 확인했다. 아버지 부시가 이끈 전쟁이었다. 동맹국들은 참전 또는 전비 부담의 형태로 가담할 것을 요구받았고 이에 따랐다.

지난해엔 아들 부시가 아프가니스탄에서 미군의 파괴력을 과시했다. 그리고 지금은 이라크 공격을 예고하면서 엄청난 전쟁 수단을 자랑하고 있다. 거대한 항공모함이 TV 화면을 가득 채우고 최첨단 무기들이 가공할 파괴력을 뿜낸다.

흔히 미국을 로마제국에 비유하곤 하지만 기실은 델로스 동맹 맹주로서의 아테네와 더 가까워 보인다. 안으로는 민주주의가 만개한 나라, 밖으로는 힘의 논리로 무장하고 자신들의 이상(理想), 선(善) 그리고 무엇보다 자국의 이익을 추구하는 나라가 바로 아테네였고 미국이 아닌가.

물론 합리적 상생적으로 행사될 것이라는 확신만 선다면 미국의 세계 경찰 역할은 오히려 소망스러울 수 있다. 큰 힘이 없어질 때 어중간한 힘이 이곳저곳에서 우쭐우쭐 나타나 알통을 과시하고 행패를 부리게 마련이다. 이라크나 북한의 핵무장(또는 그 가능성)에 대해 세계가 우려하는 까닭도 다르지 않다.

문제는 맹주의 자제력을 담보할 더 큰 힘이 없다는 데 있다. 미국의 민주시민들? 그럴 수도 있지만 지지난해의 9·11테러 사태처럼 미국인이 직접 공격을 받을 경우엔 들끓어 오르는 적개심 복수심으로 인해 심리적 제동력이 작동을 멈추고 만다.

또 하나 기대를 걸 것은 유엔이다. 설령 미국에 의해 주도되고, 자주 미국의 의도를 합리화하는 수단으로 전락한다 하더라도 지금으로서는 유일한 '세계의회'다. 경찰력의 상생적 행사를 유도하고 돕는 역할을 해낸다면 유엔은 여전히 세계인 모두의 희망일 수가 있다.

정작 지적하고자 한 것은 권력의 두 얼굴이다. '권력의 선의와 자비'를 믿는 것은 어리석다. 늘 감시되고 견제되지 않으면 폭력에의 유혹이 자제력을 압도해버리기 십상이다. 견제 받지 않는 권력, 열광적 지지만 받는 권력은 그 점에서 대단히 위험하다. 그래서 말인데 힘을 가진 측은 국민 지지의 독점을 추구하지 말아야 한다.

　권력이나 인기는 쇠퇴의 인자(因子)를 내포한다. 아테네는 자기 확대 정책으로 인해 결국 멸망하고 말았다. 권력자를 파멸로 몰아가는 것은 바로 권력 과시 및 행사의 욕구다. 인기 있는 지도자를 세상의 웃음거리로 만들고 마는 것은 자기 과신이다. 현명한 리더는 과욕과 오만을 줄일 줄 안다고 들었다. 〈이, 030212〉

금의야행 되더라도

　항우(項羽)는 유방(劉邦)의 양보로 마침내 진(秦)의 도읍 함양(咸陽)에 입성했다. 그는 심모원려(深謀遠慮)에서 유방에 크게 못 미쳤다. 유방이 인정을 과시하며 살려 놓았던 진왕 자영(子嬰)을 죽이고 말았다. 이뿐만 아니라 진의 궁전을 모조리 불태웠다. 사마천의 『사기』는 "석 달을 타고도 꺼지지 않았다"고 전한다. 그러고는 진의 재화, 보물, 부녀자들을 모두 거두어 동쪽(즉 초나라)으로 돌아가려 했다.

　어떤 사람이 "관중(關中)은 사방이 산으로 막혀 있고 땅이 비옥하니 도읍으로 삼아 패왕(霸王)이 될 만한 곳입니다"며 만류했다. 그러나 이미 궁궐은 불타 없어지고, 무엇보다 금의환향(錦衣還鄉)에 마음이 급해졌다. "부귀를 얻은 후 고향에 돌아가지 아니하는 것은 비단 옷을 입고 밤길을 가는 것(錦衣夜行)과 같으니 누가 그것을 알아주리오?" 항우가 했다는 말이다.

그에게 함양에서 새롭게 시작할 것을 권고했던 채생(蔡生) 혹은 한생(韓生)이 "초 땅의 사람은 목후(沐猴: 원숭이)가 관(冠)을 쓴 격일 뿐이라고 하더니 과연 그렇구나"라며 탄식했다. 이를 전해들은 항우는 그를 솥에 넣어 삶아버렸다.

금의환향하고 싶다는 것이야 인지상정이다. 재독 사회학자 송두율 씨의 귀국 배경에도 그런 심리가 작용했을 수 있다. 그렇지만 역시 이런 욕구는 정치인들에게서 전형적으로 나타난다. 역대 대통령들이 지역 편중 인사를 극복하지 못한 이유도 별로 다르지는 않을 듯하다. 출신 지역 유권자들의 전폭적 지지가 자신의 정치적 지위와 위상을 확고하게 한다는 계산 때문이기도 했겠지만 고향 사람들의 찬사와 박수를 기대하는 마음도 그보다 덜하지 않았을 터이다.

자신의 출세에 스스로 보람을 느낄 일로는 고향 사람들의 전폭적인 지지만한 게 있기 어렵다. 또 향리의 이웃에 자신이 정말로 출세했음을 확인시키는 가장 효과적인 방법으로 그 곳 인재들을 고관현직에 임용하는 일만한 게 있을 것 같지도 않다. 지역 몰표, 인사 편중에 대한 비판의 목소리가 높지만 심리의 휘장을 걷고 들여다 보면 이럭저럭 이해가 될 만한 일이라는 뜻이다.

이 점에서 노무현 대통령은 아주 불행한 정치인이라 할 수 있다. 물론 그의 당선은 국민으로 하여금 상상력의 빈곤을 절감하게 할 만큼 극적이었다. 일반의 예상을 완전히 뒤엎고, 말 그대로 '혜성처럼' 등장했다. 상대편은 경악했고 지지자들은 황홀한 승리감을 맛봤다. 그렇지만 고향 사람들의 반응은 그에게 좌절감을 안길 수도 있을 만큼 냉랭했다.

정치적 고향이라고 할 수 있는 부산과 경남에서의 득표율이 한나라당

이회창 후보의 절반에서도 훨씬 뒤지는 20%대에 그쳤다. 바로 고향인 김해시의 득표율 또한 당시 노 후보는 39.4%를 얻는 데 그쳐 이 후보의 55.9%에 어림없이 못 미쳤다. 그로 인한 서운함은 아마 94.7%라는 광주 유권자들의 그 엄청난 지지율로도 달래기 어려웠을 것이다.

어쩌면 노 대통령은 고향에서의 재대결을 생각하고 있는지도 모른다. 그게 아니라고 할 땐 새천년민주당과의 인연을 그처럼 쉽게 또 급급히 끊으려 한 까닭이 모호해진다. 상식적으로라면 일단 집권당을 안정시킨 후 당의 쇄신과 외연 확대, 그것으로 승산이 없어 보일 때는 신당 창당을 추진할 것이었다. 그러나 노 대통령은 처음부터 신당에 관심을 두는 인상을 주었던 게 사실이다.

이제 민주당 탈당의 순서까지는 밟았다. 앞으로 남은 것은 신당 입당이다. 지금은 노 대통령 쪽에서나 신당 쪽에서 입당의 이·불리에 대한 계산이 한창일 것으로 짐작된다. 하긴 입당하든 않든 노 대통령은 내년 총선을 계기로 신당을 통해 부산 경남에서 자신의 정치적 성공을 확인받고 싶어 할 게 틀림없다.

이해는 할 수 있다. 그러나 바람직한 선택은 아니다. 지역구 출신의 국회의원이라면야 당연히 고향 사람들의 표가 중요하다. 그렇지만 대통령은 국가의 경영자다. 향리인들의 박수에 연연하면 대국을 놓치고 만다.

옛날 어떤 사람이 크게 출세해서 고향을 찾아갔다. 온 고을이 큰 손님 맞기로 들썩거렸다. 수많은 사람이 도열한 길을 걸어 고향 마을로 들어서는데 한 노파가 그를 보고 말했다. "대단한 사람이 온다 해서 누군가 했더니, 뒷집 개똥이 녀석이구먼!" 고향이란 그런 데라고 생각하면 된다. 노 대통령이 아직도 마음에 그 짐을 지고 있다면 이젠 벗어버릴 일

이다. 〈이, 031008〉

가신정치가 남긴 것은

"나는 (김대중 대통령의) 가신임을 명예롭게 생각한다. 우리 동교동계는 대통령과 당을 위해 모든 것을 바칠 수 있는 사람들이다."

지금 부패 혐의로 재판을 받고 있는 권노갑 전 민주당 고문이 지난 2000년 2월 25일 기자들과의 대화 중에 한 말이다. 당사자가 '가신'으로 자처했을 정도였으니까 말 그대로 '가신 정치의 시대'였던 셈이다.

가신은 주군의 상대어다. 주군-가신 관계의 대표적인 경우가 김영삼·김대중 전 대통령이다. '상도동계'와 '동교동계'가 바로 두 김 씨 가신단의 대명사였다. 두 사람은 이 가신단을 이끌고 마침내 집권에 성공했다. 특정 정치 리더들의 측근 그룹이 국가 권력의 핵심부를 구성함으로써 본격적 '가신 정치'의 시대가 열린 것이다.

당시도 그랬지만 지금 생각해 보면 한심하기 그지없는 노릇이다. 지금이 어떤 세상인데 주군이 있고 가신이 있다는 것인가. 그것도 정신 멀쩡한 사람들이 남의 가신 노릇하는 것을 자랑으로 삼다니! 주군 행세에 재미 들려 '가신 정치'의 폐단을 부풀렸던 리더들은 또 어떻고!

하긴 이들의 관계에도 부정적인 면만 있었던 것은 아니다. 두 김 씨가 군사정권으로부터 감내하기 어려운 핍박을 받고 있을 때도 추종자들은 변함없이 주군에게 충성을 다했다. 때로는 모진 고문을 당하고 억울한

옥살이를 하기도 했지만 주군에 대한 의리는 요지부동이었다(물론 그렇지 않은 경우도 있긴 했지만). 주군으로서도 집권에 성공한 후 이에 대한 갚음을 하지 않을 수 없었을 것이다.

문제는 이 같은 개인 사이의 작은 의리에 얽매여 국가와 국민에 대한 큰 의리를 경시했다는 데 있었다. 만약에 두 김 전 대통령이 집권하면서 이 관계를 청와대와 정부에 까지 끌어들이지 않았더라면 정치 과정은 훨씬 순조로웠을 터이다. 그리고 가신들이 주인 위세에 기대어 헛기침을 너무 심하게 하지 않고 분수를 지켰더라면 주군과 자신들의 이름 명예 이미지를 온전히 할 수 있었을 것이다.

김대중 정부 때 부통령으로까지 불릴 정도로 막강한 영향력을 행사했던 박지원 전 청와대 비서실장이 1일의 1심 재판에서 징역 20년 형을 구형 받았다. 특가법상 뇌물, 직권남용, 권리행사 방해, 외국환 거래법 위반 등의 죄가 적용됐다. 그 자신은 "대북 송금 과정에서 빚어진 일에 대해서는 어떤 처벌도 달게 받겠다"면서도 뇌물죄에 대해서는 완강히 부인했다.

그는 최후 진술에서 "13년 간 김대중 전 대통령을 모시면서 단 하루도 쉬지 못했다. 아내, 두 딸과 함께 한 번도 휴가를 못 간 것이 미안하다"며 울먹였다고 전해진다. 처지 급반전의 충격, 영어의 고초를 이해한다고 할 수는 없다. 그러나 부인과 딸들을 생각하면서 눈물짓는 정경은 짐작만으로도 마음이 아려 온다. 권세가도 수인도 한풀 벗기고 들여다보면 똑같은 사람인 것을—.

하긴 박 전 실장뿐이랴. 전두환·노태우 전 대통령 측근들의 경우는 예외적이었다 하고, 정치 민주화 투쟁에 목숨까지 내던지고 싸워 마침내 집권에 성공했던 두 김 씨의 가신들이 앞서거니 뒤서거니 감옥으로 끌려간 것은 정말로 엉뚱한 한 시대의 삽화였다. 민주화 투쟁을 벌일 때 자신들이 민주정부의 검찰에 의해 체포 구금되고 기소될 줄 생각이나 했겠는가.

따지고 보면 이는 가신 또는 측근 개개인의 범법 행위라기보다는 '주군-가신 구조'의 필연적 결과다. 대통령의 비호 아래 그 분신으로 행세하게 되면 언젠가 그 자리를 내놔야 한다는 사실을 쉽게 망각하고 만다. 자신이 나라를 좌우한다는 착각에 빠지기도 쉽다.

더 곤란한 것은 청와대나 정부 내에 반대의 목소리가 자취를 감추고 만다는 점이다. 가신의 최대 덕목은 주군의 신체적 안전과 심리적 안정일 수밖에 없다. 가신들에게 국가와 국민에 대한 염려를 주군에 대한 충성심의 앞에 두라고 주문하기는 무리다.

'아니오' 소리가 나오지 않는, 충성만 넘쳐나는 조직은 타락하게 마련이다. "절대권력은 절대적으로 부패한다"는 J E 액턴의 경구도 같은 맥락이다. 가신들에게는 주군에게 좋은 것이 곧 선이고 정의다. 주군을 위해 하는 것은 다 옳은 일이다. 법정에서 형을 선고받은 후에도 자신이 무슨 죄를 지었는지 모르겠다는 표정을 짓는 까닭이 여기에 있다.

지난 시절은 또 그렇다하고, 참여정부에 들어와서도 (비록 가신이라는 표현은 사라졌지만) 측근 인사들이 청와대 및 정부의 안팎에서 힘을 뽐내거나 목소리를 높이다가 사회적 물의를 빚은 게 한두 번이 아니다. 지금도 이런 현상이 아주 없어지지는 않은 것 같아 유감스럽다. 스스로 대통령의 측근 또는 공신이라 여기는 사람들 모두 박 전 실장의 눈물에서 배울 일이다. 〈이, 031203〉

신지배세력과 천도

말 그대로 점입가경(漸入佳境)이다. 끝내 메이지(明治) 유신까지 나왔다. 노무현 대통령의 비서실장과 정치특보를 지낸 문희상 열린우리당 의원이 '개혁주체론'을 내세우며 그 모델로 제시한 것이 하필이면 메이지 유신 주도 세력이었다. 지난 12일에 열렸던 노사모 5차 총회의 강연에서 한 말이라고 보도됐다.

이건 너무했다. "명치유신은 그 사상적 기저를 천황 절대제도의 국수주의적인 애국에 두었다." 메이지 유신을 일본 근대화의 결정적 계기로 파악했던 박정희 전 대통령이 그 특징으로서 첫째로 지적한 바가 그것이다(박정희, 『국가와 혁명과 나』).

하긴 노 대통령은 지난 1월 대전에서 "구세력의 뿌리를 떠나서 새 세력이 국가를 지배하기 위해, 터를 잡기 위해 천도가 필요했다"는 말까지 한 바 있다. '지방화와 균형 발전 시대 선포식'이라는 이름의 행사에서였다. "(천도는) 말하자면 한 시대, 지배 세력의 변화라는 의미가 있는 것"이라고 풀이하기도 했다.

물론 '지배 세력'이라고 해서 구시대적 용어로만 여길 것은 없다. 월초에 별세한 이기백 선생은 『한국사신론』에서 이 책의 시대 구분 기준을 사회적 지배 세력(주도 세력)에 둔다고 밝혔다. 그리고 언젠가 춘천에서 행한 한 강연에서 이는 '역사를 주도하는 세력'이라는 뜻이라고 굳이 부연 설명을 했다(『한국사를 보는 눈』). "이기백은 역사를 지배 계급 중심으로 본다"고 오해를 하는 사람들을 향한 해명이었다.

노 대통령의 '지배 세력'도 '이 시대의 대명제인 개혁을 주도하는 세력' 정도의 의미를 가진 것이면 괜찮을 텐데, 들어보면 그게 아니다. 말 그대로 지배-복종 관계의 그 '지배' 다. 권력을 장악했으니 옛 왕조의 전례에 따라 천도해야 하겠다는 뜻이 더 강하게 밴 화법이고 어조다.

게다가 어느 새 '행정수도 이전' 이라던 표현도 '천도' 로 바뀌었다. 선거 때의 노 후보는 행정수도 이전을 수도 이전이나 천도라고 지칭하는 데 대해 "사안을 왜곡해 민심을 현혹시키려는 것"이라며 매우 못마땅했다더니 진작 잊어버린 표정이다.

어쨌든, 노 대통령과 문 의원의 언급을 재구성해서 말하자면 개혁의 사명감을 가진 소수 정예가 마침내 '유신' 을 통해 지배 세력의 교체를 이뤄냈고, 그 여세를 몰아 천도의 과업까지 성취할 시기를 맞은 셈이다. 행정수도 이전일 뿐이라고 하더니 일전에 입법·사법부까지 다 옮길 계획을 밝혔다. 그리고 어제는 4곳의 후보지를 선정, 발표했다. '신지배 세력' 의 앞길에 거칠 것이 없어라!

1948년 출범한 신생 대한민국의 헌법은 나라의 주권이 국민에게 있음을 선포했다. 이후, 저 군사정권 시절에도 이 원칙은 고수됐다. 국민은 때로는 제한받고 아예 압수당할 때도 있긴 했지만 그래도 나라의 주인은 자신들이고 모든 권력도 자신들이 가졌다고 믿어 왔다. 그런데 민주정이 만개했다는 지금에 와서 오히려 국민은 일단의 '지배 세력' 이 주권 자연하는 모습을 지켜봐야 하게 되었다.

말꼬리 잡지 말라고 하겠지만, 몇 마디 말 속에 스며들어 있는 무모한 자부심과 용기의 위험성은 꼭 지적될 필요가 있다. 어쩌면 너무 많은 용어에 지나치게 많은 의미를 담아 정도 이상으로 자주 말하는 바람에 나타나는 혼란일지도 모른다. 때로는 빅맨(Big Man) 콤플렉스나 명언(名

114

들) 콤플렉스를 현 정권 리더들의 말에서 느끼게 되는 것이 그 탓일 듯도 하다.

특히 노 대통령에게서, 자신이 '(엄청나게) 성공한 사람'이라는 자부심을 가슴 가득 안고 있으면서도 혹 이를 남이 몰라줄까 조바심하는 것 같은 인상을 받곤 한다. 어떤 콤플렉스도 가질 필요가 없고, 허장성세 같은 건 도무지 소용에 닿지 않는 최고권력자로서의 자신을 확인할 때쯤 이미 임기가 끝나 있지나 않을까 해서 걱정스럽다. 또 '좋은 말 욕심'이 넘쳐 너무 다채로운 표현을 한 탓에 희화적인 것 말고는 국민의 기억에 제대로 남은 게 없다는 사실로 허전해 할 날이 올 것 같아서, 연고가 있을 리 없는 처지로도 용이 쓰인다.

여유를 가지면 마음이 너그러워진다. 그때 비로소 4800만 국민의 대통령으로서 자신을 바로 보게 될 것이다. 국가의 리더는 자신의 고집보다는 민의를 더욱 소중히 여길 것이 틀림없다. 천도 문제라고 다를까. 진정한 국민의 리더라면 자신이 다짐했던 대로 민의를 충분히 수렴한 다음에야 실행에 옮기게 될 것이다. 한 서생(書生)의 믿음으로는 그렇다. 〈이, 040616〉

완장 문화와의 대결?

50대 이상은 완장 문화 속에서 유년기를 보냈다. 초등학교 때부터 주번에겐 완장이 주어졌다. 중·고등학교 때는 그것의 상징성이 더 커졌다. 주번의 경우는 물론이고 일주일마다 한 번씩 열리는 전교생 조회 시간에 완장은 빛과 위엄을 한껏 발했다. 가로 줄이 세 가닥 둘러쳐진 대대장 학생의 완장은 전교생을 압도하고 남음이 있었다.

6·25 바로 전해에 태어났으니 그 때의 상황은 기억 밖이다. 다만 소싯적 영화 속의 붉은 완장이 주던 공포감은 여전하다. 북한 인민군이 점령한 마을에는 인민위원회가 설치되고 머슴·소작인 등 이전의 약자들이 붉은 완장을 차고 바로 어제까지의 주인이나 지주를 인민재판장에 끌어내는 장면은 공산 북한에 대한 공포감을 한껏 부풀려 놨다.

윤흥길의 소설 '완장'이 그리는 광경도 느낌에서는 별로 다르지 않다. 졸부 최 사장의 눈에 띄어 널금 저수지 감시인이 된 동네 날건달 종술이 완장의 위력을 한껏 뽐내는 이야기다. 종술이 완장의 힘에 도취되어 마을 사람들 위에 군림하려 안간힘을 쓰는 모습은 오히려 눈물겹다.

이외수는 '감성사전'에서 완장을 이렇게 설명한다. "자신의 임무를 타인들에게 식별시키기 위해 팔에 착용하는 표장에 지나지 않는다. 그러나 소인배들은 완장을 착용하게 되면 갑자기 자신을 영웅시하여 권력을 남용하고 타인을 멸시하려는 습성을 가지게 된다.…"

노무현 대통령이 '완장 문화에 적극 대처할 것'을 주문했다는 보도다. 느닷없이 웬 완장 문화? 하긴 노 대통령의 용어 구사는 현란하다 할 정도로 다양해서 새삼 놀랄 일은 아니지만—.

아마 노 대통령의 '완장 문화'는 자신이 극도의 거부감을 갖고 있는 '일부 언론(이라기보다는 몇몇 신문)'과 그 보도 태도를 가리킨 것일 터이다. 그런데 아무래도 어색하다. 그 유력 신문들은, 굳이 말하자면 기득권 세력이지 생판 날건달이었다가 갑자기 완장을 차고 나타난 종술이가 아니다. 언론이랍시고 군림하려 한다는 뜻이라 해도 그렇다. 언론은 원래 권력에 대한 견제와 비판을 속성 및 존재 의의의 하나로 하고 있다. 그걸 빼버리면 이미 언론이 아니다.

"우리는 완장 문화에 도전하고 있으므로…." 노 대통령은 그렇게 장관들을 독려했단다. 도전은 좀 더 높은 수준으로 나아가려는 의지, 상대적으로 약한 측이 강한 측에 대드는 행동을 기본 구조로 한다. 정권을 쥔 측이 누구에게, 아니면 무엇에 도전한다는 것인가.

노 대통령은 "(이러한 문화들이) 사라질 때까지, 임기 말까지 철저하게 추진할 생각"이라고도 밝혔다. 지난 1년 반 동안에도 노 대통령은 그 '완장 찬 적대자들'에 대해 집요하게 감정을 표출하고 공격을 가해왔다. 남은 3년 반 동안 더 철저히 하면, '그들'이 항복하고 말 것인지, 아예 몰락해버릴 것인지 자못 궁금해진다.

물론 노 대통령과 뜻을 같이 하는 정권이 이어진다면 완장 문화와의 전쟁에서 최종적 승리를 구가할 수도 있을 것이다. '완장 문화에 대한 도전' 자체가 '2002년 신세력'의 정권 재창출과 사회적 가치·질서의 전면적 개편을 위한 정지 작업이라는 인상을 주기도 한다. 불공정한 사회 구조 때문에 영구적 약자, 변방인, 소외자로 운명지어져 버린 사람들도 사회의 주력이 될 기회를 가져야 공평한 세상이 되는 것이라고 노 대통령은 믿고 있는 빛이다.

그러나 세상을 선악의 대결장으로 인식하는 한 악에 받친 투쟁에서 벗어날 길은 없다. 악당 보다는 오히려 독선적인 정의감이 더 위험하다. 어느 쪽의 행태가 완장 문화를 표상하느냐고 물으면 입장에 따라 답은 달라질 것이다. 정치적 논쟁이 선악의 논쟁으로 빗나가게 되면 본질은 사라지고 증오서린 전의(戰意)만 부글부글 끓게 마련이다.

그러고 보니 정치권에는 완장패가 참 많다. 그러나 어찌하랴. 개인적이거나 집단적인 스타일인 것을. 세상을 살면서 모든 원혐을 다 풀 수는 없는 일이다. 권력자가 그런 생각을 가지면 정치는 파탄 나고 만다. 그래서 힘 센 측이 먼저 양보하고 희생할 줄 알아야 한다. 하루아침에 둘러엎어진 세상은 다시 격렬한 파괴를 수반하면서 반동 과정에 들어선다는 것을 역사는 거듭 가르쳐 왔다. 천천히 착실히 이뤄지는 변화만이 진정한 변화일 수 있음을 깨달을 일이다. 〈이, 040811〉

"문명국으로…"

'우리 내부를 와해 변질시키려는 적들의 모략 심리전을 단호히 짓부셔 버릴 데 대하여.' 일전에 조선일보가 입수했다며 보도한 '북한 인민군 간부용 사상교육 자료'의 제목이다.

"미제와 일제, 남조선 괴뢰놈들을 총대로 무자비하게 쓸어버릴 결사의 각오를 가지는 것이다. 그러자면 군부대들의 싸움 준비를 더욱 빈틈없이 갖추어 놓아야 한다."

"적을 죽이지 않으면 내가 죽어야 한다는 것을 똑똑히 알아야 한다. 적들의 '대화'나 '평화' 타령에 추호도 귀 기울이지 말아야 한다."(이상 인터넷뉴스 조선닷컴)

"이 얼마나 겁을 주는 교육 내용이냐. 상기하자 6·25! 총력안보만이 살 길이다!"

이렇게 말하고 싶어서 인용한 게 아니다. 그것이 군의 간부들을 상대로 한 사상교육 자료라는 점은 의도적으로 간과하고 어휘 하나하나만을 부각시킬 생각은 추호도 없다.

그렇지만 이를 통해 재확인하게 되는 것이 있다. 남북 간에 정상회담이 열리고 '민족 공조'가 강조되지만 군사적 충돌의 위험성은 여전하다는 사실이다. 북측의 표현을 빌려 말하자면 아직은 '평화'가 '환상'일 수도 있다.

이건 가상의 상황이 아니라 현실이다. 그런데도 남북 간의 군사적 대치 관계를 강조하는 사람, 북측의 적화통일 의도를 우려하는 사람들에 대해서는 어김없이 '수구 냉전론자'의 호칭이 붙여진다. 그런 걱정은 시대에 뒤떨어진, 게다가 반민족적이기까지 한 냉전적 사고라는 지탄을 받기 십상이다.

노무현 대통령은 "국가보안법을 폐지해야 대한민국은 이제 드디어 문명의 국가로 간다고 말할 수 있다"고 말했다. 상징적으로 한 말이긴 해도 어이가 없다. 보안법 하나가 수천 년 역사를 가졌다는 우리를 '야만', 그게 아니라면 적어도 '비 문명'의 상태에 묶어두고 있다는 뜻이 아닌가.

보안법이 북한에 대한 정치적 심리적 공격 수단이라면야 "우리가 먼저 버리자"고 말할 수 있다. 말 그대로 "대포를 녹여 보습으로!"라는 평화정신의 실천이 된다. 그러나 그건 우리의 내부적 자기 보호 수단이다. "자유민주주의 체제를 전복하려는 자유까지 허용해 자유와 인권을 모두 잃어버리는 어리석음을 범해서는 안 된다." 대법원은 그렇게 강조했었다.

물론 보안법만이 전부는 아니다. 악법의 전형처럼 되고만 점을 감안해서라도 다른 대안을 찾는 게 좋을 법도 하다. 그러나 체제 수호 의지를 상징하는 제도적 장치로서 보안법의 의의까지 경시되고 매도되는 상황은 위험하다. 우리가 한사코 자신의 보호 장치를 걷어내 버리겠다고 우리 사이에서까지 싸움싸움 하는 까닭을 도무지 이해할 길이 없다.

이참에 노 대통령의 '문명국가론'에 대해서도 한두 마디 걸쳐두자. 상징성 풍부한 정치적 수사(修辭)라고 해도 그렇게까지 극단적인 말을 할 것은 못 된다고 본다. 그리고 대통령은 선악의 심판자, 역사의 평가자, 철학 또는 도덕 과목의 교사가 아니라 한시적인 국가의 관리자다. 대통령이 역사·이념·철학적 논쟁을 벌이고 가치 판단을 하기 시작할 때 민주정치는 심하게 흔들리고 만다.

개혁의 대통령이 목표를 '사회 구조와 가치 체계의 전면적 개조'에 두게 되면 그건 곧 혁명이다. 대중의 압력을 배경으로 하나의 가치 기준에 사회를 꿰어 맞추려 하는 것은 개혁이 아니라 새로운 권위주의 체제의 수립이라는 엉뚱한 결과를 초래할 수 있다. 대중의 지지와 환호는 아주 가변적이고 대중의 움직임은 언제든지 자신의 통제력을 벗어날 수 있다.

"중국의 많은 것이 마오쩌둥에 의해서 이루어졌으므로 중국은 그가 창조해낸 것으로 간주되었고, 따라서 만일 그가 중국을 개혁하려고 한다면 그것은 당연히 그의 고유 권한이었다. 우리는 그를 수많은 황제들을 계승한 한 사람의 군주로서 생각할 때만, 왜 충성을 바치도록 훈련된 중국의 지도자들이, 그가 자신들을 차례차례 공격하고 마침내는 파멸시키는 데 순응했는가를 이해할 수 있을 것이다."

존 킹 페어뱅크는 『신중국사』(중국사연구회 역)의 문화혁명 편에서 그렇게 기술하고 있다. 임기가 분명한 대통령이 사상·이념의 교사 역할까지 한다는 것은 정말로 어렵고 후유증만 너무 키우는 일이 될 것임을 말하려는 것이다. 〈이, 040908〉

우리 정치 이제는

오늘이 음력으로 정월 대보름이다. 산위에 올라 달집을 태우며 달맞이하던 기억이 어제 일인 듯 생생하다. 셈 모르는 동자(童子)들은, 이러나저러나 달라질 게 없는 키에 까치발을 한 채 달 바라기에 안달을 했다. 기실 그것은 떠꺼머리총각이나 처녀들의 몫일 터였다. 달을 먼저 보면 장가 시집을 먼저 간다는 속설을 반은 믿고, 반은 믿고 싶어서 앞서거니 뒤서거니 산에 올랐을 테니까. 그런데도 밤송이머리 동자들이 먼저 신이 나서 떠들어대다가 달이 동산 위에 나타나면 자지러질 듯 소리를 질렀다. "달 봐라!"

이날 밤 온 들판은 불꽃으로 뒤덮였다. 쥐나 해충·잡초를 없애자는 실용적 의미와 함께 벽사(辟邪)의 뜻도 있었겠으나 소년들은 이것저것 따질 것 없이 그저 즐겁기만 했다. 그건 그렇고…. 지금 와서 생각이지만 그 정월 대보름의 불놀이는 묵은 것을 태워 새것을 맞는, 다시 말해 새해 농사를 준비하는 의식이기도 했다.

그러고 보니 내일 모레는 노무현 대통령 취임 및 참여정부 출범 2주년 이다. 2년 전 그 때는 정말이지 국민 모두가 엄청나게 놀랐었다. 아마 노 대통령 자신도 우리 정치에서 그 같은 이변이 일어날 수 있으리라고 생각하기는 어려웠을 것이다. 여전히 지역 간 표 대결이 대세를 가르긴 했었다. 그러나 결정적으로 균형을 깨뜨린 것은 변화 희구·추진 세력의 표였다.

새 집권세력과 그 열성 지지자들은 첫 걸음을 내디디면서부터 세상을 완전히 뒤바꿔 놓을 것처럼 목소리와 행동에 날을 세웠다. 구시대의 인물은 말할 것도 없고, 묵은 가치 질서 같은 것들도 일거에 둘러엎겠다는 의지가 말 한마디, 몸짓 하나에도 묻어 나왔다. '개혁'이 시대정신 시대 조류의 표상처럼 제시되었다.

그게 잘못이라 할 까닭은 없다. 다만 역대 어느 정부보다 과감한, 그래서 저돌적으로 보이기까지 한 신 집권세력의 자신감과 도덕적 자기과시가 작용만큼이나 강력한 반작용을 부른 게 문제였다. 신 집권세력과 열렬한 지지자들은 수많은 전선을 형성했다. 기성의 사회·정치 구조, 기득권층, 정치적 반대세력들을 기어이 쳐부수고야 말겠다는 의지가 때로는 격하고 때로는 매우 시니컬한 언사로 표출되었다. 정치판에는 물론이려니와 거리에도 인터넷에도 기득권층, 보수세력에 대한 말의 융단폭격이 가해졌다.

기선을 제압하는 데는 효과적일 수 있었다. 그러나 말로써 말이 많은 법이다. 마침내 말이 범람하기 시작했고 그 속에서 옥석을 가리기는 불가능한 일이 됐다. 말싸움의 결과는 뻔하다. 양측이 함께 상처를 입고 마는 것이다. 노 대통령과 참여정부 그리고 여당도 상대방에게 준 타격

못지않은 상처를 입었다. 그러는 가운데 집권 2년이 지나가버렸다. 이제 집권 3년째, 국정 장악력 및 주도력을 실질적으로 발휘할 수 있는 마지막 해가 될지도 모른다.

아마 말싸움은 별 소용이 없을 것이다. 이념적 전선 형성도 효과가 있을 것 같지 않다. 적어도 진보 대 보수로 편가름 되는 전통적 의미의 이념투쟁은 잔영만이 남아 있을 뿐이다. 지난 한 세기의 이념국가 실험이 주는 교훈이지만 인간사회는 이념의 교실이거나 시험장일 수가 없다. 거기에는 배고프면 밥을 찾고 추우면 따뜻한 옷과 방을 그리는 생활인들이 살고 있다. 그리고 국가와 정부의 제1 의무는 국민에게 안전한 삶을 보장하는 것이다.

그래서 말인데, 노 대통령과 참여정부는 요즘 유행어가 된 '실용주의'에 더 적극적으로 다가설 필요가 있다. 그건 군색한 타협이 아니라 정부의 의무다. 하늘에서 뚝 떨어진 대통령은 없다. 무에서 솟아난 정부도 물론 없다. 세상의 모든 사람은 그 전세대의 자식들이다. 어제가 없는 오늘이 있겠는가. 구시대는 부인(否認)·파괴의 대상이 아니라 개선·개량의 대상이다.

보름날의 쥐불은 태운다는 의미만이 아니라 낳는다는 의미도 갖는다. 화염 뒤에 남는 재가 거름이 되어 새 생명을 품고 키워내는 자연의 이치를 생각할 때다. 정치는, 특히 단일민족 사회를 이끄는 우리의 정치는 투쟁과 분열의 과정이 아니라 화해와 통합의 과정이 되어야 한다고 믿는다. 불신과 미움으로 헤집어진 국민들의 정신적 상처에 신뢰와 사랑의 새살을 돋게 하는 리더십을 노 대통령에게 기대한다. 〈이, 050223〉

'법적 대응' 좋아하는 청와대

노무현 대통령 부부의 '안검(눈꺼풀) 성형수술' 이라는 것이 (구식 표현으로) '인구에 회자' 되더니 자칫 언론중재위나 법정에서의 다툼에 이를 조짐이다. 김만수 청와대 대변인이 《월간조선》 4월호 보도 내용과 관련, '법적 대응 강구' 를 언급했다는 것은 그 쪽 분위기가 예사롭지 않다는 뜻이다. 청와대 측이 문제 삼은 것은 대통령 부인 권양숙 여사가 눈꺼풀 수술만 했을 뿐인데도 이마 수술까지 했다고 쓴 부분인 듯하다.

기사내용만으로는 오히려 세간에 '쌍꺼풀 수술' 이라고 소문난 것과는 달리 불가피한 의료 차원의 수술이었음을 '복수의 서울의대 관계자' 의 설명까지 곁들여 가며 강조해줬다는 느낌이다. 그게 아니라고 해도 그냥 "이마 수술은 하지 않았다"는 정도로 해명하면 충분할 일이다. 반사적으로 '법적 대응' 을 들고 나올 사안은 아무래도 아니었다. 다른 곳도 아닌 청와대다. 대뜸 으름장부터 놓고 본다는 식의 대응에 한기(寒氣)를 느끼게 된다. 세상이 왜 이처럼 각박해졌는지….

하긴 말로 옳으니 그르니 하는 것 보다는 제도적 방법 및 장치에 호소하는 것이 명쾌한 결론을 이끌어낼 수 있다고 여길 법하다. 옳고 그름을 분명히 가리고, 각자가 자기 몫의 책임을 분명히 인식하고 또 감당하는 게 정부와 언론간의 이른바 '건강한 긴장관계' 라고 하면 그렇다고 수긍할 수밖에 없겠다. '법이 다스리고 법이 움직이는 나라' 의 모습을 앞장서 보여주고 싶다는 개혁주체세력으로서의 사명감일지도 모른다.

다른 모든 것을 명분 삼아도 좋은데 법 만능주의적 발상만은 아니기 바란다. 민주정치라면 당연히 제도를 기준 삼아야 한다는 것을 부인하려는 뜻은 아니다. 그러나 법, 그 중에서도 징벌로서의 법이 홀로 행세하는 세상은 생각만 해도 숨이 막힌다. 어떤 분쟁도 법에 이르기 전에 도덕성·겸양·이해 같은 미덕으로 해결되는 게 더 낫다는 것이야 굳이 강조할 필요도 없다. 더욱이 여기는 같은 핏줄이 모여 산다는 단일민족국가 아닌가.

그 때문에 합리성이 경시되는 풍조가 있긴 하다. 사고의 합리성 효율성, 행위의 법적 정당성, 조직의 기능성을 중시하는 노 대통령의 리더십이 취임 이후 지금까지(이젠 많이 완화되었지만) 많은 국민의 예사롭지 않은 반발 저항에 부딪친 까닭도 다르지 않다. 너무 계산이 분명하면 인정머리가 없다고 서운해 하는 것이 바로 우리 국민의 심성이다.

법에도 관용이 있을 수 있지만 체온은 없다. 국민이 정치리더들, 특히 대통령에게 바라는 것은 국민에 대한 염려·사랑·봉사·희생 등이다. 이런 덕목은 법전에는 없다. 살아 숨 쉬며 생각하는 사람의 마음과 체온에 깃들어 있고, 그것을 통해서만 발현될 수 있는 것들이다. 그러므로 법전은 가능하면 뒤로 감추는 게 좋다.

말이 나온 김에 하는 말이지만, 견딜만할 정도였다면 수술은 임기 후로 미룰 일이었다. 다른 사람도 아닌 대통령 부부가 같은 부위를 동시에 수술 받았다는 사실이 또 세인의 관심을 증폭시켰다. 소문이란 게 저절로 부풀어 오르는 속성을 가졌다는 것이야 상식이다. 화젯거리를 제공하고선 눈꺼풀만 수술했는데 왜 이마까지 했다고 하느냐며 법적으로 따지겠다는 것은 '덫 놓기'나 다를 바 없다.

게다가 '법적 대응'이라는 게 아무나 할 수 있는 일이 못 된다. 우리는 아직도 억울한 일 당하면 누구나 법률전문가의 조력을 받아 법에 호소할 만큼 법률서비스가 일반화된 나라에 살고 있지 않다. 적어도 지금까지는 억울한 대로, 손해 보는 대로 참고 사는 사람이 더 많은 게 현실이다. 청와대는 법적 대응을 능사로 여기기 전에 이 같은 서민들의 처지를 이해하려 노력할 필요가 있다고 본다.

무엇보다 지금 나라 형편이 '눈꺼풀만이냐 이마까지냐'로 법률적 다툼을 벌여도 좋을 만큼 한가롭지 않다는 점을 청와대 관계자들은 각별히 유념해야 하겠다. 일본 측의 독도 및 역사교과서 관련 망동이 국민감정을 들끓게 하고 있지만, 그것 말고도 국가적 난제는 첩첩이 쌓였다. 그리고 서민들은 날로 높아지는 실업률 속에서 소태같이 쓴 나날을 견뎌내고 있다. 기사 한 건 한 건에 일일이 반응하면서 법적으로 굴복시키거나 혼내줄 궁리를 하고 있을 때인가, 지금이? 제발 청와대부터 중심을 잡아주길 바란다. 〈이, 050323〉

지혜는 아집을 낳지 않는다

소크라테스의 오랜 친구로 카이레폰이란 사람이 있었다. 그가 어느 때 델포이 신전에 가서 소크라테스보다 지혜가 더한 사람이 있는지 물었다. 무녀(巫女)는 "없다"는 신탁을 전했다. 스스로 지자라고 생각한 적이 없던 소크라테스는 자신보다 더 지혜로운 사람을 찾아내 신탁이 잘못되었음을 입증하려 했다. 그런데 그런 사람을 발견할 수가 없었다.

"이 사람보다는 내가 더 지혜가 있다. 왜냐하면 이 사람이나 나나 좋고 아름다운 것에 대하여 아무것도 모르는 것 같은데, 이 사람은 자기가 모르면서도 안다고 생각하지만 나는 모르고 또 모른다고 생각하기 때문이다."(『소크라테스의 변명』, 최명관 역)

그 델포이 신전의 벽에는 "너 자신을 알라"는 경구가 새겨져 있었다고 한다. 소크라테스보다 훨씬 앞선 시대를 살았던 그리스 7현인 가운데 누군가의 말이라고 전해지는 그 가르침이 소크라테스를 위대한 철인으로 만들었던 셈이다. 자신을 안다는 것, 특히 자신이 진리에 대해 아는 바가 없다는 사실을 안다는 것이야말로 지혜라는 말이겠다.

달리 생각하면 그 신탁은 "아무리 지혜가 있다고 해봐야 소크라테스를 넘어서지 못 한다"는 뜻이었을 수도 있다. 카이레폰이 다른 사람 이름을 대며 신탁을 구했다고 해도 대답은 마찬가지가 아니었을까? 그게 인간의 한계일 것이므로….

열린우리당 문희상 의장이 엊그제 "연정 이야기는 끝난 것으로 본다"고 말한 모양이다. 방송기자클럽 토론회에 참석해서 한 말이라는데 이어진 언급이 재미있다. "그러면 (노무현 대통령의) 인기도 상승할 수 있을 것이다." 연정 제의 때문에 인기가 떨어졌었다는 인식이 전제된 셈이다. 그걸 뻔히 알면서도 문 의장 자신을 비롯한 여당 지도부는 연정론의 당위성과 긴요성을 부각시키려고 그처럼 열을 올렸다는 것인가.

사실 노 대통령의 문제는 연정론보다 지나친 자기 확신에 있다. 자신의 생각만이 옳고 자신의 구상만이 해결책이라고 여길 뿐 아니라 그것을 남에게 가르치고 강권하다시피 하는 것이 바로 노 대통령의 문제다. 게다가 혼자 속에 담아두지 못할 만큼 기발한 착상이 너무 많다.

권력이 강제력을 발휘할 수는 있다. 그러나 진리를 자기 편에 세우지는 못한다. 권력이란 자기도취의 마약과도 같은 속성을 갖는 것으로 생각된다. 여간 주의하지 않고는 자신의 위대성에 도취되고 자기야말로 정통성·정당성의 담보자라는 착각에 빠지고 만다는 것을 역사는 대단히 희화적으로 또 우화적으로 가르쳐왔다.

이런 증세를 악화시키는 것이 측근 인사들의 무조건적인 충성이다. 대부분의 경우 아주 호전적인 충성심이어서 반대자들을 결코 용납하려 하지 않는다(독일의 대 연정 성립이 또 연정론 추종자들을 자극하는 일은 없어야 할 텐데…).

크게 다른 이야기이긴 하지만 북한 정권도 좀 겸손해졌으면 좋겠다. 조선노동당 창건 60주년을 기념한다면서 평양 김일성 광장에 동원한 인원이 100만여 명이었다고 한다. 거기서 열린 열병식과 거대한 횃불 행진은 오랜 연습을 필요로 했을 것이다. 같은 날, 중국 산둥성 옌타이의 한국국제학교에 들어가 남한으로 보내달라고 호소하던 탈북자 7명이 최근 북송된 것으로 알려졌다는 보도가 있었다.

주민의 생계를 책임지지 못하는 그 정권은 이미 존립의 의의와 근거를 상실했다. 그런데도 북한 정권은 거대한 조형물, 거창한 행사, 터무니없이 크게 새긴 바위 구호 등으로 치장하면 권력을 지킬 수 있다고 여기는 빛이 역력하다. 남한의 어떤 교수가 '만경대정신' '통일전쟁' 따위를 운위하는 것에 고무되어 남한을 아우를 꿈까지 꾸지나 않으면 좋으련만.

강제 북송 소식에 이어 어제 또 칭다오의 한 한국국제학교에 탈북자 8명이 진입했다는 뉴스가 이어졌다. 중국 당국의 강제 북송도 이들의 생존을 향한 탈출 의지를 꺾지는 못한다는 반증이다. 이 흐름이 커지고 격해지면 그만큼 북한 체제는 위태로워진다. 미국의 보장보다 북녘 주민의 보장을 받는 게 체제 유지의 급선무다. 뭐든 다 아는 것 같이 말하고 행동하는 그들이 왜 이 명확한 이치를 깨닫지 못하는지 안타깝고 한심하다.

"너 자신을 알라!" 예나 지금이나 한결같이 엄한 가르침이다.

〈이, 051012〉

세월은 흘러가는데

사무실 창 밖을 내다보면서 자주 여의도공원을 만든 이들에게 고마움을 느낀다. 얼마 전 눈이 많이 온 날엔 달력 그림보다 더 멋있는 설경(雪景)에 취했다. "다들 이리로 와 봐요!" 한창 바쁜 동료들을 창 쪽으로 불러대게 한 것은 경치였을까 나이였을까.

"…여름날의 호숫가, 가을의 공원/그 벤치 위에/나뭇잎은 떨어지고/나뭇잎은 흙이 되고/나뭇잎에 덮여서…"(박인환, 세월이 가면) 그렇게 또 한 해가 가고 있다. 그래도 우리가 절망하지 않는 것은 그 흙에서 다시 새싹이 돋고 그 싹이 자라 나무가 되고 잎이 되어, 이윽고 왕성한 생명력을 뽐내는 날이 올 줄을 믿기 때문이다. 떨어져 썩어야 새 생명이 움트는 게 자연의 섭리, 곧 하나님의 뜻이다.

노무현 대통령이 어제 국무회의에서 '뒤가 깨끗해야 좋은 술'이라는 화두를 던졌다. 하긴 화두라고 할 것도 없다. 노 대통령 자신이 해답까

129

지 다 말했으니 장관들에 대한 훈시라고 하는 게 옳겠다. "술뿐만 아니라 사람도 뒷모습이 좋아야 한다"는 말도 했다. "헤어진 뒤에 우리 뒷모습을 서로 아름답게 그렇게 관리해나갈 수 있었으면 좋겠습니다"라는 언급에선 임기말의 소회가 은연중 묻어난다.

그런데 원망과 분노가 배어 있는 듯해서 안타깝다. "그 동안 여러 차례 제가 공격을 받았지만 참아왔는데, 앞으로는 하나하나 해명하고 대응할 생각이다." 이해는 되지만 취임 후 이제까지 말로써 득을 본 적이 있었던 것 같지가 않다. 게다가 지금은 임기말이다. 야당, 고건 전 국무총리는 물론이고 여당 일각에서조차 대거리가 요란스럽다. 어쩌다 전직 국방장관, 예비역 장성들과도 말싸움하는 입장이 되어버렸다. 그들은 어제 집단으로, 노 대통령의 21일 민주평통 상임위원회 회의 발언을 조목조목 따져 비판하면서 이의 취소와 공개 사과를 요구하고 나서기까지 했다.

따지고 보면 노 대통령 스스로 체통을 잃은 측면이 없지 않다. 지기 싫다는 기분은 범부(凡夫)들에게나 허용되는 것이다. 국민적 이론(異論) · 논쟁의 완충대 역할을 해야 할 대통령이 입씨름의 당사자가 되어버리면 갈등과 대립은 확대 재생산될 수밖에 없다. 대통령의 울분은 언론이 소리질러 알려주기나 하지, 백성의 억울한 사정은 제 가슴팍의 상처로나 남을 뿐인 것을 왜들 모르시는지.

한국개발연구원(KDI)이 어제 발표한 '사회적 자본실태 종합조사' 보고서가 국민의 심사를 그대로 보여줬다. 국민들은 힘이 있다고 인식되고 있는 기관 · 단체들 순으로 불신을 표출했다. 국민 대표기관이라는 국회에 대한 신뢰도가 10점 만점에 2.95로 가장 낮았다. 정당 · 정부 ·

지방자치단체·검찰·법원·경찰·노동조합·대기업·군대·언론 등이 차례로 그 뒤를 이었다. 모두 신뢰수준 5점 미만이었다. 이야말로 총체적 불신이다. 이렇게 원망과 불신이 속으로 부글부글 끓는 백성들을 팽개쳐두고 높은 이들끼리 입씨름이나 벌일 일인가.

논쟁으로 감동 있는 승복을 이끌어낼 수가 없다. 대통령은 논쟁가가 아니라 조정자여야 한다고 본다. 논쟁으로 한 사람을 이기면 열 사람의 적이 생겨난다. 대통령이라는 자리는 말 그대로 정상(頂上)이다. 산꼭대기엔 바람이 더 세게 마련이라 여겨 넉넉한 마음으로 대응하는 게 말을 말로 누르기보다 훨씬 효과적인 설복의 방법이라고 믿는다.

"천산조비절(千山鳥飛絶) 온 산에 새 날지 않고/만경인종멸(萬徑人踪滅) 온 길에 사람 발자취 없는데/고주사립옹(孤舟蓑笠翁) 외로운 배엔 도롱이에 삿갓 쓴 노인이/독조한강설(獨釣寒江雪) 홀로 눈 내리는 추운 강에서 낚시질한다."(중국 당 나라 때 시인 유종원의 '江雪', 김원중 역)

고독(孤獨)해 보이긴 해도 얼마나 고결(高潔)한 모습인가.

〈이, 061227〉

대저 권력이란

노무현 대통령은 한·미 FTA 협상 타결 이후의 지지율 급상승에 아주 고무된 듯하다. 내친 김에 개헌 문제를 밀어붙이겠다는 기세다. 하긴 개헌 발의는 진작 예고된 것이니까 별개의 문제라고 할 수도 있겠다. 그러나 기어이 국회에서 연설까지 하겠다는 청와대의 고집이 FTA 효과와 무관하다고만 보기는 어렵다.

대통령의 국회 연설은 헌법이 보장하고 있는 권리인데 왜 한나라당이 막아 나서느냐는 게 청와대 측의 논리다. 굳이 법조문을 들어 따지자면 그럴 수도 있겠다. '제1당 된 유세인가. 17대 총선 때는 다 죽어가는 표정이더니!' 하는 느낌이 영 없지도 않다. 그런데 더 이해할 수 없는 쪽은 청와대다. 왜 기어이 개헌 발의 연설을, 반겨주지도 않는 국회에서 하겠다는 것인지 그 심사를 도무지 짐작할 수가 없다.

국회에서의 연설이 의원과 국민을 설득할 수 있는 가장 효과적인 방법이라고 판단했을까? 아니면 역사적 사명감으로, 되든 안 되든 추진은 해봐야 하겠다는 심정인가. 혹 업적 콤플렉스에서 비롯된 오기 발현은 아닌지 모르겠다. 역사에 남을 일을 하겠다는데 또 딴죽이냐, 그래 한 번 해보자, 누가 이기나! 아마 아니겠지만 그런 생각으로 국회 연설에 더 집착하는 게 아닐까 하는 의구심이 아주 없지도 않다.

개헌 문제만 나오면 쌍지팡이 짚고 나서는 모양새가 되어 안됐지만 '4년 연임제'는 헌정사 60여 년 동안 두 번이나 대실패와 대파국을 (결과적으로) 초래했던 제도다. 이에 비해 '5년 단임제'는 당사자들의 능력 부족 때문에 빚어진 조기 레임덕 말고는 특별히 위험한 측면을 드러내 보인 바가 없다. 여소야대의 구조화(꼭 그렇지도 않지만)가 부담스럽긴 하나 그래도 여대야소의 구조화보다는 나을 것이다. 선거의 상시화를 문제시하는 시각도 있지만 그거야 대의민주정치의 속성일 뿐 대통령 임기제도에 책임을 물을 일은 아니다.

권력은 잠자고 있는 순간에도 조심해야 한다. 대통령의 권력이 제도와 시절분위기에 억눌려 있다고 해서 그 본질까지 달라졌다고 여기면 이야 말로 어림없는 오산이다. 권력은 자기복제와 확장력에 있어서 그 무엇보다도 강력하다. 노 대통령은 4년 연임을 넘어 10년 연임을 할 수 있었더라도 결코 권위주의적 권력자가 되지 않았을 것이라고 믿는다 치자. 그러나 모든 대통령이 다 그러리라는 보장은 없다.

지난 1월 28일 이병완 대통령비서실장이 기자간담회를 통해 참여정부의 경제성과를 열거하면서 한나라당의 '잃어버린 4년' 론을 반박한 바 있다. 그처럼 경제적 업적이 다대했다면서 왜 5년 단임제가 문제라는 것인지…. 말꼬리를 잡자는 게 아니라 5년 단임제의 의의가 너무 저평가되고 있는 것 같아서 하는 말이다. 대통령의 리더십이 출중하다면 임기의 취약점은 충분히 극복될 수 있다고 믿는다.

내친 김에 하나 더 지적하자. 한나라당이 반대할 것을 뻔히 예견하면서 '국회 연설'을 공언한 것은 애초에 논란을 부르겠다는 의도였다고 볼 수밖에 없다. 그런 정부가 북한과의 대화는 비밀리에 시도했다. 노 대통령이 자신의 '동업자' 였던 안희정 씨를 시켜 몰래 북측 인사를 접촉하게 했다고 어제 직접 밝혔다. 만약 북한의 비밀주의에 이끌릴 경우 남북관계는 갈수록 베일에 싸이게 된다. 그런 접근은 민족 문제를 점점 더 꼬이게 하는 요인이 될 게 뻔하다.

정작 조용하게 추진해야 할 일은 떠들어서 반발을 사고, 투명하게 해야 할 일은 비선인가 하는 것을 동원해 비밀스레 하려다 의심을 사는 까닭을 알 수가 없어 답답하다. 아무 일도 없었으니 투명성 문제에서는 해당 사항이 없다고 했는데, 무엇 때문에 대통령이 그 아무것도 아닌 일을 하라고 직접 지시했는지 그 점도 이해가 안 된다. 정치적·법적으로 문제가 없을지는 모르나 그걸 주장하는 대통령의 강변은 정말 문제다.

〈이, 070411〉

그토록 말이 하고 싶을까?

적게 말하고 많이 듣기. 아마도 그게 대통령의 첫째가는 덕목일 터이다. 듣고 보는 게 쌓여 교양·지식·품격·권위 같은 게 된다. 듣는 것보다 말하는 게 많아지면? 자연 말의 기교·억지·독선만이 늘어난다. 그것은 국민과 국가는 물론이려니와 대통령 자신에게도 독약이 된다.

옛날의 군주들도 가장 큰 일로 삼았던 게 민성 청취였다. 중국의 전설 속 성군 요(堯)임금의 치적으로 전해지는 비방지목(誹謗之木), 감간지고(敢諫之鼓) 고사가 바로 그 예다. 궁궐 앞에, 정치적 불만 사항을 적으라고 세워두었던 것이 비방의 나무다. 또 북소리로 주의를 끈 다음 정치를 비판하라고 달아뒀던 게 감간의 북이다. 이와 함께 진선지정(進善之旌)을 세웠다는 전설도 있다. 길가에 큰 기를 세워두고 누구든 그 아래에서 정치에 관해 좋은 의견을 말하게 했다고 한다. 어떤 것은 순(舜)임금 때 것이었다기도 하지만 어쨌든 '성군의 행적' 가운데서도 전형으로 전해지는 고사들이다.

중국 고대 왕조 때부터 있었다는 채시관(採詩官) 제도의 뜻도 다르지 않다. 민심을 제대로 파악하기 위해 민간의 노래와 풍자시 등을 채집하는 관직까지 만들었던 데서 옛 통치자들의 지혜와 성심을 짐작하게 된다. 누구의 무슨 말이든 진지하게 들어 경계로 삼는다. 그게 채시관 제도의 목적이었다.

서양 군주들의 덕목이라고 달랐겠는가. 고대 아테네 민주정(政)의 황금시대를 이끌었던 페리클레스는 온종일 자신을 따라다니면서 비난을 퍼붓는 어느 시민에 대해 화를 내기는커녕 날이 어두워지자 하인을 시켜 집까지 바래주게 했다는 일화를 남겼다. 물론 그 자신 명 웅변가였지만 남의 말을 듣는 귀도 항상 열어두었던 것이다.

말 잘하는 인물이라면 소크라테스를 빼놓을 수 없다. 말하기는 그의 생업(?)이었다. 돈벌이에는 관심없이 거리에서 만나는 사람마다 붙들고 대화를 나누는 일에 생애를 바쳤다. 그렇지만 그는 말을 많이 했으되 자기의 말을 진리라고 주장한 적은 없다. 오히려 그는 자신이 아는 것은 자신의 무지일 뿐이라고 말했다. 대화에서도 자신의 생각을 강조하거나 강요하지 않았다. 다만 상대가 진리에 이르도록 돕는데 그쳤다. 이른바 소크라테스의 '산파술' 이었다.

"앞으로는 일일이 발언하기 전에 선관위에 질의하고 답변을 받아서 발언하도록 하겠다. 선관위가 답변을 회피하지 않을 것으로 본다."

그제 밤 중앙선거관리위원회가 일련의 노무현 대통령 발언에 대해 '선거중립 위반' 결정을 내리자 청와대 천호선 대변인이 공식 입장을 표명했다. 대통령직과 청와대라는 기관이 제도이듯, 중앙선관위도 제도다. 서로 역할과 책무와 권능을 존중하지 않으면 우리 사회는 혼란에 빠지고 만다. 그런데 청와대는 선관위를 존중하기는 고사하고 괘씸해 하면서 조롱까지 하는 인상을 줬다. 먼 옛날의 군주들조차 여항(閭巷)의 소문과 민심을 알고자 갖가지 수단을 강구했는데 참여정부를 이끄는 대통령이 자신의 말만 하는 이 상황을 어떻게 이해해야 할 것인가.

청와대 측은 "한국의 민주주의, 법치주의는 갈 길이 멀다고 느낀다. 법도 법이지만 운영도 답답하다. 아직 후진정치를 넘어서지 못하고 있다"는 말도 했다. 노 대통령과 참모들이 생각하는 민주주의·법치주의·선진정치는 어떤 것일까? 판단이 어려울 때는 입법취지 및 정신을 생각해서 더 조심해주는 게 집권자의 금도(襟度)일 것이다. 법의 금지선을 들락거리면서 '후진정치' 탓을 하는 것은 국정 최고책임자, 국법질서 수호자의 자세라고 할 수 없다.

현행 선거법이 괜히 대통령의 선거개입 행위를 제한하도록 제정되었겠는가. 현대정치사의 뼈아픈 교훈이 반영된 것이다. 법상의 제약이 많아서 '후진정치'가 아니라 '선진정치'에 이르지 못했기 때문에 제약이 많은 법을 됐다고는 왜 생각하지 못할까? 〈이, 070620〉

3부

늘 그리운 이 되시라

한국의 선거, 그 인물과 문화

대기 대망(待望)

여야 간의 대결 양상으로 미루어 정기국회는 다음 달에 가서도 정상화되기 어려울 듯하다. 상대를 꺾는 것만이 중요할 뿐, 국사야 어떻게 되든 알 바 아니라는 작태들이다. 집권 민자당(民自黨)은 정작 시급한 정치복원은 밀쳐둔 채 '당 기강확립'을 둘러싼 내홍에 빠져들고 있다. 평민당(平民黨)은 영광·함평(靈光·咸平) 보궐선거에 후보를 내겠다면서도 국회에는 안 들어가겠다고 한다.

도무지 이해할 수 없는 여야(與野)의 이 같은 행태들이 근본적으로는 몇몇 사람의 대권욕심에서 비롯된 것이란 지적이 적지 않다. 더 직접적으로 말하자면 김영삼(金泳三) 민자당 대표최고위원과 김대중(金大中) 평민당(平民黨) 총재 간 또 민자당 내의 파벌 간에 벌어지고 있는 차기 대권경쟁이 정치를 이 꼴로 만든 게 아니냐는 것이다.

정치인이 대권을 겨냥하고 정당이 집권을 목표로 하는 것은 당연하지만 거기에도 지켜야 할 원칙과 도리가 있다. 수단의 정당성이 배제된 목적추구, 과정의 민주성이 도외시된 목표지향은 자신도 정치도 망치고 만다.

어느 때 장자(莊子)가 혜자(惠子)를 만나러 양(梁)나라에 갔다. 그런데 혜자는 주위의 말만 듣고 장자가 자신의 재상직을 뺏으려 한다고 의심, 전국에 걸쳐 그를 찾아내라는 등 법석을 떨었다. 그런 혜자를 만나 장자가 말했다.

"남쪽에 새가 있어 그 이름을 원추(鵷鶵: 봉황의 일종)라 하오. 그 원

추는 남쪽 바다에서 출발하여 북쪽 바다로 날아가는데 오동나무가 아니
면 쉬지 않고 대나무의 열매가 아니면 먹지 않으며 단물이 나오는 샘이
아니면 마시지도 않소. 때마침 솔개가 썩은 쥐를 물고 가는데 원추가 그
위를 날아갔소. 솔개는 제 먹이를 뺏길까봐 '꿱' 하고 소리를 질렀답니
다. 당신이 내게 겁을 주는 것도 재상자리 때문이 아니겠소."

『장자』 외편 추수(秋水)에 실린 우화다.

일체의 인위를 거부한 장자에다 현실정치를 비춰서 말할 일은 물론 아
니다. 정치인은 정치에 몰두해야 하고 자신의 철학과 이상을 펼쳐볼 수
있는 자리인 대권을 추구하는 것도 전혀 나쁘다 할 까닭이 없다.

그러나 그만한 위치에 있는 사람들이라면 예삿사람들과는 뭔가 좀 달
라야 한다. 붕정(鵬程)의 높은 뜻까지를 기대하는 것은 아니지만 솔개가
썩은 쥐를 탐하듯 하는 모양이어서는 너무 추하지 않은가.

품이 넉넉한 큰 그릇을 보고 싶다. 〈한, 900926〉

양김동주(兩金同舟)

현 정치상황은 누가 보든 양김에게 바람직스럽지 못한 쪽으로 전개되
고 있는 게 사실이다. 3당 합당, 대(對) 범죄전쟁 선포, 기초지방의회 의
원 선거 등을 거치면서 '정치' 가 빛을 잃어가는 대신 '통치' 가 부각되는
인상이 짙다.

이른바 '물갈이론' 의 대두와 '공안파' 의 부상은 두 김씨 를 동시에 위

협하고 있다. 또 기초의회 선거에서 나타난 여당의 독주와 압승은 김대중(金大中) 평민당(平民黨)총재에게는 물론이려니와 김영삼(金泳三) 민자당(民自黨) 대표에게도 위기의식을 안겨 주었다. 서로 상대방에게 시선을 고정시켜두고 있는 사이에 상황은 악화되어 버린 것이다.

'공멸'을 면하려면 '공생'의 길을 찾는 수밖에 없다. 그래서 양김은 1일 대구에서 만났고, '공안통치 배격' '내각제 개헌 반대' 등 공동투쟁 선언 같은 합의문도 만든 것이라 여겨진다. '오월동주(吳越同舟)'가 아닌 '양김동주(兩金同舟)'인 셈이다.

오(吳)와 촉(蜀)이 동맹을 맺어 조조(曹操)의 백만 대군을 적벽대전(赤壁大戰)에서 섬멸했다. 그러나 전쟁에서의 승리란 본시 공유할 수 있는 게 아니다. 오의 도독 주유(周瑜)는 촉을 제어하지 못한 채 죽음에 이르러 "이미 주유를 내시고서 왜 또 제갈량(諸葛亮)을 낳으셨는가(旣生瑜何生亮)"라며 하늘을 원망했다. 아마 양김의 서로에 대한 감정도 이와 비슷했을 것이다.

그런데 정작 양김의 적은 따로 있었다. 불가항력의 상대인 세월이 그것이다. 시간은 두 사람의 민주화 투쟁 공적을 묻어가고 있다. 마냥 양김만의 '대권경쟁'을 지켜봐주지도 않는다.

집권경쟁의 주자로 계속 살아남으려면 자신들의 의식을 시대정신에 맞추어 가야 한다. 옛날의 경력은 별로 도움이 안 된다. '김 아무개'라는 이름의 효용성도 점차 떨어져 간다. 정치지도자는 시대의 변화에 맞춰 그때마다 다시 태어나야만 생명력을 유지할 수 있다.

특히 양김이 벗어던져야 할 것은 '지역성'이란 갑옷이다. 껴입을수록 자신을 오그라들게 할 뿐이다. '지역감정'의 폐해는 거기서 멈춰 주지 않는다. 국민이 분열하는 판에 나라가 온전하기를 바랄 일이겠는가. 말은 더 이상 필요 없다. 지금은 행동으로 '지방색 타파' 의지를 입증해 보여야 할 시점이다. 〈한, 910402〉

대통령이 되겠다는 사람들

"독재제하에서는, 이 세상에서 가장 뛰어난 인물이라 할지라도 일단 왕의 자리에 오르면 예전의 심성을 잃게 된다. 독재제의 전형적인 악덕은 질투심과 자만심이다. 이 두 가지 악덕은 모든 악의 근원으로서 야만적인 행위와 무자비한 폭력을 불러일으키게 마련이다."(헤로도토스, 『역사』)

고대 페르시아의 캄비세스 2세가 이집트 원정 중일 때 세습 신관(神官) 계급의 두 형제가 왕위를 찬탈했다. 그러나 겨우 7개월을 넘기고 7인의 페르시아 인들에 의해 살해됐다. 이미 캄비세스 2세도 죽고 없었으므로 이들 명사들이 국가운영 문제를 논의했다. 오타네스는 민주정치를 지지하면서 독재제의 폐해를 그같이 설명했다. 그의 주장은 다리우스 1세의 독재 옹호론에 밀리고 말았지만 기원전 6세기 사람이었던 오타네스의 말은 오늘에도 유효하다.

불과 열흘 전에 벌어졌던 태국의 유혈사태가 곧 그 예다. 쿠데타로 권좌에 올랐던 수친다 총리는 독재적 통치체제 구축을 시도했다. 시민들이 항거하자 군으로 하여금 무차별 사격을 가하게 했다. 끝내 민주시민의 힘의 의해 쫓겨나면서도 권력자와 그 일당은 대량학살에 대한 '사면령'을 요구했다. 악랄할 뿐만 아니라 비열하기까지 한 인간들이다. 권력을 찬탈한 자들의 속성은 역사적으로 대개 그러하다.

'80년 5월의 광주'를 떠올리는 일은 모든 국민에게 언제나 큰 고통이다. 숱한 민주 시민이 죽어갔지만 발포자들에 대한 법적 응징은 시도조차 되지 않았다.

권력의 횡포를 막는 길은 정치의 민주화뿐이다. 물론 위장된 민주정치여서는 안 된다. 정당의 대통령 후보가 된 사람 중에 누구는 '큰 정치'를 운위했고 어떤 이는 '대 화합 정치'를 다짐했다. 그런데 민주정치의 전도는 어째 밝지가 않아 보인다. 시력이 떨어진 탓인가.

민자당(民自黨)은 남 먼저 '대통령 후보 자유경선' 기치를 내걸고 기세를 올렸다. 온갖 미사여구로 그 의미를 채색하더니 지금은 머쓱해져 있다. 경선 모양이 뒤틀리고 나서 며칠간 경선을 거부한 이종찬(李鍾贊) 의원에 대한 '징계' 엄포가 대단했으나 그것도 이젠 숙지근해졌다. 시끄러워지는 만큼 창피도 커진다고 판단한 모양이다. '정치코미디'가 따로 없다.

우스운 삽화는 또 있다. 이 의원이 독단으로 경선 거부를 선언했다고 보기는 어렵다. 같이 흥분하고 분개한 사람들이 적지 않았을 것이다. 그런데 시간이 갈수록 그의 주변이 허전해지는 것 같다. 한 사람 두 사람 슬금슬금 빠져 나가고들 있다. 어떤 사람은 "경선의 균형을 위해 그 쪽에서 근무했다"고 말하기도 하고.

'케인호의 반란'이라는 영화가 있다. 1954년 미 컬럼비아사 작품이다. 험프리 보가트가 미 해군 소해정 케인호의 편집병 증세 심한 퀴그 선장 역을 맡았다. 그의 명연기보다 더 눈길을 끄는 것은 키퍼대위(프레드 맥머레이)쪽이다. 그는 순직(順直)한 머릭 대위(밴 존슨)를 부추겨 함장의 직무를 해제시키게 했다. 자칭 작가로서 가장 용기 있고 양심적인 사람인 양 행동했던 그의 자세는 군사법정 증언대에서 표변했다. 그는 비열하게도 동료들을 교수대에 보낼 수 있는 증언을 한 것이다.

이런 사람들은 어떨지 모르겠다. 87년 대선 때 당시의 정권과 여당 후보를 '군사정권' '학살원흉'으로 매도하며 '군정종식'의 구호를 외치던 사람들이 어느 날 갑자기 집권당과 합쳤다. 자신들을 지지해준 국민의 선택이 잘못됐다는 괴상한 논리였다. 국민만 바보가 된 셈이다.

그런 성향들이 집권세력의 오만과 독선을 고무하고 만다. 그 덕분에 차기정권이 눈앞에 오지 않았느냐고 하겠는가.

각 당 대선 후보가 결정되기 무섭게 여권은 이른바 '정권 재창출' 작전에 돌입한 느낌이다. 아무리 둘러봐야 보수정당뿐인 나라에서 새삼 '보수 대 연합' 운운하는 소리가 여권 쪽에서 흘러나오고 있다. 무소속 당선자는 물론 야당 사람들까지 들먹들먹 한다. 정부·여당이 막무가내로 지방자치단체장 선거를 연기하겠다는 것도 대선과 무관치 않을 것이다.

대통령은 대단한 자리다. 철모르는 아들 손자에게서 "대통령이 되고 싶다"는 말을 듣는 것만으로도 어깨가 으쓱해지는 그런 지위다. 그래서 어느 후보는 그게 '중학교 때부터의 꿈'이었노라고 지금까지 자랑삼아 말하고 있는지도 모른다.

정부뿐 아니라 국회까지도 장악할 수 있는 막강한 권력을 휘두르고 죽백(竹帛)이 됐든 금석(金石)이 됐든 이름을 남기고 싶다는 것이야 잘못이라 할 까닭이 없다. 다만 기록에 남는 이름이라고 다 존경·아낌을 받는 게 아니라는 것은 다들 명념할 필요가 있다.

지난 2월에 생전 처음 설악산 구경을 했다. 안내를 맡은 이가 "어지간히도 무딘 사람"이라며 웃었다. 그러면서 비선대에 이르렀더니 발 밑에 닳아져가는 이름 몇 개가 보였다. 옛날에 누가 전문가를 데려다 공들여 새겼을 이 이름들은 그 동안 얼마나 밟혔는지 글자 획이 뭉개졌을 정도였다. 후보들도 이미 봤겠지만 시간 나면 다시 가서 봐도 나쁘지 않을 듯하다.

잠롱에게서 배우는 것은 또 어떨는지. 방콕 시장으로 초인적인 청렴과 봉사를 실천했던 사람이다. 야당 지도자로서 태국의 민주화를 이끌었다. 그는 민주화 개헌이 끝나면 정계를 은퇴하겠다고 한다. 두고두고 모습을 바꿔가면서까지 권력을 추구해야겠다는 사람이 있고 자신의 역할을 다하고 깨끗이 물러가는 사람도 있다. 남의 나라 사람이지만 잠롱 같은 사람이 있어 살맛도 난다. 〈세, 920528〉

그래도 희망을 갖자

중국 한(漢)나라의 관리등용 제도는 무제(武帝)에 이르러 틀을 잡았다. 역사상 향거이선(鄕擧里選)이라고 부르는 선거제도가 그것이었다. 새 황제가 즉위하면 인재를 뽑아 보내라는 조서를 전국에 내렸다. 자연재해와 질병이 극심해질 때도 행정이 잘못된 탓으로 여겨 각지에서 현인들을 추천받아 등용했다.

외국으로 보낼 사신을 비롯, 각 분야에 특수한 재능과 지식을 갖춘 사람이 필요할 경우 그 때마다 천거 또는 지원을 받아 선발했다.

이것이 후에 정기적 관리등용 제도인 효렴선거(孝廉選擧)로 바뀌었다. 지방정부로 하여금 매년 효자(孝子) 염리(廉吏)를 천거토록 했다. 초기엔 실적이 없어 황제가 조서로 천거를 독려할 정도였다. 후한(後漢) 때는 관리등용 제도가 효렴선거로 통일되었다. 효자 염리를 발굴한다는 의미는 없어지고 20만 호 이상에서 한 사람의 효렴을 뽑았다.

그게 선거의 어원이지만 제도적 연관성은 없다. 제도적으로는 그리스 시대의 선거에 그 연원을 두고 있다. 아테네에선 군사, 재정 등 전문적 관직 외엔 추첨으로 뽑는 방식이 일반화 됐었다. 오늘날의 인식으로는 고개가 갸웃거려지는 제도지만 그 나름의 의의를 가지고 있었다.

재임 금지와 함께 추첨제는 민주적 평등에 기여했다고 평가된다. 또 관리의 중요성을 감소시킴으로서 민주정의 존속에 이바지 했다. 물론 선거운동도 원천적으로 배제되었다.

스파르타에선 더 흥미로운 제도가 있었다. 다수결 등 여러 방법이 적용되었지만 아펠라(Apella: 민회)의 표결은 함성의 크기로 찬부가 결정되었다. 게론테스(gerontes: 원로들)나 에포르(Ephor: 스파르타의 5 장관)가 민회에서 그 같은 방식으로 선출되었다.

물론 고대의 제도다. 그러나 '원시적 제도'라고 단정할 수는 없다. 특히 우리의 선거 풍토를 보면 오늘날의 제도가 더 합리적이고 더 과학적이라고 말할 자신이 없다.

지금 전국에서 벌어지는 15대 총선 득표전 양상은 제도가 정교해질수록 인간의 간지(奸智)도 더해진다는 것을 확인시켜 주고 있다.

서로 경쟁상대의 목에 올가미를 씌우기 위해 기를 쓴다는 보도다. 첨단 도청장치를 갖추고 서로 염탐하는가 하면 상대 후보 진영에 프락치를 심는 사례까지 있는 모양이다. 상호 감시라는 긍정적 효과를 기대할 수도 있겠지만 사람 사는 세상, 국민의 대표를 뽑는 선거전에서 일어나는 일로서는 너무 살벌하다.

지역감정을 자극하는 언사도 날로 거칠어지고 있다. "광주 시민 120만 명 중에는 역대 대선에서 김대중(金大中) 선생님을 찍지 않은 약 12만 명 정도의 '김영삼(金泳三) xx들'이 있다." 국민회의의 한 국회의원이 그런 말을 했다 해서 한참 시끄러웠다. 신한국당 지도부의 한 인사는 구정권의 연고지역에서 '정권탈환' 운운한 것으로 전해졌다. 이건 단지 일례에 불과하다. 소속정당 및 그 지도자의 출신지역 후보 중 지역감정을 부추기지 않는 사람은 아무래도 있을 것 같지가 않다.

금품·향응제공 등의 오랜 폐습 또한 건재하다. 그런 행위는 법이 엄해서 조심하는 빛이나 보이지만 인신공격, 흑색선전은 오히려 더 심해졌다고 한다.

게다가 각 당 중앙당 차원에선 폭로전이 한창이다. 정당이나 정치지도자나 모두가 썩었다고 느끼게 하는 자해적 이전투구다. 그런 정당들 중 하나가 앞으로 국정운영을 맡게 된다고 생각하면 국민으로선 공포감을 갖지 않을 수 없다.

대검 공안부가 3일 발표한 데 따르면 후보 132명을 포함 456명이 선거사범으로 입건됐고 그중 구속자는 57명이었다. 지난 14대 총선의 같은 기간에 비해 입건자가 37.3%, 구속자는 3배나 늘었다. 선거법이 엄해지고 감시가 심해진 결과로 볼 수도 있지만 어쨌든 선거 분위기가 과거보다 개선되지 못한 것은 사실이다.

이런 선거를 치르면서 아테네, 스파르타의 선출 방식을 우습다 할 수 있겠는가. 이런 선거라면 차라리 추첨이나 환호성의 크기로 뽑는 게 더 나을지도 모른다. 적어도 국민을 지역별로 분열시키고 사람 사이에 불신감을 심어주는 일은 없을 테니까.

그렇지만 좌절감만 곱씹고 있을 일은 아니다. 그게 심해지면 선거폐해론 무용론이 대두할 수도 있다. 아무리 타락한 선거라도 없는 것 보다는 낫다. 선거가 부정되면 그 순간 민주정치도 사라질 것이기 때문이다.

하긴 몇몇 선진 외국들과 비교하지만 않으면 우리형편도 그리 나쁘지만은 않다. 생소한 외국 제도를 도입한지 채 반세기에도 이르지 못했다. 아직도 양상이 거칠기는 하지만 선거제도 자체는 일찍이 확립되었다. 물론 유권자의 의식수준과 자질도 크게 향상되었다.

절망하는 것보다는 희망을 갖는 게 백번 옳다. 심판은 유권자가 한다. 분위기에 휩쓸리지 않고 엄정하게 판단해서 선택한다면 선거풍토도 점차 개선될 것이다. 유권자들의 책무가 그 어느 때 보다 무겁다는 점을 강조하고 싶다. 〈세, 960404〉

50대 기수론

지난 69년 김영삼(金泳三) 당시 신민당 원내총무가 '40대 기수론' 의 기치를 내건지 4반세기가 지난 작년부터 다시 '세대교체론' 이 일기 시작했다. 60대에 당선된 김 대통령이 이를 주창했다는 데서 정치논리의 가변성을 새삼 실감하게 된다. 주로 김대중(金大中) 국민회의 총재를, 그리고 김종필(金鍾泌) 자민련 총재까지 함께 겨냥한 것이었다.

총선이 끝나 여야 간의 논쟁이 다소 잦아든 듯하지만 대선이 가까워지고 있는 만큼 곧 가열될 게 뻔하다. 신한국당의 이명박(李明博) 의원이 시사주간지 '한겨레 21'과의 인터뷰에서 제창하고 나선 '50대 기수론'도 인화성은 충분하다.

그는 "한강의 기적을 이룬 주력부대로 신세대 감각과 과거 경험을 갖고 있으며 4·19, 6·3 등 민주화를 위해 처음으로 조직적 문제제기를 한 세대가 50대"라고 주장했다. 21세기를 책임질 적임세대라는 것이다.

자신의 경력에 맞춘 인상이 짙지만 억지가 있어 보이진 않는다. 그렇다고 50대에만 명분이 있는 것은 아니다. 대통령 출마가 가능한 40대부터 김 국민회의 총재가 속한 70대까지 각 세대마다 나름대로는 목소를 높일 수 있는 명분을 갖고 있다.

따라서 연령을 기준으로 '정치적 세대'를 가르는 것은 무리다. 특히 개인의 정치지도력·의식·경륜·경력이 나이와는 별로 상관없다는 점이 간과되어선 안 된다. 바뀌어야 할 것은 '고령'이 아니라 구시대적 정치의식과 행태다.

이 의원의 주장에서 오히려 귀기울일 만한 대목은 '국회의원 선수(選數) 위주 관행 파괴론'이다. 당선 횟수가 많다는 것만으로 정치의 대가인 양 행세하고 군림하는 정치행태와 풍토야말로 정치를 '전근대적 수준'에 묶어 두는 족쇄다. "전·노 씨를 부정하면서 그 시절의 의원직까지 경륜에 포함시켜 다선의원이라며 정치판을 끌고 가서야 되겠느냐"는

이 의원의 지적은 옳다. 그런 점에서라면 '세대교체론'의 설득력은 부족하지 않다. 〈한, 960424〉

누굴 뽑으라고

여야 폭로전이 결국은 검찰수사로 이어질 모양이다. 대선을 불과 60여일 앞둔 시점이다. 후보들로부터 경제난 극복 방안과 21세기 한국의 비전을 들을 만한 때라 해서 기대하던 국민들은 엉뚱하게도 얼룩진 송사나 구경하게 되었다. 이 보다 더 한심한 일이 달리 있을까.

검찰이 수사에 착수하든 않든 신한국당과 국민회의는 이미 큰 상처를 입었다. 신한국당은 집권당으로서의 체통을 잃어버렸다. 오죽 다급했으면 폭로와 고발에 기대어 지지도를 만회할 생각을 했을까 해서 안쓰러워질 정도다. 국민회의도 가장 큰 무기로 과시해 왔던 도덕성에 의심을 받게 되었다. 되치기 폭로를 당하게 된 것도 창피한 노릇이다. 헐뜯기 좋아하다가 함께 큰 코 다친 격이 되었다. 말 그대로 자업자득이다. 누구를 원망하겠는가.

그건 그렇다 하고 후보 대부분이 서로 끼얹은 흙탕물을 뒤집어썼으니 대통령 감을 골라야 할 국민들의 마음은 더 고단하게 되었다. 도대체 누구를 뽑으라는 것인가.

'대쪽'이란 닉네임에 힘입어 보무당당히 등장했던 이회창 신한국당 총재는 두 아들의 병역시비로 이미지에 큰 상처를 입었다. '행동하는 양심'을 강조하며 오랜 세월 민주화 투쟁을 이끌었던 김대중 국민회의 총재는 '잦은 번의(飜意)와 식언' 비판에 더해 '불법적 비자금 조성·관리' 의혹까지 받기에 이르렀다.

여타 유력 후보들의 처지 또한 별로 나을 것이 없다. 김종필(金鍾泌) 자민련 총재는 5·16쿠데타의 굴레를 벗지 못했다. 조순(趙淳) 민주당 총재와 이인제(李仁濟) 전 경기지사의 경우 민선 자치단체장직을 중도에서 던져 버리고 대선에 참여한데 따른 비난이 만만찮다. 이 전 지사에겐 '경선 불복'이라는 부담이 겹쳤다.

후보 대부분이 대통령감의 가장 중요한 덕목인 도덕성을 잃거나 훼손당한 만큼 아무리 화려한 공약을 제시한들 신뢰할 사람이 없다. 사람도 공약도 믿지 못하는 상황이라면 표는 지연·학연·혈연 따위의 개인적 연고에 따라 나뉘어지게 마련이다.

어쩌면 각 정당과 후보들은 애초에 그 같은 선거전 구도를 머리속에 그리고 있었는지도 모른다. 그것이 선거운동은 물론 표 계산을 하기에도 가장 쉬운 방법이기 때문이다. 선거전이 지역대결 양상으로 굳어지면, 저질 폭로공방으로 오물을 뒤집어쓰더라도 표 떨어질 것을 크게 걱정할 필요가 없다. 그래서 안심하고 헐뜯기 경쟁을 벌이기로 했다는 것인가.

선거가 어떻게 치러지든 누군가는 대통령에 당선된다. 필생의 소망을 이루게 된 당사자, 권력을 나눠 누리게 된 추종자들이야 환호작약하겠지만 국민들은 그 순간부터 고생길에 들어선다. 패권 쟁탈전의 뒤끝이 조용할 리가 없다. 권력투쟁이 상시화할 것은 불을 보듯 뻔하다. 자연 경제와 민생은 뒷전으로 밀리고, 국민은 잘못 선택한 자신의 손가락이나 원망하게 될 것이다.

　대의민주정치를 실시하노라고 한지 거의 반세기가 지났다. 온갖 우여곡절을 겪었고 숱한 희생이 따랐다. 그만했으면 이제쯤은 민주정치가 정착되었을 만한데 정치인들의 의식과 행태는 예나 지금이나 한가지다. 오직 권력 장악과 국민 통치에만 집착하는 모습들이다. 정치인에겐 집권의 수단일 뿐인 선거에서 국민은 표를 주고 고생을 산다. 결과를 훤히 알지만 대안이 없다. 정치 리더라는 사람들이 마음에 안 든다고 해외에서 수입해오겠는가 어쩌겠는가.

　하긴 이런 예도 있기는 하다. 뉴기니에서 가까운 뉴해노버섬은 오스트레일리아의 통치를 받아왔다. 앙앙불락이던 주민들이 1964년 어느 날 나름대로의 해결책을 생각해냈다. 당시 미국 대통령이던 린든 B 존슨을 사와서 자신들의 지도자로 삼겠다는 것이었다. 그들은 이를 위한 기금을 조성하기로 했다. 7000여 명의 주민들 가운데 2000명 이상이 이 계획을 지지했다. 이들은 세금 납부를 거부하고 그 돈을 존슨 구입 기금에 헌납했다. 그렇게 해서 조성된 기금이 3000 달러였다던가.

　이 운동은 2년 간 이나 계속되었지만 성공에는 이르지 못했다. 오스트레일리아 정부는 연대 규모의 병력을 보내 이 저항운동을 진압해 버렸다. 주민들은 존슨을 사오는데 실패했을 뿐 아니라 500여 명이 세금 미납으로 투옥되는 고초를 겪기까지 했다. 《리더스 다이제스트》가 펴낸 『상식의 허실』에 소개된 일화다.

　천진난만한 몽상에 실소하다가 그 발상의 기발함에 무릎을 치게 된다. 강대국인 미국의 대통령을 사와서 지도자로 세우면 오스트레일리아가 감히 어쩌겠느냐는 생각이었을 것이다. 비현실적이긴 하지만 얼마나 논리적인 해법인가.

세상물정 모르는 무지한 사람들의 무망한 계획이라고 비웃을 자격이, 적어도 우리 정치인들에겐 없다. 뼈아픈 자성이 없이는 국민의 선택대안이 되지 못할 것임을 깨달아야 한다. 이제부터라도 국민들에게 희망을 주는 선거전을 펼쳐주길 바란다.〈세, 971016〉

정치참여의 남녀평등

핀란드에서 여성 정치인 타르야 할로넨이 대통령에 당선되고 일본에선 오타 후사에가 오사카부(府) 지사로 뽑혔다. 클린턴 미 대통령의 부인 힐러리도 퍼스트 레이디로서는 처음으로 뉴욕주의 연방상원의원 출마를 공식 선언했다. 모두 같은 날(6일)에 있었던 일이어서 더 눈길을 끌었을 뿐 새삼스러운 현상은 아니다. 내각제하의 대통령직이나 행정수반으로서의 총리직을 맡고 있는 여성은 모두 8명에 이른다.

물론 여성의 정치참여 수준은 아직도 미미하다. 국제의원연맹(IPU)의 한 보고서에 따르면 지난달 25일 현재 의회 제도를 가진 177개국의 여성의원 비율이 13.1%에 불과했다(우리의 여성의원 비율은 더 한심해서 4%선이다). 또 세계 각국 정부의 여성각료 비율은 지난해 8월 11.7%에 그쳤다.

그러나 주목할 만한 변화와 시도가 이뤄지고 있는 것도 사실이다. 프랑스의 경우 지난달 26일 모든 선거에서 남녀 후보자 수를 같이 하도록 규정한 법안이 의회를 통과했다. 이는 역사적으로 특기할 만한 '사건'이다. 우리의 주요 정당들도 후보 30% 여성할당을 공약하고 나섰다.

그렇다 해도 어느 나라 할 것 없이 여성의 정치참여에 관한 한 이제 겨우 '르네상스'의 여명을 어렴풋이 볼 수 있는 시점에 이르렀을 뿐이다. 본격적인 부흥·부활기는 아마도 훨씬 뒤에 올 것이다. 다시 그리스에 눈길을 줄 수밖에 없다는 뜻에서 하는 말이다.

스파르타 시민계급의 소년들은 일곱 살만 되면 부모에게서 떨어져 엄격한 육체적 훈련과 애국적 교육을 받았다. 소녀들은? 그들도 예외가 아니었다. 남자나 마찬가지로 웃통을 벗어부친 채 격렬한 체력단련을 했다. 강인한 전사가 나오려면 강철 같은 의지의 어머니가 있어야 할 것이었다. 가사는 노예의 몫이었다. 다시 말해 스파르타 시민계급에 있어선 남자와 여자의 역할이 거의 다르지 않았다.

이 같은 스파르타적 인식과 체제가 플라톤의 『정체론』에서는 소크라테스에 의해 더욱 전향적으로 옹호된다. "여성이 여성이기 때문에, 또 남자가 그 성별 덕분에 갖는 특별한 국가관리 능력이란 것은 없네. 자연이 부여한 재능은 남녀 양성에 고루 흩어져 있어서 남자의 업무가 곧 여자의 업무이지. 다만 여성이 남성에 비해 약하긴 하네."

소크라테스는 여성도 자질만 갖췄다면 국가 경영을 책임지는 수호자(守護者)로 선발되어야 한다고 말한다.

"수호자들의 아내들(여성 수호자들)은, 덕이 그들의 옷이 될 것이므로 웃통을 벗어야 하며, 전쟁이나 국가수호의 임무도 함께 하도록 해야 하네. 그렇지만 그들이 약하기 때문에 더 가벼운 일이 맡겨져야지."

옷을 벗어야 한다는 것은 남자들과 마찬가지로 웃옷을 벗고 체력단련을 해야 한다는 의미다. 이 적극적인 성(性)평등 의식이 2천 수백 년의 세월 동안 실종됐다가 이제야 정치인들의 기억 속에 아물거리며 되살아나려 하고 있는 것이다.

우리 사회에선 지금 시민들이 '주권자 권리회복' 운동을 벌이고 있다. 성급한 기대이긴 하지만 '유권자 혁명'이 운위되기도 한다. 아마 다음 차례는 여성들의 정치적 몫 찾기 운동이 될 듯하다. 우리나라의 여성들이 남달리 적극적인 성향을 가졌다는 점을 감안하면 그 기세도 대단할 것이다.

사실 각 정당이 선심 쓰듯 내놓은 여성중시정책이란 건 숫자놀음에 불과하다. 그 내용을 따져 보면 하나마나한 말이 되고 만다. 후보 여성할당제라는 것은 비례대표에 한정될 게 뻔하다. 그럴 때는 현재의 여성의석보다 별로 늘어날 것도 없다. 이를 여성들이 받아들이려 하겠는가.

대단한 페미니스트나 되는 양 쓰고 있지만 조선시대적 환경에서 의식이 형성되고 굳어진 시골 출신의 50대 남자에겐 쉽지가 않다. 당장 "여자 남자의 역할이 같아지면 가정은 어떻게 되지?"하는 '촌스런' 걱정부터 하는 (어쩔 수 없는)구시대적 가장이다.

그래도 시대의 흐름과 변화의 양상은 감지한다. 그래서 하는 말이다. 기성세대가 기득권에 집착하는 한 발전은 기대할 바 못된다. 다음 시대를 책임질 세대로 하여금 새로운 세상, 진정한 '의식의 르네상스'를 열 수 있게 길을 닦아주고 장애물을 제거해 주는 것이 정치리더들의 책임이다.

우선과제로서 각 부문에 걸쳐 자연적인 평등성을 왜곡하는 인위적인 제도나 관행을 허물어야 한다. 너무 비뚤어진 것은 프랑스의 예처럼 의도적으로 바로잡는 노력을 기울일 필요가 있다. 지금 시작할 일이다.

〈이, 000209〉

이기고도 지는 선거

미국 대통령선거의 개표결과를 두고 미국뿐 아니라 온 세계의 언론이 오보 홍역을 치렀다. 7일 오후(이하 미국 동부시간)에 플로리다 주에서 고어가 승리했다는 보도가 미국 주요 TV방송들을 통해 나갔다. 이유는 있었지만 어쨌든 성급한 오보였다.

그리고 8일 새벽엔 당초 오보 방송과는 정반대로 부시가 당선된 것으로 보도됐다. 2시를 좀 넘긴 때였다. 그 직후 고어는 부시에게 축하전화를 했다. 당연히 세계의 언론들도 덩달아 부시 당선 소식과 논평을 내보냈다. 본보 역시 초판에 '부시 당선과 한·미관계'라는 제목의 사설까지 실었다가 다음 판에 바꾸는 소동을 겪어야 했다.

아마도 부시·고어 두 후보는 물론 미국 국민 모두가 예사롭지 않은 후유증에 시달릴 듯하다. 재개표는 플로리다 주법(州法)의 규정 때문이라고 하지만 문제는 그뿐이 아니다. 투표용지가 후보를 혼동하도록 만들어졌다는 주장은 더 심각한 논란·갈등을 예고하고 있다.

의심할 만한 근거도 제시됐다. 인접 카운티에서는 수백 표씩에 그친 개혁당 팻 뷰캐넌 후보의 득표수가 다른 곳도 아닌 민주당의 아성, 팜비치에서는 무려 3407표에 이르렀다. 게다가 이곳의 일부 투표함이 개표

156

되지 않았다는 주장까지 나왔다.

이처럼 대통령 선거과정이 얽히고설킴으로써 민주주의의 전도사 또는 십자군을 자임하고 있는 미국으로서는 세계적 망신을 당한 셈이 됐다. 그런 가운데서도 충격적 상황을 비교적 차분히 받아들이고 있는 점에서는 '역시 미국'이라는 느낌을 주기도 한다.

재개표 와중에 나왔던 앨 고어의 언급이 아주 인상적이었다. 그는 "우리 헌법 아래서 나와 조 리버먼 부통령 후보가 일반 유권자 투표에서 더 많은 지지를 획득했다는 사실에도 불구하고 선거인단의 승리자가 다음 대통령이 될 것"이라면서 '헌법의 충실한 준수'를 역설했다.

미국 대통령 선거사상 이런 예가 없지도 않았다. 1888년 선거에서 현직 대통령이던 민주당 G 클리블런드가 공화당의 B 해리슨보다 10만 표 더 많은 유권자의 지지를 받았으나 승리는 선거인단 과반수를 획득한 후자에게 돌아갔다.

유사한 경우는 그 이전에도 있었다. 1876년 선거에서는 민주당의 S J 틸든이 유권자로부터는 25만 표를 더 얻고도 선거인단에서는 되레 한 표 밀렸고, 선거인단 과반수 미달에 따른 하원의 결정투표에서 결국 공화당의 R B 헤이즈에게 지고 말았다. 1824년 선거에서는 앤드루 잭슨이 유권자 및 선거인 표를 더 많이 확보했음에도 불구하고 하원의 최종 결정에서 J Q 애덤스에게 패했었다(백창재·최명,『현대 미국정치의 이해』).

이처럼 가끔은 심각한 문제점이 드러나기도 하지만 미국인들의 제도에 대한 신뢰는 확고하다. 앨 고어의 말이 명쾌하게 입증해 주는 바가 그것이다. 〈한, 001110〉

감동 주는 정치인 되시길

"수천 년 동안 많은 성현이 그 실현에 애써온 이상사회를 형성하는 데 조금이라도 공헌하는 바가 있어야만 그 생에 의의가 있을 것이다. …사람은 생과 사를 선택하는 시간과 장소에 따라 그 진가를 발휘하게 된다. 일생(一生)의, 일사(一死)의 원칙에 철저한 사람만이 진짜 사람이다."

유석(維石) 선생의 글, '나의 사생관' 한 대목이다(조병옥, 『나의 회고록』).

지금이야 옛날처럼 비장하게 정치를 할 이유가 없다. 그럼에도 불구하고 정치인들에게 분명한 사생관은 필요하다. 정치인으로서 어떻게 살 것인가, 무엇에다 정치 인생을 걸 것인가를 스스로 분명히 인식하고 실천하는 자세가 요구된다. 바야흐로 내로라하는 정치인들이 다투어 나서서 사슴을 좇는 시절이 도래한 것 같아서 하는 말이다.

민주화의 길에 들어선 지 십 수 년이 지났어도 국민에게 꿈과 감동을 주는 정치 리더를 본 기억이 없다. 어느 날 운 좋게 대통령직을 얻은 사람이나 수십 년의 도전 끝에 마침내 그 자리를 쟁취한 사람이나 권좌에 이르러선 길을 잃어버린 듯했다. 그들의 지도에는 대통령 자리에 이르는 길만 표시되어 있었을 뿐 집권 이후 나라와 국민을 이끌고 나아가야 할 길은 그려지지 않았던 때문인가.

그간 정치 환경이 엄청나게 바뀌었다. 그런데도 정치 리더들이 주는 인상은 예나 마찬가지다. 서바이벌게임 식의 전략전술을 그대로 답습하고 있다.

만신창이가 되도록 싸워 정권을 장악하면 아마도 이렇게 말할 게 틀림 없다. "현세의 인기가 아니라 역사의 평가를 생각하며 정치를 하겠다." 흉내를 잘 내는 사람들이 선임자들의 이런 '명언' (?)을 놓치겠는가.

국민이 바라는 대통령은 현실의 자기 역할에 최선을 다하는 지도자다. 역사에 너무 기대거나 그 속으로 도피하려는 정치인은 진실 되지 못하다.

"사후에 명성을 남기려고 연연해하는 사람은 그를 기억하는 사람들 역시 곧 죽게 된다는 사실을 생각하지 않고 있다. …설사 당신을 기억하는 사람들이 죽지 않고 그들의 기억 역시 영원하다고 가정하더라도 그것이 당신과 무슨 관계가 있다는 말인가?"

마르쿠스 아우렐리우스 황제, 로마의 5현제(賢帝) 가운데 한 사람이었던 이 스토아 철학자가 하는 말이다(『명상록』, 장백일 역).

방탕한 아들을 후계자로 임명하고 기독교도를 박해한 일로 명성과 치적에 큰 흠을 남기기는 했지만 명상하는 황제였다는 점은 특기할 만하다. 그는 전염병 내란 전쟁 등 수많은 재난을 감내해야 했던 불우한 황제였다. 그 환란 가운데서도 그는 선정을 베풀었고 명상을 계속했으며 전장에서까지 이를 기록했다.

우리 정치 리더들도 험구 · 악담 경쟁 대신 아름다운 말, 희망이 샘솟는 언어로 명상록을 채워보는 게 어떨지 모르겠다. 선거용으로 찍어내는, 자기 자랑의 회고록 · 자서전 따위는 말고. 신문에다 기고하는 것도 좋겠다. 아랫사람들이 대필하는 게 아니라면….

더 가까이는 이런 모범도 있다.

"세종대왕은 곁에 앉은 사람도 알아 볼 수 없을 만큼의 만성적인 안질에 시달려야 했고, 옆구리에 난 창(瘡)과 풍질(風疾) 때문에 같은 자리에 오래 앉아 있지 못했으며, 각기(脚氣)가 심하여 보행조차 자유롭지 못했다. 그뿐만 아니라 조갈증(당뇨병)까지 겹쳐 있었다면 이만저만한 병고가 아니었다."(신봉승, 『조선사 나들이』)

이 극심한 고통 속에서도 세종 임금님은 초인적인 열정으로 문화가 만개한 성세(聖世·盛世)를 이뤄냈다.

왕조시대의 성군상을 대선 예비주자들에게서 기대하는 것은 아니다. 다만 자신의 책무에 대한 진지함 치열함 그리고 인간에 대한 끝없는 사랑과 존중의 정신을 배웠으면 하는 간절한 바람에서 하는 말이다.

지금 이 시간에도 정치판의 서바이벌게임은 처절하다. 이런 게 정치라면 대선이든 총선이든 도대체 무슨 의미가 있겠는가. 단순히 한 쪽의 권력을 빼앗아 다른 쪽에 넘겨주는 절차로서의 선거는 아무 소용이 없다. 선거는 진실로 국민을 존중하고 나라를 위해 헌신할 자세가 되어 있는 정당과 정치인을 가리는 과정이어야 할 것이다.

이젠 정말 정치 리더에게서 감동을 얻어 모든 이웃과 나누고 싶다. 그에게서 희망의 말을 들어 이웃에 전할 수 있기를 소망한다. 그래서 말인데 정치 리더들은 그 좋은 머리를 남의 허물 들춰 내는 데 쓸 것이 아니라 자신의 꿈을 피력하는 데 쓸 일이다. 또 상대방과 험한 말로 다투기보다는 설득력을 발휘해 그를 감복시키는 게 백 번 낫다는 것을 깨달아야 한다. 그럴 줄 아는 것이 흔한 말로 21세기형 리더십일 것이다.

〈이, 011128〉

경쟁, 당당하고 떳떳하게

한나라당의 박근혜 부총재가 일전에 당 대통령 후보 경선 출마를 선언했다. 박정희 전 대통령의 맏딸이자 이른바 TK 출신이다. 여성이면서도 지역 선거구에서 거뜬히 재선의원이 됐고 원내 제1당 부총재직까지 차지하게 된 데는 그 힘이 컸을 터이다. IMF위기가 불러일으킨 개발시대에의 향수도 물론 여전하다.

아마 그 때문이겠지만 한나라당 내 이회창 총재 측근 및 추종 인사들의 반응이 아주 냉랭한 것으로 알려졌다. 어떤 당직자는 '제2의 이인제' 운운하며 박 의원을 비난했다고 들린다. 도전 자체에 대한 불쾌감과 불안감의 표시다. 아울러 그가 여성이라는 데서 비롯되는 거부감도 표출됐다. 출마선언 다음날이었던 12일 총재단 회의에서 어느 부총재가 한 여성의원에게 "박근혜도 나가는데 당신도 한 번 나가지 그러느냐"고 빈정거렸다는 보도다.

먼저 도전 기피증에 대해 말하자. 이 총재 측근 인사들이 지난 97년 대선 때의 악몽을 떠올리는 것은 자연스런 일이다. 당시 어느 후보의 경선 결과에 대한 불복이 대선의 전세를 뒤집어 놓는 데 결정적인 요인이 됐음은 부인하기 어렵다. 더욱이 박 의원의 경우 적어도 출신지역에서는 득표력(혹은 파괴력)이 그 후보를 훨씬 뛰어넘을 수도 있다.

이 점에서 이 총재 측근 인사들의 반사적 거부반응을 이해 못할 바 아니다. 그러나 진정한 프로라면 한 걸음 더 나아가야 한다. 병졸과 싸워 이겨봐야 병졸이다. 장군과 싸워 이기는 사람은 장군이고, 왕과 싸워 승리하는 사람은 왕이다. 예나 지금이나 원리는 마찬가지다. 어린아이 팔비틀기 식의 경선을 하고 손을 높이 쳐들어 봐야 국민에게 아무런 감동도 주지 못한다.

그래서 말인데 이 총재와 그의 지지 세력은 무엇보다 '대세론'에 대한 집착을 스스로 경계할 필요가 있다. 김영삼 전 대통령에 이어 한나라당 이 총재가 대통령 후보경쟁을 벌일 때 내세웠던 이 논리는 한마디로 '공정 경쟁' 봉쇄전략이다. 기세로 판세를 압도해 버리겠다고 할 때 유권자의 이성적 합리적 판단을 전제로 하는 민주적 선거과정이 구현될 수 있을 리 없다.

그렇게 해서라도 후보가 되면 목적은 달성되는 셈이 아니냐고 하겠는가. 그 후유증은 어쩌고? 지나친 세력 과시는 반발 심리를 자극하게 마련이다. 자신의 거듭된 서약을 깨뜨리고 대선에 출마했던 그 인사에 대해 무시 못 할 정도의 표가 몰렸던 지난 대선의 교훈을 잊는다면 이 총재의 전도는 험난해지고 만다.

다행히 이 총재가 측근들을 신칙(申飭)하고 있다고 들린다. 당연하면서도 아주 중요한 일이다. 말만으로서가 아니라 진정을 다해 정의로운 경쟁의 장을 만들어 가도록 노력해야 한다. 그것이 거대 정당의 리더로서, 또 지금까지 확고한 우위를 지켜가고 있는 주자로서의 금도이자 승리전략이다.

다음으로 박 의원이 여성이라는 점을 부각시키려는 인사들에 대해서도 한마디는 하고 넘어가야겠다. 정말 좀스러워 들어 줄 수가 없다. 오죽 못났으면 그런 비아냥거림으로 자신의 모자람을 위안 삼을까.

결투는 고대 게르만족의 관습에서 유래했다. 사람들은 그걸 신의 심판으로 여겼다. 이 재판적 결투는 10~11세기 유럽 봉건사회에서 유행했다(명예를 위한 결투는 그 훨씬 후였고). 대개는 남자들 간의 대결이었지만 사정에 따라 그 부인이나 딸이 대신 나서는 예도 있었다.

이때는 별도의 룰이 적용됐다. 여성과 결투하는 남성은 구덩이를 파고 그 속에 들어가 머리와 팔만 내밀고 싸워야 한다는 것이었다. 여성과 남성의 동등한 자격을 인정하되 물리적 힘의 강약을 배려한 것이다. 이게 바로 '공평'이다.

기실 '남녀평등'은 고대 그리스의 스파르타에서 이미 실천되고 있었다. 그리고 이를 더욱 발전시킨 형태는 소크라테스에게서 발견된다. 플라톤은 『정체론』에서 스승 소크라테스가, 모든 능력에서(다만 힘의 차이만 있을 뿐) 남녀가 동등하다고 강조했음을 기록하고 있다.

지금이 어느 시대인가. 상대가 두렵기 때문에 거부감을 드러내면서도 그걸 감추려고 여자임을 들어 이죽거리는 것이 더 한심하다. 이 분위기를 털어내는 것 또한 이 총재와 그 측근의 책임 몫이다.

그가 누구든 차기 대통령이 되겠다고 나선 사람들에게 마음으로부터의 감사와 친애의 뜻을 표하고 싶다. 이건 솔직한 심정이다. 그러니까 국민의 자존심을 생각해서라도 제발 당당히 경쟁하고 떳떳이 승리해주기 바란다. 우격다짐으로, 또는 온갖 낯뜨거운 술수로 이긴다고 한들 그게 국민과 나라, 그리고 자신을 위해 무슨 의미가 있겠는가.

〈이, 011219〉

출사표

"선제께서 창업 중도에 붕어하시고, 이제 천하가 삼분됨에 익주가 가장 피폐하니, 이는 바야흐로 위급존망지추라."

제갈공명(諸葛孔明)의 저 유명한 출사표(出師表)는 이렇게 시작된다. 그가 출사표를 후주(後主)에게 올리기는 전후 두 차례. 이 표문에서 그는 자신의 다함없는 충성심과 출병에 임하는 각오를 밝히면서 후주 유선에게 정치의 요체를 일깨우고 있다.

사실 공명은 나관중의 삼국지연의에 그려진 것과 같은 신기묘산의 대전략전술가는 아니었다고 한다. 소설이 묘사하는 대로였다면 백전백승의 촉한이 삼국을 통일했을 법하지만 실제로는 가장 작은 세력이었고 그나마 공명이 세상을 뜬 후 위(魏)에 져서 멸망했다. 역사의 근간을 형성하지 못하고 곁가지로 끝나고 만 것이다.

그럼에도 불구하고 후세 사람들은 정서적으로 촉한에 정통성을 부여하고 유비, 공명을 비롯한 왕조 건설의 주인공들에게 깊은 친애와 존경을 표해 왔다. 왕조를 가문의 확대판으로 인식해온 때문이기도 했지만 아마도 덕치를 앞세우고 충절·신의를 중히 여긴 그 주인공들의 인품과 인간관계에 더 끌렸을 듯하다. 출사표가 함축하고 있는 게 바로 이 같은 정신이다.

공명은 두 차례의 북정에서 뜻을 이루지 못하고 마침내 오장원(五丈原)에서 길지 않은 생애 54년을 마감한다. 그는 죽음에 임해 다시 후주에게 표문을 올린다. 이 글에서 공명은 자신의 재산을 공개하고 있다.

"끝으로 신의 집에는 뽕나무 800그루와 박전 50경(五十頃)이 있사와 자손의 의식은 넉넉하오나, 다만 신이 밖으로 나도는 동안에는 소용되는 바를 모두 관(官)에 바랐삽고 따로 모음이 있지 않사와 신이 죽는 날 안에 비단 한 조각, 밖으로 푼돈이 따로 없어 끝까지 폐하께 심려를 끼치게 되었음을 송구히 여기옵니다."

뽕나무와 밭은 그가 유비의 군사(軍師)로 나가기 전에 일구어 가졌던 재산이다. 국록은 단 한 푼이라도 남겨 저축한 것이 없었다. 그러니 자신의 장례비용인들 미리 마련돼 있었을 리 없었다. 어떻게 그가 두고두고 후세인들의 사표가 되었는지는 이로써 분명해진다.

우리도 공직자들의 부정부패를 막는 장치의 하나로 공직자 재산등록 및 공개 제도를 두고 있다. 그렇지만 공직자들의 준법 의지가 뒷받침되지 못할 때 법은 형해화하기 십상이다. 재산등록 · 공개의 제도화가 청렴의 충분조건은 못 된다는 뜻이다. '사서삼경에 부귀영화가 들어 있다'는 식의 천박한 공직관을 말끔히 털어내지 못하면 이들의 부정부패는 결코 사라지지 않는다.

군대를 이끌고 전장에 나아가기에 즈음해 임금에게 올린 것이 출사표였다. 이를 흉내 내 공직을 맡으면서 항상 근신하며 근면 청렴하겠다고 다짐하는 글, 이를 테면 출사표(出師表 아닌 出仕表) 같은 것을 스스로 써보면 어떨지.

대통령 · 국회의원들의 경우는 취임에 앞서 '선서'를 하도록 돼 있다. 공무원들은 '공무원 윤리 헌장'을 기관의 장 앞에서 낭독하고 서명한다. 물론 대부분은 이를 지켜가고 있을 것이다. 그러나 단지 요식행위로만 인식하고 뒤로 엉뚱한 짓을 하는 인사도 적지 않다.

어쩌면 법이 강제하는 '선서'보다는 자발적인 '출사표(出仕表)'가 더 효과적일지도 모른다. 공직을 맡으면서 자신과 가족 그리고 이웃과 지역사회의 주민, 나아가 국민에게 다짐의 글을 쓴다면 그 구속력은 취임 선서보다 훨씬 강력할 수 있을 것도 같다.

오죽하면 이런 생각을 다 하게 됐을까. 지난 한 해 온갖 '게이트'로 공직사회가 전면적 불신의 상황에 몰리는 것을 국민 모두가 참담한 심정으로 목격했다. 끝없이 잡아넣고 또 잡아넣어도 감옥을 향한 부패 공직자들의 대열은 줄어들 줄 모른다. 이게 우리의 현실이다.

이제 막 열린 새해에는 공직자 비리로 배신감에 시달려야 하는 일이 없기를 바라는 마음 간절하다. 그래서 말인데, 특히 대통령이 되겠다고 동분서주하는 분들에게 권유하고 싶다. 지금 바로 진정을 다한 출사표를 써 보시라.

내용이야 스스로 정할 일이지만 꼭 포함해야 할 것이 있다. 우선 정정당당하게 승부를 겨루고 결과에 겸허히 승복하겠다는 서약이 있어야 한다. 당연히 정치인으로서, 나아가 대통령으로서 사사로움은 다 잊고 오직 국민과 나라를 위해 헌신하겠다는 약속도 필요하다. 또 임기가 다하고 떠나는 날 일어선 자리가 깨끗하여 걸레질이 필요 없도록 하겠다는 다짐을 각별한 마음으로 덧보탤 일이다.

이분들의 감동적 출사표를 읽으면서 새해를 희망 속에 시작하고 싶다.

〈이, 020102〉

멋있는 패자를 보고 싶다

항우(項羽)는 유방(劉邦)의 한군(漢軍)에 쫓겨 마침내 오강(烏江)에 이르렀다. 그곳의 정장(亭長)이 배를 강 언덕에 대고 기다리다가 항왕을 맞았다.

"강동이 비록 작으나 땅이 사방 천리요, 백성의 수가 수십만 명에 이르니 그 곳 또한 족히 왕이 되실 만한 곳입니다."

그러면서 배에 오를 것을 권했다. 항왕이 웃으며 말했다.

"하늘이 나를 망하게 하려는데, 내가 건너서 무얼 하랴. 강동의 젊은이 8000명과 함께 강을 건너 서쪽으로 갔었는데 지금 한 사람도 돌아오지 못했거늘 설령 강동의 부형들이 불쌍히 여겨 나를 왕으로 삼아 준다고 한들 무슨 면목으로 그들을 대할까. 설령 그들이 아무 말도 하지 않는다 해도 내 양심에 부끄럽지 않을 수 있겠는가."

항우는 자신을 태우고 전장을 누볐던 준마 추(騅)를 차마 죽일 수 없다며 정장에게 주고 따르던 기병들도 말에서 내려 싸우게 했다. 한군(漢軍) 수백 명을 죽이며 분전했으나 온 몸에 상처를 입고 마침내 힘이 다했다. 적군 가운데서 옛 부하를 발견한 그는 자신의 목으로 공을 세우라며 자결했다.

역발산기개세(力拔山 氣蓋世: 힘은 산을 뽑고 기개는 세상을 덮을 만함)의 영웅이었으나 전략과 용인술(用人術)이 유방에 미치지 못해, 항우는 천하를 잃고 만다. 그러나 후세인들은 유방의 승리보다는 오히려 항우의 패배에 더 큰 방점을 찍는다. 영웅답게 질 줄 알았다는 점을 중히 여긴다는 뜻이다. 경극으로, 또 영화로 중국인은 물론 세계인의 심금을 울렸던 패왕별희(覇王別姬)의 소재가 바로 그의 최후다.

정장의 말을 좇아 강동으로 물러갔다면 그는 권토중래의 기회를 얻을 수 있었을지도 모른다. 그러나 장렬히 죽기로 했다. 유하면목견지호(有何面目見之乎)—내 무슨 면목이 있어 이를 보랴. 그는 구차하게 목숨을 부지하기보다는, 몸소 70여 차례 전투를 이끌며 한 번도 패한 적이 없었던 영걸의 모습을 뚜렷이 세상 사람들에게 각인시키는 쪽을 택했던 것이다.

용력만 넘칠 뿐 지모가 부족한 행동이었다고 비판받을 소지가 없지는 않다. 그렇지만 그의 이 같은 선택으로 천하는 더 빨리 난세를 극복하고 치세로 접어들게 되었다는 점 또한 주목할 필요가 있다. 역설적으로 들릴지는 모르겠으나, 한나라가 진(秦)에 이어 강력한 통일제국으로 등장하게 된 데는 항우의 당당한 패배도 한 몫 한 게 사실이다.

비단 전쟁에서 만이랴. 운동경기에서도, 정치적 경쟁에서도 승리자 못지않게 멋있는 패배자가 소망스럽다. 승자만으로는 영광스러운 승리가 이뤄지지 않는다. '훌륭한 패자'의 후광을 받아야만 그 승리는 빛날 수 있다.

민주당이 5일 대선 후보 경선 일정을 확정했다. 다음 달 9일 제주를 시작으로 16개 시·도별 경선이 매주 토·일요일 순차적으로 개최되어 4월 27일 서울에서 마무리된다. 지구당 개편대회는 이미 이달 들면서 시작됐으니 후보 간의 경쟁은 본격화된 셈이다.

경쟁구도가 상대적으로 단순해 그런지 한나라당에선 아직 경선 준비 작업이 민주당만큼 활발하지는 않다. 그러나 여기서도 출전자들은 진작 부각돼 있고 이들의 진영 갖추기 역시 착실히 진행되고 있다.

대선 분위기가 조성되면서 정당들 간, 또는 정치인들 간의 이합집산도 적극화할 조짐이다. 잠시 주춤해졌지만 합당이니 신당이니 하는 이야기가 끊이지 않는다. 다시 철새들의 대이동, 유랑극단의 천막 옮겨 치기 시절이다.

모두가 승리를 향해 나서고 있는 판에 왜 '패배' 운운해 김을 빼놓느냐고 할 것인가. 승리에 대한 지나친 집착이 우리 정치를 후진적 상황에 얽매는 오랏줄이 되었음을 부인하기 어렵다. 패배는 결코 인정하려 하지 않는다. 지고 나서도 이기기를 고집하는 바람에 경쟁절차는 무의미해지고 만다.

경쟁에서 지면 깨끗이 승복하고 이를 계기로 다시 결합하여 더 큰 경쟁에 함께 나설 수 있다는 데 민주적 정치과정의 아름다움이 있다. 모든 주자들이 다 그 같은 자질을 갖춰야 민주적 경선 과정은 공동의 승리를 위한 축제의 장이 된다.

그리고 정당의 경우, 국민의 지지를 얻는 데 실패할 땐 진지한 반성을 통해 환골탈태하든가 그게 불가능하면 차라리 간판을 내리는 게 떳떳한 길이다. 때만 되면 합당하자, 신당 만들자 하는 것은 경쟁의 룰을 외면하고 오직 승리만을 추구하겠다는 억지다. 이제 이런 구차한 연명술은 포기돼야 한다. 그게 정치인 자신들과 한국 정치를 살리는 길이다.

멋있는 패배자를 보고 싶다. 그들이야말로 민주정치 성숙의 제1공로자로 기록될 것이기 때문이다. 〈이, 020206〉

무정쟁 선언

도편(陶片)추방제도라는 것이 있었다. 민회(民會)의 참석자들이 전제적 폭군이 될 혐의가 짙다 해서 제소된 사람들 가운데 하나의 이름을 도자기 조각에 써서 내는 제도다. 가장 많이 지목된 사람은 10년간 아테네에서 추방당한다. 고대 아테네의 민주 개혁자 클레이스테네스에 의해서 (아니면 그 보다 조금 후에) 실시된 이 제도는 민주정 보호 장치였다.

기원 전 487년 시행되기 시작했던 이 제도는, 그러나 70년 정도 존속했을 뿐이다. 정쟁, 모함, 희생양 만들기의 방편으로 오용된 때문이다. 예나 지금이나 이 같은 군중(혹은 대중)정치의 취약점은 그대로다.

제도의 타락을 상징적으로 말해주는 일화가 있다. 아리스티데스의 추방 여부를 결정하는 투표가 있던 날이었다. 아티카에서 온, 문맹의 농민이 옆 사람에게 자기 대신에 아리스티데스의 이름을 도자기 조각에다 써달라고 했다. "사람들이 그를 정의로운 사람이라고 불러대거든요. 날이면 날마다 그런 소리를 들으니까 괜히 짜증이 나서요." 옆 사람은 부탁을 들어 주고 자리를 떴다. 그가 바로 아리스티데스였다.

우리 유권자들은 언제나 이성적인 판단에 따라 사람을 판단하고 투표를 할까? "남의 말 하지 말고 너 자신은 어때?" 어쩌랴! 때로는 이렇다 할 까닭도 없이 미워지는 사람이 생기는 것을. 그러니 어떻게 감정에 치우치지 않는다 할 수 있겠는가.

지금은 주춤해진 듯하지만 얼마 전까지만 해도 이런 기분이 사회적으로 급속히 확산되는 것을 모두가 함께 느꼈다. "잘난 척하고 거들먹거리는 사람, 도저히 못 봐주겠다!" 그런 심사가 아니었을까. 잘난 사람, 높은 사람들이 너무 오래 서민들의 속을 뒤집어 놓은 탓이다.

이런 바람이 일자 갑자기 '서민 자랑' 이 만발했다. 판사·변호사·국회의원·장관에다가 집권당 부총재·최고위원, 그리고 대통령 후보까지 된 분이 대표서민으로 자처하며 나섰다. 이에 질세라 대법원 판사·중앙선관위원장·감사원장·총리에다 집권당 대선 후보·원내 제1당 총재를 거쳐 대선 후보가 된 분도 서민 출신임을 강조하기 시작했다.

이분들이 정말 해도 너무하지, 무얼 욕심낼 게 없어 서민의 이름까지 앗아간다는 것인가. 무엇이든 좋은 것은 원하는 대로 다 가져 본 분들이어서 남의 것 가로채는 데도 이력이 나서 그런가. 그건 또 그렇다 하고, 이런 분들이 서민이라고 나서면 진짜 서민의 처지는 어떻게 되나.

엊그제부터인가는 '티셔츠 싸움' 이 붙었다. "한 벌에 수십만 원 하는 외제 셔츠를 입고도 서민인가?" 그렇게 따지고들 있다. 참으로 점입가경이다.

이런 걸 선거운동이랍시고 벌이고 있으니 불쌍한 건 국민이다. 도대체 누구를 대통령으로 뽑으라는 것인지…. 계속 이럴 것이라면 김대중 대통령이 촉구한 바대로 '무정쟁' 이라도 선언할 일이다. 한심한 언쟁으로 축제 분위기 흐려놓기보다는 입 다물고 있는 게 국위 선양에 도움이 될 것 같기도 하지 않은가.

김 대통령은 88올림픽 때의 예를 들어 여야의 무정쟁 선언을 희망했지만, 오랜 옛날 그리스 올림픽 때는 전쟁까지 중단시켰다. 델포이의 아폴론 경기, 네메아 경기, 코린트 지협 경기의 경우도 마찬가지였다. 신성한 휴전기간' 을 선포하고 이를 어기는 폴리스에는 제재가 가해졌다.

축제의 성공적 개최, 참가자들의 신변보호를 위해서였다. 쓸데없는 말싸움을 벌이기보다는 그냥 경기 구경이나 하는 게 어떨지를 정치권 인사들은 진지하게 생각해줬으면 좋겠다.

그렇다고 정부 측의 '무정쟁 선언' 촉구가 설득력 있다는 뜻은 아니다. 바람직한 방법이라고 보기도 어렵다. 88올림픽은 6공 정부 출범기에 열렸다. 그러나 지금은 대선의 전초전이라는 지방선거를 목전에 두고 있는 때다. 이 시기에 서로 공방전을 벌이지 말라는 게 실현 가능한 주문인지 모르겠다.

혹 대형 권력형 비리 의혹 사건에 대한 여야의 공방을 멈춰야 한다는 것이라면 더더욱 무리한 요구다. 이런 사건이야말로 국민적 관심과 감시를 필요로 한다. 당연히 정당, 나아가 국회도 그 역할을 충실히 수행해야 옳다.

옛 사람들의 말을 흉내내자면 이렇다. 정부는 정부답고 국회는 국회답고 정당은 정당다워야 한다. 정부가 할 일은 비리 의혹 사건의 진상을 명명백백히 규정하는 것이다. 정쟁 때문에 축제가 잘못될 것이라고 걱정할 필요는 없어 보인다.

국민은 축구대회 쪽에 더 관심을 가지게 될 것이다. 외국 손님 보기에 창피하다는 생각이 들 수도 있으나, 그 사람들이 뭐 할 일 없어서 남의 정쟁에 눈길을 주겠는가. 경기장, 관광지 찾아다니기도 바쁠 텐데….

〈이, 020522〉

무슨 선거가 이 모양인가

　지지난주 이 난에서 언급한 바 있지만 판헬레나(전 그리스) 대경기는 올림픽만이 아니었다. 이와 함께 유명했던 것으로 델포이의 파르나소스 산 아래서 열린 아폴론 경기, 네메아 계곡에서의 네메아 경기, 코린트 지협 지대에서 개최된 지협 경기가 있었다(코린 쿨레,『고대 그리스의 의사소통』, 이선화역).

　대략 기원 전 6세기부터 (이를 테면) 국제대회화한 이 경기들은 각각 4년 주기의 스포츠 경연대회이자 동시에 종교 축제였다. 경기 첫날과 마지막 날엔 종교행사가 열렸다고 한다. 당연히 이들 경기대회는 진지하게 마련이었다. 그리고 이런 대회에서 승리한다는 것은 출전자 자신은 물론 출신 국가(폴리스)의 대단한 영예였다.

　그리스인들은 돈을 벌기 위해 경쟁하지 않는 것을 자랑으로 여겼기 때문에 승자에 대한 보상은 월계관(올림픽 경기), 야생 셀러리관(지협 경기) 등이었다. 그렇지만 폴리스에 따라서는 평생 먹고 살만한 포상금과 특전을 베풀기도 했다. 승리자의 조각상을 세워주는 곳도 있었다.

　어쨌든 이들 대회는 그리스 도시국가들에 연대감을 주는 소중한 계기였다. 전쟁 대신 경기의 형태로 국가 간 힘과 기량을 겨루는 기회로도 삼았을 것이다. 그리고 더 크게는 전체 그리스인들의 신들을 기리는 대제전이었다.

　지금도 그 때의 전통이 이어져 올림픽은 물론 종목별 세계대회 또는 국제대회가 다양하게 열리고 있다. 그 중에서도 가장 인기를 끄는 것이 지금 우리나라와 일본에서 벌어지고 있는 FIFA 월드컵대회다. 아마도 스포츠 종목 가운데 가장 역동적인 팀 경기이기 때문일 것이다.

다만 '정신'은 퇴색하고 '상업성'만 남은 대회가 된 듯해서 그게 안타깝다. 그 때문이겠지만 진지함 대신에 치열함만이 넘쳐나는 듯해서 그것도 유감스럽고—.

그럼에도 불구하고 월드컵 대회의 인기가 갈수록 더해지는 것은 선수들의 뛰어난 기량과 페어플레이 덕분이다. 이번 대회 역시 세계 곳곳에서 지역예선을 거쳐 본선에 진출한 각국의 선수들이 걸출한 실력을 과시했고, 이 과정에서 이변이 일어나 고정관념을 여지없이 깨뜨리는 상쾌한 충격을 안기기도 했다.

이에 비해 우리의 지방선거전은 얼마나 한심한가. 후보들은 말할 것도 없고 명색이 거대정당의 중앙당 지도부, 더욱이 이들 정당의 대통령 후보들까지 나서서 험구(險口)·악구(惡口) 경연을 벌이고 있다. 분명히 선거법이라는 게임의 룰이 있고, '동방예의지국'의 도덕률도 분명한데 이들은 오불관언이다.

잘난 사람들이 서로 비방하는 것을 들어 보면 세상에 이런 '인간쓰레기'들이 달리 없다. 기분이 나쁘겠지만 이것도 당사자들의 표현을 그대로 적기 민망해서 순화시킨 거다. 이 기회에 한 번 물어보기나 하자. 대통령 또는 자치단체장 되겠다고 나선 그 사람들이 불한당, 사기꾼쯤 된다면 그들 가운데 누구인가를 대표로 삼아야 할 국민이나 지역주민은 도대체 무엇이어야 하는가.

이왕 고대 그리스 이야기를 했으니까 한 가지 보태자. 기원 전 490년 페르시아의 다레이오스는 에레트리아를 함락시킨 후 아테네 인근의 마라톤으로 몰려왔다. 아테네 측에서는 밀티아데스를 비롯, 10명의 장군이 이끄는 군대를 보내 페르시아의 침략을 저지하도록 했다.

교전 여부에 대해 장군들은 반반, 즉 5 대 5로 갈렸다. 워낙 상대방의 병력이 많아 장군들이 자신감을 잃은 탓이었다. 주전파이던 밀티아데스는 군사장관으로 선출되어 전장에 온 칼리마코스를 설득해 그를 교전 찬성 쪽으로 돌려놓았다. 군사 장관에게도 투표권이 주어졌으므로 주전파가 이겼다.

장군들은 자신들의 교전권을 밀티아데스에게 양보했으나 그는 자신의 지휘 순번을 기다려 전투에 돌입했다. 아테네군은 엄청난 수적 열세에도 두려움 없이 구보로 적진에 뛰어들었다. 일찍이 없었던 전투방식이었다. 그리고 마침내 이들은 승리했다(헤로도토스, 『역사』, 박광순 역).

전장에서 투표라니! 전투 지휘권을 순번제로 행사하는 것은 또 어떻고! (적어도 근본정신에서는)이게 바로 민주정치다. 평화 시에 주민의 대표를 뽑는 선거조차 규칙의 울타리를 멀찌감치 벗어나 진흙탕 싸움을 벌이고 있는 것만으로 우리 민주정의 성숙도는 가늠되고도 남음이 있다.

저마다 화려한 경력과 높은 경륜을 뽐내는 분들이 2500년 전 사람들의 흉내조차 내지 못하고 있는 현실을 어떻게 설명해야 할 것인가. 자신들의 험구로 인해 자존심에 심한 상처를 입은 국민에게는 어떤 보상을 하실 생각인가. 악구 경쟁하러 나서기 전에 누가 대답 좀 해주시라.

〈이, 020605〉

암 지빠귀와 숫 지빠귀

차기 대통령을 결정짓는 변수는 무엇일까? 그걸 알면 직접 출마하지…. 그러나 지금의 판세만으로 말한다면 그것이 만인 앞에 뚜렷이 드러나 있다. 바로 이회창 한나라당 후보 장남의 '병역비리 의혹'이다.

지금 검찰이 수사를 벌이고 있는 중이지만 정치적으로 말한다면 이 사건을 좌지우지하는 사람은 김대업 씨다. 무슨 병무비리인가로 감옥에까지 갔던 전력이 있으나 워낙 이 방면에는 도가 터서 검찰 수사 보조원으로서 비리 색출의 기량을 유감없이 발휘했다는 전직 부사관이다. 이 점에서도 참 대단한 나라다, 우리 대한민국은.

민주당은 이 사람의 주장과 증거라는 것들에 모든 희망을 걸고 있는 눈치다. 한나라당이야 당연히 이 사람이 거짓말하고 있으며 증거라는 것들이 조작된 것임을 입증하겠다며 안간힘을 쓰는 중이고.

이미 5년 전에도 지금 민주당의 전신인 국민회의는 바로 이 사건으로 결정적 승기를 잡은 바 있다. 그 때의 경쟁 상대이던 이 후보가 다시 나섰으니 이 좋은 무기를 썩히려 하겠는가. 이번 일만 잘된다면 대통령 자리는 떼어 놓은 당상인데.

이분들의 인격을 믿고 말하려 한다. 틀림없이 확신할 만한 물증을 확보하고 있을 것이다. 그러니 뜸들이며 목소리를 높이지 말고 그 증거를 제시할 일이다. 그러고 나면 후보직을 사퇴하라 마라 할 것도 없이 이 후보는 물러나지 않을 수 없게 될 테니까.

민주당이든 한나라당이든 이런 식으로 싸워서 대통령이 되고 집권당이 되어선 어떤 일을 하려는 것인지 그게 궁금하다. '개처럼 벌어서 정승처럼 쓴다'는 속담 흉내라도 내겠다는 것인지. 어떤 수단이든 동원해 대통령 선거에서 승리하고 나면 그 때부터 품격 있는 정치를 해나가겠다? 에이, 여보슈! 삼척동자라도 그 말에 속지 않겠네.

이미 검찰이 수사에 착수했다. 그러니 거기에 맡겨두면 될 일이다. 양당의 관계자들이 다투어 검사 행세를 하며 호통쳐대는 데는 질리지 않을 수가 없다. 목소리 크기가 죄를 있게도 하고 없게도 할 수 있다고 믿는 것 같아 어이없고 한심하다.

폭로가 정치의 중핵적 변수 또는 요인이 될 경우 모든 정치인이 그 피해자가 된다. 누가 안심하겠는가. 자신이 한 말 모두가 비밀리에 녹음되고, 자신의 행동 하나하나가 사진 찍힌다고 상상해보면 그 폐해를 짐작하고도 남을 일이다.

"어쨌든 그들은 언제라도 원하는 때 감시할 수가 있다. 그래서 사람들은 입 밖에 내는 소리는 모두 포착되고 캄캄할 때를 제외하고는 동작 하나하나까지도 감시받고 있을 거라는 생각을 하며 살아가야 했고 그러다 보니 그것이 본능처럼 습관화되어 버렸다."

조지 오웰의 '대형(大兄)'만이 그럴 수 있는 게 아니다. 비열한 음모꾼, 직업적 폭로꾼도 대형과 다를 바 없이 위협적이다. 인간에 대한 인간의 감시 수단이 말 그대로 첨단화한 세상이 아닌가.

이러나저러나 다른 말도 좀 들어보자. 대통령이 되겠다는 사람이라면 포부가 오죽 거창하겠는가. 집권을 추구하는 정당이라면 정책 대안이 오죽 화려하겠는가. 이에 대한 이야기 한 마디 제대로 듣지 못하고 병역 비리 시비만을 지켜보다가 투표장에 나가야 한다면 주권자인 국민의 처지가 너무 한심할 것 같아서 하는 말이다.

한 농부가 수호 성자의 축제에 쓰려고 개똥지빠귀를 대여섯 마리 잡아와서 아내에게 주며 말했다.

"여보, 카트리느. 숫 지빠귀를 잡아 왔으니까 요리를 만들어요."

아내는 새를 보더니 말했다.

"어머, 이게 숫 지빠귀라고요? 당신은 정말 아무것도 모르네요. 이건 암 지빠귀예요."

"아냐! 숫 지빠귀야. 등이 근질근질하거든 우겨대."

"아녜요, 프랑소와. 당신이 암만 무섭게 그래도 소용없어요. 이건 암 지빠귀가 틀림없어요."

아내는 몽둥이가 부러지도록 맞았지만 고집을 꺾지 않았다. 한 해가 가고 다시 수호 성자의 축제가 되자 아내는 작년의 지빠귀가 암컷이었다고 우겼다. 입씨름 끝에 또 남편의 몽둥이질이 시작됐다. 이 부부는 이러기를 17년이나 계속했다. 그 이후엔? 남편이 죽어버려서 더 싸울 일이 없어졌다(홍윤기 편, 『서양고사일화』).

정당과 유력 인사들이 선거 때마다 꺼내는 이슈는 놀라울 정도로 똑같다. 대선이나 총선 때 써먹어 본 다음 효과가 있었다고 생각되는 것은 따로 정리해서 간직해두는 게 분명하다. 승리에 도움이 된다는 데야 어쩌겠는가.

그렇지만 국민의 입장에선 이런 폭로 비난 이슈들이 이렇다 할 의미가 없고 별로 도움이 안 된다. 정치 발전에도 기여하는 게 거의 없다. 그런데도 정치인들은 얼굴색 하나 안 변하면서 똑같은 싸움을 끝도 없이 계속한다. 참 대단한 끈기다. 〈이, 020814〉

카터가 주는 교훈

지미 카터는 1978년 9월 안와르 사다트 이집트 대통령과 메나헴 베긴 이스라엘 총리를 캠프데이비드에 초치해 13일간이나 중동평화협상을 벌였다. 카터의 이 집요한 중재 노력은 이듬해 3월의 평화조약으로 이어졌다. 그 덕에 사다트와 베긴은 노벨 평화상을 받았다. 그러나 카터는 수상자 명단에서 빠졌다.

94년 7월 김영삼 대통령과 김일성 북한 주석 간에 열리기로 됐던 정상회담을 주선한 사람도 카터였다. 그때 회담이 이뤄졌더라면 노벨상은 그 때 이미 이곳으로 왔을 법하지만 카터가 수상자 명단에 포함됐을 것 같지는 않다.

생각해보면 그가 퇴임 후에 노벨 평화상을 받음으로써 그 의의는 더 각별해졌다. 대통령으로서 이룬 업적에 주어진 상이라면 아무래도 순수성이 감하게 마련이다. 물론 업적의 영향력이나 효과만을 중시한다면야 별문제다. 그러나 만난을 무릅쓰고 평화의 구현에 헌신하는 숭고한 정신에 주목할 경우 수상의 의미에 경중이 있을 법하다.

이미 널리 알려진 것처럼 재임 시의 카터는 성공적이지 못했을 정도가 아니라 심각하게 실패한 대통령이었다. 리처드 E 뉴스타트가 『대통령과 권력』(이병석 역)에서 카터 취임 첫해의 신문기사 가운데 아무 것이나 골랐다며 소개한 내용은 이렇다.

"한 민주당 상원의원 보좌관은 이렇게 말했다. '새로운 행정부의 무능력을 암시하는 말을 그렇게 많이 들은 건 난생 처음입니다' … 이 행정부의 존재 이유는 전혀 없는 것 같다."

아서 M 슐레진저 2세는 『미국 역사의 순환』(정상준 · 황혜성 역)에서 레이건에 대해 쓰면서 카터의 모습을 매우 부정적으로 그리고 있다.

"레이건은 분명히 행정을 공부하지 않았다. 또 그는 지미 카터만큼 열심히 공부하지 않았으며 많이 알지도 못했다. 그러나 그는 대통령직을 이해하고 있었던 반면 카터는 결코 이해하지 못했다."

데이비드 거겐이 『CEO 대통령의 7가지 리더십』(서율택 역)에서 묘사하는 카터도 비슷하다.

"카터는 조용하고 현학적이며 사람들과 구태여 어울리려고 하지 않는 사람이었다. 반면 레이건은 떡 벌어진 가슴에 풍채가 좋고 존 웨인 같은 걸음걸이를 가진 사람이었다."

대선 이전엔 '무명의 인사'였다는 점이 카터를 괴롭혔다고 뉴스타트는 지적하고 있지만 윌리엄 J 라이딩스 2세와 스튜어트 B 매키버가 인용한 애틀랜타 컨스티튜션지의 칼럼은 더욱 시니컬하다.

"지금의 이 나라는 포복절도할 웃음거리가 필요하다. 이것이 그가 대통령직에 출마하지 않을 수 없는 이유이다!"(『위대한 대통령 끔찍한 대통령』, 김형곤 역)

이들의 평가를 종합해서 보면 카터는 대단히 도덕적이고 지적이었으며 신념도 확고했으나 성격 및 스타일에서의 부정적 측면이 장점을 압도해버린 정치리더였다. 그는 워싱턴 정가에서는 신출내기였다. 그러면서도 타협적이지 못했고 진지했지만 편향적이었다. 남을 믿지 못해 자신이 모든 일을 챙기려 했고 의회와 타협하기보다는 국민을 상대로 정치를 하려 한 것도 리더로서는 안 좋은 스타일이었다고 하겠다.

어쨌든 카터는 재임 시에나 퇴임 후에나 자신이 옳다고 믿는 일에 대해서는 사양하는 법이 없었다. 신념은 투철했고 판단은 분명했으며 대응은 집요했다. 그의 이미지에서 프레드 그린슈타인은 영화 '스미스 씨 워싱턴에 가다'를 기억해 내고 있다(『위대한 대통령은 무엇이 다른가』, 김기휘 역). 워싱턴 정·관계의 생태를 전혀 모른 이상주의자 스미스의 모습을 그에게서 본 것이다. 문제는 스미스가 마침내 성공했던 데 비해 카터는 실패했다는 데 있다.

그의 퇴임 이후 생활 자세 및 방식은 천부적이라고 할 만큼 모범적이다. 그러나 지금 그가 다시 대통령이 된다고 해도 역시 '실패한 대통령'이 되고 말 가능성이 적어도 90% 정도는 된다.

카터 자신으로 하여금 노벨 평화상을 받도록 한 그 자질이 바로 대통령으로서는 실패의 요인이 됐다. 따라서 스스로 생각하기에 남보다 너무 잘난 사람, 너무 순결한 사람, 너무 사명감 넘치는 사람이라면 정치 리더로서는 곤란하다. 남과 어울리고 남의 말에 귀 기울이고 남을 믿으며 남과 함께 걷는 데 익숙한 사람이 소망스럽다.

카터의 경우가 보여주듯 리더로서의 성공 요인과 개인으로서의 성공 요인은 많이 다르다. 차기 대통령이 되겠다고 저마다 목소리를 높이며 선거전에 뛰어들고 있는 분들! 시간이 나면 한 번쯤은 자신의 모습 성격 스타일 등을 돌아보시는 게 어떠실지. 〈이, 021016〉

벼슬 싫다는 이 어디 없을까

"장관, 그거 얼마나 좋은지 안 해 본 사람은 몰라."

1992년 대선 때 한동안 나라 안을 시끄럽게 했던 '초원복집 사건'의 한 장면이다. 장관이 그렇게 좋을 양이면 대통령이야 말해 무엇 할까. 보통사람으로서는 도저히 참을 수 있을 것 같지 않은 온갖 악담과 저주를 다 들으면서도 불퇴전의 의지를 더 다지는 후보들의 모습이 말해 주는 바도 다르지 않다. 물론 "나라의 발전과 국민의 행복 증진을 위해 이 한 몸 바치리!" 하는 사명감의 발로라고 믿기는 하지만—.

그런데 때로는 높은 자리, 빛나는 자리가 탐탁지 않다는 사람도 있다. 일전에 영국의 여성 교육부 장관 에스텔 모리스가 능력 부족을 이유로 사직서를 냈다. 다른 일은 잘 할 수 있지만 내각이 필요로 하는 역량이 부족하기 때문에 떠나겠다는 것이었다.

참 멋있다. 토니 블레어 총리는 만류하는 데 실패한 후 "나는 그가 정부로 돌아올 것을 확신한다"며 안타까워했다. 과문한 탓이겠지만 우리 장관들 가운데서 그런 사람이 있었다는 말을 일찍이 못 들었다. 장관이 얼마나 좋은데! 하긴 그렇지.

사실은 장관들만 탓할 일이 아니다. 대통령들이 그럴 기회를 주지 않은 탓일 수도 있다. 장관 업무를 채 익히기도 전에 방송을 통해 자신의 경질 사실을 알게 되는 경우가 흔하다는데 자신의 역량을 스스로 평가할 시간이 있을 리 없다.

그렇게 이해한다면서도 씁쓸함은 그대로 남는다.

"있으렴 부디 갈다 아니가든 못할쏘냐/무단히 싫더냐 남의 말을 들었느냐/그래도 하 애도래라 가는 뜻을 일러라"

성종(成宗)이 만류를 뿌리치고 노모를 봉양하기 위해 떠나는 유호인(兪好仁)에게 술을 내리며 지어 보냈다는 시조다. 아끼던 신하를 보내는 임금의 안타까움이 절절하게 묻어난다.

일생을 통해 벼슬에 나가기보다 사퇴하기에 더 마음을 썼던 인물도 있다. 조선 성리학의 태두 이황(李滉)은 34세 때 벼슬길에 나아간 이래 장기간 관직에 머무른 적이 없었다. 신병이나 가사 때문에, 그리고 권력투쟁이 판을 치는 중앙정치에 대한 염증으로 부임하기 무섭게 귀향을 서둘렀다. 중년 이후에는 주로 학문 연찬과 후진 양성을 위해 벼슬을 사양했다. 그래서 더욱 위대한 학자이고 스승일 수가 있었다.

이황이 관직을 내릴 때마다 사임하고 시골로 돌아가 버리자 명종(明宗)은 이름난 화가를 보내 도산(陶山)의 풍치를 그려 오게 했다. 거기에 당대의 명필 송인(宋仁)을 시켜 퇴계의 '도산기(陶山記)'를 쓰게 한 뒤 병풍으로 만들어 두고 보며 신하를 그렸다. 선조는 5개월 동안에 7차례나 벼슬을 내리고 그를 불렀다. 바꿔 말하자면 다섯 달 사이에 여섯 차례나 사직했다는 뜻이 된다.

모두가 관직 또는 공직을 싫어해야 한다고 말할 까닭이야 있으랴. 누군가는 그 자리를 지켜야 하고, 당연히 유능한 인재들이 이 일을 맡아야 한다는 것은 굳이 강조할 필요가 없다. 그렇지만 하나같이 '높은 자리'에 필사적으로 매달리는 세태는 아무래도 볼썽사납다.

대통령 출마를 선언한 사람들이 벌써 열 명을 넘어섰다. 그들의 캠프에 참여해서 공직을 노리는 사람들의 수는 얼마나 될지 어림짐작조차 되지 않는다. 어느 쪽에 가면 영광을 같이 누릴 수 있을까 해서 우왕좌왕하는 사람들 또한 부지기수다.

《신본스타》라는 마을신문의 사장, 편집장, 기자, 사환의 역할을 혼자 다 하는 사나이가 있었다. 그는 주정뱅이지만 어떤 압력이나 위협에도 굴복하는 법이 없었다. 그런 그가 마을 사람들이 준주(準州)의 대의원대회에 보낼 마을 대표로 자신을 뽑으려 하자 완강히 거절했다.

"나는 정치를 할 사람이 아니야. 나는 정치인을 감시하고 야단치는 사람이지 정치인이 아니야!"

실화였으면 더 좋겠지만 사실은 존 포드 감독의 서부영화 〈리버티 발란스를 쏜 사나이〉 가운데 한 장면이다. 양념으로 끼워 넣었을 듯한 인물이긴 해도 에드먼드 오브라이언이 소화해낸 더튼 피바디 역은 오래 기억에 남아 가끔 가슴을 두드려댄다.

어쩌자고 모두 공직만을 추구한다는 것인가. 다른 멋있고 보람 있는 직업은 정말로 없는가. 하긴 이해 못할 바도 아니지. 필기든 실기든 시험과정이 없는 직업으로 정치만한 게 달리 있을까. 게다가 정년도 없으니까 이런 게 바로 금상첨화다. 정말 그 때문인가?

"저는 오늘 대통령 후보직(혹은 국회의원직이나 장관직)을 사퇴합니다. 아무리 생각해봐도 능력이 모자라서요."

어느 날 그렇게 선언하고 짐을 싸는 어떤 사람의 모습이 언론에 비치면 국민은 정말로 행복할 수가 있을 텐데—. 혹 그러실 분 안 계십니까?

〈이, 021030〉

늘 그리운 이 되시길

비록 독일이 패배하긴 했지만, 힌덴부르크 장군은 제1차 세계대전에서 국민적 명성을 얻었다. 타넨베르크 전투에서 러시아군을 무찌르고 연전연승을 거둔 공로로 원수가 됐다. 1925년 그는 보수파의 옹립으로 바이마르 공화국 제2대 대통령 후보로 추천 됐다. 그는 완강히 이를 거절했다.

"나는 어디까지나 병사이지 정치가는 아니다."

사람들은 독일이 그를 대통령으로 원한다고 역설해서 결국 설득하는 데 성공했다. 힌덴베르크는 결심한 뒤에 말했다.

"이렇게 된 이상 나는 겁쟁이처럼 단념하고 싶지는 않다."

그렇게 결의를 보인 다음엔 조심스럽게 덧붙였다.

"그런데 어떻게 될까? 이 나이가 되어서 시험에 낙제하고 싶지는 않거든."(장수철 편, 『세계인의 유모어』)

선거란 그런 것이다. 일단 뛰어든 후엔 승리에의 욕구가 불타오르게 마련이다. 경쟁에서 지고 싶은 사람이 어디 있겠는가.

그 점에서 우리의 대통령 후보들이 혼신의 힘을 다해 경쟁을 벌이고 있는 것은 당연하다. 그리고 그 모습 자체만을 두고 보면 아주 보기 좋다. 하나같이 나라와 국민을 위해 나섰다고 하지 않는가. 자기희생을 통해서 국민에게 봉사하겠다고 하는데 누가 이를 마다할까. 그것도 봉사의 기회를 얻기 위해 저처럼 안간힘을 쓰는데….

지금 세상에서 국민적 영웅으로 부각되기는 거의 불가능하다. 그런 계기도 없을뿐더러 국민이 누구를 그런 지위에 올려 놓기를 원하지도 않는다. 또 정당들 역시 일치단결해 누구를 후보로 옹립하는 방식을 거부한다. 그만한 인물이 없기 때문이기도 하겠지만 정당 구성원 모두의 계산이 복잡하기 때문이다. 후보끼리 만나서 ‘단일화’라는 것에 ‘전격적으로’ 합의했다면서 다시 셈이 안 맞아 갈등을 빚고 있는 경우가 말해 주는 바도 다르지 않다.

그래도 가능하면 훌륭한 사람이 대통령이 됐으면 좋겠다. 출마를 선언하고 정당의 후보가 된 모든 이가 다 남다른 인격과 리더십을 갖고 있으리라 믿지만 그 가운데서도 좋은 후보를 우리 국민이 선택할 수 있기를 기대한다. 너무 오래 위대한 인격과 탁월한 리더십의 빈곤을 겪은 끝이어서인지 거인을 바라는 마음 더 간절하다.

“필라델피아에 갔을 때는 어느 우간다인 부인이 액자에 넣은 사진이라고는 오로지 처칠의 사진뿐인 집안에서 자라났다고 나에게 털어 놓은 일이 있었다. …그 이야기도 내게는 그다지 놀랍게 들리지 않았다. 파푸아뉴기니의 어느 마을에 갔을 때, 처칠의 사진을, 그것도 잡지에서 잘라낸 사진을 벽감(壁龕) 속에 소중히 간직해 둔 것을 이미 본 일이 있었기 때문이다.”

“1964년 남아메리카 콜롬비아에서는 9세된 여자아이가 처칠에게 생일 축하 카드를 만들어 보냈다. ‘세계에서 제일 위대한 분에게’라고만 쓴 이 카드는 처칠의 90회 생일에 맞춰 하이드 파크 게이트 28번지로 우표도 붙지 않은 채 배달되었다. 그는 우리 시대의 거인인 것이다.”

제임스 C 흄스가 자신의 저서 『윈스턴 처칠의 재치와 지혜』(권국성 역) 서문으로 쓴 글의 일부다. 그가 이어서 소개하고 있는 것처럼 처칠은 "군인이었고 동시에 저널리스트, 작가, 화가, 운동선수, 사학자, 웅변가, 정치가, 발명가, 벽돌공"이었다.

"작가로서 그는 디킨스와 월터 스콧 경의 작품을 합한 것보다도 많은 작품을 썼고, 작가로서 얻은 인세 수입은 헤밍웨이나 포크너보다 많았다." 역시 흄스의 말이다.

그리고 세상이 다 알듯이 그는 노벨 문학상 수상자이기도 하다. 정치가와 문학상, 이 의외성은 또 얼마나 대단한 멋인가. 당연한 일이겠지만 그는 연설문 필자를 전혀 고용하지 않았다고 한다. 육필과 육성으로 그는 정치를 했던 것이다. 이런 사람을 어떻게 그리워하지 않을 수 있으랴.

영웅을 만들지 않는 시대이긴 하지만 그러나 누구에겐가 늘 그리운 사람이 될 수는 있을 것이다. 대선이 한 달 안쪽으로 다가든 시점에서 후보들에게 들려주고 싶은 말이다. 상투적인 표현이겠지만 위대함은 지위에 있는 것이 아니라 정신에 있다. 대통령이 되고 안 되고는 위대성과 별로 관계가 없다. 그렇지 않습니까?

그래서 간절한 마음으로 부탁하고 싶다. 마음에서 비열·부정직·부도덕·불의를 과감히 쫓아내는 용기를 보이시라. 그럼으로써 국민에게 '정의를 추구하고 정의롭게 서려고 한 인물'로서 커다란 위안과 행복감을 주시라. 그리고 무엇보다 언제까지나 '그리운 이'로 국민의 기억 속에 살아 있도록 애쓰시라. 우리 국민이라고 (정치인 중에서도) 진정으로 그리운 이 한 사람 쯤 갖지 못할 이유가 어디 있겠는가. 〈이, 021120〉

정치를 황폐화하는 정치

대선이 보름 앞으로 다가왔다. 이제 금방이다. 곧 결과가 나온다. 당선자는 환호하고 낙선자는 분루를 삼키게 될 것이다. 그러고 나면? 또 끝없는 정쟁이 이어지고 그러다 보면 금방 5년이 간다. 투표하고 돌아서기 무섭게 다음 대선이 다가오는 것이다.

기회가 있으면 꼭 당사자들에게 물어 보고 싶은 게 있다. 사람이 상상할 수 있는 한계까지의 온갖 험한 비난과 욕설을 다 들은 끝에 오른 권좌에서 얼마나 행복했는지. 자신의 철학과 구상을 현실정치에 구현할 수 있었는지. 지금도 자신이 아끼는 사람들에게 정치, 특히 이런 식의 대선에 나서는 게 권할 만한 일이라고 생각하는지. 무엇보다 5년 임기가 끝나 떠날 준비를 할 때의 기분이 어떠했는지—.

남태평양 상에 있는 이스터 섬은 높이가 6m에 이르는 거대한 석상들로 유명하다. 면적이 120㎢에도 못 미치는 이 섬에 세워지거나 조각하다 만 석상이 600여 개나 된다고 한다. 이 거대 석상들은 해안 쪽에 조성된 300여개의 석조대 위에 세워졌다. 클라이브 폰팅의 설명으로는 바로 이 때문에 이스터 섬의 문명이 붕괴되고 말았다(『녹색 세계사』, 이진아 역).

석상을 석조대가 있는 곳으로 옮기기 위해 엄청난 양의 통나무가 필요했다. 주민들은 앞날 같은 것은 생각하지 않고 나무들을 베어 넘겼다. 고립된 섬에서 자연 자원을 고갈시켜 버리고 나면 회복이나 보충의 길이 있을 리 없다. 문명이 문명을 파괴한 것이다.(원인이 다른 데 있었다

는 주장도 나오고 있다.-필자주)

홍미 있는 기술은 우리 학자의 저서에도 있다. 자연 훼손이 신라 멸망의 원인(遠因)이었을 수 있다는 김준호 교수의 지적이다.

전성기 신라의 수도 경주에는 기와집만 있었고 난방 취사는 숯으로만 하게 했다. 주변의 산이란 산은 다 황폐해지게 마련이었다. 자연히 토질도 많이 떨어져 결국 폐농에 이르렀을 것이다. 문명의 무분별한 소모성이 그 스스로를 함몰시켜 버린 셈이다.

『문명 앞에 숲이 있고 문명 뒤에 사막이 남는다』. 김 교수의 저서 이름이다. 정말! 얼마나 적절한, 그러면서도 전율스런 표현인가.

정치 이야기로 시작했으니까 그 쪽으로 돌아가자. '정치를 황폐시키는 것은 정치다.' 그럴 듯한 명제가 아닌가. 적어도 우리나라의 정치 상황을 두고 말한다면 대단히 적절한 지적일 듯하다.

옛날에는 쿠데타 세력이 정치를 망쳐 놓았다고 한 목소리로 비난할 수 있었다. 그런데 그들이 권력의 장에서 퇴출된 지금은 어떤가. 민주정치가 건전한 방향으로 성숙되어 가고 있는가. 유감스럽게도 부각되어 보이는 것은 뒤틀린 행태와 관행뿐이다. 이게 정치 민주화의 소산이라고 한다면 우리는 절망하고 또 절망할 수밖에 없다.

멀리 갈 것도 없이 한창 진행되고 있는 대통령 선거전을 보라. 민주선거라면 국민을 결집시키는 계기가 되어야 옳다. 그러나 지금의 선거전은(역대 선거가 다 그랬지만) 분열과 대립의 감정을 확대 재생산하는 과정이 되고 있다.

후보의 인물됨과 정당의 정책으로 경쟁에서 우위를 차지하려는 노력대신에 책략·사술·폭로·비난·모함 등으로 상대방을 파멸시켜 버리겠다는 기세들이다. 장담하건대 이런 선거의 결과로는 절대로 정치의 민주적 성숙을 기대하지 못한다. 단언하건대 갈등의 정치, 투쟁의 정치가 지속될 뿐이다.

다시 자연 이야기다. 인간의 파괴 행위 혹은 거대한 운석의 충돌 같은 것으로 엄청난 재앙이 초래된다고 해도 지구 환경은 원상회복 능력을 갖고 있다. 그러나 지구의 그 능력이 인간에겐 아무 소용도 없다.

"지구가 갖추고 있는 환경 유지 기능이나 환경 수복 기능은 몇 10만 년이라든가 몇 백만 년이라는 시간 척도에서 가능하다는 것을 잊어서는 안 된다."(마쓰이 다카후미,『지구 46억년의 고독』, 김원식 역)

자연의 원리들이 정치에도 그대로 적용될 수 있다고 믿는 것은 아니다. 그러나 인간 및 인간의 행태를 자연과 별개로 생각할 수도 없다. 그래서 하는 말이다.

정치 파괴 행위들이 정치를 아예 없애 버리는 상황은 없을 것이다. 권력 작용으로서의 정치는 결코 사라지지 않는다. 다만 국민이 주인 되어 함께 펼쳐가는 합의의 정치, 화해의 정치, 융화의 정치로서의 민주정치가 파괴되고 마는 것이다. 그게 회복되는 데 얼마만한 세월과 고통이 필요한지는 우리 모두가 경험으로 뼈저리게 알고 있다.

후보 여러분, 정당의 지도부 여러분. 승리를 위해 경쟁하는 것은 좋습니다. 그러나 회복이 불가능한 상태로까지 경쟁 상대의 이미지와 스스로의 인성을 파괴하지는 마십시오. 자신을 위해서, 그리고 국민과 민주정치를 위해서! 〈이, 021204〉

아름다운 퇴장

이회창 후보와 한나라당의 '거함론'에 대해 언젠가 태평양전쟁 때 일본이 자랑했던 거대 전함 야마도호와 무사시호의 예를 들어 경계했던 기억이 있다. 이번 대선이 그 경우와 흡사하다. 그게 아니라도 선거 패배는 전적으로 당사자 측의 책임 몫이다.

한나라당은 무엇보다 '노무현의 약진'에 각별한 주의를 기울였어야 했다. 당시 민주당의 노 상임고문은 1988년 청문회 스타이긴 했으나 그 이후 거듭된 선거 실패로 특별히 두각을 나타내지 못하고 있었다. 그런데도 국민 참여 경선을 통해 혁혁한 승리를 거두며 일약 국민적 스타로 떠올랐다.

청년층이 중심을 이룬 노사모는 성취감을 공유하려는 열정에 넘쳐 있었다. 그들은 정보화 시대의 주역이다. 전국적으로 흩어져 있으면서도 인터넷을 통해 하나의 장에 결집할 수가 있었다. 이에 비해 이 후보와 한나라당 지도부는 정보화 시대를 살면서도 '인터넷 군중'의 실상과 가능성을 간과하고 있었다. 애초에 승패가 결정 난 경쟁이었다고 할 수밖에 없다.

한나라당 측은 더 큰 경고를 귀 밖으로 들었다. 6월 월드컵 축구경기 때의 거리 응원이다. 많을 때는 700만 명에 이를 정도로 엄청난 인파가 거리로 쏟아져 나가 격정적으로 응원했다. 젊은이들은 아무 약속 없이도 모일 수 있는 모든 곳에 모여들었다.

우승에까지 이르지는 못했지만 우리가 꿈꾸었던 것보다 더 큰 성과를 거둠으로써 이들은 일찍이 없었던 자신감을 갖게 됐다. 뭉쳐서 한 마음으로 나아가면 무엇이든 이룰 수 있다는 것을 확인한 청년들의 감동과 환희는 모두가 지켜봤던 그대로다.

우리 여중생 둘이 미군 장갑차에 치여 사망한 사건과 관련해 전개된 촛불 시위의 성격도 다르지 않다. 청년들을 주축으로 한 시위대는 조지 W 부시 미국 대통령의 직접 사과를 기어이 받아내고 'SOFA 개정'을 기필코 쟁취하겠다고 광화문 등에 몰려들었다.

한나라당은 시대의 변화를 제대로 감지하지 못했다. 젊은이들의 정서와 희망을 이해하려고 고민하는 빛도 없었다. 오직 전통적 선거운동 방식에만 집착했다. 당세를 확대하고 그걸 배경으로 대세론을 확산시켜 나간다는 낡은 전략이었다.

반면에 청년들은 또 하나 자신들의 가능성을 시험할 이벤트를 준비했다. 그것이 12·19 대선이었다. 그들에게는 전국적 네트워크가 갖춰져 있었고, 승리의 의지도 확고했다. 무엇보다 그들은 필승의 결의에 차 있었다. 이들의 대안은 상대적으로 젊고, 가진 것이 적으면서도 당당한 노 후보였다.

그렇지만 이 후보 개인에 대해 말한다면 대쪽 같은 리더로서의 이미지를 지키는 데 성공했다. 만약 그가 오직 득표에만 매달려 수단 방법을 안 가리기로 했다면 행정수도 이전과 군 복무기간 단축에 대해 그처럼 고집스럽게 자신의 원칙을 지켰을 리 없다. 선거공약에 임자가 따로 있던가.

이 후보는 이 점에서 아주 우직했다. 상황에 따라 말을 바꾸지 못한 것은 그의 천성일 것이고 이게 패인의 하나가 되고 말았다. 그러나 민주정치 성숙을 위해서는 소중한 모범이 되었다.

당당히 싸우고 의연히 물러가는 이 후보의 모습이 당장에는 처연했지만 기억엔 아름답게 남았다. 기회 독점은 민주정치의 리더가 욕심낼 바 못 된다. 두 번 도전했다가 실패했으니까 다른 사람에게 기꺼이 기회를 넘겨준다는 것은 당연하면서도 멋있는 결심이다.

당나라 때 시인 왕유(王維)의 송별(送別)이 떠나는 이에 대한 마음의 선물이 될 수 있을까.

말에서 내려 술을 권하며/"어디로 가려는가"그대에게 묻노니/"세상일 모두 뜻 같지 않아/남산(南山)에 돌아가 누우려 하네"/"여러 말 말고 그저 떠나게/거기는 언제나 흰 구름 있으려니."(『당시전서』, 김달진 역해)

은둔자가 되라는 뜻은 아니다. 천만에! 오히려 정치 이외의 분야에서 더 큰 역할을 해 줌으로써 나라의 발전에 기여해달라고 부탁하고 싶다. 다만 패배한 심사를 그런 마음으로 다스렸으면 좋겠다는 한 서생의 훈수(?)다.

왕유의 또 다른 시 '낙제하여 고향으로 돌아가는 기모잠을 보내며' 한 구절을 덧붙여도 좋겠다.

"…전략…/멀리 멀리 나무들은 나그네를 따르고/쓸쓸한 성(城) 머리에 지는 해가 비추리/우리 계획이 어쩌다 틀렸을 뿐/부디 지음(知音)이 적다고 말하지 말라."

'지음'은 곧 '지기지우'다. 세상에 이 후보를 진정으로 이해하는 사람도 결코 적지 않을 것이다. 당당하고 의연한 패자에게 정치 이외의 다른 보람이 늘 같이 하기를 기원한다(그의 담담한 퇴장을 위해서라도 한나라당은 무슨 '당선 무효 소송' 인가 하는 것을 포기했으면 좋겠고).

〈이, 021225〉

집단 증오 키우는 선거

펠로폰네소스 전쟁 때의 일이다. 에게해의 아르기누사이 섬 앞바다 대결전에서 델로스동맹군 측이 대승을 거뒀다. 아테네의 사령관 8명은 함대를 둘로 나누어 자신들이 이끄는 주력은 패주하는 펠로폰네소스동맹의 함대를 추격하고 남은 함선들은 테라메네스의 지휘 아래 생존자들을 구하도록 했다. 그렇지만 폭풍이 닥치는 바람에 두 가지 일 모두 실패했다. 스파르타 함대는 아주 도망가 버렸고 아테네 병사 2000명은 수장되고 말았다.

에클레시아(민회)에 모인 시민들은 병사들의 몰죽음 소식에 엄청난 충격을 받았다. 테라메네스는 코튀른이라는 별명에 걸맞게 (코튀른: 왼쪽 오른쪽 구분 없이 신어도 되는 헐렁한 실내화로서 기회주의적인 정치가를 일컫는 경멸적 호칭)민회에서 모든 책임을 사령관들에게 떠넘겼다. 이튿날 아침, 회의가 속개됐을 때 프닉스(노천 의사당)를 향해 검은 옷을 입은 한 무리의 여인들이 눈물을 흘리며 다가왔다. 이들은 테라메네스가 급조한 가짜 유족들이었다.

통곡하며 복수를 호소하는 이들을 본 시민들은 분노의 광기에 휩싸였다. 테라메네스 지지자 가운데 한 사람의 선동으로 사령관들은 재판 절차를 무시한 의회의 박수 표결로 한꺼번에 처형당하고 말았다. 이날 살벌한 분위기에서 단 한 사람, 정해진 절차에 어긋나는 결정 방식은 옳지 못하다고 저지하는 사람이 있었다. 24시간 임기의 불레(500인 평의회) 의장직을 맡은 소크라테스였다. 그러나 소크라테스의 이성(理性)은 공허

한 메아리로 자신에게 되돌아갔을 뿐이다.

기원 전 406년의 일이었다. 훗날 이 전쟁 최후의 승리는 스파르타에 돌아갔다. 스파르타는 테라메네스를 괴뢰 정권 수반으로 삼아 아테네의 완전 항복을 받아냈다. 코튀른으로서의 명성(?)을 유감없이 발휘한 것이다. 드니 랭동의 『소크라테스와 아테네』(윤정임 역)가 그려낸 당시 상황이 그렇다.

지금은 그로부터 2400여 년이 지난 21세기다. 그리고 여기는 민주헌정사가 반세기를 훨씬 넘은 민주공화의 대한민국이다. 모두가 믿기로 국민의 정치의식은 합리적이고 이성적이다. 집단적 분노로 과격한 결정을 내릴 경우가 있을 리 없다. 선동가의 웅변이 상황을 압도할 까닭인들 있겠는가.

그런데 선거 분위기가 아무래도 이상하다고들 한다. 정책과 인물 경쟁은 사라지고 이미지 경쟁이 판을 친다는 우려의 목소리가 높다. 워낙 노무현 대통령 탄핵소추 후폭풍이 격심했던 탓인 듯하다. 그것이 수많은 사람을 분노와 역 분노의 광장에 동원함으로써 총선 본래의 의미는 퇴색되고 말았다.

이런 상태에서 정당들이 선택할 수 있는 전략전술은 뻔하다. 대중적 관심과 인기를 끌고 있거나 끌 만한 리더를 앞세워 경쟁 상대보다 더 자극적이고 (시쳇말로) 더 삼빡한 이벤트를 계속 생산하는 것이다. 이 이벤트라는 것이 상생적이고 생산적인 것이라면 야 왜 걱정하겠는가. 경쟁 상대의 이미지를 일그러뜨리거나 그들의 취약점을 찌르고 드는, 또 때로는 그들에 대한 혐오의 감정을 증폭시키는 데만 안간힘을 쓰고 있는 모습은 공포스럽기까지 하다.

국민의 안전과 행복 증진을 제1 목적으로 삼아야 할 정치가 국민 속에서 정치적 악마(惡魔)를 양산한다면 이야말로 민족사적인 비극이고 재앙이다. 우리는 그 조짐을 날이면 날마다 체감 또는 목격하고 있다. 여기가 정말 우리가 긍지를 갖고 조상에게 감사하며 후손을 애지중지 키워내는 가운데 때로는 행복감을 허용 받아도 좋을 우리의 조국이 맞는가. 그렇다면 왜 우리 사회의 분위기가 이처럼 살벌하기만 한가.

소크라테스는 '동물이 아닌 인간으로, 여자가 아닌 남자로, 야만인이 아닌 그리스인으로 태어난 것'을 행운으로 여기며 살았다 (그렇다고 그가 여성 차별주의자는 아니었다. 돈벌이에는 극히 무능한 자신을 대신해서 자식들을 데리고 살림을 도맡아야 했던 아내 크산티페보다는 광장에서 무료 강의와 철학적 논쟁을 즐길 수 있었던 자신의 처지가 낫다고 여겨서 한 말인지도 모른다). 어쨌든 그리스인으로서의 자부심이 그처럼 컸기 때문에 그는 조국에 의한 사형선고를 기꺼이 받아들일 수 있었을 것이다.

한국인이 된 것을 행운으로 여기도록 해달라고 바라지는 않겠지만 제발 정치인들과 그 추종자들로 인해 이곳에 태어나 삶을 이어가는 것이 불행이라고 느끼지는 않게 해주시라. 민주국가의 한 국민으로서 이 정도는 요구할 권리를 가졌다고 믿어서 하는 말이다. 〈이, 040407〉

박근혜의 '작은 리더십' 론

노무현 대통령은 당선 이전까지 청문회 스타, 용기 있는 반대자, 외곬의 도전자라는 인상을 강하게 준 대신 리더십을 제대로 발휘해 보일 기회는 거의 없었다. 기성의 질서·가치 체계 등에 대해 거칠게 반발, 저항하고 승산이 없는 길만 골라서 고집과 뚝심을 과시해 보이는 아주 독특한 개성의 정치인이었다.

변화를, 그것도 혁명적 변화를 갈망하던 젊은이들과 정치·사회적 불만 세력들에겐 상징 겸 대안이기에 충분했다. 승리의 기약은 없었다. 그러나 누가 보기에도 가능할 것 같지 않은 전쟁이라는 사실이 오히려 이들에겐 전의(戰意)를 분출시킬 계기가 됐다. 그 덕에 노 후보는 극적으로 당선됐다. 그러나 리더십은 거기서 멈춰 버렸다.

특별히 대통령직에 걸맞은 리더십이 따로 정해져 있을 리는 없다. 또 대통령이란 준비한다고 해서 원만히 수행되어질 자리가 아니다. 40년 동안 대통령 공부를 했다며 '준비된 대통령'을 캐치프레이즈로 내걸었던 김대중 전 대통령의 예를 되돌아보는 것만으로도 설명은 부족하지 않다.

그렇지만 임기 개시 1년 반에 이른 지금까지도 대통령으로서의 리더십을 제대로 발휘하지 못하고 '싸움 대장'(대구사범 시절 박정희 전 대통령의 별명이 이것이었다)의 인상만 주는 배경이 달리 있다고 한다면 한 번 쯤은 진지하게 성찰할 필요가 있겠다. 도전자로 있을 때는 기득권 세력의 반대편에 서고 반대쪽 길을 택하면 그것으로 충분하다. 그러나 대통령직에 오른 후에는 자신이 길잡이가 되지 않으면 안 된다. 그런데 노 대통령은 집권 이후에도 끊임없이 반대 · 비난 · 저항의 대상을 찾기에 골몰하는 모습을 보였다.

오는 19일 전당대회 최고위원 경선에 출마하려고 엊그제 당직을 사퇴한 박근혜 한나라당 전 대표의 이미지는 노 대통령의 그것과 상반된다. 여성이어서 더욱 그렇겠지만 투쟁과 배척이 아닌 화합과 포용의 리더십을 과시하고 있다. 비판과 반대보다는 이해와 수용을 더 중시하는 모습을 보이기도 한다. 아마도 그게 대중적 인기의 비결일 것이다.

그 박 전 대표가 사퇴 후 가진 기자회견에서 '작은 리더십'을 강조했다는 보도다. 구체적으로 그는 밑으로부터의 의견 수렴, 네거티브 공세 지양, 사리사욕 배제 등 세 가지를 자신이 추구하는 리더십으로 제시했다. "시대에 따라 변하지 않는 리더십의 핵은 자신을 버리고 사심 없이 하는 것"이라는 말도 덧붙였다.

적대 세력을 만들지 않는 원만한 리더십이 '박근혜의 힘'이 되고 있는 건 사실이다. 그런데 당 대표를 넘어 차기 대선 주자로서의 박 전 대표를 상정하면 이야기는 좀 달라진다. 그의 리더십도 반사 효과에 기대고 있다는 점에선 노 대통령의 그것과 별반 다를 것이 없다. 역시 능동성 · 창의성 · 책임성 등이 보이지 않는다. 상대방의 인기 추락, 실책 같은 것에서 튕겨 나올 반사 이익에 더 관심을 갖는 빛이다.

일례로 수도 이전에 대한 박 전 대표의 대응책은 '신중' 뿐이라는 인상을 준다. 국민의 뜻을 수렴하고 민의에 부응하는 방법을 찾은 다음에야 대안을 내놓을 수 있다는 것인데, 성급히 밀어붙이고 있는 정부의 서슬을 감안하면 '행차 후 나팔'이 되기 십상이다. 여론이 무르익을 때까지,

혹은 여론에 정부가 굴복할 때까지 기다린다고 해서는 리더다운 대응이 못 된다.

박 전 대표가 모든 사람에게 좋은 말만 들으려고 한다면 차기 대선 출마는 꿈꾸지 않는 게 좋다. 국민은 원만한 인격도 바라지만 결단력과 책임감도 기대한다. 개개의 국민은 충분히 이성적·합리적일 수 있다. 그렇지만 대중(大衆)은 눈치를 볼수록 더 변덕스러워지는 존재라는 것을 깨달아야 한다. 만약 박 대표가 '화합' '포용'이라는 정치적 레토릭 뒤에서 엉거주춤한 자세로 시세에 영합할 기회만 노릴 경우 그의 위상은 '박 전 대통령의 맏딸'에 고착되어버릴 수 있다. 그리고 그것만으로는 차기의 대안이 되기 어렵다.

노 대통령이 기성정치의 추한 이면을 폭로해 반사 이익을 얻는 데서 머물러 버린 것이나, 박 전 대표가 참여정부에 대한 대중의 염증·반감에 기대어 안주하려는 것이나 리더십의 특성이라는 측면에서는 별로 다를 바 없다. 창의적이고 능동적이고 진취적이며 책임 의식이 확고한 리더십을 보여줄 때 박 전 대표는 국민적 대안이 될 수 있을 것이다.

〈이, 040707〉

완전 개방형 경선, 글쎄…

열린우리당이 내년 대선에 내보낼 당 후보를 완전 개방형 국민경선제로 뽑는다고 한다. 2002년의 경험을 살리겠다는 뜻이겠다. 그 때는 국민

참여 경선이었는데 우리 정당사상 가장 기발한 퍼포먼스였다. 빅 히트 이벤트가 된 이 경선방식 덕분에 '경량급'으로 인식되었던 노무현 씨는 일약 국민적 스타가 될 수 있었다. 그리고 패배주의의 나락에 떨어져 있던 민주당은 기사회생했다.

열린우리당도 맥이 풀렸기는 그 때의 민주당보다 덜하지 않다. '탄핵소동' 덕에, 2004년 총선을 거치며 소(小)정당에서 거대정당으로 급팽창하긴 했지만 지금에 와서 보면 그것은 한 바탕 정치권을 휘젓고 간 바람에 불과했다. 이후 국회의원 재보선이나 지방선거에서 열린우리당은 목불인견의 참패를 당하면서 깊은 패배주의의 수렁에 빠졌다.

그나마 기대를 걸만한 주자라도 있으면 헛기침이라도 해보겠는데 뚜렷이 부상하는 인재가, 아직은 없는 실정이다. 그래서 또 빅 이벤트를 기획하기로 했다는 것이겠다. 이젠 국민참여 경선 정도가 아니라 아예 완전개방형 경선으로 하겠단다. 그럴듯하긴 하다. 다시 바람을 일으켜 '스타 탄생'의 장쾌한 드라마를 만들어낼 수 있을지도 모른다.

명분이 서는 일이기도 하다. 참여정부의 이념, 이상과 부합되는 방법이라 주장할 수가 있다. 대통령은 물론 정당의 대선 후보 선택권까지도 전적으로 국민에게 돌려주겠다는 '참신한 발상'이라고 포장하는 것도 가능하다.

이해는 하면서도 궁금증은 어쩔 수가 없다. 여당이라면서 인재를 선택해 국민 앞에 제시할 자신이 없다면 다른 무엇을 할 수 있을까. 이벤트로 집권한 정당의 역량과 역할은 스스로 드러내 보인 바 있다. 정책 이념 등으로 민심을 얻지 못해 이벤트에 의존했고 그 약효가 떨어지니까 단위를 한껏 높이겠다는 게 열린우리당의 '100% 국민경선제'라고 여겨진다. 오해인가?

미국 정당들도 주(州)에 따라서 오픈 프라이머리를 채택하고 있는 예가 많지 않느냐고 하겠지만 경우가 같지 않다. 우선 정치 및 정당제도와 그 전통 행태 관행이 서로 다르다. 무엇보다 그들에겐 그것이 정치전통인데 비해 열린우리당에 있어서는 임기응변의 이벤트일 뿐이다.

국민경선제가 자리 잡히면 정당의 역할은 그만큼 약화된다. 정당의 리더가 아닌 국민적 스타가 후보로 뽑혀 정권을 잡는다. 그렇게 해서 뽑힌 대통령에게 정당에 대한 소속감 충성심을 기대하는 데에는 한계가 있을 수밖에 없다. 노 대통령이 보여준 바가 그것이다.

정당들이 스스로 포말정당 선거정당화해가는 것이 이채롭다. 옛날엔 입에 발린 소리로나마 '정책 정당' 운운하더니 이젠 아예 내놓고 '이벤트 정당'을 지향하고 있다. 정치 성적과 선거 결과 사이의 인과관계가 흐릿해지면 정당의 존립 의의 역시 퇴색하고 만다. 이참에 아예 정당 체제의 본질적 변화를 시도하는 것도 한 방법이긴 하겠는데….

어쨌든 흥행 위주의 정치과정은 정치를 한 없이 경박하게 만든다. 몇몇은 스타가 되고 그 주변 사람들도 크고 작은 공직을 나눠 갖게 되겠지만 국민은 다시 5년의 정치적 혼란에 시달리게 된다. 정당의 리더들은 대선승리만큼 정당정치의 성숙도 중요하다는 것을 깊이 인식할 때다. 기껏 짜낸 필승전략이 집 헐어 군불 때기가 되지는 않을지도 고민해보시고. 〈이, 061004〉

백 투 더 퓨처

"비판은 당연히 해야 하지만 취모멱자(吹毛覓疵)까지 가는 것은 안 좋지."

젊은 논설위원 시절 주필로부터 가끔 들었던 경계의 말이다. 안 보이는 흠까지 털을 불어가며 굳이 찾아내려는 것은 바람직한 비판 자세가 아니라는 뜻이었다. 상대적으로 너무 젊어서(어려서?) 울뚝불뚝할 줄만 알았던 후배에게는 아주 적절한 가르침이었으나 진심으로 공감하게 된 것은 오랜 세월이 지난 이즈음이다. 나이가 들어 자신을 돌아보게 될 줄 알고서야 남을 배려하는 마음도 생겨난다는 사실을 함께 깨닫는다.

그건 그렇고…. 온 나라가 '후보 검증' 바람이 일으키는 소용돌이 속에 끌려든 분위기다. 날이면 날마다 경선 주자들의 온갖 하자(瑕疵)가 들춰지고 그것을 겨냥한 비난의 소리가 온 나라 안을 휘젓는 것 같은 착각을 하게 된다. 하긴 신문·방송이 보도하니까 시끄러운 것 아니냐는 반론이 나올 법하다. 그렇기는 하지만 이야깃거리를 외면할 수 있는 대중 매체가 있을 것 같지 않다. 치열한 경쟁 속에서 상대의 허물을 덮어둘 사람이 있기도 어렵다. 흥미를 유발하는 의혹 제기에 귀를 막은 채 오직 정책 공약의 우열에만 관심을 기울일 유권자인들 얼마나 많을 수 있을까.

효과의 측면에서도 네거티브 전략전술이 더 유리하다는 사실은 거듭 입증됐다. 가까운 예가 지난 2002년 대선 때의 폭로전이다. 진실이 담보되지 않은, 훗날 재판을 통해 허위임이 밝혀진 몇몇 '비리 폭로'가 승패를 가르는 요인 가운데 일부가 되었다. 대선 뒤의 판결문은 사후약방문 노릇이나 할 수 있을 뿐이다. 이미 당선 공고가 된 '차기 대통령'의 지위를 누가 박탈할 수 있겠는가.

그럼에도 불구하고 이젠 선거문화를 바꿔야 한다. 선진국에서라고 부정적 선거 행태가 없는 것은 아니지만 우리의 경우 유난스럽다 할 정도다. 대선을 치르고 나면 후보들은 만신창이가 된다. 당선자의 처지도 마찬가지다(노무현 대통령이 야당이나 언론을 향해 "언제 대통령 대접, 어른 대접 해준 적이 있느냐"고 불만을 터뜨리곤 했거니와 그 역시 후진적 선거문화의 피해자라 할 수 있다).

세상에 완전무결한 사람은 있을 수 없다. 또 나이 40(대통령 피선거권 연령)을 넘어서면 어쩔 수 없이 이런 저런 허물을 남기고 흘리게 마련이다. 그걸 일일이 꼬집고 비틀어 가며 비난하자면 한이 없다. 자신이 실천할 수 없는 수준의 도덕 청렴 같은 덕목들을 남에게 요구하거나 그걸 빌미로 남을 비난하는 것은 옳은 처사가 못된다.

지금은 한나라당 경선 후보들만이 부각되어 있기 때문에 의혹 폭로도 그들에게 집중되어 있다. 그렇다고 범여권 인사들이 마음 편하게 상대편 주자 흠보기 헐뜯기를 즐길 때는 결코 아니다. 그쪽에서도 유력 주자가 부상하면 '폭로' '의혹 제기'라는 괴물은 어김없이 그들을 덮칠 것이다. 서로 손을 내밀어 폭로의 늪으로부터 국가적 인재들을 건져낼 일이다. 그리고 마음을 한가지로 해서 그 수렁을 메워야 한다.

뛰어난 인재를 골라 국민 앞에 내놔야 할 정치인들과 정당들이, 대선을 한사코 못난이, 불한당, 사기꾼들의 난장판으로 몰아가려고 기를 쓰는 모습은 정말이지 이해할 수가 없다. 상식이지만 대선은 도덕국가의 구현자가 아닌 정치의 리더, 행정의 책임자를 뽑는 절차다. 대선은 과거를 조명하기 위해서가 아니라 미래를 준비하기 위해 치르는 기대와 희망의 축제다. 전비(前非)를 추궁하고 색출하는 일에 올인하는 식의 검증으로는 절대로 역량 있는 대통령감을 가려내지 못한다.

영화 제목을 흉내 내서 말하자. 백 투 더 퓨처! 이젠 과거로만 가는 열차에서 내려 21세기로 되돌아오는 열차에 오를 때다. 〈이, 070627〉

박근혜

1년을 훨씬 넘긴 대장정의 대미를 장식하는 건곤일척 용호상박이었다. 결국 이명박 승리, 박근혜 패배로 승부가 나뉘었다. 좀 더 모범적인 경선 과정이 되지 못했던 게 유감스럽기는 해도 마무리가 잘 되었으니 말 그대로 '유종의 미'다. '박사모' 일각에서 경선 결과에 대한 불복운동을 전개한다는 말도 나오고 있지만 시간이 지나 감정이 추슬러지면 아마도 자제하게 될 것이다. 그 큰 싸움의 뒤끝인데, 게다가 1.5%포인트 차의 승부였는데 이정도 여진(餘震)이야 없겠는가.

정작 문제는 정당의 자기 부정적 행태에 있다. 이번 경선의 선거인단은 크게 봐서 당원 절반, 일반 국민 절반으로 구성됐다. 당의 대선 후보를 국민더러 뽑아달라고 한 것이다. 이미 2002년 대선 때 민주당이 선례를 남겼다. 당의 전열(戰列)이 크게 이완되어 있었고, 당내에 패배주의가 팽배하던 때 기사회생의 묘수로서 이 방안을 도입한 것이다. 그리고 성공을 거뒀다. 이후로 이는 정당 후보 경선의 정률(定律)이 되다시피 했다.

한나라당으로서도 이를 거스를 수가 없었으리라는 점은 이해할 수 있다. 그러나 진지한 반성은 있어야 한다. 지금처럼 대중 및 시세(時勢) 의존도가 높아지면 정당의 입지는 더욱 좁아지고 존재의의마저 퇴색해 버린다(하긴 범여권이라는 사람들은 이미 정당을 선거대책기구나 이익집단 정도로 격하시켜 버렸지만). 이번 경선의 결과가 보여준 바도 다르지 않다. 박 전 대표는 당원투표에서 이기고 여론조사에서 더 큰 표차로 지는 바람에 패배했다.

일부 언론은 '당심'에서 이기고 '민심'에서 졌다고 표현했지만 그게 아니다. '국민선거인단'이라는 이름은 그럴듯하나 참여자는 국민 가운데 극히 일부일 뿐이다. 국민대표성을 운위할 것도 없을 정도의 소수에 불과하다. 그들이 정당의 대선 후보 결정을 좌지우지했다면 정당의 후보 공천 의의는 어디서 찾을 것인가.

정당의 리더와 공천 후보의 분리 현상도 눈길을 끈다. 이 후보 또한 한나라당의 리더 가운데 한 사람이긴 하지만 정당에 대한 기여라는 측면에서 박 전 대표에 미친다고 하기 어렵다. 이 후보는 당의 지원에 힘입어 서울시장이 됐고 그 경력이 경선 승리의 바탕이 됐다. 반면 박 전 대표는 당을 국민적 불신과 패배주의의 늪에서 건져냈다. 당이 박 전 대표에게 신세를 진 것이다. 그런데 당의 대선 후보로는 이 후보가 뽑혔다. '국민경선'의 결과다.

어쨌든 경선은 끝났고 후보는 결정됐다. 무엇보다 인상적이었던 것은 박 전 대표가 즉각 '깨끗한 승복'을 선언하는 장면이다. 당연하지만 감동적인 모습이었다. 그는 당원의 신분으로 돌아가 정권교체를 위해 백의종군할 것을 다짐하면서 자신의 지지자들에게도 '그 열정'을 정권교체에 집중해달라고 당부했다.

승리보다 멋진 패배가 있을 수 있음을 그는 행동으로 입증해 보였다. 진취적 상생적 리더십의 진면목이라고 하겠다. 패배를 확인한 그 순간 표정이 굳어지긴커녕 얼굴 가득히 미소를 담고 승리자에게 진정어린 축하를 보낼 수 있는 사람이 과연 얼마나 될까. 그 미소가 진심에서 우러나온 것이라면, 또 앞으로 대선 과정에서 그 진심이 행동으로 입증된다면 훗날 틀림없이 큰 보답을 받게 될 것이다(대통령은 임기제이고 대선은 정례적으로 치러진다).

같은 날 공식 출범한 대통합국민신당과 민주노동당, 민주당 등 여타 정당의 경우라고 다를 바 없다. 모두 하나같이 한나라당 경선 결과를 평가절하하고 승자를 비판하기에 바쁘던데 그러기 보다는 자신들이 더 멋있는 경선을 치르겠다는 결의를 다지는 게 순서일 것이다. 비아냥거리거나 비난을 잘 한다고 그것으로 정권이 쥐어지는 게 아님을 명심할 일이다.

지금은 한나라당, 그리고 경선 승자와 패자가 다 함께 멋있어 보이는 때다. 〈이, 070822〉

4부

유랑객들과 가설무대의 정치

한국의 정치 · 정치인

정치인의 말

민자당(民自黨) 김영삼(金泳三) 최고 위원이 과거 야당을 이끌고 독재정권과 맞섰을 때 그는 "닭 모가지를 비틀어도 새벽은 온다"며 결연한 몸짓을 보였다. 정치적 암흑기에 그 말은 온 국민에게 희망의 메시지이기도 했다. 모두들 '새벽'을 기다렸다. 그것은 억압으로부터의 '해방', 암흑을 벗어나는 '광명'에의 갈망이었다.

그러나 기실 '닭 모가지'의 우화는 '절망의 시간'을 가리킨다. 그나마 얻은 휴식·안도의 밤 시간을 연장시켜보려는 노예들의 비원이 닭 모가지를 비틀어 버리는 엉뚱한 음모로 나타난 것이다. 물론 김 최고위원의 말처럼 그래도 새벽은 오게 마련이다.

야당의 총재였던 그가 이젠 여당의 지도자로 12일 관훈토론회에 나와 합당경위, 정치적 소신 등에 관해 얘기했다. 그는 3당의 합당을 '가히 혁명적'이라고 당당히 규정했다. 또 유난히 '어디까지나'라고 되풀이해가며 "신사고로서만이 가능했던 일"이라거나 "나라를 구한 일"임을 역설했다.

그 중에서도 인상적인 것은 '혁명적'이고 '세계에 유례가 없는' 여야의 합당이었던 만큼 "만약 당내 토론에 부쳤더라면 불가능했을 것"이라고 한 대목이다. 뒤집어 보면 토론으론 안 될 게 뻔하니 영수들끼리만 합의해 강행한 것이란 말이 된다. 누가 뭐라건 총재들의 뜻대로 됐으니 그야말로 닭 모가지를 비틀었든 자명종을 부숴버렸든 새벽은 온 셈이다.

일장공성만골고(一將功成萬骨枯: 한 장군이 공을 이루는데 만인의 뼈

가 마른다)라고 시로 읊은 사람은 중국 대륙 전체가 전화에 휩쓸렸던 당
말(唐末)의 조송(曹松)이었다. 비단 군사에만 해당하는 말이겠는가. 어느
사람, 어느 일 하나 저절로 크게 이뤄지는 경우는 없다. 숱한 사람의 노
고와 고뇌를 토양으로 해서만 정치지도자도 나올 수 있는 것이다.

합당이 그의 말대로 10~20년 후엔 나라를 구한 결단으로 평가될지
또 그렇다면 지금이 망국의 상황인지는 그 때가서 분명해질 일이다.

그렇지만 지금 분명히 말할 수 있는 것도 있다. 정치지도자의 언행은
무거워야 한다는 것이다. '토론무용(討論無用)'을 말해서는 안 된다. 한
걸음을 내디딜 때도 그것이 숱한 사람들의 염려와 기대에 직결되어 있
음을 잊어서도 안 될 것이다. 〈한, 900213〉

정(鼎) 대신 민심을 얻어라

민자당(民自黨) 대변인에게 '금소령(禁笑令)'이 내려졌다던가. 본인이
농담처럼 한 말이었다지만 아마 진담이었을 것이다. 이겨도 너무 이긴
탓이다. 지난 26일에 치러진 기초지방의회 의원선거는 정부·여당에게
웃음을 조심해야 할 만큼의 압도적 승리를 안겨주었다. 여권 후보가 전
체 당선자의 75%를 차지했고 여대(與大) 기초의회가 73%에 이르렀다.
민자당 측의 분석에 따르면 그렇다.

선거가 순조롭게 치러진 것은 사실이다. 그러나 민자당이 '만족'을 표
시한 선거과정에 대해서는 도무지 납득이 안 된다. 정부·여당은 선거

기간 내내 '정당 개입 금지'를 금과옥조(金科玉條)처럼 강조했다. 그러다가 선거가 끝나자 이번엔 '여당의 대승'이라고 희희낙락하고 있다. 정당이 배제된 선거의 결과가 정당 간의 승부로 나타난 것이다. 과문해서인지는 모르겠으나 이런 셈법은 듣고 보느니 처음이다.

기실은 '정당 배제' 자체가 이해하기 어려운 논리였다. 대의제 민주정치는 정당을 핵심적 요소로 한다. 정당의 현실적 행태가 부정적이라 해서 그 본질적 기능·역할까지를 부인하는 것은 무모하다 할 정도로 위험한 발상이다.

정당의 간여를 차단한 덕분에 공명선거가 되지 않았느냐고 할 것인가. 투표율 55%의 선거였다. 국민의 정치 불신과 무관심만으로도 조용한 선거의 조건은 구비되었던 것이라 해서 지나치진 않을 것이다.

정당개입을 저지하면서 내세운 핑계 중에 눈길을 끈 것은 "원래 지방자치는 상-하수도 쓰레기·교육·노인 문제 등 주민생활과 밀접한 지역 살림살이를 다루는 것"이란 대목이었다. 말은 맞다. 그런데 좀 심했다. 구·시·군 주민의 대의기관이 졸지에 '쓰레기 처리 대책위원회' 쯤으로 격하되고 말지 않았는가.

'수서 비리' 파문의 와중에서 기습적으로 선거일을 결정하고 정당을 선거로부터 격리시킨 결과는 모두가 확인한 바 그대로다. 자체적으로 실시한 경우 말고는 대부분의 여론조사에서 민자당에 대한 지지율이 10%대에서 오락가락했다. 그런 정당이 기초의회 대부분을 장악하게 되었다. 국민들이 어느 날 갑자기 여당을 지지하기로 결의한 것이 아니라면 선택의 여지를 봉쇄한데 따른 민의의 왜곡반영이라 할 밖에 없다.

정부·여당은 광역의회 의원 및 국회의원 선거법도 이번 선거를 모델로 삼아 개정하고 싶다는 뜻을 내비치고 있다. 그 방향이 '정당 참여 폭의 축소'가 아니었으면 한다. 인위적으로 부풀려진 지지율은 오만과 과욕의 바탕이 될 뿐이다.

정당들도 여야 가릴 것 없이 왜 자신들이 주도해야 할 선거전에서 되레 축출당하는 수모를 겪게 되었는지 반성해야 한다. 반드시 정부의 의도 때문만은 아니었다는 점을 간과해선 안 된다. 현실적으로 '정당 개입 금지'가 국민들 간에 상당한 호응을 얻은 게 사실이다.

지역당을 탈피할 용기와 정열은 없으면서 정당적·정파적 이익을 확보하기에만 급급해 하는 한 국민의 신뢰는 회복되지 않는다. 정당과 그 지도자들이 앓고 있는 질환 중에도 고질이 바로 '대권병'이다. 정당이 집권을 원하고 정치인이 대통령이 되고자 하는 것이야 조금도 흠될 일이 아니다. 그렇다고 해서 전체 정치권이 오직 '대권'만을 겨냥해 무한 대결을 벌이는 행태가 정당화될 수는 없다.

광역의회 선거를 계기로 정당끼리, 파벌끼리 경쟁이 가열될 조짐이 벌써 나타나고 있다. 양김 씨의 전의가 여전한 가운데 '오른 팔'로 불리는 사람까지 전면에 나서는 분위기다. 누가 그 사람을 가리켜 '떠오르는 태양'이라 했다던데, 그렇다면 '넘어가는 태양'도 있을 법하다. 그는 누구인지 자못 궁금하지만 이 글의 관심사가 아니어서 접어둔다.

어쨌거나 대통령직을 '대권'으로, 집권자나 실력자를 '태양'으로 인식하는 따위의 사고체계에서 벗어나지 못하면 민주정치는 백년하청(百年河淸)이다. 당장 광역의회 선거부터 과열·타락의 난장판이 될지도 모른다. 그것을 빌미로 자치단체장 선거는 물 건너 가버린다는 사태가 생기지 말란 보장도 없다.

〈췌담(贅談)〉＝정(鼎)이란 다리 세 개, 귀 두개가 달린 솥이다. 중국의 하왕조(夏王朝)를 연 우(禹)가 천하 구주(九州)의 장들로부터 동(銅)을 헌상 받아 정(鼎)을 주조시켰다. 이것이 이후 은(殷)·주(周)나라 때까지 왕조 정통성의 상징으로 전해졌다.

춘추5패(春秋五覇) 중 한사람이었던 초장왕(楚莊王)이 주나라 정왕(定王)의 사자 왕손만(王孫滿)에게 그 정의 크기와 무게를 물었다.

"정의 대소경중이 문제가 아니라 덕의 유무가 문제입니다. 지금 주는 비록 쇠퇴했다고 하나 오늘날 까지 정을 전해 내려온 것은 하늘이 명한 바로서 아직 천명이 바뀌었다고는 생각되지 않습니다."

왕손만은 그렇게 대답함으로써 초장왕의 제위 탈취 욕심을 꺾었다. 문정지대소경중(問鼎之大小輕重)의 고사다.

우리 정치인들도 정에 쏠린 눈길을 돌려 국민을 봐줄 수는 없는가.

〈세, 910328〉

박태준 씨

박태준(朴泰俊) 전 포철(浦鐵) 회장이 지난9일 오후에 귀국했다. 해외 생활 1년 7개월만이다. 물론 좋아서 한 외유가 아니었다. 좀 험한 표현이긴 하지만 사실대로 말하자면 '도피자 신세' 였다. 기약 없이 타국에서 떠돌다 모친상을 당해 돌아온 것이다.

그에겐 아직도 남은 세월이 많다. 그러므로 속단할 수는 없는 일이지만 정치에 뛰어든 탓에 '세계적 철강인 박태준'의 이미지까지 흐려진 것은 안타까운 노릇이다. 하긴 정치 쪽에서도 한때는 성공하는 듯이 보였다. 전두환(全斗煥) 씨의 집권기에 대통령과 사돈이 되었고, 노태우(盧泰愚) 대통령 때는 집권 민정당의 대표로 올라섰다. 3당 합당 이후 최고 위원으로 격이 낮아지긴 했으나 민정계 관리자로서의 위상은 여전했다. 그러나 민자당의 대통령 후보 경선과정에서 김영삼(金泳三) 대통령 측과 등을 돌리면서부터 정치적 몰락의 길에 들어섰다.

그는 이른바 '대권 후보' 경쟁에 나서려 했다가 좌절당한 뒤, 대통령 선거전이 가열되기 시작하던 때 민자당을 탈당했다. 그 후 모든 공직에서 떠났음에도 불구, 그는 새 정부 출범과 함께 급속히 곤경 속으로 빠져들었다. 2월부터 포철에 대한 세무조사가 진행되었고 박 전 회장은 도피성 외유에 나섰다.

세무조사와 검찰수사 결과, 그는 포철의 협력 및 거래업체로부터 39억 700만 원의 뇌물을 받은 것으로 발표됐다. 검찰은 특정범죄가중처벌법 위반(뇌물수수) 혐의자가 된 그에 대해 지난해 6월 기소중지 조치를 했다. 박 씨는 세계적으로 명성을 날리던 포철의 창업 총수, 대통령직까지 바라보던 집권당의 대표에서 범법 도피자로 급격히 전락해 버리고만 것이다.

대부분의 경우 헛되기 이를 데 없는 게 '권세'다. 그런데도 사람들은 신기루 같은 권력을 쫓기에 안간힘을 쓴다. '권력 숭배자'들은 다른 것 다 그만두고 상가의 풍경을 눈여겨볼 일이다.

"그가 포철회장과 국회 재무위원장을 겸임하던 지난 81년 부친상을 당했을 때는 이 마을에 차를 세울 자리가 없을 정도였는데 지금은 그 당시에 비해 조문객 수가 20분의 1도 안 된다."

박 씨의 한 측근이 그렇게 말했다고 한다. 그게 바로 염량세태다. 그에게 신세를 진 정치인들이 하나 둘이 아닐 텐데도 가까웠던 사람들일수록 문상을 주저한다는 소문이다. 김 대통령이 일찌감치 조화를 보냄으로써 다소 분위기가 완화되긴 했지만 정치인들의 '눈치 증후군'은 여전한 모양이다. 그처럼 가릴 것 많고 겁낼 데 많은 정치를 왜 하려하는지 알 수가 없다.

그렇게 여겨서 그런지 상주의 모습이 더 처연해 보인다. 피해 다니느라 임종도 못한 심정이 오죽하겠는가. 참으로 정치란 게 뭔지….

〈한, 941010〉

기행기태(奇行奇態) 경연

민자당 소속 이춘구(李春九) 국회부의장의 예산안 날치기 처리에 대한 민주당 이윤수(李允洙) 의원의 역공은 다소간의 치기(稚氣)에도 불구하고 기지가 돋보였다. 6일 오후 국회 본회의에서 그는 이 부의장이 변칙사회를 본 지방기자석에서 의사진행발언을 시도했다. '날치기'가 원천 무효임을 주장하는 시위였겠지만 보기에 따라서는 황낙주(黃珞周) 의장, 이 부의장, 그리고 민자당 의원들에 대한 통렬한 조롱이기도 했다.

황 의장은 "거기서는 발언권을 인정할 수 없다"고 이 의원이 노렸던 유권해석을 내려줬다. 그렇다면 이 부의장의 기자석 사회도 당연히 '무효'가 될 것이었다. 그런데 황 의장은 금방 자신의 논리를 뒤집었다. 사회를 꼭 의장석에서 보라는 법은 없다는 것이었다. "육안으로 확인 가능한 장소면 어떤 곳에서도 할 수 있다"고 했다. 이러다가는 야외국회, 화상회의 같은 게 유행할지도 모르겠다. 의장이 해외여행 중에 현지에서 사회를 보겠다고 할 경우도 없으란 법이 없다.

하긴 민자당의 '기발한 날치기 기법'은 이미 정평이 나있다. 3당 합당 다음 달이었던 90년 3월부터 신종날치기 기술이 과시됐다. 유학성(兪學聖) 당시 국방위원장의 군 조직법 개정안 '손바닥 처리'가 그것이었다.

그해 7월의 임시국회에서는 김재광(金在光) 부의장이 자신의 의석에서 벌떡 일어나 26개 안건을 30초 만에 육성으로 통과시켰다. 이어 12월 정기국회 마지막 날에는 박준규(朴浚圭) 의장이 본회의장 뒤편 통로에서 추곡 수매 동의안 등 3개 쟁점의안을 기습 처리했다. 그 이후에도 변칙 처리는 계속됐다. 그러다가 이번엔 '기자석 사회'라는 일찍이 상상도 못했던 수법까지 실연된 것이다.

52년 발췌개헌을 비롯해서 58년 보안법 개정안, 69년 3선 개헌 등은 역사상 악명 높은 여당의 강압 혹은 날치기 처리 기록들이지만 그래도 '모양'은 갖추려 했다. 그래서 과거엔 의장석을 점거하거나 의사봉과 그 받침대를 빼앗는 것이 야당의 가장 효과적인 날치기 저지대책일 수 있었다.

그게 지금은 아무 소용이 없어졌다. 여당은 그만큼 힘이 세졌다고 여기는지 알 수 없으나 국민의 눈엔 국회와 국회의원의 모습이 날로 초라해지기만 한다. 의식(儀式) 만큼 권위 확립에 직접적인 효과를 발휘하는 것이 달리 없다. 그런데 국회 스스로 그것을 내 팽개치고 무시해 버렸다. 그 바람에 국회와 의장의 권위는 땅에 떨어지고 말았다. 한 번씩 날 치기를 할 때마다 그만큼 더 작아진다는 것을 황 의장은 유념할 필요가 있다. 〈한, 941207〉

산이 뭔가 낳는다더니

"옛날에 어떤 산이 우르릉 우르릉 아주 큰소리로 울부짖었다. 산이 산고를 겪는 소리라는 소문이 돌았다. 사람들은 산이 도대체 무엇을 낳으려고 그렇게 큰소리를 내는지 궁금했다. 다투어 산으로 몰려가 온갖 추측을 다하며 지켜봤다. 산이 낳은 것은, 그러나 달랑 생쥐 한 마리였다."

이솝의 우화다.

태산(泰山)만이 아니라 거산명동(巨山鳴動)에도 서일필(鼠一匹)이긴 마찬가지인 듯하다. 지난해 12월 27일 김영삼 대통령은 민자당에 '당의 세계화'를 지시했다. 그 10여일 전엔 "당의 활성화를 위한 전당대회는 빠를수록 좋다"고 말한 바 있다.

최형우(崔炯佑) 당시 내무부 장관이 당 대표직 폐지 및 새 인물론을 거론했다가 김종필(金鍾泌) 대표 측의 반발을 산 일을 두고 김 대통령의 질책이 있었다던 직후였다. 세인들은 최 장관이 성급했건, 아니면 일부러 애드벌룬을 띄웠건 민자당의 '개편'은 시간문제라고 이미 짐작했었다.

근간은 최 장관이 운을 뗀 것처럼 '김 대표의 퇴진'이 될 것이었다. 최 장관 발언파문 이후 일련의 '발언'이나 '지시' 등을 근거로 한 상식선의 추측으로는 그랬다. 그런데 김 대통령이 '당 세계화' 과제를 제시했다. 김 대표의 거취에나 관심을 기울이던 민자당 사람들의 말이 갑자기 부풀기 시작했다.

'고위 관계자' 혹은 '주요 당직자'들의 어조는 마치 모든 것을 다 바꾸고 말 것 같이 단호하고 거창했다. 기세도 호기로웠다. 당직과 공직 후보의 전면적 경선 방침이 공언되었다. 중앙당을 해체하다시피하고 지구당 중심체제로 나아가겠다는 말도 나왔다. 다소 들뜬 목소리였지만 그들의 인식은 옳았다. 당 세계화의 요체를 제대로 파악하고 있었던 것이다. 문제는 너무 나아간 데 있었다.

그들은 수뇌부의 의도를 정확히 읽지 못한 듯 했다. 3당 합당 체제를 해체하고 '김 대통령 계' 단일 계보의 당으로 만들기 위한 성동격서(聲東擊西) 작전이었을 수 있다. 그 일을 당직자라는 사람들이 눈치 없이 확대시켜 버린 것 같은 인상을 주었다.

사실 3당 합당 체제는 제14대 대통령 선거 후 와해될 운명을 안고 출범했었다. 민주계는 호랑이 굴에 들어가 호랑이를 잡았다고 자랑해온 만큼 '우리 정권'으로 여기게 되었을 게 뻔하다. 민정계는 한번 양보했으므로 차기엔 되돌려 받는 게 순리라는 명분을 준비해 왔을 것이다. 공화계도 그들대로 김 전 대표의 지명도와 대안 부재론을 들어 '차기 대권'에 욕심을 냈을지 모른다. 그처럼 서로 양보 못할 욕심들을 한 아름씩 한 짐씩 안고지고 왔는데도 와해되지 않을 수 있겠는가. 선거에서 졌더라면 물론 더 일찍 무너졌을 것이다.

게다가 오는 6월의 4대 지방선거와 내년의 국회의원 총선을 치를 당 지도부 진용이 이번 전당대회에서 갖춰진다. 정권 측의 입장에선 김 대통령의 친정체제 강화, 민주계의 주도권 확보를 위해서는 놓칠 수 없는 기회라고 판단할 만하다.

사실 구시대 청산과 정치발전의 측면에서도 부자연스러울 뿐 아니라 정당정치의 상궤를 멀찍이 벗어난 3당 합당체제는 진작 극복되었어야 했다. 애초에 합당 시도가 없었던 게 더 나았을 것임은 말할 필요도 없고.

어느 쪽으로 보든 합당 체제의 붕괴는 불가피하고 당연한 귀결이다. 그 점에 관해서는 누구의 잘잘못을 따질 일이 아니다. 그건 나쁘지 않다. 그러나 '결별'에 명분을 부여하느라 감당할 자신도 없으면서 국민의 호기심과 기대감을 한껏 자극한 것은 '집권당의 책임'을 생각하는 처사가 못되었다.

그야말로 산만한 몸체의 집권당이 '세계화'를 한다며 큰소리를 내고서는 기껏 '김 대표 밀어내기'만으로 손을 털었다. 하나마나 한 일이지만 대표제를 없앤다 했다가 그만뒀다. '전면적 경선제 도입'은 원내 총무와 시·도지부 위원장 제한경선이란 것으로 얼버무려졌다.

당직자들의 역할과 기능을 강화하고 '세계화 추진위원회'를 설치한다고 세계화라 할 수 있을까. 중앙당의 위상과 권한은 여전하다. 당명·당기·당헌·당규 등을 몽땅 바꾸겠다 했으나 당명부터 옛 그대로 민자당이다. 그것으로 오는 7일 '세계화 전당대회'를 치르겠다고 한다.

하긴 이런 소화도 있다. 페리클레스는 고대 아테네 최대의 정치인으로서 소피스트적인 교육을 받은, 대단히 웅변적인 사람이었다. 그보다 30여 년쯤 늦게 역시 아테네에서 태어난 사람으로 투키디데스가 있었다. 펠로폰네소스 전쟁을 다룬 그의 『전사』는 고대 최고의 역사서로 일컬어진다.

스파르타의 왕 아르키다모스가 어느 날 투키디데스에게 물었다.

"당신과 페리클레스가 씨름을 한다면 누가 이길까요?"

그가 대답했다.

"그야 페리클레스겠지요. 내가 그를 내동댕이친다 해도 그는 자기가 이겼다고 떼를 쓸테니까요. 구경꾼들도 페리클레스가 자꾸 우기면 자신들이 눈으로 본 것보다 그의 말을 더 믿게 될 겁니다."

민자당도 계속 "거산(巨山)이 '세계화된 정당'을 낳았다"며 목소리를 높여볼 일이다. 그러기가 낯간지러우면 다짐한 대로 '세계화'를 이뤄내든지…. 〈세, 950202〉

다시 50년 후에 돌아보면

김대중 아태재단 이사장이 결국 정계은퇴 선언을 번복했다. 이미 예견되었던 일이다. 지난 2년 7개월간 김 이사장 자신과 측근 인사들은 단호한 어조로 부인해 왔지만 많은 사람들이 거기에서 오히려 '번의'의 가능성을 읽었다. 애초에 '은퇴선언의 진실성'을 의심 받은 탓이다. 이는 김 이사장의 불행이다.

그는 국민을 상대로 은퇴를 선언했으면서도 정치재개의 명분으로는 엉뚱하게 '정부의 실정과 민주당의 분열'을 내세웠다. 김영삼 대통령과 이기택 민주당 총재를 희생양으로 삼은 셈이다.

물론 객관적인 판단기준이 있을 리 없다. 그가 정부를 비판하고 민주당 '고용사장'에게 실망할 이유는 언제든, 얼마든 만들어 질 수가 있었다. 결과론이지만 정치재개는 시기선택의 문제였을 뿐이다.

6·27 지방선거를 시험대로 여겨 그는 적극 개입했고 직·간접적 결과로 민주당은 대승을 거두었다. 그는 이로써 차기 집권경쟁에서의 승산이 분명해졌다고 판단한 듯하다. 그것이 14대 대선에서 33.4%를 득표하고도 '국민의 신임을 얻는데 실패' 했다며 은퇴선언을 했던 그가 높아야 30% 안쪽인 지지율에 기대어 정치재개를 선언할 수 있었던 배경이다.

그와 측근세력이 차기 집권에 성공할 수 있다 해도 거기엔 정치 및 정치인의 도덕성에 대한 국민적 회의와 지역분할 구도의 고착화가 전제된다. 그렇게 해서 얻는 승리가 국민에게나 김 이사장 자신에게 무슨 의미를 가질 수 있을지….

신당 창당과 관련해서도 정치도의나 상식은 멀찌감치 밀려나 버렸다. 자신들이 만들고 그 운영을 주도해 왔던 정당과 어제까지의 정치동지들에 대해 그처럼 가혹할 수 있다는 사실에 기가 질린다. 마치 '도전자의 말로를 보여주기 위해 민주당의 씨를 말려 버리겠다' 는 듯한 기세다. 김 이사장의 정치재개 당위성을 부각시키고 1인 체제를 확고히 구축하기 위한 정지작업이라 하더라도 수단이 너무 거칠다 하지 않을 수 없다.

오랜 권위주의적 통치는 유사한 의식 행태 조직의 저항세력을 키우는지도 모른다. 김 대통령의 국정운영 스타일과 관련, '신권위주의' '문민독재' 란 비판이 제기된 게 그 예다. 그 점에선 김 이사장도 다를 것 같지가 않다.

대통령직에 집착이 컸던 사람일수록 집권을 하면 더욱 권위주의적 행태를 드러내는 경향도 없지 않아 보인다. 미국의 제37대 대통령 닉슨이나 40대 대통령 레이건의 경우가 그러했다. 닉슨은 미국 역사 학자 아서 슐레진저에 의해 '황제와 같은 대통령직'을 추구한 대통령으로 지적되었다. 레이건 역시 '애국심'을 앞세워 '제왕적 지위'에 근접하려 했다. 특히 레이건은 (슐레진저에 따르면) 실정을 남의 탓으로 돌리거나 자신의 거짓말을 호도할 수 있는 뛰어난 웅변술을 겸비했었다.

김 이사장의 애국심, 민주화 도정의 희생과 헌신은 국민의 의식 속에 뚜렷이 각인돼 있다. 그러나 그게 대통령직이라는 대가를 겨냥한 것이었다면 그 의미는 희석될 수밖에 없다.

김구(金九)는 1911년 안명근(安明根)의 데라우찌 총독 암살 기도 사건에 연루돼 17년형을 선고받고 서대문 감옥에서 3년 6개월여를 복역했다. '우리나라에서 가장 천하다는 백정과 무식한 범부까지 전부가, 적어도 나만한 애국심을 가진 사람이 되게 하자는 원'을 세워 호를 백범(白凡)으로 하고 이름의 구(龜)를 구(九)로 바꾼 것이 이때였다.

"나는 안창호(安昌浩) 내무 총장에게 임시정부 문 파수를 보게 하여 달라고 청원하였다. 도산(島山)은 처음에는 내 뜻을 의아하게 여기는 모양이었으나 내가 이 청원을 한 동기를 듣고는 쾌락하였다. …중략… 나는 실력이 없는 허명을 탐하기를 두려워할뿐더러, 감옥에서 소제를 할 때에 내가 하나님께 원하기를, 생전에 한 번 우리 정부 정청의 뜰을 쓸고 유리창을 닦게 하여 줍소서 하였단 말을 도산 동지에게 한 것이었다."

그는 훗날 『백범일지(白凡逸志)』에서 그렇게 술회했다.

해방된 조국에 돌아와선 오직 민족통일의 길을 찾는 일에 여생을 바쳤다. 안두희(安斗熙)의 흉탄에 쓰러지기 까지 백범은 지위나 권세 따위를 안중에 둔 적이 없었다.

그래서 더욱 우뚝한 거목일 수 있었다. 끝없는 겸허, 다함 없는 헌신으로 해서 서거한지 46년이 지난 지금에도 백범은 민족의 사표로 변함없이 살아있다.

그에 비해 이승만의 삶은 어떠했는가. 화려하게 귀국하여 단독정부 수립을 서둔 끝에 대통령이 되는 데는 성공했다. 그러나 대통령직은 그에게 오욕만 안겨 주었다. 명망과 권세에 대한 집착이, 평가 받을 수도 있었던 자신의 일생을 망쳐버린 것이다.

올해로 광복 반세기를 맞았다. 그때 함께 우리 사회를 이끌었던 사람들이 역사의 평가에서는 아득한 거리로 나뉘어졌다. 다시 50년 후 오늘의 인물들에 대한 평가는 어떻게 내려질지 그게 궁금하다. 〈세, 950720〉

김 총재의 '탓'

지난 71년의 대선은 누가 보기에도 공정한 선거가 아니었다. 장기집권을 위해 3선 개헌을 도둑질하듯 해치웠던 정권 측이 만에 하나라도 '패배'의 가능성을 염두에 뒀을 리 없다. 바꿔 말하자면 야당에겐 '결코 이길 수 없는' 선거였던 것이다.

그런 상황에서도 당시의 신민당 김대중(金大中) 후보는 선전했다. 득표율 45.3%, 박정희(朴正熙) 후보를 94만 여 표 차로 추격해 갔었다. 정권

측엔 엄청난 충격이었고 민주회복을 열망하던 국민들에겐 대단한 위안이자 희망이었다.

87년 6월 항쟁으로 부활된 직선제 때 그는 평민당의 후보로 다시 대통령 선거전에 나섰다. 정권 측은 집권자 본인이 아닌 '후계자'를 내세우고 있었던 데다 국민에게 항복 선언을 한 직후였던 만큼 노골적인 불공정선거를 획책할 형편이 못되었다.

궁지에 몰렸던 민정당은 그 선거에서 기사회생했다. 집권당의 프리미엄 보다 야권의 분열에 힘입은 바가 훨씬 컸다. 3위로 밀려났던 김 평민 후보는, 그러나 '컴퓨터 조작'에 패인을 돌렸다.

92년 14대 대선에 그는 민주당 후보로 민자당의 김영삼(金泳三) 후보와 맞섰다. 그것이 대선 후보로 나서는 마지막 선거임을 그는 기회 있을 때마다 강조했다. 그는 또 실패했다.

양김 표차는 13대 때의 22만 표에서 190여만 표로 벌어졌다. 이번엔 남 탓을 하는 대신 정계를 떠났다. 그 2년 9개월 후 그는 민주당을 와해 위기에 빠뜨리며 새정치국민회의를 만들어 총재로 정계에 복귀했다. 그에게 15대 대선 출마는 이미 '기정사실'이다. 다만 '대선 4수'가 부담이 되는 듯 그는 "앞서 세 번 나왔지 만 한 번도 공정한 심판을 받은 적이 없다"고 해명하고 있다. 6일 신문편집인 협회 초청 토론회에서 한 말이다.

군색하다는 느낌을 떨치기 어렵다. "대통령이 꼭 되고 싶어서"라고 하면 될 일이다. 솔직함을 보일 때는 지지 여부를 떠나 인간적으로 이해 못할 사람이 있을 리 없다. 큰 정치인일수록 언행에 주름이 없어 보여야 한다. 〈한, 951007〉

이회창 씨 영입

정치인 충원은 정당의 주요 역할 및 기능 중 하나다. 그래야 조직의 침체를 면하고 정치의 발전도 기대할 수 있다. 자질과 능력이 뛰어난 사람일수록 더 좋은 것이야 굳이 강조할 필요도 없는 일이다.

그런 점에서는 이회창 전 총리만한 적격자도 흔치 않을 것이다. 그러나 정당정치의 현실과 이 전 총리 영입 배경 등을 생각하면 걱정스런 측면도 있는 게 사실이다. 그는 소신과 스타일에서 김영삼 대통령과 조화를 이루지 못했고 그 때문에 단명 총리가 된 것으로 알려져 왔다.

이제 와서 갑자기 서로에 대한 평가가 달라진 게 아니라면 당장의 효용가치는 총선 득표력 기대치에 두어졌다고 볼 수 있다. 이를 모르지 않을 이 전 총리가 당초 입장을 바꾸어 신한국당에 들어간 데는 또 나름대로의 판단이나 계산이 있었을 것이다.

따라서 총선이 끝나면 결과 여하 간에 이해가 엇갈리고 그것이 심각한 양상으로 표출될 가능성이 없지 않다. 김 대통령이 어떤 언질을 주었다 해도 대통령의 구상이 여당 구성원들의 이해와 반드시 일치하는 것은 아니다.

인재를 소모품으로 인식해서 쓰고 버리기를 예사로 하는 게 한국정당의 전통이 된지는 이미 오래다. 정당을 발판으로 입신을 꾀하다가 사정이 여의치 않으면 등을 돌리고 마는 정치인들의 행태도 숱하게 목격되었다. 적어도 지금까지는 합당이나 '거물' 영입이 정당정치의 발전보다는 퇴행에 기여해 왔음을 부인하기 어렵다.

주요정당들은 15대 총선에 명운을 걸고 있다. 이를 통해 차기 정권의 향방이 결정된다고 여기는 듯 사생결단의 자세다. 그래서 인기 정치인은 물론 국민적으로 인망이 있는 인사들을 끌어들이기에 기를 쓴다. 다시는 이들을 득표기계로 쓴 다음 버겁고 성가시다 해서 버리는 일이 없기를 바란다.

그 이전에, 정치가 아닌 다른 분야에도 존경할 만한 원로나 기대할 만한 인재들을 남겨두는 게 더 소망스럽다. 정치권의 이기주의로 국가적 국민적 인물이 고갈되는 사태가 계속되어선 안 될 것이기 때문이다. 〈한, 960123〉

아리스티포스의 변명

키레네학파의 창시자 아리스티포스(BC 435년께~356년 이후)가 어느 날 디오게네스를 만났다. 야채를 씻고 있던 이 견유학파의 거지철학자가 아리스티포스를 보고 싫은 소리를 했다. "만약 자네가 푸성귀 맛을 일찍 알았던들 그 권문세가(시라쿠사이의 왕 디오니시오스)로 파고들어 갈 필요는 없었을 텐데."

아리스티포스가 웃으면서 응대했다. "자네가 진작 사람과 교제하는 방법을 터득했더라면 그런 야채 따위는 씻지 않아도 되었을 것을."

야마모토 미쓰오가 쓴 『최초의 철학자들』(지영환 역)에는 이런 일화도 있다. 디오니시오스왕의 대신 시모스가 자신의 호화저택을 안내하며 거드름을 피웠다. 대리석 깔린 복도를 걷다가 아리스티포스가 느닷없이 주인의 얼굴에 침을 뱉었다.

"아, 미안하오. 달리 적당한 곳이 없으니 어쩌겠소."

이 자유분방한 쾌락주의자가 말하려 한 바는 '치우침 없는 삶'이었을 것이다, 그는 디오게네스도, 시모스도 좋아하지 않았다. 스승 소크라테스와는 달리 그는 수업료를 받았다. 그러나 한때 사사했던 프로타고라스의 20분의 1 정도만 받았을 뿐이다.

우리 사회가 정치인들에게 요구하는 것은 디오게네스적인 청빈이다. 그러나 많은 정치인들이 주는 인상은 시모스의 그것이다. 기대와 현실 인식 사이의 이 극단적 괴리가 우리 정치의 비극 가운데 하나다.

국민이 그렇게 바라는 것은 당연하다. 문제는 정치인들까지 디오게네스이기를 다짐한다는 데 있다. 김영삼 전 대통령은 취임 초부터 기업 돈을 '단 한 푼'도 받지 않았음을 유난히 강조하며 부패척결의지를 과시했다. 그것은 결벽증이었다. 정치권이나 검찰이나 '문민정부' 임기 내내 '잡아넣는 일'에만 몰두할 수밖에 없게 만든 것이다.

새 정부 출범 초기에 '정치 결벽증'의 덫에서 벗어났어야 했다. 다른 사람은 몰라도 김대중 대통령은 그것을 걷어내자고 말할 수 있을 만큼 충분한 신뢰와 권위를 갖추고 있었다. 오랫동안 혹독한 탄압에 시달렸던 정치지도자이자 헌정사상 처음으로 수평적 정권 교체를 이뤄낸 새 대통령이라는 사실만으로도 설득력은 넘칠 정도였다.

아마 급박한 환란 때문에 다른 문제에 신경 쓸 수가 없었을 것이다. 그 와중에 정쟁이 빚어져 퇴로가 막혀 버렸으리라고 짐작된다. 내친걸음에 다시 제도정비보다 사정을 서둘렀고 그게 정치상황을 더 악화시켰다.

파고들기로 하면 결국 건드리게 되는 것이 야당 지도자나 전직 대통령의 부패행위다. 책잡을 거리로는 '대선자금'이 가장 손쉽다. 과거의 유력후보치고 선거자금 문제에 자유로운 사람은 거의 없다. 김 대통령까지 "(정치자금법에 벌칙 규정이 명문화된) 97년 11월 14일 이전엔 나도 돈을 받아 썼다"고 토로하지 않던가.

마침내 국정조사특위 위원들은 92년 대선자금을 추궁해 기어이 정태수 전 한보그룹 총회장으로부터 '150억 원 제공'의 증언을 받아냈다. 그게 현 정권의 청렴성을 반증하는 자료가 될 수 있다고 생각했는지 모르지만 결코 현명한 방법은 못되었다.

양혜왕(梁惠王)이 맹자(孟子)에게 선정을 베푸는데도 인민이 늘지 않는 연유를 물었다.

"백병전이 벌어지자 어떤 자는 백 보를 달아나서 멎고 어떤 자는 오십 보를 달아나서 멈추었습니다. 오십 보 달아난 쪽이 백 보 달아난 쪽을 비웃는다면 어떻겠습니까?" 맹자의 반문이었다.

부정부패를 덮어버려야 한다는 뜻이 아니다. 과거 청산 또는 단죄형의 정치를 극복할 때가 되었음을 강조하려는 것이다. 현 정부와 직전정부 사이의 갈등이 끝내 전직대통령들 사이의 '주막집 강아지' 공방이라는 세계적 창피를 초래하지 않았는가.

다행히 설 연휴가 끝나면서 정국 정상화를 위한 여야 간의 대화가 본격화됐다. 이제는 과거의 족쇄에서 벗어나 2000년대를 준비하는 큰정치를 펼칠 때다. 그건 거창한 구호나 목표를 요구하지 않는다. 상생의 정치, 희망의 정치 그리고 인간의 체취가 풍기는 정치이면 된다.

무엇보다 돈의 수렁에서 벗어나는 게 급선무다. 디오게네스나 실천할 수 있는 극도의 청렴정치를 공약하는 것은 민주정치의 성숙에 전혀 도움이 안 된다. 우선 정치 환경을 정화하고 그 구조를 개선한 다음, 상식인이면 누구나 지킬 수 있는 법을 만들 일이다.

아리스티포스가 말했다. "내가 쓰기 위해 돈을 받지는 않는다. 무엇을 위해 돈을 써야 하는지를 가르쳐 주기 위해서지…."

굳이 소피스트적 궤변이라고 밀쳐버릴 필요가 있겠는가. 우리 정치인들이 그 당당함을 흉내라도 낼 수 있는 날이 오기를 소망한다.

〈세, 990218〉

거만한 마부들

엘리베이터 층수를 표시하는 플라스틱 버튼 16개 가운데 성한 게 하나도 없다. 일일이 불로 지져놓았기 때문이다. 아파트 관리사무소 측이 아주 흉한 것은 갈아 끼우지만 금방 또 태워버린다. 자기 물건도 그렇게 일삼아 끈질기게 불로 지져대는지 꼭 물어보고 싶으나 누구인지를 알 수 없으니 어쩌겠는가.

엘리베이터 공간 앞뒤에 있는 공용 베란다에 언제부터인가 침대 매트리스 2개가 버려져 있다. 이사를 오가거나 매트리스를 갈면서 거기에 치워 둔 듯하다. 층층이 이것을 치워 달라는 메모가 붙어 있지만 몇 달이 지나도록 주인은 오불관언이다.

물론 예외적인 경우일 것이다. 그렇게 믿기는 하는데 우리 생활 주변에서 질서파괴·예절무시의 행태를 너무 많이 목격하게 된다. 그 탓에 사회생활 부적격자가 정말 '극히 일부' 만인지 아닌지 가끔은 판단이 혼란스러워질 때가 있다.

10년쯤 됐을까, 어느 외국인에게 무슨 말끝엔가 우리나라가 제법 잘살게 된 자랑을 늘어놓은 적이 있다. 국민들의 애국심이 남달랐던 덕분이라는 둥 요령부득의 장황한 설명을 꽤 참을성 있게 듣고 난 이 사람이 지나가는 말처럼 한마디 했다.

"한국 사람들이 나라를 아주 사랑한다는 말은 알겠는데, 산은 아끼지 않는 것 같던데요."

유명한 산이라 해서 가봤더니 등산로에 쓰레기가 너무 많이 버려져 있더라는 불평이었다.

"질서나 예절은 경제적 여유와 관계가 있는 것 같아요. 우리도 귀하의 나라처럼 잘살게 되면 아마 그 산은 훨씬 깨끗해져 있을 겁니다. 서구사회도 옛날엔 청결과 거리가 멀었다지 않습니까."

해명이라고 했지만 물론 억지였다. 그 때 이후로 중얼거리는 버릇이 생겼다. "의식을 바꾸지 못하는 한 '선진국 진입'은 어림 반 푼어치도 없다!"

개개인의 생활태도만을 두고 하는 말이 아니다. (역시 '극히 일부' 의 경우라 하고) 공인들의 공직 및 공무에 임하는 자세는 더 한심하다. 특히 '반사회성' 증세가 심해 보이는 사람들이 정·관계의 높은 사람들이다.

민주당 주요 당직자의 이른바 '실언' 이 드러내 보인 바가 그것이다. 당초 공천 후보들에게 준법을 당부했다면 선거비용 초과지출 같은 후유증이 생겼을 리 없다. 무조건 당선만 되라고 독려해 놓고 뒤에 문제가 생길 듯하니까 선관위 눈 속이기 교육을 했다는 게 아닌가. 게다가 검찰 혹은 선관위에 청탁인지 압력인지를 넣기까지 했다던가.

말썽이 되자 민주당 측은 "근거 없는 비방을 중단하라"고 주장하고 나섰다. 무슨 '근거'가 더 있어야 비판할 수 있다는 것인지….

장관 중에 어떤 이는, 이중국적 시비·부당이득 취득에서 나아가 저서 표절논란까지 일으키고 있다. 이런 말 저런 말로 여론의 화살을 피하다가 결국엔 많이 들어본 '그 말'로 맞섰다. '더 잘하라는 채찍으로' 알겠다고 한다. 자리를 기어이 지켜내야겠다는 의지의 표현이겠다.

이들의 행위는 이를 테면 대한민국이라는 배에 함께 타고 있으면서 제 의자 높이고, 제 방 꾸미자고 선체를 뜯어내는 짓이나 다를 바 없다. 배가 침몰하면 같이 빠질 텐데 왜 그러느냐고 의아해 한다면 이는 갈 데 없는 서민의식이다.

높거나 가진 것 많은 유력자들에게 그만한 마련이 없을까. 이미 구명정과 대피소를 갖춰 놓은 사람이 부지기수라는 소문이다. 높은 자리에 앉아 큰소리치고 헛기침해대다가 사세 여의치 않으면 예금통장 챙겨 넣고 외국으로 떠나면 그만일 터이다.

안자(晏子), 즉 안영이 제(齊)나라(중국 춘추시대) 재상으로 있을 때의 일이다. 마부의 아내가 문틈으로 재상의 행차를 구경했다. 보자 하니까 자기 남편이 아주 거만을 떨며 말을 몰고 있었다. 저녁에 아내는 이혼을 요구했다.

"안자님은 재상으로 계시면서 오히려 모든 사람에게 공손하신데 당신은 마부 주제에 그처럼 오만불손하니 내가 당신에게 무슨 희망을 걸고 살겠습니까."

이후로 마부는 아주 겸손해졌다고 한다. 『십팔사략(十八史略)』에 나오는 이야기다.

모든 공직자는 국민의 수레를 끄는 마부다. 그런데 배를 한껏 내밀고 주인 행세다. 수레를 다루고 모는 품이 또 험하기 이를 데 없다. 때론 역겹고, 더 잦게는 아슬아슬해서 못 봐주겠다.

오늘이 마침 집권 민주당의 전당대회 날이다. 거창하고 화려한 행사를 벌여 분위기를 바꾸는 것으로 여론을 무마해 보겠다는 생각은 행여 가질 일이 못 된다. 이젠 정말 진지하고 겸허한 자세로 국민을 바로 볼 때다. 국민과 나라에 대한 봉사와 헌신의 의지를 다지는 전당대회가 되기를 기대한다. 〈이, 000829〉

진정한 영수회담이려면

지난해 3월, 김대중 대통령과 이회창 한나라당 총재의 회담을 앞두고 야당 대변인(안택수 의원)이 기자들에게 '영수회담'으로 불러 줄 것을 요청했다. 이에 대해 당시 국민회의 대변인(정동영 의원)은 "권위주의적 냄새가 난다고 '각하'라는 용어도 폐기한 마당에 이 총재가 왜 무덤 속에 있는 '영수'라는 용어에 집착하는지 모르겠다"고 비꼬듯 반박했다.

얼핏 들으면 한나라당이 권위주의에 집착하고 여당 쪽은 오히려 이의 타파에 앞장선 듯한 느낌을 받게 되지만 속내는 반드시 그렇지만도 않았다. '영수는 대통령뿐'임을 인식시키고 싶어 한다는 인상을 주었다. 그런 생각까지는 안했다 해도 이 총재를 대통령과 같은 반열에 올려놓을 수 없다는 우월의식은 분명히 있어 보였다. 한나라당의 총재일 뿐이지 전체 야권의 우두머리로 인정하기 싫다는 뜻인 듯도 했다. 그게 아니었다면 이미 관용어가 되다시피 했던 '영수회담'을 굳이 '총재회담'으로 고쳐 부르기를 고집할 까닭이 없었다.

지난 4월 총선 후 다시 김 대통령과 이 총재의 회담이 열리게 됐을 때 김 대통령은 대(對)국민담화를 통해 '영수회담'으로 위상을 회복시켰다. 청와대의 한 관계자가 "이 총재에 대한 김 대통령의 인식이 새로워진 것을 반증하는 것"이라고 설명했었다. 신문보도로는 그랬다.

그런데 기실 '영수(領袖)'라는 말은 격하니, 격상이니 하는 것과는 상관이 없다. '권위주의 시대의 유물로 이미 무덤에 들어간 용어'라는 지적도 진실과는 거리가 멀다. 물론 중국 고대 왕조 때 비롯하기는 했지만 그 의미로는 이 시대에 더욱 새로운 표현이다. '옷깃 령'에 '소매 수'다. 옷깃과 소매는 눈에 가장 잘 띄는 곳이다. 이처럼 '여러 사람 중에 의표(儀表: 모범)가 되는 이'를 가리켜 영수라 한다.

『진서(晉書)』 위서전(魏舒傳)에 그 용례가 보인다. "문제(文帝)가 위서를 대단히 중용했다. 조회가 끝날 때마다 눈으로 바래면서 말했다. '위서는 정말 당당하구나. 뭇 사람의 영수로다(文帝深器重之 每朝會罷 目送之曰 魏舒 堂堂 人之領袖也)'"

어쨌든 한나라당 이 총재가 다시 영수회담 개최를 촉구하고 나섬으로써 정국 정상화가 가시권에 들어온 분위기다. 그는 지난 2일 기자회견을 통해 '조건 없이 당장 만나 국회 정상화 문제를 매듭지을 것'을 제의했다. 민주당이나 청와대의 반응도 적극적이라는 보도다. 늦었지만 다행이다.

김 대통령의 정치 지도력은 자타가 공인해 온 바다. 이 총재 또한 경륜이 남다른 원내 제1당의 총재다. 정국 정상화의 의지만 확고하다면 '의제 여과 과정'으로서의 '중진회담' 같은 건 굳이 고집할 필요가 없다. 지금의 나라 형편으로는 영수회담이 빨리 열릴수록 좋다.

대신 이번 한 번 만이다. 여야가 진실로 민주정당·민주의정(民主議政)을 추구한다면 '영수회담 의존형 정치'를 뛰어 넘어야 한다. 정당들이 그 방대한 규모와 조직, 뛰어난 인적 자원으로도 현안의 어느 것 하나 대화로 해결하지 못하고 늘 총재들의 결단에 의지한다는 게 남부끄러운 노릇 아닌가. 이런 것은 영수회담이 아니라 보스 담판이다. 이야말로 진작 무덤에 들어갔어야 할 전근대적인 붕당정치·패거리정치의 일면이다.

보스 이외의 모든 구성원은 행동대원 노릇이나 하는 정당이길 원하지 않는다면 당 조직들이 자율의 역량을 스스로 키워 나가야 한다. 물론 정당 수뇌들도 결정권을 정당의 공식 기구들에 능동적으로 넘겨 줄 일이다. 총재들끼리 만나야만 문제를 해결할 수 있다는 것은, 유감스럽게 들리겠으나 '오만'이라고 할 수밖에 없다. 민주적 리더는 결정권자이기보다는 조정·조율자여야 옳다.

1인 지배의 정당체제에서 총재 이외의 당직자들이 할 수 있는 일은 극히 제한적이다. 결정은 보스의 몫이다. 여타 구성원들에게는 '보스에 대한 충성과시' 말고는 달리 이렇다 할 역할과 기능이 없다. 상대 정당의 파트너들과 격렬하게 싸움으로써 당 총재의 힘과 권위를 드러내 보이는 게 이들의 거의 유일한 과업이다. 파행정치의 만성화가 그 탓이다.

총재들이야 꼬일 대로 꼬인 정국을 단 몇 시간의 대화로 풀어냄으로써 쾌도난마(快刀亂麻)의 정치역량을 자랑해 보일 수가 있지만 그럴수록 한국 정치의 후진성은 깊어진다. 총재들이 패자(覇者)가 아닌 영수(領袖)로서의 위상을 소중히 여길 때 정치는 권위주의의 늪에서 헤어나게 된다. 이번에만은 '지배력'이 아닌 '지도력'을 확인시키면서 정당정치의 새 장을 여는, 이름에 걸맞은 '영수회담'이 되기를 기대한다. 〈이, 001003〉

"동교동계는 하나다!"

동교동계 인사들이 지난 10일 밤에 모여 "초심으로 돌아가 김대중 대통령을 보필하자"고 결의했단다. 며칠 동안 내부 갈등이 심각한 듯하더니 다시 '형님·동생'을 서로 부르면서 형제애를 다졌다는 소식이다. 11일엔 민주당 권노갑·한화갑 최고위원과 김옥두 사무총장 등 동교동계 핵심 3인이 기자들 앞에서 거듭 단합을 과시했다.

어쨌든 다행이다. 오랜 세월 생사고락을 같이하며 '김대중 대통령 만들기'에 신명을 바쳤던 사람들이다. 천신만고 끝에 정권을 쟁취했으면서 끼리끼리 파당을 지어 권력다툼을 한다고 비치면 세인이 얼마나 비웃겠는가.

그렇기는 한데 어째 좀 이상한 느낌이 든다. 지난 2일 김 대통령이 주재한 민주당 최고위원 회의에서 나온 정동영 최고위원의 고언(苦言)은 동교동계가 단합하라는 뜻이 아니었다. "지금 우리 당은 시스템 대신 대통령의 몇몇 측근이란 사선에 의해 움직여 지기 때문에 제대로 작동하지 않는다는 지적이 있다"는 게 발언의 핵심이었다. 정 최고위원은 그러면서 '권 최고위원 2선 후퇴론'을 제기했다.

다른 몇몇 최고위원도 거든 것으로 전해졌다. 어떤 이는 "영남 정권 때는 특정 지역의 인사 독점이 문제였으나, 현 정권에서는 몇 사람이 호가호위하며 인사를 독식하는 듯한 인상을 주는 게 문제"라고 말했다는 보도도 있었다.

상식적으로 생각하자면, 논의의 초점은 동교동계의 '정치적 순기능과 역기능'에 맞춰졌어야 했다. 그런데 상황은 엉뚱하게 전개됐다. '배후설' '음모론'이 나오면서, 정 최고위원 배후엔 한 최고위원이 있다는 말이 떠돌더니 갑자기 '동교동 결속' 쪽으로 분위기가 급선회했다. 새삼 "동교동계는 하나!"라고 강조되는가 하면, 정 최고위원을 단단히 벼르는 목소리도 있었다고 한다.

'동교동계'는 가족적 연대의식으로 결합된 '정치적 가벌(家閥)'이다. 이를 테면 '주군과 가신'으로 이루어진 봉건시대의 대부(大夫)나 제후가문 같은 것이다. 중국 전국시대에 오면 힘이 있는 자가 나라를 차지했다. 자연 가신 또는 가복들은 왕의 신하로서 정치를 맡게 됐다. 그 축소판으로 보면 될 듯도 하고 아닌 듯도 하고….

이들의 강고한 결집력 덕분에 김 대통령은 군사정권의 핍박 속에서도 정치적 장악력·지도력을 유지할 수 있었다. 그런 점에선 정권창출의 일등공신이라는 표현에 무리가 없다. 이와 쌍벽을 이룬 조직이 상도동계였다. 그 '주군(?)'이었던 김영삼 전 대통령의 집권 또한 가신들의 회생과 헌신에 크게 힘입었다.

이제 상도동계는 사실상 와해되어 버렸다. 그렇다면 동교동계도 머지 않아 연대성을 상실하게 될 것이라는 예상이 가능하다. 그 구성원으로 서야 조직이 계속 권력의 핵심으로 건재하기를 바랄 테고, 그래서 '정권 재창출'에까지 관심을 기울이는 빛이지만 그게 어디 계산처럼 쉽겠는 가.

사실 그런 상황은 오지 않아야 한다. 은감불원(殷鑑不遠)이라고, 교훈을 멀리서 구할 것도 없다. 이른바 '문민정부'가 재임 중에 엄청난 좌절을 겪어야 했던 이유 가운데서 첫째 둘째를 다투는 게 '가신 및 측근정치'다. 근대국가의 엄청난 인구, 복잡하기 이를 데 없는 구조를 관리하기 위해선 방대한 관리조직과 전문가 집단이 필요하다. 그것을 한 정치 가문이 담당하겠다고 나서는 것은 터무니없는 만용이고 욕심이다.

말이 났으니 말이지만 동교동계는 김 대통령이 당선된 직후 계보해체를 선언했어야 했다. 그것이야말로 국가경영을 책임지게 된 리더를 뒷받침하는 길이었다. 그러지 않고 김 대통령을 측근에서 지키고 돕는다는 명분으로 '동교동계 정권'의 틀을 지키고자 해왔기 때문에 정부·여당의 신뢰성이 훼손되어 온 게 아닌가.

늦기는 했어도 이번 '정 최고위원 고언 파문'을 계기로 '동교동계의 발전적 해체'가 선언되었더라면 좋았을 것을 동교동계는 오히려 결속을 다짐했다. 만약 동교동계가 여권의 모든 인사들을 '형님·아우' 사이로 아우를 수 있다면 또 모르겠다. 그러나 그건 현실적으로 가능한 일이 못 된다.

설령 그럴 수 있다 해도 그 같은 전근대적 조직에 연연해서는 곤란하다. 폐쇄적 가벌의 울타리를 허물어 버리는 것이 김 대통령과 여당은 물론 정당정치의 성숙을 위해서도 바람직하다. 그런 다음이라면 "권노갑 2선으로"라는 주장 같은 게 나올 까닭이 없다. 그 때는 각자가 국가관리 체계의 한 구성원으로 능력과 적성에 따라 봉사할 수 있게 될 것이다. '동교동계는 하나!' 라는 말이 정부·여당의 비동교동 계 구성원들에게 또 얼마나 심한 소외감 거부감을 안겼을지 진지하게 생각해보길 권한다. 〈이, 001212〉

충성심 자랑도 이쯤 되면

맥그리거 번스는 리더십의 유형을 거래적 리더십(tansactional leadership)과 전환적 리더십(혹은 변혁적 리더십 transformational leadership)으로 구분한다. 지나치게 요약적인 설명이 되겠지만, 전자는 지지의 대가로 추종자들의 요구를 수용하는 리더십이다. 이에 비해 후자는 지도자와 추종자들이 서로 동기와 도덕성을 보다 높은 수준으로 끌어올리는 리더십이라 할 수 있다.

"정치인은 어디서나 다 같다. 그들은 강이 없는 곳에도 다리를 건설해 준다고 약속한다." 1960년 미국을 방문한 옛 소련 공산당 제1서기 겸 수상 흐루시초프가 뉴욕에서 기자들에게 한 말이라지만 이런 따위의 공약은 우리 귀에도 너무 익어 있다. 이런 것이 이를 테면 거래적 리더십의 한 단면이다.

"그러므로 국민 여러분. 조국이 여러분을 위해 무엇을 할 수 있는가를 묻지 말고, 여러분이 조국을 위해 무엇을 할 수 있는가를 물으십시오. 세계 시민 여러분. 미국이 여러분을 위해 무엇을 해 줄 것인가를 묻지 말고, 우리들이 서로 힘을 합해 인간의 자유를 위해 무엇을 할 수 있는가를 물으십시오."

미국 제35대 대통령 존 F 케네디의 그 유명한 취임사(1961년) 마지막 대목이다. 전환적 리더십의 상징적 표현이라 할 만하다.

물론 번스의 이 리더십 유형은 다양하기 이를 데 없는 정치 리더십을 제대로 설명하기엔 너무 단순화되어 있다. 그건 그렇다하고, 어쨌든 이 같은 리더십 유형을 전제할 때 이에 대응하는 팔로어십(followership)도 있을 법하다. 대가를 바라고 따르는 사람과 공동의 보다 높은 목표를 지향하며 추종하는 사람으로 구분할 수가 있을 것이다.

리더십을 유형화하는 방법은 이뿐이 아니다. 학자들에 따라 다양한 유형이 제시된다. '민주주의적 리더십 : 권위주의적 리더십'의 구분도 그 하나다. 그간 우리 정치인들의 행태는 후자에 가까웠음을 부인할 수가 없다.

이젠 시대도 정치 환경도 많이 바뀌었다. 그럼에도 불구하고 정치 지도자들은 아직도 추종자의 자발적인 동의 및 지지를 바탕으로 하고 있다기보다 복종이나 충성심에 더 의존하고 있는 인상이 짙다. 굳이 이름 붙이자면 군왕적(혹은 주군적) 리더십이라 할 수 있겠다.

그런데 지도자가 신민적(臣民的) 복종을 명시적으로 요구하지 않는다는 점에서는 이 같은 현상은 리더십의 문제라기보다는 팔로어십의 문제다. 우리 정치권에 민주적 지지자가 많아진 것은 틀림없으나 신민적 복종자도 결코 적지 않아 보이는 게 유감스럽지만 사실이다. 이들을 번스 식으로 엇비슷하게 표현하면 '거래적 추종자'가 되겠다.

대통령이 아무리 민주적 지도자로서의 성향과 자질을 과시해봐야 소용이 없다. 열렬한 복종자들에 둘러싸여 있는 한 민주적 지도자가 되기는 거의 불가능하다. 이 무조건적이고 전인격적인 충성의 족쇄에서 벗어나지 못하면 리더는 자신도 깨닫지 못하는 새 주군 또는 제왕이 되어버리는 것이다.

민주당에서 자민련으로 옮겨간 어느 국회의원이 김대중 대통령에게 건의문을 바쳤다. 민주당과 자민련의 통합 필요성을 역설한 글이다. 트로이의 목마(木馬)와는 다소 성격이 다른 것 같으니까, 새옹의 말(塞翁之馬)이라는 게 낫겠다. 집나갔다가 다른 말을 이끌고 돌아온 변방 노인의 말 흉내를 내자고 한 것인가.

이 건의문의 절창(絶唱) 한 구절이 눈길을 잡고 놓지 않는다. "일생일대의 성업(聖業)을 위해 강을 거슬러 마지막 남은 힘을 쏟아 알을 낳은 뒤 생을 마감하는 연어처럼 대통령님을 위한 충정 하나로 연어가 되기로 결심했다." 이게 도대체 어느 시대의 상소문인가.

말할 필요도 없는 일이지만 민주국가의 리더에게 연어 같은 추종자는 필요가 없다. 민주정치를 그르치는 것은 꼭 리더들의 권위의식이나 지배욕구뿐이 아니라 이처럼 지나친 충성 맹세도 크게 한 몫 한다는 것을 깨달아야겠다.

세상에! 멀쩡한 국민의 대표가 다른 의원들을 이끌고 대통령 곁으로 돌아가 '생을 마감' 하겠다는 게 무슨 말인가. 민주당·자민련의 합당을 '성업' 이라고 하는 발상도 기가 막힌다. 더 두려운 바는 따로 있다. 이런 충성심 과시욕구가 그 의원 한 사람의 경우일 뿐이 아닐 수도 있다는 생각에 오금이 다 저려온다.

"이몸 삼기실 제 님을 조차 삼기시니/한생 연분이며 하날 모랄 일이런가/나 하나 졈어 잇고 님 하나 날 괴시니/이 마음 이 사랑 견졸 대 노여 업다…" 송강 정철의 '사미인곡'이 이렇게 시작되렷다. 〈이, 010314〉

JP의 석양론

"…전략…

그 벽 하나 만리(萬里) 바깥/자지 않고 흐르는 은하의 장강(長江)기슭/먼 귀로에 앉아 편지를 쓴다.

…중략…

어쩌면 먼 후일/너의 귀로에서/네가 줏어 읽을 낙엽!

그 낙엽을 쓰고 있는데—

아 우누나/네게는 새벽종이/내게는/먼 서천(西天)을 물들이는 모종(暮鐘)이."

청마 유치환의 시 '귀로(歸路)에서'의 구절들이다.

김종필 자민련 명예총재가 또 '황혼론'을 운위한 모양이다. 그는 16일 김대중 대통령과 오찬회동을 가진 후 기자간담회에서 "동쪽에 떠오르는 해도 아름답지만 정말 아름다운 건 석양에 이글거리는 노을"이라고 말한 것으로 전해졌다. 청마는 이별의 인사 한마디를 낙엽처럼 남기고 가려했던 듯한데, JP는 화려하게 인생의 대미를 장식하고 싶다는 의지를 한껏 과시하는 인상이다.

'벌건 황혼.' 이미 1977년에 그는 이를 화폭에 담은 바 있다. 25호 크기의 유화 '한라산의 석양'이다. 짙은 구름 저 멀리 한라산의 배광으로 휘황하게 타오르는 장엄한 저녁노을을 그린 그림이다. 『JP칼럼』이라는 책의 갈피에 삽입된 그림으로서만 봤을 뿐이나 그의 '황혼론'을 짐작할 만은 하다.

이왕 'JP칼럼' 이야기가 나왔으니 말이지만 '매경한고(梅經寒苦)'라는 제목으로 쓴 글 가운데 이런 대목이 있다. 동천년노항장곡 매일생한불매향(桐千年老恒藏曲 梅一生寒不賣香). 오동은 천년을 묵어도 항상 비곡(秘曲)을 간직하고, 매화는 일생 추워도 그 향기를 팔지 않는다는 뜻이다. 행여나 한고(寒苦)를 용케 견디어 만천하의 신춘에 청향(淸香)을 내어뿜는 날이 온다면 나도 그것을 절대로 팔지 않을 것이다. 가다듬어 송두리째 역사에 바칠지언정…."

그 때 40대이던 JP가 이제는 70대도 중반을 넘어섰다. 그런 그가 내년 대선에서도 자신의 역할을 확실하게 하겠다는 뜻을 분명하게 표했다. 하긴 큰소리 칠만도 하다. 1961년 5월 육군소장 박정희를 집권자로 만드는 데 앞장선 이후 헌정사의 고비마다, 대통령 선거 때 마다 그는 남다른 역할을 맡았었다. 킹메이커 원조이자 프로 킹메이커라 해서 부족함이 없다.

그가 다시 '서드샷'을 공언하고 나섰다. 몸도 마음도 말 그대로 '노익장'이다. 그건 나쁘지 않다. 그러나 "40년 간 정치에 몸담고 있는 내가 그런 것(대통령) 하고 싶었으면 다른 기회도 있었을 것"이라고 말한 JP

다. 대통령직도 가볍게 여겼다면서 '일정한 역할'에 그처럼 집착하는 까닭을 헤아리기 어렵다.

청향을 절대로 팔지 않겠다던 그로 하여금 나이에 걸맞지 않은 온갖 진기묘기를 연출하면서까지 정치판에 남아 있으려 애쓰게 만드는 것은 도대체 무엇인가. '시심(詩心)'을 강조하던 그를 어느 시골마을 고샅에서 여유로운 미소의 노인으로 마주칠 수 있다면 느낌은 사뭇 달라질 수 있을 텐데….〈한, 010317〉

당신들은 정의로운가

집권자와 정권이 '정의사회 구현'을 국가적 목표로 삼았던 때가 있었다. 5공 때 관공서와 학교의 현관 앞에는 빠짐없이 이 구호가 내걸려 있었다. 헌정사상 '정의(正義)'라는 말이 그 때처럼 살벌한 느낌을 준적도 아마 달리 없었을 것이다.

집권자와 집권세력의 말 한 마디, 케치프레이즈 하나에도 폭력의 냄새가 묻어나던 때였다. 부조리 무질서를 '삼청 교육'이라는 것으로 쓸어내겠다며 기세등등했던 정권이 내건 '정의'가 '폭력' 말고 무엇을 상징할 수 있었겠는가.

하긴 '정의'는 이들만의 전유물이 아니었다. '문민정부' '국민의 정부' 집권자 역시 이를 강조했다. 김영삼 전 대통령의 경우 취임사에서 자신의 정부가 추구하는 '신한국'은 '정의가 강물처럼 흐르는 사회'가

될 것이라고 했다. 김대중 대통령 역시 취임사에서 '건강한 사회'를 위해서는 '인간이 존중되고 정의가 최고의 가치로 강조되는 정신혁명'이 필요하다고 역설했다.

'정의'라는 표현에서 중압감이 사라지긴 했다. 정권을 치레하는 '정의'가 아니고 집권자와 집권세력, 그리고 가진 자들의 '올바른 정신과 행동'으로서의 '정의'를 뜻하는 것으로 믿어진 것도 사실이다. 문제는 그 실천이었다. 양김의 집권기를 합해 10년쯤 된 지금 우리 사회에서 정의는 구현되고 있는가.

말이 났으니 말이지만 '정의'는 일국의 중핵적 목적이기에 부족함이 없는 가치다. 플라톤의 『정체론』은 당초 '정의에 대해서'라는 제목 아래서 쓰여졌다. "플라톤의 정의에 대한 추구의 출발점은 어떤 의미에서는 아주 단순하다. 정의로운 사람은 정의로운 도시(polis)에서 발견될 수 있고 후자는 전자의 확대판이다."(C J 프리드리히, 『정치사상강좌』, 서정갑 역) 이는 '정의로운 국가는 정의로운 사람에 의해 이루어 진다'는 말로 치환될 수 있을 것이다. 그 중에서도 누가 정의로워야 하는가. 당연히 국정을 이끄는 사람들이다.

1970년 1월 지금의 김대중 대통령은 "싸우다 쓰러질 무명의 용사가 될지언정 이익을 위해 사술을 논하는 마키아벨리는 되지 않겠다"며 당시 신민당의 대통령 후보 출마를 선언했다. 마키아벨리를, 힘을 최고의 가치로 숭배하는 부도덕·권모술수의 원조쯤으로 인식했다는 뜻이겠다.

그러나 마키아벨리는 전제군주를 싫어했다. 그리고 전제군주를 제거하는 방법을 연구하는 데 그의 정력을 쏟았다(마이클 레딘, 『마키아벨리로부터 배우는 리더십』, 김의영 외 역).

그는 시저가 로마인의 자유를 파괴했다고 느꼈기 때문에 그를 로마사상 최악의 인물로 간주했다. 그가 존경한 사람은 아테네의 개혁가 솔론이었다(프리드리히). 개혁을 단행하고서, 자신에 대한 시민들의 전폭적인 신뢰와 기대 때문에 폭군이 되고 말 것을 우려해서 스스로 아테네를 떠나버렸던 그 솔론을 높이 평가했던 것이다. 마키아벨리에게도 가장 중요한 덕목은 정의였다고 할 수 있겠다.

'정의'가 무엇인지를 정의(定義)하기란 쉽지 않지만 무엇이 정의에 반하는 것인가는 구체적으로 지적할 수 있다. 그 중에서도 첫손꼽을 수 있는 것이 부도덕이다. 도덕적이지 못한 사람은 정의롭지 못한 사람이다. 도덕적이지 못한 사람들이 정치를 좌지우지하는 나라는 정의롭지 못한 나라다. 그게 혹 우리나라는 아닌가.

무슨 증거로 그러느냐고 묻지는 마시라. 가장 부도덕하고 비열하고 위험한 의혹사건의 중심에 누가 있는가를 보면 증거 따위는 따지고 말고 할 것도 없다. '4000억 원'은 어디로 갔는가. '서해교전 사전징후 묵살' 의혹은 어떻게 된 것인가. '병풍'의 진실은 무엇인가.

이뿐만이 아니다. 정부 출범 직후부터 정권과 여야 정당들은 지도부의 주도로 다투어 대형 의혹을 제기했다. 그리고 당하는 쪽은 단호히 이를 부인했다. 어느 한 쪽은 분명히 거짓말을 한 셈이다. 그런데도 지금껏 누구 한 사람 자신의 부도덕을 고백하고 자리에서 떠난 사람이 없다.

이들(정부 및 정치권의 일부 부도덕한 리더들)은 앞으로도 끝없이 거짓말을 해가며 정치판을 휘젓고 다닐 것이다. 이미 정치의 기득권층, 한국사회의 정치적 지배계층이라는 것이 공고화되고 말아서 국민이 이들을 정치의 장에서 추방하기는 사실상 불가능하다. 이것이 한국정치의 비극이다.

누구인지는 알 수 없지만 명백히 거짓말을 하고 있는 분들! 더는 죄를 짓지 말고 국사에서 손을 떼시길—. 개인적 또는 집단적 욕심이야 이해 못할 바 아니지만 그것 채워 주자고 나라와 국민까지 정의롭지 못한 부류로 전락하고 말 수는 없지 않은가. 〈이, 021009〉

선혈

신당 창당에 주도적으로 나서고 있는 민주당 신기남 의원이 일전에 "신·구주류가 선혈이 낭자할 정도로 싸워야 한다는 여론도 있다"고 역설했다. 명실상부한 '신당'을 만들기 위해서는 결연한 각오와 치열한 정체성 확립 노력이 필요하다는 뜻이라고 이해되지만 그래도 표현이 너무 으스스하다.

같은 당의 추미애 의원이 이를 반박했다. "피는 약자가 강자를 향해 민주주의와 정의를 부르짖으면서 흘리는 것이지 힘 있는 사람들이 누구의 피를 흘리게 한다는 말이냐."

"복사꽃 피고/살구꽃 지는/황토(黃土) 비알에 사월(四月)이 오고/나이 어린 사슴이 떼, 어깨 나란히 겯고 틀어 용틀임하고/무놀이 포효(咆哮)하여 사호난 파도, 파도와 같이/성난 뿔 갈아 세우고 바리케이드를 무너뜨리다./생뿔 떨어져 쏟아지는 선혈(鮮血)을 뿜어/즐펀히 나동그라진 홍건

한 길에/점점(點點)이 어룽진 피의 낙화(落花)…후략…"

4·19를 두고 쓴 김관식의 시, 〈완전범죄형의 범죄〉 앞에서' 다. 1966년 판『연간 한국시집』에 수록된 것으로 미루어 65년쯤의 작품이겠다.

"…전략… 자유를 위해서/비상하여 본 일이 있는/사람이면 알지/노고지리가/무엇을 보고/노래하는가를/어째서 자유에는/피의 냄새가 섞여 있는가를/혁명은/왜 고독한 것인가를 …후략…"

김수영이 4·19 직후에 쓴 '푸른 하늘을'의 한 부분이다.

'선혈' 또는 '피' 라는 표현이 비장감을 돋우긴 하되 섬뜩한 느낌은 안 준다. '혁명'의 분위기에서 그것을 표상하는 시어(詩語)로 쓰였기 때문이다.

"인정사정없이, 몇 백 몇 천의 적을 죽이자. 그들의 피로 피를 씻고…부르주아들의 피바다를 만들자."

1918년 9월, 혁명 러시아의 군기관지는 이렇게 선동하고 있다(폴 존슨,『세계현대사』, 이희구·배상준 역).

'피' 가 살벌하고 공포스런 기운으로 덮쳐 오는 경우다.

지금은 대명천지 민주 세상이다. 그런데 느닷없이 웬 '선혈' 인가. 신당을 만들자는 것은 혈연·학연·지연 따위가 좌우하는 정치의 씨족시대 부족시대를 넘어 진정한 국민 민주시대를 주도해나갈 정치 세력을 결성하자는 뜻에서가 아니던가.

선혈이 낭자하도록 싸워 만드는 신당은 다시 선혈을 필요로 하게 될지도 모른다. 피든 증오든 선동이든 그런 것들을 양식으로 삼아서만 유지 발전할 수 있다고 여기지 않겠는가. 정치(적) 용어가 정말 너무 거칠어졌다. 세상 참! 〈한, 030516〉

전쟁, 정쟁

'전쟁은 다른 수단에 의한 정치의 연장'이라는 것은 폰 클라우제비츠의 명제다. 그는 '전쟁론'으로 유명하다. 이 분야에서는 발군이라 해서 이의를 달 사람은 없다. 그런데 그의 전쟁에 대한 정의에 대해서는 반론도 있다. 존 키건이 그 예다.

키건은 『세계 전쟁사』(유병진 역)에서 말한다. "(클라우제비츠는) 감히 인간은 생각하는 동물인 동시에 그 사고력이 무엇인가를 사냥하려는 충동과 살해하는 능력을 향해 발달했다는 사실과 직면할 용기가 없었다." 인간의 적나라한 모습을 직시하길 꺼렸다는 뜻이겠다.

키건의 말을 좀더 인용하면 이렇다. "인류학자들과 고고학자들은 문명을 이룩하지 못했던 우리 선조들의 이빨과 발톱이 피로 붉게 물들어 있었을 것이라는 사실을 암시한다. 심리학자들은 우리의 야만성이 피부 밑에서 그다지 멀지 않은 곳에 숨어 있다는 사실을 인식시키기 위해서 노력한다."

전쟁은 인간의 원시적 본능과 욕구의 분출이다. 인간은 교화되고 문명화되면서 그 야만성을 다양한 가치와 덕목으로 가릴 수 있었다. 정치라는 것도 그 가운데 하나일 것이다. 이는 그 사회의 구성원이나 여기에 관계된 모든 사람의 공생공영을 목표로 하는 작용이고 기술이다. 이에 반해 전쟁의 교의는 파괴와 살육이다.

기실 역사를 되돌아보면 전쟁은 전쟁이었을 뿐, 정치의 한 양상이나 수단이었던 적은 없었다. 전쟁은 평화, 정의 그 어느 것도 낳지 못했다.

승자의 오만과 패자의 원한만을 증폭시켜 놨을 뿐이다. 전쟁은 앞선 전쟁의 결과이자 다음에 있을 전쟁의 원인이 될 뿐 평화의 회복 및 정착과는 거리가 멀다는 것이 역사의 교훈이다.

이를 모르지 않을 것이면서도 인간은 전쟁의 꼬투리를 찾거나 빌미를 만들기에 몰두한다. 겉으로는 상대를 설득하는 등의 인내력을 과시하지만 속으로는 전기(戰機)를 포착하는 데 온 신경을 곤두세운다. 야성에 충동질되면 이성은 무기력해지고 만다. 조지 W 부시 미국 대통령이 지난 5월 1일 종전을 선언한 후 지금까지 전투 행위가 그치지 않고 있는 이라크 상황 안에도 전쟁의 진실은 모자람 없이 들어 있다.

정치와 전쟁의 관계는 그렇다하고 정치와 정쟁은 어떨까. '정쟁 또한 정치의 연장'이라고 하면 그간의 인식으로는 모범 답안이다. 그런데 언제나 옳은 답이 될 수 있을지에 대해서는 자신이 없다. 특히 '참여 정부' 출범 이래의 정쟁은 정치를 멀찌감치 벗어나 있다. 느낌을 솔직히 말 하란다면 이는 정치와 거의 관계가 없는 야만적 투쟁일 뿐이다.

'야만'이라 해서 너무 기분 나빠할 것은 없다. 공격·투쟁 본능에 휘둘려 이성적 합리적 판단의 통제를 벗어났다는 의미로 한 말이기 때문이다. 지금 전개되고 있는 정쟁을 누가 이성이 지배하는 정치 과정이라고 볼 수 있겠는가.

가치관 목표 행동원리에서 정치와 정쟁은 전혀 다르다. 원천적으로 정쟁은 정치가 아닌 전쟁 쪽 갈래다. 우리가 정쟁을 정치 과정에서 항용 있을 수 있는 다툼 정도로 인식하고 있지만 심리적 바탕이나 지향점이 정치와는 반대쪽이다. 정치는 생성, 정쟁은 파괴를 지향하는 작용임을 부인할 수가 없다. 지금 격렬한 정쟁을 벌이고 있는 정치권 인사들 가운데 어느 누구도 '선의로' '정치를 발전시키기 위해' 서로 다툰다고 말할 수 있는 사람은 없을 것이다. 상대방을 정치적으로 파멸시키고 매장시켜버리겠다는 격한 전의만이 넘쳐나는 분위기가 아닌가.

정치적으로만 말한다면 2003년은 격랑의 한 해였다. 새 정부는 출범하기 무섭게 좌초의 위기를 맞았다. 국민은 상시적 불안과 실망으로 고통을 받아야 했고 나라의 장래는 갈수록 암울해지기만 했다. 그 전적인 책임은 정치권(당연히 정부를 포함해서)의 몫이다. 정치적 격랑이야말로 전형적인 인재(人災)다. 그 책임을 정치인이 아니면 누가 질 것인가.

이제 진정한 정치의 새 시대가 열려야 한다. 증오와 대결의 교의만을 준봉하겠다는 정치인들은 정치의 장에서 떠나야 옳다. 그게 자신의 정치생활에서 가장 큰 업적이 될 것이다. 정치권 안에 기득권의 성채를 만들겠다는 사람도 함께 가야 한다. 정쟁꾼·정상배들이 사라지고 정치인(政治人·正治人)만 남을 때 비로소 생성의 정치, 상생의 정치 시대가 열릴 수 있다고 믿는다. 〈이, 031231〉

정치판의 검투사들

"자유의 나무는 때때로 애국자와 전제자의 피로써 활기를 띠게 하여야만 한다. 그것이 자유의 자연 비료다."(L P 바라다트, 『현대정치사상』) 미국 민주정치의 상징적 인물인 토머스 제퍼슨은 "만약 정부 관료가 국민의 공복(公僕)으로 남아 있고자 한다면 반란이 없는 20년은 너무 길다"고 전제하면서 그렇게 약간은 섬뜩한 기운이 도는 말을 했다. 권력은 잠시만 방심해도 금방 오만해져 결국 전제로 흐르고 만다. 끊임 없는 경계와 저항만이 정치권력으로부터 인민의 '삶과 자유와 행복 추구권'을 지켜낼 수 있다. 제퍼슨을 흉내 내어 덧붙이자면 그렇다.

지금 우리는 자유의 과잉 혹은 폭식(暴食) 상태에서 살고 있다. 특히 최근의 사회 분위기가 그렇다. 대통령이 오히려 (거대 야당의) 권력에 저항하는 모습을 보이고 그를 당선시키는 데 크게 기여했던 것으로 인식되고 있는 노사모는 '수구의 마수'로부터 '노짱을 지키자'며 나서는 참으로 희한한 세상이기도 하고.

그렇지만 권력은 기본적으로 폭력이다. 다만 그것을 법률이나 도덕률이 제어하고 있을 뿐이다. 노사모가 노 대통령 구하기에 나서야 할 정도로 '수구 꼴통 집단'의 핍박이 자심한 것 같으나 힘을 가진 쪽은 대통령이지 그 반대자들이 아니다. 노 대통령의 야당 또는 비판자들에 대한 불평이 때로는 격에 안 어울리는 엄살로 비치는 게 그 때문이다.

대통령이 약자로 자처하는 언급이 거듭되면 진실성·진지성은 많이 떨어진다. 조롱 받는 느낌을 갖게 된 반대자들로서는 "그래? 정말 약자가 되고 싶단 말이지!" 하는 기분이 들게 마련이다. 그리고 이들의 압박이 커질수록 지지 세력은 응징 태세를 강화할 게 뻔하다. 지금이 바로 그렇다. 대의(大義)는 일찌감치 내팽개쳐졌고 오직 복수심이 몰아대는 대로 말하고 행동하는 듯한 정치 상황이다.

노 대통령과 청와대 참모들은 이미 대통령이 되고 만(?) 사실을 깊이 인식해야 한다. 경쟁자들을 줄기차게 공격하고 조롱하고, 도덕적으로 선과 악을 분명히 가려 말로써 응징하는 것은 야당이나 정치적 반대자들의 몫이다. 집권자는 조정·포용·통합의 리더십을 발휘하면서 국가와 국민을 공동의 목표 쪽으로 이끌어가는 역할에 충실해야 한다.

물론 우리 정당들이 민주적 정당정치의 순리를 체득하지 못한 상태이긴 하다. 그럼에도 불구하고 대통령이 '저항하는 투사' 모습을 버리지 않고, 대선에서 활약했던 지지 세력이 야당보다 더 격렬하고 험악한 용어를 구사하며 정권 수비대의 역할을 자임해서는 안 된다.

남북한 간에 전투가 끝난 지 반세기, 우리가 물질적 번영을 구가하게 된 지 20여 년이 되었다. 제퍼슨 식으로 말하자면 평온의 시기가 너무 길었던 셈인가. 이제 전쟁과 빈곤에서 탈출했을 때의 환희와 안도는 잊혀져버렸다. 어느 새 오만해졌고 안일에 빠졌다. 옛날 전성기 로마의 지배 세력과 다수 시민들이 탐닉했던 검투(劍鬪)가 우리 정치권에 부활한 느낌이다.

민주정과 경제력은 쉽게 무너질 수 있다. 그게 역사의 경험이다. 그런데도 쉽게 잊어버리고 만다. 어쩌면 인간의 유전자 속에 집단 망각증이라는 형질이 들어 있는지도 모르겠다. 인간은 대단히 영리한 동물이긴 하지만 역사에서 배워 실천해 나갈 만큼 지혜로운 존재는 못되는 것 같다는 생각을 떨칠 수가 없다.

두 야당의 탄핵안 발의가 적절한 대응인가에 대해 의문이 드는 것은 사실이다. 대통령을 탄핵해서 물러나게 하면, 그 뒤에 올 혼란은 누가 수습할 건데? 그렇지만 그간에 노출된 노 대통령의 고집이나 투쟁 성향도 예사로 봐 넘기긴 어렵다. 열린우리당을 공공연히 지지하면서 야당의 항의를 귀 밖으로 듣는 인상을 준 것은 아무래도 지나쳤다. 진의가 무엇이었든 '10분의 1'처럼 조소 섞인 막말을 한 것도 대통령다운 응대가 아니었다.

우리가 갈 길은 여전히 멀고 우리의 정치·경제적 기반은 아직 취약하다. 스스로 원형 경기장 안에서 생사를 다투는 검투사 노릇이나 하면서 세계인의 이목을 즐겁게 해주고, 남들의 인종적·문화적 우월감이나 부추겨 놓는 현실은 또 어떤가. 제발 정권 쟁탈전은 2007년 대선으로 미루고 지금은 각자의 위치에서 민생 안정과 국가 발전의 길을 찾는 데 전념하시라. 그게 싫으면 모두 함께 정치를 그만두든가! 〈이, 040310〉

그래도 국회는 소중하다

때로는 '한국 대의정의 조종(弔鐘) 소리' 환청에 자주 시달린다. 한동안 광화문 일대를 밝혔던 촛불시위가 마치 '대의정치 추모제'인 것처럼 보이는 환시(幻視)를 고통스럽게 경험하기도 했다. 기성의 모든 정치구조·질서·가치 등이 결국은 완전히 배척되고 파괴된 후에야 정치의 새 시대가 열릴 것인가.

기실 '참여정부'는 '기성정치의 부인'이라는 전제 및 목표를 담고 있다. 대의민주정의 비민주성에 대한 반발로서, 또는 직접민주정의 가능성에 대한 모색으로서 추구된 참여민주주의는 불가피하게 기득권, 기성 질서에 대한 '거부와 배척' 위주의 운동 양상을 띠게 된다. 이 움직임은 이미 국민의 정부 때부터 본격화했다. 다만 기득권 세력이 이를 제대로 인식하지 못했을 뿐이다.

이 점에서 기성 정당들은 공격을 받아 마땅하다. 국민을 기반으로 국민의 지지와 신뢰를 바탕으로 해서만 존립할 수 있는 정당이 국민과 유리된 자신들의 성을 쌓고 배타적 이익에 탐닉해왔다면 존재할 의미가 없다. 시대의 대세를 제대로 읽지 못했다는 점에서도 정당의 자격을 상실한 것이나 마찬가지다.

그럼에도 불구하고 대의민주정에 대한 지금과 같은 거의 전면적인 공격은 위험하다. 참여민주주의가 대의민주정의 과두화에 대한 반발에서 비롯됐다 하더라도 대의민주정 자체를 부정하는 것은 아니다. 왜곡돼가는 민주정의 희망을 참여민주주의에서 찾으려 했던 C B 맥퍼슨도 간접민주정의 불가피성을 분명히 인식하고 있다.

"우리들은 선출된 정치가 없이는 어쩔 수가 없다. 우리는 전적으로 의지할 필요는 없을지라도 어쨌든 간접민주주의에 의지하지 않으면 안 된다."(맥퍼슨, 『자유민주주의에 희망은 있는가』, 이상두 역)

참여민주주의를 주창해온 노무현 대통령과 참모들, 그리고 열린우리당의 태도를 보면 이는 더욱 명확해진다. 이들이 그간 지속적으로 기성 정치세력과 정당들을 공격해 온 배경에는 제17대 총선 승리라는 목표가 있었음을 부인하기 어려울 것이다. 노 대통령을 지지해 온 시민세력들도 이 목표를 공유해 왔음에 틀림없다.

그렇다면 전통적인 대의정치 구조를 조소하고 부정하고 파괴하는 것을 능사로 여겨서는 안 된다. 오히려 이를 더욱 개선하고 보완해서 그 기반을 튼튼히 하는 것을 정치 개혁의 핵심 과제로 삼아야 한다. 기성의 정당을 궤멸시키고 국회에 대한 국민의 신뢰를 여지없이 떨어뜨리는 것으로 이른바 개혁세력의 정당성을 입증하고 과시하려는 것은 위험하고 어리석다.

별로 달갑게 들리지 않겠지만 기성 정당과 정치 유력자들이 반성해야 하는 것과 마찬가지로 개혁 투쟁가들도 자기 성찰의 기회를 가질 필요가 있다. 아직도 참여민주주의의 정형은 도출되지 못했다. 앞으로도 결코 쉽지 않을 것이다.

우리가 쉽게 '국민'이라고 부르지만 단일 집단으로서의 '국민'은 더 이상 존재하지 않는다. 참여민주주의의 기반인 국민이 이해, 가치관, 목표 등에서 심하게 분열돼 있다면 지금의 투쟁은 국민(부분으로서의)의 국민(다른 부분으로서의)에 대한 투쟁일 수밖에 없다. 진보든 보수든, 군중의 힘으로 자신들이 추구하는 가치·질서를 확립하려 한다면 자칫 전체주의의 교의에 경도될 위험성이 다분하다.

상식이지만 민주주의는 시간과 비용, 그리고 국민의 상대적으로 높은 지적 수준과 인내력, 이성적이고 합리적인 판단을 요구한다. 어느 것이든 심하게 결여되면 민주정은 소수의 급진주의적 활동가들의 공격을 받아 급속히 위축되고 만다. 이것은 세계 정치사의 교훈이다.

걱정을 덧붙이자면 이렇다. 부(富)가 인간다움을 유지케 하는 충분조건일 수 없다는 데는 기꺼이 동의한다. 그러나 그것이 빈곤을 미화할 명분이 되지는 않는다. 가난이야말로 인간성을 타락시키고 파괴하는 가장 무서운 독소일 것이다. 어떤 거창한 깃발과 구호를 내걸든, 국민에게 가난은 모멸이고 위정자에게 빈곤은 죄악이다.

4800만 국민의 생활수준과 안위를 담보로 벌이는 권력 투쟁은 이제 제발 그만두자. 이성적 선택의 시기, 제17대 총선이 목전에 이르렀다. 오늘부터 후보자 등록이 시작된다. 투표일은 금방이다. 유권자들이 냉정을 되찾아 차분히 후보와 정당을 살펴 본 후에 냉정하게 평가함으로써, 과격한 소수가 아니라 온건한 국민 대다수가 우리 사회의 균형추 역할을 의연히 수행하고 있음을 확인시켜 주기를 간절한 마음으로 바란다. 〈이. 040331〉

여성 정치인들의 약진

　근대민주정의 본향이라 할 영국의 경우 1918년에 와서야 여성에게 선거권과 피선거권을 부여했다. 미합중국은 1920년에 비로소 여성 참정권을 인정했다. 세계사적으로 정치 민주화의 표상이 된 '대혁명'의 나라 프랑스가 여성에게 참정권을 부여한 때는 1946년이었다. 스위스의 여성들은 참정권을 얻기 위해 1971년까지 기다려야 했다.

　물론 그 이전, 즉 1890년대와 1900년대 초기 10여 년에 걸쳐 미국의 각 주들(1890년의 와이오밍을 필두로 1914년까지 14개 주)과 유럽의 여러 나라가 여성 참정권을 허용했다. 이를 다 감안한다 해도 여성 참정권의 역사는 100년을 조금 넘겼을 뿐이다.

　그것도 시세에 따라 거저 얻어진 것이 아니다. 수많은 여성 선각자들에 의한 끈질긴 투쟁의 산물이었다. 민주시민의 권리 가운데 어느 것 하나 저절로 얻어진 것은 없다. 여성 참정권이라고 예외였겠는가. 수전 브라우넬 앤서니(Susan Brownell Anthony)의 투쟁도 그 가운데 하나다.

　전미여성참정권협회 회장이던 그는 1871년 11월 1일 아침, 세 명의 여자 형제들과 밧줄로 몸을 묶은 채 뉴욕주 로체스터 선거 사무실에 나타나 대통령 선거 유권자 등록을 요구했다. 격렬한 논쟁 끝에 수전은 유권자 등록을 했고, 나흘 후의 선거에서 투표를 했다. 이에 격분한 한 남자가 '불법 선거'라며 수전을 고발했다. 1973년 6월 이틀간에 걸친 재판에서 수전은 100달러의 벌금형을 선고 받았다. 그렇지만 수전의 투쟁은 계속되었다.

그가 태어난 지 100년이 지난 1920년 8월 26일에 이르러서야 미합중국 수정 헌법 19조는 "선거할 권리가 성별의 차이 때문에 거부되거나 제한되어서는 안 된다"고 규정했다. 마리 자겐슈나이더의 『재판』(이온화 역)이 소개하는 수전의 투쟁기다.

우리나라에서 여성 참정권이 인정된 것은 1948년이다. 이해 5·10 선거로 구성된 제헌국회가 제정한 헌법이 이를 규정하고 있다. 다른 나라처럼 투쟁하고 말고 할 것도 없이 제헌 헌법이 선뜻 받아들인 것이다. 여성 참정권만으로 보자면 우리도 민주 선진국이라는 나라들에 비해 별로 뒤떨어지지 않았다. 그래서 자부할 만하다? 글쎄요. 그저 베끼기만 한 법조문에 생명력이 갖춰지는 데는 그 후로도 반세기에 가까운 세월이 필요했는데….

지난 4·15 총선을 앞두고 유력 정당들이 다투어 여성을 전열의 전면에 배치하면서 '여성 정치 시대'를 실감케 한 바 있다. 여성 당 대표(한나라당)에 여성 선대위원장(민주당), 그리고 여성 대변인(한나라당, 민주당, 열린우리당)이 등장해서 기염을 토했다.

위기 돌파용의 긴급 투입군 역할 정도나 하는 게 아닌가 하는 부정적 시각도 없지 않았는데, 엊그제 박근혜 한나라당 대표가 경선을 통해 복귀함으로써 '여성의 힘'이 만만치 않다는 것을 확인시켰다. 게다가 김영선 최고위원도 득표율 3위를 차지했다. 여성의 부상이 결코 일시적인 현상만은 아님을 과시한 셈이다.

이미 60년대에 박순천이 제1야당(민중당)의 당수로 활약한 바 있지만 여성의 전반적인 정치 참여는 극히 미미하던 때였다. 지금은 여성의 힘이 사회 전 분야에서 의욕적으로 분출되는 시대다. 아직 미흡하긴 해도 여성이 의회 의석의 13%를 차지할 정도로 정계 진출이 활발해졌다. 어느 새 국민의 의식 속에는 '여성 대통령'의 등장도 있을 수 있는 일로 자리 잡게 되었다.

당연히 바람직한 현상이다. 정치는 사람의 일일 뿐 남성만의 일도, 여성만의 일도 아니다. 아득한 옛날, 2천 수백 년 전 사람 소크라테스(혹은 플라톤)가 이미 갈파했듯 남성과 여성 간에는 재능의 차이가 없다. 여성도 얼마든지 국가의 수호자가 될 수 있다고 그는 가르쳤다.

그러나 현실정치의 벽은 여성들에게 결코 호락호락하지 않다. 기성정치의 덫이 도처에 널려있다. 굴절된 정치지형, 왜곡된 정치질서를 변화시키는 힘을 발휘해 보이지 못하면 국민적 대안으로 부상하기가 불가능하다. 여성이기 때문에 보내지는 호기심 어린 지지는 금방 사그라들게 마련이다. 여성 정치인이니까 기성정치의 낡은 틀을 바꿀 수 있었다는 인식을 심어줄 때만 리더로서 홀로서기가 가능해진다.

이 점을 박 대표를 비롯, 정치권에서 의욕을 불태우고 있는 여성 정치인들은 각별히 유념해야 하겠다. 〈이, 040721〉

모름지기 공직자라면

"너무 재미있어서 하지 않았다." 손학규 경기도지사가 일전 출입기자들에게 전했다는 김영삼 전 대통령의 말이다. 골프에 빠져 다른 일을 소홀히 할까봐 아예 멀리했다는 뜻이겠다. 1997년 환란(換亂) 때문에 국민 의식 속에 '무능한 대통령'으로 각인되기는 했어도 공직 윤리에 대해서는 나름대로 확고한 원칙이 있었던 모양이다. 이로 미루어 '칼국수'도 과시만을 위한 검소 · 절용은 아니었던 듯하고….

"너무 사랑스러워서 버린다." 조선 명종–선조–광해군 시대 문신 한음 이덕형의 이야기다. 어느 무더운 여름날 퇴궐 후 제호탕 생각을 하며 들른 그에게 첩은 기다렸다는 듯이 제호탕을 내놓았다. 한음은 선 자리에서 결별을 선언하고 발길을 돌렸다. 첩의 하소연을 들은 오성 이항복이 한음에게 까닭을 물었다. 한음은 "내 생각까지를 읽어 입 안의 혀처럼 나를 받드니 갈수록 깊이 빠져들게 마련이지. 그렇게 되면 내가 나랏일에 소홀할 수도 있지 않겠나."

중국 전국시대의 노나라 재상 공의휴(公儀休)에게 어떤 이가 생선을 선물로 바쳤다가 거절당했다. "생선을 좋아하신다고 들었는데 굳이 못 받겠다 하시는 까닭이 무엇입니까?" 공의휴는 "좋아하기 때문이지요"라고 대답했다. 재상으로 있는 동안은 생선을 사 먹을 수 있지만 그걸 받았다가 자리를 내놓게 되면 누가 생선을 갖다 주겠느냐는 것이었다.

이해찬 국무총리가 몇 차례 골프 때문에 물의를 빚더니 결국 노무현 대통령에게 사의를 표명하기에 이르렀다. 일국의 총리가 다른 거창한 일도 아니고, 골프 문제로 자리를 내놓게 됐으니 한심하기 그지없는 노릇이다. 아프리카 순방에서 돌아오기 바쁘게 총리의 사퇴 의사부터 들어야 하게 된 노 대통령은 물론이려니와 이 소식을 전해들은 국민들까지 낯 뜨거워질 일이다. 총리로 있는 동안에는 좀 참지. "좋아하니까 멀리한다"고 했더라면 말하는 사람, 듣는 사람 모두 얼마나 기분이 좋았겠는가.

행정부의 제2인자이니까 당연히 거창한 일에 관심을 두게 되겠지만 그렇더라도 두 발은 상식을 딛고 있어야 한다. 말할 것도 없이 그것은 국민을 사랑하고 두려워하는 공인 의식이다. 선거 때부터, 특히 대통령직 인수위 운영 과정에서 "국민이 대통령입니다"는 캐치프레이즈를 내건 정권 담당자들의 인식도 다르지 않았을 터이다. 그런데 어느새 국민을 만만히 보고 언행에 거침이 없는 사람들이 나타났고 이 총리는 그 중에서도 유별난 인상을 주었다.

노 대통령이 귀국 즉시 이 총리의 사의를 수용하겠다는 뜻을 밝힌 것은 그나마 다행이다. 이미 엎질러진 물이 되긴 했지만 이 총리, 그리고 골프가 대중운동이 된 지 오래라며 역성을 든 사람들은 서민 입장에서도 그런 말을 할 수 있을 것인지 역지사지(易地思之)해볼 일이다. 참여정부의 총리라면 국민 모두와 함께 즐길 놀이를 택할 일이지 하필 서민들이 백안시하는 골프에 그처럼 동무 안 가리고 탐닉할 일이던가.

이 총리는 자신이 무슨 일을 하든 법도나 공직 윤리에 어긋남이 없을 만큼의 분별력과 품격을 갖추고 있다고 생각해왔을지 모른다. 자신에 대한 믿음과 사랑이 너무 커서 남의 마음에 어떤 상처를 만들고 말지는 염두에 두지 않았을 수도 있다. 세상 사람들의 입은 너무 가벼운데다 금방 지나가버리는 바람 같은 것이어서 신경 쓸 필요 없다고 여겼을 법도 하다.

그런데 혼자 잘난 사람은 공직자로서는 별 쓸모가 없다. 공직자는 곧 공복이다. 국민이 가는 길을 닦고, 그 짐을 대신 지는 것이 이들의 책무다. 국민이 닦아둔 길을 무동 타고 가는 것은 민주시대의 공직자가 아니라 왕조시대의 관료일 뿐이다. 스스로의 언행에 너무 자신이 있는 높은 이들은 공직자의 가장 무서운 병이 교만임을 뼈저리게 깨달을 일이다. 공자 같은 분조차 70세에 이르러서야 비로소 마음 가는 대로 행해도 법도나 도리에 어긋남이 없게 되었다(從心所欲 不踰矩)고 했다. 국민에게 겸손해서 손해 볼 일이 도대체 어디 있겠는가. 〈이, 060315〉

남대문으로 나가서

국회가 어제부터 모레까지의 일정으로 장관 내정자들에 대한 인사청문회를 벌이고 있다. 장관 중 4명이 지방선거에 (말하자면) '징발' 된 탓이다. 이처럼 억지를 쓰고도 혹 낙선할 경우를 가리키는 말로는 '총체적 망신' 이 제격이겠다. 자신과 공천정당에다 대통령과 정부까지 한 묶음으로 창피를 못 면할 것이기 때문이다.

선거전이 시작되면 세상에 다시없을 만큼 유능한 인사로 선전될 '차출 장관' 들의 심정은 어떨지 궁금하다. 오래 고향을 떠나 중앙에서 높이 되어 이름을 날리다가 뒤늦게 표를 호소하러 고향에 가야하는 심경이 아주 착잡할 것이야 불문가지다. 나름대로는 왜 뜻이 없겠는가. 남의 사정이나 포부를 제대로 알지도 못하면서 비난부터 할 일은 아니다. 그럼에도 불구하고 이분들이 '여생은 향리에서 이웃에 봉사하며…' 라는 심정으로 귀향하는 것이라면 얼마나 보기에 좋을까 하는 아쉬움 때문에 당사자들이 거북해 할 말을 굳이 거들고 만다.

하긴 어떤 이보다 모범을 보여야 할 사람들은 꿈쩍도 않는데 누구더러 낙향(落鄕)을 강권하겠는가. 전직 대통령이 다섯 명이다. 개개인에 따라 공과가 극명하게 갈리기는 하지만 어쨌든 이분들의 존재 그 자체가 '정치 민주화'의 표상일 수 있다. 정권 및 정부의 정례적 교체를 확인하게 해주는 분들이기 때문이다. 내친 김에 임기 후 서둘러 낙향을 했더라면 오죽 좋았으랴.

조선시대 명현(名賢) 송순(宋純)의 일화다. 어느 날 친척 한 사람이 목소리를 높였다. "지방 출신으로 재상이 된 사람 치고 벼슬을 마친 후 서소문으로 나오는 사람만 보았지 남대문으로 나오는 이는 보지 못했다." 서소문 근처엔 지방 출신의 고관들이 많이 살고 있었다. 낙향을 하려면 남대문을 통해야 할 텐데 모두 서소문 쪽으로만 가더라는 말이었다(조선시대엔 퇴임 후 낙향이 선비들의 일반적 경향이었다더니 실제로는 그렇지도 않았던 모양이다). 훗날 송순이 개성유수를 사직하고 시골로 내려가는데 그 친척이 전송했다. 그는 술잔을 나누며 말했다. "보셨지요? 나는 지금 남대문으로 나왔습니다." (이용범, 『선비』)

"십년을 경영하여 초려삼간(草廬三間) 지어내니/나 한 간 달 한 간에 청풍(淸風) 한 간 맡겨 두고/강산은 들일 데 없으니 둘러두고 보리라." 이런 송순이니 또 다른 벼슬을 탐내어 대궐문을 기웃거릴 까닭이 있었겠는가.

물론 16세기 사람의 도덕률과 처세훈을 들어 오늘의 세태를 평가할 일은 못된다. 지금이 어디 음풍농월(吟風弄月)이나 하며 살 수 있는 시절이던가. 그렇지만 이 시대에도 퇴임 고관들의 낙향 명분은 결코 부족하지 않다. 그들이 고향에서 만년을 보내는 것만으로도 이웃에게는 크게 의미 있는 일이 된다. 봉사활동까지 하면야 심신의 건강을 위해서나 고향의 발전을 위해서나 금상첨화가 될 것이고….

어쩌면 개인 차원의 문제가 아닐지도 모르겠다. 그래서 말인데, 정부 여당의 리더들은 언행을 일치시킬 필요가 있다. 참여정부가 무엇보다도 중요한 과제로 제시한 것이 '지역균형발전'이다. '행정중심복합도시 건설'이라는 것도 그 같은 의지의 산물이라고 믿는다. 그 정도로 '균형'을 희구한다면 정부를 특정지역으로 옮기는 일에 골몰할 것이 아니라 실질적 지역균형화의 확고한 의지를 확인시켜줘야 옳다. 고관현직에 있던 이들이 퇴임 후에 모두 고향으로 내려가 봉사하는 게 '지역사랑·균형발전'의 실천적 대안 가운데 하나가 아닐까.

당사자들도 정권 측도 낙향 혹은 귀향은 생각조차 안 하면서, 행정조직만 옮기면 지역균형발전이 이뤄질 듯이 말하는데 그 강심장이 참으로 딱하다. 그런 가운데서도 한 가닥 위안을 주는 것은 노무현 대통령의 낙향 예고다. 노 대통령은 기회 있을 때마다 임기 후의 낙향 구상을 피력하곤 했다. 부산도 아닌 김해 진영읍의 봉하리에서 노 대통령이 이웃과 어울려 정겹게 생활하는 모습을 보게 되면 우리 정치가 한층 더 성숙할 수 있을 것이다. 이 기대가 실망과 동무하지 않기를.〈이, 060322〉

정치는 언어의 향연 아니던가

'사람이 살고 있었네'-황석영의 북한 방문기 제목이다. "거기라고 사람 못 살 곳은 아니더라. 사람 사는 곳 어디나 살림살이도 인정도 사귐도 다 그만그만하더라." 읽지는 못했고, 아마 그런 메시지를 담은 글이겠거니 짐작했을 뿐이다. 이런 생각도 하긴 했다. "사람이 살고 있으니 문제지 아무도 살지 않는 곳이라면, 사람이 아닌 다른 존재들이 사는 곳이라면야 무슨 걱정일까."

굶주림이 한계를 넘으면 맨 먼저 사라지는 게 수치심, 가장 빨리 망가지는 게 자존심일 듯하다. 극단적인 예이기는 하지만 지난 2일 방영된 SBS TV의 '긴급출동 SOS 24-현대판 노예할아버지'가 충격적으로 확인시켜준 바가 그것이다. 때에 절고 절은 데다 표정조차 잃어 버린 얼굴, 시궁창에 몇 년쯤 담가됐을 것 같은 누더기 옷, 구부러진 허리, 겁에 질린 두 눈, 먹을 것에만 반응할 것처럼 보이는 갈퀴손…. 눈곱만큼의 자존심도 남아 있을 여지가 그 할아버지에게는 없어 보였다.

북한 동포들을 이 할아버지의 경우에 비유할 생각은 전혀 없다. 다만 굶주림을 면하기 위해 국경을 넘어 남의 나라에서 유리걸식하는 사람들의 심리도 공황상태 언저리에 가 있을 수 있다는 점을 말하려는 것이다. 거기도 사람이 사는 곳이더라는 말 때문에 오히려 마음 아파지는 데가 북한이다.

여기? 당연히 이곳의 우리는 부끄러움에 민감하고 그만큼 자존심도 대단할 터이다. 그렇게 믿고 싶기는 한데 글쎄…. 지방선거 지원유세에 나선 제1 야당의 대표가 백주에 테러를 당했다. 그것만으로도 우리가 수치심을 갖기엔 부족함이 없는데 '성형' 논란까지 벌어져 더욱 국민들의 자존심을 짓밟아놓는다. 노사모 대표로 있는 노혜경 씨가 자신의 블로그에 테러 관련 글을 띄우면서 벌어진 사태다.

그 가운데 하나(아마 처음의 글)에 이런 대목이 있다. "박근혜라는 기호는 도무지 21세기의 것이 아닙니다. 박정희의 악몽과 겹쳐 있는 구시대의 살아있는 유령이지요." 테러 행위를 비난하는 것처럼 쓰면서도 그 속은 피해자에 대한 '증오와 미움'으로 채웠다. 아무리 상징적 표현이라 하더라도 '악몽' '유령'과 같은 표현을 하고 싶을까.

이런 구절도 보인다. "노무현을 뽑아 우리가 이루고 싶었던 것이 증오의 재생산을 끊어버리는 것이었는데, 이번 사건으로 다시 극우적 광풍으로 빠져들어갈지도 모를 대구 · 경북을 생각하면 가슴이 답답합니다." 대구 경북이든 어디든 테러행위에 대해서는 분노하게 마련이다. 왜 하필 특정지역을 들먹이면서 '극우적 광풍' 운운했는지 도무지 이해할 길이 없다.

그 후에 올린 글이라고 하는데 문제의 '성형수술' 부분은 이렇다. "성형수술 실력이 세계에서 가장 뛰어난 우리나라이고, 처음엔 17바늘 꿰맸다더니 (다시) 60바늘을 꿰맸다는 것을 보면 성형도 함께 한 모양입니다. 아마 흉터 없이 나을 거예요." 노 씨는 다행이라는 뜻으로 썼다고 해명했다. 어제 문화일보에는 "내 글을 읽어보지 않은 채 (일부 언론이) 왜곡 보도한 기사만 읽고 나를 비판하고 있다"고 한 인터뷰 내용이 실렸다. 그런데 정작 겁을 주는 것은 (왜곡됐다는) 기사가 아니라 노 씨의 글이다.

민주정치 과정은 말과 글의 아름답고 조화로운 향연이 되어야 한다고 믿는다. 당연히 향기롭고 품위 있는 언어가 아름다운 민주정치의 향연을 만들어낼 수 있다. 더욱이 우리가 쓰는 언어는 우리 겨레만이 가진 자랑스런 문화 재산 가운데 하나다. 정말로 민족적 자존심을 아끼는 사람들이라면 '증오' 혹은 '적대감'에 영혼을 팔아버리려고 할 까닭이 없다.

우리 모두, 여기 우리가 살아가는 사회에서 사람 내음 흠씬 맡을 수 있어야 하지 않겠는가. 사람들은 사라져 없고 온통 투쟁과 반목·질시·증오만이 나뒹구는 황량한 거리를 상상한다는 것은 얼마나 큰 공포인가. 미움을 털어내고 나면 우리 주위에 넘쳐나는 '사람'을 볼 수 있을 것이다. 정치는 사람끼리, 함께 잘 사는 사회를 만들자고 하는 일이다. 아닌가? 〈이, 060524〉

기로에 선 정당정치

노무현 대통령이 열린우리당을 탈당한 것은 그렇게 해서라도 붕괴를 막아보려는 나름대로의 안간힘이었을 것이다. 위기의 진앙(震央)으로 지목된 자신이 당에서 비켜서면 위기론과 해체론이 명분을 잃을 것이고, 분위기 반전에 힘입어 당의 결속력은 회복될 수 있을 것이라고 계산했을 법하다.

그러나 임기 말 대통령으로서는 아무래도 역부족인 듯하다. 그가 아주

공들여 발탁해서 중책을 맡겼던 인사들부터 짐 싸기에 분주하다. 이미 떠난 사람도 있고 등 돌릴 구실을 찾기에 바쁜 사람들도 있다.

노 대통령이 엊그제 청와대 브리핑에 올린 글 '정치인 노무현의 좌절'에서 '당신들'로 부른 인사들이 등을 돌리는 까닭은 뻔하다. 임기말의, 국민 지지도 낮은 대통령과 거리를 두는 게 낫다는 판단이 섰다는 뜻이다. 노 대통령과의 투쟁을 득표 전략으로 삼은 사람도 없지 않아 보일 정도다. 정치인의 의리란 새털보다 가볍다더니, 어떻게 대통령 재임 중에 전직 각료가 공공연히 대드는 세태가 되었는지 어이없고 한심하다. '당신들'이라고 해가면서 비난하는 대통령의 모습도 좋아 보일 리 없다.

그런데 따지고 보면 열린우리당의 오늘과 같은 상황은 창당 이전부터 이미 준비되고 있었다. 열린우리당의 대명제는 '망국적인 지역감정과 지역주의 정치 타파'였다. 그것이야말로 민주당에 등돌릴 거의 유일한 명분이었다. 물론 한국 정당정치 당위의 과제이기도 했다. 그러나 그게 당 해체의 코드가 되고 말았다. 국민의 정서는 쉽게 지역연고 정당을 떨쳐버리지 못했다. 그 바람에 열린우리당은 거의 모든 지역에서 '미운 오리새끼'가 되어버렸다.

게다가 정당 자체의 역할과 영향력이 크게 위축되었다. 그 거대하던 한나라당의 후보가 지리멸렬했던 민주당 후보에게 졌다는 사실은 정치사적 사건이었다. 이를 계기로 야심가들에게 정당이란 돈과 품만 많이 드는 비효율적 하드웨어로 인식되었다. '결정적 한방'만 제대로 먹이면 정권을 장악할 수 있다는 생각이 믿음으로 굳어졌다. 자연 정당에 대한 지도적 인사들의 충성도는 급격히 약화됐다.

열린우리당은 연고지역을 확보할 시기를 오래전에 놓쳤다. 주자들은 머지않아 떠날 게 뻔하다. 제17대 대선전은 지역연고성에 뿌리를 내린 주자·선거조직들간의 대결 양상이 될 전망이다. '지역주의 타파' 구호는 나오겠지만 경청하는 사람은 그리 많을 것 같지 않다.

그리고 정당은 더 이상 정권 추구자들의 대안이 되기 어렵다. 주자들이 믿는 것은 선거조직과 흥행이다. '노무현 후보' 성공으로 형성된 새로운 선거 양상 및 구도다. 범여권 주자들은 막판 스타탄생을 꿈꾸고 있을 법하다. "노 대통령도 해냈는데 내가 왜 못한다는 것인가!"

상대가 정당이 아닌 개인적 역량과 이벤트에 의존할 것으로 전망될 경우 한나라당도 위기에 봉착할 수 있다. 당 지도부의 결속력, 주자들의 당에 대한 충성도가 약화될 것이기 때문이다. 반드시 당 공천을 받아야 한다는 생각에서 벗어나게 되면 후보 경선은 불가능해질지도 모른다. 전망이 어두운 주자는 경선을 벌이기보다는 아예 당을 떠나려 할 것이다. 전례가 없는 것도 아니지 않은가.

이 점에서 말하면 올 대선은 우리 정당정치의 중대한 기로 혹은 분수령이다. 정당 기반보다는 지지 세력과 미디어, 무엇보다 스타탄생 퍼포먼스를 통해 대통령이 되는 일이 다시 생기면 전통적 의미의 정당은 더 빠른 속도로 위축되고 퇴색할 수밖에 없다. 정당이 걸핏하면 와해되고 재조립되는 시대가 정말 올지도 모른다. 이를 기반으로 하는 정당정치는 어떤 양상을 띨지 자못 궁금하다. 정보혁명·통신혁명·미디어혁명 시대는 정당정치의 새 모델을 만들어낼 것인가. 한국 정당 정치의 실험은 다양한 형태로 계속되고 있다. 〈이, 070509〉

가면바꾸기 마술사들

지하철을 타면 '반드시'라고 할 정도로 물건 파는 사람들을 보게 되지만 옛날에도 '열찻간 상인'들은 있었다. 1960년대의 기억이다. 시골 지선(支線) 열차 안 상인들은 주로 손톱깎이, 빗, 다용도 칼 등 신변잡화를 팔았던 것으로 기억된다. 이들의 이동매점은 취급 상품이 계속 달라지고 덤이 많다는 것을 특징으로 했다.

시골 열차를 타는 사람들은 대개 정해져 있다. 따라서 상품 종류를 바꿔야 새로운 수요를 창출할 것이었다. '덤'에 대해선 굳이 설명을 보탤 필요가 없다. 그건 시골 사람들의 심성에 가장 효과적으로 다가갈 수 있는 인정(人情)상술이었다. "이것뿐이 아닙니다. 요것도 드립니다."

어제 '미래창조대통합민주신당' (가칭) 창당준비위원회가 공식 출범했다. "미래를 드립니다. 그뿐이 아닙니다. 창조도 약속합니다. 그것만이 아니지요. 대통합도 보탰습니다. 민주야 당연한 것이고요. 더욱이 구당이 아니라 신당입니다." 정말로 후한 '덤'이 아닌가.

이 정당만의 특징도 있다. 이제까지는 새로운 실력자 혹은 집권자가 신여당의 창당을 주도하거나 추동했다. 그런데 '미래…'는 새 리더를 만들어내려고 결성되는 정당이다. 노무현 정부와 그 집권당은 실패했다며 신당을 만들어야 한다고 당을 나갔던 사람들, 탈당에 그치지 않고 구민주당에 재입당해서 중도통합민주당을 성립시켰던 인사들이 이른바 '제3지대'에서 다시 뭉쳤다. 여기에 손학규 전 경기지사 및 그 지지세력 '선진평화연대'와 시민세력 '미래창조연대'도 동승했다.

미안하지만 '미래…'에 참여했거나 하게 될 정파를 일일이 파악해서 기술할 자신이 없다. 워낙 갈래가 복잡하기 때문이다. 앞으로도 통합민주당 및 열린우리당과의 통합 혹은 흡수라는 큰 난관을 거치지 않으면 안 된다. 컴퓨터 회로 설계의 전문가나 돼야 이른바 '범여권' 계보와 통합 과정을 설명해낼 수 있을 듯하다.

신당 추진의 배경은 뻔하다. 우선 노 대통령과 참여정부가 너무 인심을 잃어, 정권 재창출이 무망해졌다고 판단했을 것이다. 게다가 노 대통령의 경우 노사모 등 골수 지지 세력이 여전히 건재해보이긴 하지만 지역적 득표기반이 없다는 치명적 약점을 가졌다. 반면 김대중 전 대통령은 비록 전직이긴 하지만 지역기반에서 확고한 위상을 유지하고 있다. 구심점을 잃은 정치인들이 어느 쪽에 더 의존하고 싶어 할 지는 불문가지다. 손 전 경기지사 등 명망가를 참여시킴으로써 이미지를 쇄신할 수 있다는 계산도 당연히 했을 터이다.

'미래…' 창당준비위원회는 어제 결성 선언문을 통해 '선진 대한민국으로 가는 융합의 에너지를 창조하는 대통합의 용광로'를 자처·자임했다. 정치인들은 거창하고 비장하게 말하기를 너무 좋아한다. 자기들끼리 흩어졌다 모였다 하면서 무슨 '대통합'이냐는 조소가 나올 법도 하지만 거기에 구애될 분들이던가, 어디.

우리 동네 처녀와 결혼에까지 성공한, 그 언변 좋던 '손톱깎이 청년'은 노년을 어떻게 보내고 있을지 궁금하다. '선진 한국'을 약속하는 대단한 정치가들을 보면서 왜 하필이면 그를 떠올리게 되었을까. 이 객쩍은 상상력이라니!

정치인들의 천변만화하는 표정과 언변은 중국 마술사의 변검, 즉 가면

바꾸기를 연상케 한다. 고갯짓 한 번에 얼굴색 한 번씩 바뀌는…. 이리 우르르, 저리 우르르 몰려다니는 정치인들의 모습은 흡사 의자 빼내기 게임이나 동아리 짓기 게임 같아 보이고.

이래저래 한국 정당정치는 개화도 못 해본 채 시들어 갈 모양이다. 선거 승리만을 지상의 과제 및 가치로 인식하는 듯한 인사들이 정치 원로로, 지도자로, 차기 리더로 위세를 떨치고 있는 한 한국 정당정치의 민주적 성숙은 무망하다. 당연히 민주정치의 수준도 일정한 한계 안에 갇힐 수밖에 없다. 유감이지만 그게 한국 정치의 현실이다. 〈이, 070725〉

창당 전문가와 그 제자들

김종필 전 자민련 총재가 주도해서 1963년 2월에 출범시켰던 것이 민주공화당. JP는 이미 그 전해 초부터 비밀 정치결사인 재건동지회를 조직, 새 집권당 창당 작업을 벌였다. '반공을 국시의 제1의'로 삼았던 쿠데타 세력이 소련 공산당에서 배웠음직한 조직(당료기구, 즉 사무국 중심 체제)을 갖춘 게 당시로서는 대단히 인상적이었을 수 있다.

김영삼·김대중 전 대통령의 당 만들기 실력은 1985년 1월의 신한민주당 창당에서 과시(후자는 미국에 있을 때였지만)됐다. 이 당은 창당한 달도 안 돼 실시된 2·12총선에서 신당 돌풍을 일으키며 주요 대도시들에서 민정당을 압도했다. 이후 양김은 계기 때마다 같이 혹은 따로 신당 창당의 실력과 재능을 입증해 보였다.

　정당을 잘, 그리고 자주 만든다는 것은 정당정치에 대한 신념과 무관한 재주이고 성향이다. 진실을 말한다면 정당정치를 신뢰하지 않거나 우습게 아는 쪽에 더 가깝다. 창당 전문가들은 불가피하게 남과 연대할 때도 있지만 궁극적으로는 자신의 당을 원한다. 그래서 '양김정치＝사당(私黨)정치'로 인식되어 온 것이다.

　노무현 대통령도 당선되기 무섭게 새로운 여당의 창당을 추동(推動)했다. 신당 창당 작업의 중심에는 이른바 '천신정 트리오', 즉 천정배·신기남·정동영 세 사람이 있었다. 민주당 내 신당파는 2003년 9월20일 집단탈당(39명)해 한나라당 탈당파 5명과 함께 '국민참여통합신당'을 성립시켰다. 여기에 사회 각계 인사들과 국회의원 3명(민주당의 최용규, 개혁당의 김원웅·유시민)이 더해져 11월11일 출범한 것이 열린우리당이다. 노 대통령은 이듬해 5월20일 입당했다.

　노 대통령으로서는 전임자인 DJ의 그늘에서 벗어나 명실상부한 집권자, 여권 최고 리더로서의 위상을 확립하고 싶었을 것이다. 출신 지역과 득표 지역이 다른 데 따른 '정치 입지의 불안정'을 해소하려는 생각도 있었을 법하다. 지역할거정치 구도 해소를 진심으로 추구했을 수도 있다.

　검찰의 대선자금 수사와 노 대통령 탄핵소추 파동 덕분에 2004년 4·15총선에서 일약 원내 과반수 정당으로 뛰어올랐던 열린우리당이 곧(오는 20일 대통합민주신당과의 합당으로) 사라진다. 이미 노 대통령도 당적을 버린 뒤이긴 하지만 자신의 면전에서, 분신인 양 하던 사람들에 의해 열린우리당의 문이 닫히는 것을 지켜보는 심정은 착잡하기 이를 데 없을 것이다. 더욱이 그 배경에 DJ의 손이 뚜렷이 보임에랴.

대통합민주신당 참여 의원 143명 가운데 138명이 열린우리당 탈당파다. 노무현당의 이미지로는 대통령 선거는 물론이려니와 내년 총선에서도 참패를 못 면한다는 위기의식이 '집단적 공포감'을 불러일으켰을 것이다. 그 상황에서 여전히 확고한 지역배경을 가진 DJ의 손이 움직이기 시작했으니 그쪽으로 몸과 마음이 함께 쏠리는 것은 인지상정이다. 시민세력에다 손학규 전 경기지사 등이 참여하긴 했지만 이들은 구색 갖추기일 뿐이다.

이러나 저러나 정당 및 정당정치 파괴자들이 한사코 정당의 기치를 세우고 그 아래로 모여드는 모습은 기이하기까지 하다. 혹시 '세탁'이 하고 싶어서일까. 돈세탁·경력세탁·학력세탁 따위와 같은 맥락의 정치적 소신·전력·이미지 세탁에 의기투합한 결과가 이름도 거창한 '대통합민주신당'인 것만 같아 우습기도 하고 무섭기도 하다.

물론 그것으로 만족할 분들이 아니다. 정당으로 등록하면 국고에서 돈이 나온다. 정당 창당과 운영 경비를 전적으로 자신들의 지갑에 의존해야 한다면 이처럼 쉽게 당을 만들었다 헐었다 할 리 없다. 도대체 이런 사람들의 정치적 게임·투기·도박 따위에 왜 국민이 돈을 대야 하는지 그걸 알 수 없어 답답하다.(이, 070815)

♣NOTE＝열린우리당이 8월 20일 대통합민주신당인가 하는 거창한 정당과 합당했다. 말이 합당이지 실제로는 흡수당한 셈이다. 이날 중앙선관위에 합당 신고를 함으로써 열린우리당은 공식적으로 사라졌다.

이에 앞서 17일 합당 전당대회 하루 전에 열린 확대간부회의에서 정세균 의장은 "국민 성원에 보답하지 못하고 간판을 내려 죄송하다"고 말했다. 이 발언 뒤 지도부 전원이 자리에서 일어나 고개를 숙여 사죄의 뜻을 표했다. 배석했던 여성 당직자 2명이 눈물을 쏟아냈다는 보도도 있었다.

그리고 18일 오후 고양 KINTEX에서 열린 전당대회에서는 우여곡절 끝에 합당안을 의결했다. 반대파의 저지로 다소의 진통을 겪기는 했지만 합당은 예정된 길이었다. 2003년 11월 11일 창당한 지 3년 9개월만에 폐문하게 된 것이다. '100년 정당' 운운하던 정당이다. 그런 말을 큰 소리로 외쳤던 사람들이 먼저 당에서 탈출해 신당에 끼어든 데서 한국 정당정치와 그 참여자 면면의 속성이 대단히 상징적으로 표출됐다.

정말로 양심적인 정치인들이라면 무슨 '사과' 운운하면서 고개를 숙이는 허접스러운 퍼포먼스를 할 것이 아니라 정계은퇴 선언 쪽을 택할 것이다. 고개 한 번 숙이는 것으로 그간의 모든 실정과 과오를 세탁할 수 있다고 믿는 이들의 심리는 도대체 어떤 구조를 하고 있을까.

당을 사수하겠다고 기염을 토하던 인사들조차 '당의 결정'을 핑계 삼아 대다수는 신당 쪽으로 옮겨 앉았다. 그리고 하필이면 소속 정당이 신당에 흡수당한 날, 어떤 이는 무슨 대통령 선거 출마 선언인가 하는 이벤트를 벌였고 거기에 참석한 유력자들은 절제 없는 찬사를 한껏 쏟아냈다. 일종의 '추어주기 품앗이'라는 것은 알겠는데 정말 낯 두꺼운 사람들이라는 인상을 지우기 어렵다.

유시민 의원이 대선 출마를 선언한 다음날, 즉 19일에는 추미애 전 의원이 대통합민주신당 입당과 대선 경선 참여를 선언했다. 이로써 이날까지 이 정당의 경선에 참여하게 될 사람은 9명으로 늘어났다. 손학규, 정동영, 이해찬, 한명숙, 천정배, 신기남, 김두관 등이 그들이다. 노무현 대통령의 각별한 신임을 받아 요직에 있었던 사람들이 대부분이다. 그들 가운데 또 여러 명은 자신들이 주도해서 만든 '노무현 당' (많은 사람들이 그렇게 불렀다)을 주저앉히는 데도 앞장을 섰다. '당 사수' 운운하다가 마지못한 척 적을 바꾼 사람도 있고(이들 가운데 제주·울산 경선 결과가 나온 9월 15일까지 손학규·이해찬·정동영 3명만이 남았다).

이들이 열린우리당을 만든다고 온 나라 안을 시끄럽게 했던 때도 신당의 이름은 '통합신당' (가칭)이었다. 뭘 그리 통합할 게 많은지 끝내 열린우리당을 폐문으로 몰고간 정당의 이름도 '대통합민주신당' 이다. 달라진 게 있다면 당명에 허풍이 더 많이 들어간 인상을 준다는 점이다. '통합' 과 '대통합' 은 무엇이 다른지 그 설명을 좀 들었으면 좋겠다.

민주당에서 뛰어나와 '열린우리당' 을 만들었던 그 기술자들이 이번에 다시 열린우리당을 버리고 '대통합민주신당' 을 만들기에 열을 올렸다. 이 정당이 오는 12월 대선에서 승리하면 아마 당분간 유지되겠지만 만약 실패하는 날에는 금방 또 '신당' 만들겠다는 사람들 등쌀에 와해의 길로 들어서게 될 것이다. 그 선두에 설 사람들이야 뻔하지. 당 깨기와 새 당 만들기 기술자들 말고 누가 그 일을 자청해서 맡겠는가.

노무현 대통령의 처지가 아주 어렵게 됐지만 아직은 좀 더 지켜볼 일이다. 혹시라도 남북정상회담에서 노 대통령이 큰 성과를 올리고 그 덕에 국민의 지지율이 크게 높아지면 민주신당 내에서 노 대통령을 영입하자는 목소리가 높아질지도 모르지 않는가. 김대중 전 대통령이 강력한 지역기반을 무기로 열린우리당을 해체시키고 'DJ민주당' 을 부활시키는 요술을 부려 보였듯이 노 대통령이 북풍에 힘입어 다시 이를 '노무현 당' 으로 바꾸는 마술을 부리지 못할 까닭도 (이론상으로는) 없다. 문제는 노 대통령에겐 지역기반이라는 것이 없다는 사실이다. 현직 대통령의 안간힘에도 불구하고 결국 전직 대통령의 원격조종에 열린우리당이 멸문지화를 당할 수밖에 없었던 까닭이 여기에 있었다고 하겠다.

정당 설립도 자유고 정당 가입 및 탈퇴도 자유다. 다만 이들의 정당정치 파괴행위는 지탄 받아 마땅하다. 군사정권 시절에도 당을 이들처럼 철저히 또 공공연하게 집단적 이익 구현의 수단으로 삼은 사람들은 없었다. 한나라당이나 민주노동당이 버텨 준다면 모르겠거니와 이들마저 범여권의 행태를 닮게 되면 한국 정당정치는 그날로 끝이다. 정당은 사라지고 선거조직 이익집단들만 횡행하게 되는 것이다. 기가 막힐 노릇이다.

5부

햇볕정책의 그늘

벽을 넘어서

　서기 668년 신라(新羅)에 의해 삼국통일이 이루어졌다. 비록 겨레 전체는 아니었을지라도 한반도 안에 살던 사람들은 그 때 비로소 한 나라의 국민으로 합쳐지게 되었다. 그 후 1277년 만에 민족이 다시 남과 북으로 갈라졌다. 그 뿐이 아니라 혈육끼리의 비통하고 참담한 상잔도 벌어졌다.

　"어느 가을 이른 바람에/여기저기 떨어지는 잎처럼/한 가지에 나고도/간곳을 모르누나."

　신라적 월명사(月明師)는 죽은 누이를 생각하며 '제망매가(祭亡妹歌)'를 지었지만 그 노래의 애절함도 오늘날 이 겨레가 안고 있는 슬픔에 비할 바는 못 된다. 특히 이산가족들의 심정은 어떤 글로도 제대로 표현될 수가 없다. 분단의 벽은 허물어질 줄 모르는데 무심한 세월만 덧쌓이며 나이를 재촉한다. 재회의 기약도, 안부를 물을 길도 없다. 그래서 이산의 고통과 한은 더 깊어져 왔다.

　영영 걷힐 것 같지 않던 그 어둠에도 끝이 있는가 보다. 희미하지만 빛이 보이기 시작했다. 남북 양측의 총리가 13일 제5차 고위급 회담에서 '남북 사이의 화해와 불가침 및 교류협력에 관한 합의서'에 서명한 것이다. 남북의 당국 간에 이런 합의를 이룰 수 있었다는 게 꿈만 같아 도무지 믿어지지가 않는다. 남북의 회담 대표들 모두에게 찬사를 보낸다.

　올해는 한반도 안에 살던 우리 겨레가 한 나라의 구성원으로 살기 시작한 통일신라 성립 후 1323년이 되는 해다. 민족통일력(民族統一曆: 억지로 이름 붙이자면) 1300년에서 23년 안쪽이던 지난 1945년 우리는 해방의 환희와 함께 분단의 비극을 만났다. 이제 그 1300년을 23년 지난 시점에서 민족 재통일의 전기를 맞게 되었다. 숫자가 무슨 뜻을 갖는 것은 아니지만 그런 데서조차도 의미를 찾아보고 싶을 만큼 마음이 들떠 있는 것이다.

사족 한 가지 덧붙이려 한다. 여야가 남북화해무드에 맞춰 '대화'를 강조하기 시작했다. 반갑긴 하지만 씁쓸한 기분도 숨기기 어렵다. 순서가 바뀌어도 크게 바뀌지 않았는가. 정치인들의 행태가 매양 '힘겨루기'로 일관하는 탓에 남북관계의 장래까지 의심받게 되는 것이다. 안에서 대화가 안 되는데 밖에서라고 될까 해서다. 자성 있기를 바란다.

〈한, 911214〉

평양 2000년 6월 13일

평양의 '전조선정당사회단체대표자 연석회의 및 요인회담'에 참석하기로 마음을 굳힌 김구(金九)는 1948년 4월19일 아침 경교장(京橋莊)을 나섰다. 그는 막아서는 군중에게 "북한의 빨갱이도 김일성이도 다 우리들과 같은 조상의 피와 뼈를 가졌다. 그러니까 이 길이 마지막이 될지 어떻게 될지 몰라도 나는 이북의 우리 동포를 뜨겁게 만나봐야 한다"고 역설했다. 그러나 끝내 이들을 설득하지 못했다.

어쩔 수 없이 그는 뒷담을 넘어 빠져나갔다. 오후 2시께였다. 백범(白

凡) 등 남북협상파의 염원과 노력에도 불구하고 남쪽에서는 단독정부 수립을 위한 총선(5월10일)이 실시됐다. 북측도 이에 대응, 이해 6월29일부터 7월5일까지 평양에서 '제2차 남북제정당사회단체지도자 협의회'를 열어 조선최고인민회의 및 조선중앙정부 수립 방침을 천명했다. 이것으로 통일을 위한 남북대화는 단절되었다.

그 길을 반세기 하고도 2년이 더 지난 어제 아침, 정당·사회단체 대표로서가 아니라 대한민국의 국가원수로서, 만류는커녕 온 국민의 환송(歡送)을 받으며, 김대중 대통령이 떠났다. 그는 서울공항에서 발표한 '대국민 인사'를 통해 "민족을 사랑하는 뜨거운 가슴과 현실을 직시하는 차분한 머리를 가지고 방문 길에 오르고자 한다"고 말했다.

김구가 뷰익 38년형 승용차를 타고 여현(礪峴: 38선 이남 2km 지점으로 경의선 여현역이 있던 곳)까지 가서 북한 측이 보낸 승용차로 갈아타고 갔던 것과는 달리 김 대통령은 비행기를 타고 바로 넘어갔다. 반세기가 허투루 지나 가버린 것만은 아니었던 모양이다.

평양 순안공항의 환영은 성대했다. 김정일 북한 노동당 총비서 겸 국방위원장이 직접 마중을 나왔다. 많은 북한 동포들이 성장을 하고 나와 꽃을 흔들며 환호했다. 이렇게 서로 '뜨겁게' 만날 수 있었던 것을, 우리는 왜 그처럼 험하고 먼 길을 돌아 왔는지…. 하긴 이제 세상이 엄청나게 바뀌었다. 사람 살아가는 방식도 환경도 반세기전 그 때와는 비교조차 할 수 없도록 달라졌다.

지난 세기의(혹은 지난 세기까지의) 국가 생존논리는 '부국강병' 이었다. 하나의 정부를 가진 국가를 형성하는 것이 각 민족 집단의 소망이었다. 단일 지배권을 확보하는 것이 모든 정치세력들의 최대 목표였다. 남북한의 경우도 다르지 않았다(근본적인 원인이었던 일제의 식민통치와 동서냉전구조를 잠시 접어두고 말하자면).

이제는 국경이 빛 바래가는 세상이 되었다. 막연하긴 하지만 '세계정부'까지 운위되는 시대에 우리 모두가 들어섰다. 국제관계에서 개별국가의 정치·군사적 세력과 역할이 차지하는 비중은 크게 떨어져 가고 있다. 남북 정상회담 성사는 이 같은 변화에 힘입었다.

전쟁으로 해결할 수 있는 게 없다는 것을 진작 깨달은 덕분이다. 서로 도우면 함께 번영을 누리게 된다는 믿음을 갖게 된 결과다. 한쪽이 다른 쪽을 압도하고 전복시킬 욕심 같은 것은 가질 필요가 없게 된 세상이 열렸음을 확인한 후의 안도와 여유이기도 하다.

물론 아직은 신구(新舊)의 질서와 가치관이 혼재된 상태다. 인간의 투쟁심리가 여전하고 긴장의 여파도 남아 있다. 그래서 말이지만 '성급한 기대'는 할 때가 아니다. 김 대통령이 강조한 대로 '만난다는 그 자체'에 의미를 두고 만족할 시점이다. 이번 상봉도 그렇지만 다음, 또 그 다음의 만남에서도 '통일정부 수립 방안' 같은 무거운 주제는 꺼낼 생각을 않는 것이 좋다.

남북의 민족이 동질성을 회복해 가는 것, 서로 도와서 '한민족 상생공영의 시대'를 열어 가는 것, 겨레붙이들이 언제든 오가며 만나게 되는 것만으로도 통일의 과정일 수가 있다. 꼭 정부통합을 의미하는 정치·군사적 통일에만 집착해야 할 이유가 있겠는가. 남북 관계의 순조로운 발전을 위한 또 하나의 중요한 조건은 상대에 대한 이해·인정 및 존중의 자세다. 서로 정치체제·질서·가치관·생활방식 등이 확연히 다르다는 것을 우선 인정해야 한다. 그러고 나면 불필요한 섭섭함에 휘둘리지 않게 된다.

아울러 주문하고 싶은 것이 있다. 김 대통령이 북한을 방문하게 되기까지의 반세기 동안 수많은 사람들의 피와 땀과 눈물이 쏟아져 이 강토에 짙게 배어 있다는 사실을 정부의 책임자들은 잠시도 잊지 말아 달라는 것이다. 남북대화 및 교섭에서야말로 독선·독단·독주는 금물이다. 이곳 겨레가 함께 가야 하는 북으로의 길이고, 저쪽 겨레가 함께 와야 하는 남으로의 길임을 각별히 강조해두고자 한다. 〈이, 000614〉

정신을 차리지 못하면

김정일 북한 국방위원장은 지난 12일 가진 남쪽 언론사 사장단과의 오찬 간담회를 통해 또 한 차례 '쇼크'를 안겼다. 거리낌 없는 화술로 좌중은 물론 이 소식을 전해 듣는 사람들까지 압도했다. 아무래도 '김정일 신드롬'은 오래 갈 모양이다.

아직은 겉보기만의 느낌이다. 말뜻은 좀 더 신중히 따져보는 게 좋을 것이다. 그렇지만 말이 이쪽보다 더 분명하고 순수하게 느껴진다는 점은 인정해야 할 것 같다. 통일 시기가 언제쯤 되겠느냐는 사장단의 질문에 그는 거침없이 대답했다. "그건 내가 맘먹을 탓입니다. 적절한 시기라고 말할 수 있지요. 이런 표현은 높은 직위에 있는 사람들이 쓸 수 있는 말입니다." 어리둥절해지는 화법이지만 그쪽에서는 김 위원장의 말이 곧 국가의 방침이다.

그 같은 북한 체제의 특성을 가감 없이 설명해 준 셈이다. 그는 이렇게도 말했다. "내 힘의 원천으로는 두 가지가 있습니다. 첫째는 모두가 일심 단결하는 일이고, 두 번째가 군력입니다." 김 위원장=북한이라는 의미가 함축된 말이다. 우리와는 전혀 다른 체제임을 다시 확인케 해준다. 그래도 한 가지 귀담아 들어 둘 대목이 있다. '일심단결'이란 그의 자부(自負)다. 우리가 인식해 온 바로는 '통제된 합일'이다. 정말 통제만의 결과일까.

그렇다고 치자. 그러면 우리는 어떤가. 우리는 민주적 다양성을 존중하고 있는가. 북한은 여전히 난해하다. 그렇지만 우리의 모습은 그쪽에 비추어 더 뚜렷이 볼 수 있게 됐다. 특히 두 가지 병폐가 불거져 보인다. '분열과 오만'이다. 진실로 민주적인 사회라면 '다른 생각' '남의 이익'에 대한 '상호 존중'이 전제돼야 한다. 그런데 우리 사회에선 그게 용납되지 않는다. 다양성에 기대어 다양성을 압살하려는 독선 획일주의 이기심이 판을 친다. 그 바람에 사회는 내면적으로 되레 극심한 분열상을 드러내고 있다.

오만의 정도는 더 심하다. 한때는 세계적 가난뱅이 나라였던 우리가 수십 년 간 소처럼 일해 온 노령세대의 희생 덕분에 이제 옛말하며 살게 된 것은 사실이다. 그러나 거드름이 훨씬 앞질렀다. 파국적 환란(換亂)을 겪고도 그 습관을 못 버렸다. 개인적 계층적으로는 물론이려니와 국가적 차원에서도 돈 자랑은 그치지 않는다. 무모한 부(富)의 과시가 우리의 공동체를 무너뜨리고 있는, 이른바 '천민자본주의'의 극단을 목격하는 마음은 참담하다. 재물은 인간으로 하여금 사람답게 살도록 하는 수단이 되기도 하지만 잘못 쓰면 교만과 안일 분열로 이끄는 독약이 된다.

우리는 아무래도 독을 만들어 삼키고 있는 듯하다.

스파르타라면 전설적인 인물 리쿠르구스의 개혁에 힘입어, 기원전 6세기 이후 엄격한 규율과 강력한 군대로 역사에 그 이름이 전해지고 있는 고대 그리스 '전사(戰士)의 나라' 다. 그들은 일종의 공산체제를 형성하고 있었다. 시민들은 7세부터 30세가 될 때까지 병영생활을 했다. 식사는 아주 조악했고 그나마 늘 모자랐다. 이들은 음식뿐 아니라 모든 면에서 절제를 큰 미덕으로 삼았다.

심지어 말하는데도 절약정신이 발휘됐다. 짧되 의미가 풍부한 말을 하는 훈련이 행해졌다. 어떤 말 많은 사람이 "스파르타에서 가장 훌륭한 사람이 누구십니까"고 물었다. 테마라투스가 대답했다. "당신과 가장 거리가 먼 사람이오." 철학자 헤카다에스가 식사 때 너무 말을 않는다고 누가 말하자 아르키나미다스가 한마디 했다. "말할 줄 아는 사람은 말할 때를 안다." 스파르타의 정식 국가명칭은 라케다이몬이었다. 이는 그 지역명인 라코니아에서 유래한다. 거기서 비롯된 또 다른 말이 있다. 라코닉(laconic) 및 라코니즘(laconism)이다. '간결한' 과 '간결한 표현'을 뜻한다.

스파르타를 맹주로 한 펠로폰네소스동맹과 아테네가 이끌던 델로스동맹 사이의 장장 27년에 걸친 전쟁(BC 431~404)은 스파르타의 승리로 끝났다. 그 전승이 이들로서는 패망의 시작이었다. 갑자기 돈이 쏟아져 들어오자 스파르타인의 절제 검약 무사(無私)의 전통은 무너져버렸다.

재물이 스파르타를 아테네가 망할 수밖에 없던 상태, 즉 사치 낭비 투기 그리고 교만과 분열의 늪으로 밀어 넣고 만 것이다. 고대의 이야기라고 교훈 삼지 못할까. 이 알량한 경제력으로 당장 북한을 잘살게 해줄 것 같은 허세와 만용은, 같은 국민 한 이웃에 대한 오만과 함께 떨쳐내야 한다. 각성하지 않으면 언젠가 오히려 북한의 겨레로부터 조소나 동정을 받는 신세로 전락할지도 모른다. 명념할 일이다. 〈이, 000816〉

햇볕정책의 그늘

김대중 대통령은 "햇볕정책을 해서 (서해 도발이) 일어난 것이고, 안 했으면 안 일어났다는 논리는 안 된다"고 강조했다. 엊그제 일본 도쿄에서 동포들과의 간담회에서 한 말이다. 그 지적은 옳다. 문제는 정책의 적실성과 효과다.

어제는 귀국보고에서 '대화를 통한 해결'을 강조했다. 분노를 표했지만 요지는 '냉정한 대응'이었다. 전쟁이 일어나면 우리에게 엄청난 피해가 오니까 참아야 한다는 뜻도 포함됐다.

우리 장병들은 느닷없이 가해진 북측의 포격과 총격에 영웅적으로 맞섰다. 그리고 참으로 안타깝게도 그 중 일부는 장렬하게 전사했다. 그들이 누구인가. 불면 날아갈까, 쥐면 꺼질까 온갖 사랑과 정성을 다해 키운, 우리 가운데 누군가의 자식들이 아닌가. 마침 휴가를 얻어 집에 와 있던 아이를 보며 안도의 숨을 내쉬다가 흠칫한다. 이 상황에서 그런 생각이나 하다니. 그게 미안해 가슴이 욱죄어든다.

조천형 중사와 황도현 중사, 자동포의 모든 실탄을 다 쏘고 방아쇠에 손가락을 건 채 숨졌다. 권기형 상병은 총열을 누르고 있던 왼손이 파편

286

에 짓뭉개지고 총이 부서지자 다른 총을 찾아 손목으로 지탱하며 사격을 계속했다. 부장(副長) 이희완 중위는 오른쪽 다리를 절단해야 할 중상을 입고도 끝까지 전투를 이끌었다. 육지에선 월드컵 축구대회 3, 4위전을 앞두고 축제분위기가 무르익던 시간이었다.

몇 사람의 희생일 뿐이라고 생각하는가. 각자에게 생명은 우주의 무게를 넘어서는 것인데? 김 대통령은 그 다음날 월드컵 축구대회 결승전 및 폐막행사 참석차 일본으로 갔다. 거기서 고이즈미 일본 총리와 정상회담을 갖고 '냉정한 대응'에 의견을 모았다. 김 대통령이 다른 사람을 일본에 보내고 자신은 전사자 빈소를 둘러본 다음 부상자를 비롯한 537고속정 장병들을 위로 격려해줬더라면 아마도 다들 위안을 받았을 것이다. '햇볕정책'을 강조하기에 앞서 무력도발 방지책 마련에 골몰하는 모습을 보였다면 국민은 훨씬 안도할 수 있었을 터이다.

남북 정상회담도 좋고, 공동선언도 좋다. 그러나 전투는 정상들이 아닌 장병들의, 고통은 고관들이 아닌 국민의 몫이다. 전쟁이 진행되는 중에도 정상 또는 고위 관료들은 협상이니 뭐니 해가며 만나서 환하게 웃는 얼굴로 악수하고 서로 번갈아가며 만찬도 베풀고 한다. 그게 전쟁이다.

상식이지만 짚어 두자. 무력도발은 크게 두 가지의 계기 또는 의도로 저질러진다. 우선 대내적으로 긴장조성의 필요성이 있을 때다. 또 하나는 상대와의 관계에서 무력시위나 행사를 하는 게 안하는 것보다 유리할 경우다. 모험을 할수록 상대가 더 조심해주고 더 화해에 목말라하는 모습을 보인다면 이건 분명히 남는 장사다.

햇볕정책―. 이름은 그럴 듯하지만 현실의 남북관계는 감성적(感性的)

으로 진전돼 주지 않는다. 북한엔 그들 나름의 계산, 즉 전략전술이 있다. 햇볕을 쬐어 주면 화해를 해올 것이다? 천만에! 그들에게는 체제의 존속이 최대 과제다.

"모든 사회계급을 당이 지도하고, 당은 지도자라고 불리는 인간이 지도한다. 이것이 기본이다. 계급의 의지는 때로 독재자에 의해 실현될 수 있다." 데이비드 섭의 레닌 전기 가운데서 폴 존슨이 인용한 부분이다 (『세계현대사』). 그게 레닌의 소련체제였다. 그 보다 전체주의 쪽으로 훨씬 더 나아간 체제도 있다.

"개별적 사람들의 생명의 중심이 뇌수인 것처럼 사회정치적 집단의 생명의 중심은 이 집단의 최고 뇌수인 수령입니다. 수령을 사회정치적 생명체의 최고뇌수라고 하는 것은 수령이 바로 이 생명체의 생명활동을 통일적으로 지휘하는 중심이기 때문입니다."

이는 김정일 북한 국방위원장의 1986년 '주체사상 교양에서 제기되는 몇 가지 논문에 대해서'라는 담화 가운데 한 대목이다. 그의 웃는 얼굴에서 이웃집 아저씨를 연상한다? 낭만적이서 그런가 아니면 무딘 탓인가.

대북 화해정책의 포기를 말하자는 게 아니다. 그럴수록 긴장완화를 위한 노력은 더 적극적으로 또 다각도로 기울여져야 한다. 다만 '햇볕정책'이라는 이름과 같은 낭만적 기대는 버리고서다. 북방한계선(NLL)을 포기하면 그들의 요구가 끝날까. 그게 아니라는 것은 우리 모두가 다 잘 안다.

햇볕은 옷을 벗길 정도로 따뜻하다. 그렇지만 그 뒤엔 어두운 구석이 생기게 마련이다. 이게 자연의 법칙이다. 지고 지선한 정책이란 있을 수 없다. 지나치게 정책의 정당성을 주장하다가 보면 교조주의에 빠지고

만다. 우선 군사회담의 장에 그들을 불러 내 보시라. 햇볕정책의 정당성
이나 효과는 그 다음에 강조해도 늦지 않다. 〈이, 020703〉

통일은…

　대선의 주요 쟁점 가운데 하나가 '대북 정책'이다. 자연스런 일이기는
하나 후보들 간의 다툼의 기세가 너무 험악하다. 선거일이 임박해지면
서 서로를 공격하는 말이 또 심하게 거칠어지고 있다. '북한 동조론자'
에 '전쟁론자'로 맞서는 식이다.
　'선거용 말투'를 갖고 뭐 그러느냐고 하겠는가. 일국의 국가 원수가
되겠다는 이들이 나라 말을 이처럼 험하게 다루는데 걱정이 안 된다면
그게 이상한 일이지. 어린아이를 안고 밝은 표정으로 웃는 사진을 즐겨
찍던데 이들이 무엇을 배우라는 것입니까?
　과거는 그만두고 지금 한반도 상황은 어떠한가.
　여전히 휴전선을 사이에 두고 양측의 대규모 병력이 현대식 무기들로
무장한 채 대치중이다. 게다가 북한 핵 문제가 우리뿐만 아니라 국제사
회의 대단히 민감한 현안으로 부각돼 있다. 북한의 진의가 무엇이든 휴
전선에서 바로 대치하고 있는 측은 바로 우리다.
　이런 형편에 현금이냐 아니냐를 두고 유력 대선후보들이 날마다 험한
말로 논쟁을 벌일 일인가. 우리의 관심은 양측이 여하한 방법으로 신뢰
기반을 구축하고 그 위에서 교류와 협력을 강화해 나갈 것인가 하는 데

모아져야 옳다고 본다.

남의 나라 이야기를 해서 안 됐지만 브란트의 동방정책이 일방적이고 무조건적인 동독 지원정책이었다는 말은 듣지 못했다. 돈으로 평화를 사는 것은 믿을 만한 방법이 못 된다.

서독의 동독 정치범 인수정책이 전범(典範)일 수 있겠다. 이 사업은 동방정책 훨씬 이전인 1963년부터 시작되어 1989년까지 계속됐다. 이 기간 중 3만3755명의 정치범이 서독으로 넘겨졌다. 정치범 1인당 몸값은 4만 도이치마르크였고 77년 이후엔 9만5847마르크로 껑충 뛰었다.

그러나 몸값으로 현금을 준 경우는 63년에 한 번뿐이었다. 8명에 대해 32만 마르크가 중개자인 서독 변호사 스탄게(Stange)를 통해 지급된 것이 처음이자 마지막이었다(김성윤의 논문). 만약 북한과의 사이에서도 애초에 돈 문제를 분명히 했더라면 정부 대북정책의 지지기반은 훨씬 확대될 수 있었을 것이다.

또 한 가지, 독일의 통일이 동방정책의 논리적 귀결로 이뤄졌다고 보는 것은 명쾌하지만 안이한 분석이다. 이는 당시 유럽의 전반적인 정치 환경과 정세변화에 의해 유도된 대사건으로서 '발생' 했다고 보는 게 더 진실에 가까울 것이다.

분단 극복은 남한 정부와 정치권 및 국민의 의지만으로 가능한 일이 아니다. 북측에도 반세기 넘어 체제를 유지해온 이념과 정권이 있다. 북한 주민들의 신념체계라는 것도 없을 수가 없다. 대통령이 한 번 결심하고 한 마디 하는 것으로 해결될 일이라면 왜 50년 동안 험한 길을 돌고 돌아 오늘에 이르렀겠는가.

대통령은 뭐든 할 수 있다는 오만 또는 오해에서 벗어나면 대북정책에 대한 국민적 컨센서스를 이루는 데 큰 난관은 없다고 본다. 국민적 논의의 장이 필요하다. 그래야 독기 서린 상호 비난을 예방할 수가 있다. 또 그것이 궁극적으로 통일 후유증을 줄이는 길이다. 〈한, 021217〉

남북통일과 유럽통합

지난 15일로 남북 정상회담 및 공동선언 채택 3주년을 맞았다. 그런데 분위기가 김대중 정부 때와는 판이하다. 몇몇 행사가 열리긴 했으나 '특검 수사'에 파묻혀 버렸다.

노무현 정부도 별로 눈길을 주지 않았다. 당일 오후 청와대 녹지원에서 음악회를 연다는 정도였다. 이 자리에서 노 대통령이 '3분간' 공동선언에 대해 언급하는 성의를 표할 예정이었다지만 음악회도, 대통령의 연설도 비 때문에 취소되고 말았다.

이런 저런 이유로 남북 관계는 다시 뒤죽박죽되고 있는 인상이다. 남북이 공동으로 추구해 나갈 목표가 과연 있기나 한 지에 대해서도 회의가 일기 시작했다. 함께 무엇을 향해 나아가려 하는가? 민족통일! 유감스럽게도 지금 통일의 전도는 희뿌옇기만 하다.

엎친 데 덮친 격으로 우리 내부의 갈등과 논쟁은 더 날카로워지고 있다. 이미 서로 용납하기 어려운 정도에까지 이른 느낌이다. '민족의 재결합'이라는 명제가 되레 내부의 격렬한 분열과 대립을 초래하고 있는 이 현실을 어떻게 이해해야 할지 망연할 따름이다.

우리가 이처럼 길 위에서 길을 잃어 버린 상황인데 비해 유럽의 통합 작업은 큰 진전을 이루고 있다. 지난 13일 유럽미래회의(CFE)가 16개월간의 작업 끝에 'EU헌법' 초안을 내놨다. 그리고 오는 20일 열리는 유럽 정상회의를 계기로 이 초안에 대한 국가 간 논의가 시작된다. 이로써 EU의 정치통합이 구체화되기에 이르렀다.

물론 갈 길은 멀다. 정치통합이라지만 초안 대로라면 정치적으로는 여전히 엉성한 연합체에 불과하다. 이나마도 원안이 유지되기는 거의 불가능하다. 현재 EU 회원국이 15개 국, 내년에 10개국이 새로 가입하면 모두 25개 독립국가의 모임이 된다. 이들의 이해를 조정해서 하나의 국가 틀 안에 모으는 일이 쉬울 리 없다.

그렇지만 냉정히 말하자면 유럽의 정치적 통합이 한 민족의 통일보다는 용이해 보인다. 남북통일의 걸림돌은 '민족'이다. 유럽은 다민족 공동체를 추구하고 있다. 반면 우리의 목표는 민족의 재결합이다. 상식적으로는 우리의 여건이 더 낫다. 그러나 현실은 역설의 편이다.

프랑스와 미테랑 대통령 시절 특별보좌관으로서 유럽 통합의 밑그림을 그렸던 자크 아탈리는 유럽이 '복수(複數)'라는 점을 강조했다. "유럽은 하나의 대륙도 아니고, 하나의 문화도 아니고, 하나의 민족도 아니며, 하나의 역사를 가진 것도 아니다." 그는 이 같은 인식의 바탕 위에서 유럽 통합의 청사진을 마련했다.

그렇다면 유럽 통합은 지역적 인종적 역사적 당위의 과제가 아니라 공동의 이익을 추구하는 인위적 구조다. 당연히 현실적 필요가 전제된다. 과거엔 소련의 위협과 미국의 고립 회귀 움직임이 서유럽의 단합을 부추겼고 지금은 미국의 패권주의가 유럽의 통합 욕구를 자극한다. 공동의 위기의식 앞에서 각국은 최대 공약수를 찾기 위한 실질적 노력을 기울이고 있는 것이다.

반면 우리는 감성적 동포애가 합리적 사고와 논의의 여지를 없애버렸다. 어떤 문제이든 '민족'이라는 열쇠만 들이대면 다 풀린다고 여기는 것이다. 이 같은 의식과 접근 방법이 남북 간엔 억지를, 우리 내부엔 갈등을 양산하고 있다. 북한이 핵무기 개발로 한반도의 군사적 긴장을 고조시키면서도 '민족 공조'를 내세워 우리에게 협력하라고 요구하는 어이없는 상황이 벌어지는 까닭이 달리 있는 게 아니다.

진실로 민족의 재결합을 원한다면 '민족'이란 굴레를 벗어던지는 데서부터 새롭게 시작해야 한다. '핏줄'의 투정과 억지로는 절대로 통일이 이뤄지지 않는다. 오히려 시간이 갈수록 섭섭함 배신감만 쌓이기 십상이다.

따지고 보면 동족이라는 것 말고는 공유하는 게 거의 없다. 우선 두 사회가 추구하는 가치가 서로 다르다. 정치 체제도 질서 체계도 생활 방식도 판이하다. 더욱이 양측은 휴전선을 사이에 두고 반세기가 넘도록 무력대치를 계속하고 있다. 우리와는 달리 EU는 인종적으로는 서로 다르나 그 밖에는 공유하는 부분이 훨씬 더 많다.

이 점을 분명히 깨닫고 인정할 때 통일 논의는 실질적으로 진전될 수 있다. 당장 우리에게 필요한 것은 겨레가 한 덩어리 되어 사는 '공생'이 아니라 서로 도와 함께 발전하는 '상생'이다. 민족적인 열정이 오히려 굴레가 될 수도 있다. 김 전 대통령과 그 측근들의 곤고한 처지가 말해주는 바도 다르지 않다. 〈이, 030618〉

부시의 메모

조지 W 부시 미국 대통령이 유엔 안보리 회의 참석 중 생리작용 때문에 진땀깨나 흘렸던 모양이다. 연합뉴스가 영국 더 타임스를 인용해서 보도한 에피소드가 실소를 금할 수 없게 한다. 부시는 곁에 있던 콘돌리자 라이스 국무장관에게 "잠시 화장실에 다녀와야겠는데 그래도 괜찮겠느냐"고 메모로 물었고 이 장면이 로이터통신의 사진에 잡힘으로써 '세계적 뉴스'가 됐다는 내용이다.

옛 사람 흉내를 내어 하는 말인데, 그 '사소한 일'까지 미국의 대통령이 '손수' 해야 한다는 것은 새로운 발견(?)이다. 그까짓 것이야 아랫사람에게 얼마든지 시킬 수 있는 일이 아니던가. 그러기 싫으면 회의를 정회시켜버리든지…. 말 한마디로 세상을 바꿔놓을 수 있는 힘을 가진 천하의 부시가 그 하찮은 문제로 곤경에 처하다니.

하긴 "과연 미국 대통령!"이라고 감탄할 부분도 없지는 않다. 그가 아니면 누가 세계 유일 초강대국의 국무장관에게 그 같은 상담을 할 수 있겠는가.

한 차례 실소하고 말 일이긴 한데 새삼 깨닫게 하는 부분도 없지 않다. 생리작용은 사람을 가리지 않는다. 아무리 작은 일이라도 남에게 시킬 수 없다는 점 또한 모두가 한가지다. 아마 욕심을 부린다거나 화를 내는 등의 감정의 변화 또는 기복에서도 다른 점보다는 같은 점이 더 많을 것이다.

마침 북핵 6자회담 타결 소식이 전해지는 참이어서 그렇기도 하지만, 문득 궁금해지는 것이 북한 김정일 국방위원장의 경우다. 살아서 신화적 인물이 되었으니 남달리 특별한 면이 있을까? 물론 북한 주민들은 그렇게 믿고 있을 터이다. 리더의 신격화도 일종의 통치술라는 점에선 나름대로 의미를 갖는다고 하겠다. 문제는 북녘 동포들의 처지다. 과연 그들에게도 신격화된 통치자는 은혜 또는 복일 수 있을 것인가. 아니면 그 특별함 때문에 북한의 동포들은 오히려 더 강고한 족쇄를 차고 있는 것이나 아닌가.

이렇든 저렇든 외교 측면에서 남다른 재주를 갖고 있다는 사실은 부인하기 어렵게 됐다. 엊그제 북핵 6자 회담은 마침내 공동선언문을 도출해 냈다. 그리고 북한이 이긴 게임이라는 게 중론이다. 당장은 남한의 전력 200만 kw를 포함한 회담 참가국들의 에너지 지원 약속을 받아낸 것이 큰 소득이지만 북한 당국이 내심으로 더 안도한 것은 미국 측의 명시적인 불침 약속일 듯하다.

다시 '선(先)경수로 제공'을 주장하며 예의 트집잡기 떼쓰기를 시도하고 나서는 인상이긴 하나 김 위원장을 비롯한 북한 당국자들은 그제 또 어제 참으로 오랜만에 베개 높이 베고 편한 잠을 잤을 것이다. 아무래도 실전배치가 가능할 수준에는 이르지 못한 눈치지만 어쨌든 말만으로의 핵무기를 과시해 얻은 성과 치고는 대박이라기에 부족함이 없지 않은가.

그런데 너무 좀스럽다. 북한 당국이 사생결단하면서 지키려 했던 것은 북한 동포들의 생존권이 아니라 체제의 존속권이었다. 미국의 보장만 받으면 체제는 언제까지나 유지될 것인가. 주민의 생존권을 외면하면서 외세의 도움으로 체제를 유지하겠다는 계산이 너무 황당해 어이가 없다. 체제나 정권의 안전과 유지는 국민의 지지에 의해서만 보장될 수 있다. 이는 세계사의 교훈. 붕괴나 패망의 요인은 안에서 크는 법이다.

김 위원장 또한 생리적 현상 앞에서는 다른 수단이 없을 터이다. 자신을 신으로 떠받들 듯하는 숱한 추종자 그 누구에게도 화장실 가는 일, 숨 쉬는 일을 대신케 하기는 불가능하다. 누구나 마찬가지로 생물학적 한계에서도 벗어날 길이 없다. 남한 4800만 동포의 목숨을 담보로 한 핵 도박을 벌이면서까지 권력을 지키고자 한들 그게 50년을 더 가겠는가 100년에 이를 수 있겠는가. 그런데 왜 그 부질없는 욕심에 발목 잡혀 허덕이는지….

하긴 김 위원장뿐일까. 남쪽의 유력자들에게도 같은 말을 하고 싶다. 정치권력을 과시하는 사람, 국민 돈으로 인심 쓰면서 '우리 외교의 승리'라고 기염을 토하는 인사, 권력을 얻거나 거기에 매달리고자 아등바둥하는 이들 모두가 한번쯤 거울에 자신을 비춰볼 일이다. 거기엔 아주 사소한 일도 스스로 해야 하는 평범한 인간의 모습이 있을 것이다. 부탁컨대 우선 자신을 확인하고 그 다음에 거창한 것을 추구하시라.

〈이. 050921〉

수령이 영생하는 나라

'수령 영생사업'이라는 게 있는 모양이다. 김일성 북한 주석 사망 100일 추모회가 열린 1994년 10월 16일 김정일 국방위원장이 발표한 '문헌' 즉 '위대한 수령님을 영원히 높이 모시고 수령님의 위업을 끝까지 완성하자'에서 비롯됐다고 한다. 그래서 김 주석은 죽어도 죽지 못하고 금수산기념궁전에 방부 처리된 상태로 통치 중이다. 레닌이나 마오쩌둥은 공산혁명과 공산당 통치체제를 상징하는 인물의 유해로 보존되고 있지만 김일성은 현실적 통치자로 '영생'하고 있는 것이다.

중국 위(魏)나라의 장군 사마중달(司馬仲達)은 촉(蜀)의 제갈공명(諸葛孔明)이 죽은 줄 알고 촉군의 주둔지 오장원(五丈原)에 대한 공격을 개시했다. 그런데 죽은 줄 알았던 공명이 수레에 앉아(등신대의 좌상이었지만) 촉군을 지휘하고 있는 게 아닌가. 중달은 급히 퇴각 명령을 내렸고 후세에 '죽은 공명이 산 중달을 쫓다'는 불명예스런 고사를 남기고 말았다(우리의 현실과 관련해서 뭔가 시사하는 듯해서 씁쓸해진다).

북한의 경우는 김 주석의 죽음을 숨기는 대신 아들인 김 위원장을 통해 '영생'한다는 신화 혹은 전설을 만들어내고 있다. 또 '유리관 속의 시신' '김일성 헌법' '태양절' '주체연호' 등의 오브제가 적절히 배치되어 영생의 통치권을 치장한다. '김일성 민족' '김일성 조선'이라는 표현까지도 스스럼없이 동원된다. 주민을 기아 상태에 팽개쳐둔 처지면서도 북한 당국은 '승리와 영광의 나날' 만을 읊조리고 있다. 조선중앙방송이 16일 '장군님의 선군영도'에 따라 '수령님 뜻, 수령님 식으로 전진시켜온' 결과라며 그렇게 주장했다. 주민은 굶주림과 헐벗음에 허덕이고 있으니 승리와 영광은 필시 '장군님'의 것일 뿐이겠다.

더 불가사의한 것은 그 기이한 북한 체제가 남한 사회를 뒤흔들고 있다는 사실이다. 강정구 교수가 6·25는 김일성에 의한 '통일전쟁' 이었는데 미국의 개입 때문에 좌절되었다는 주장을 하고 나섰다. 기실 이는 북한 체제의 자기 정당화 논리다. 김일성은 6·25를 '이승만 매국정권이 일으킨 내란'이라면서도 '조국해방전쟁'이라는 모순된 이름을 붙였다.

6·25를 계급투쟁의 연장선에서 이해하려는 부르스 커밍스, 남한 내 혁명 열기의 폭발과 이에 대한 북한 측 지지의 결과로 보는 존 메릴, 좌·우익 투쟁의 정점으로 파악한 프랭크 볼드윈 등의 수정주의적 입장을 감안하더라도 그것은 북한의 무모한 남침에 의한 전쟁이었다. 그리고 이는 김일성의 민족사적 범죄였다.

그런데 수정주의적 주장을 지지하는 것을 '학자적 사명' 쯤으로 인식하는 이들이 다투어 등장하는 분위기다. 게다가 정부 여당이 이를 비호하는 것 같은 분위기까지 조성되고 있다. 불구속 수사의 원칙은 당연히 지지한다. 다만 특정 개인에 대한 수사 방식에 대해 법무장관이 직접 만난을 무릅쓰고 나서는 것이 이해되지 않아서 하는 말이다(여전히 우리의 체제는 취약하다. 또 6·25는 끝나지 않은 채 그 험악한 그림자를 무력대치라는 형태로 지금까지 드리우고 있다).

구악을 청산하겠다는 것이야 잘못이랄 게 없다. 그러나 모든 과거사가 다 잘못되었다는 '포괄적 단죄'는 대단히 위험하다. 결코 그렇지 않다고 말하겠지만 우리 사회의 분위기는 이미 그렇게 돌아가고 있다. 반사적으로 '포괄적 지지 혹은 찬양'의 기세도 맹렬해지는 추세다.

이보다 더 큰 어리석음도 달리 없다. 우리 가운데 일부가 참회놀이를 (그것도 스스로 판관인 양 하면서 다른 사람만을 단죄하는) 새디스틱하게 즐기는 사이에도 세계는 보폭 넓게 변하고 있다는 것을 잊지 말아야 한다. 어떻게 살았는가를 되돌아보는 것도 중요하지만 그건 시간을 두고 해도 된다. 반면 어떻게 살 것인가를 고민하는 일은 시각을 다툰다. 그리고 과거든 현재든 '정당성'을 굳이 따지자면 그것은 북이 아니라 남에 있다. 아무려면 주민을 굶겨 이웃나라로 내몰고 안으로는 시신숭배나 강요하는 체제와 우리를 비교할 일이겠는가.

하긴 강 교수도 북한이 아닌 남한의 '학자'이니까 그 같이 기염을 토할 수 있을 터이다. '통일전쟁'이 '미국 때문에' 좌절된 덕을 강 교수 자신이 톡톡히 보고 있는 셈인가. 강 교수 스스로 이 비슷한 말을 했지만 이런 것도 일종의 아이러니이겠다. 〈이, 051019〉

북 인권에 유독 느긋한 정부

올 들어 지난달 말까지 입국한 탈북자는 1217명이었다. 아마 이달 중에 좀 더 늘어나겠지만 지난해의 1894명에는 미치지 못할 것으로 전망된다. 어쨌든 2002년 이후 해마다 1천 수백 명의 탈북자가 이곳으로 오고 있다. 중국을 비롯한 인근 국가들에서 유리걸식하고 있는 전체 탈북자는 수만 수십만 명으로 어림된다.

어떤 거창한 깃발이 내걸리든 허기 앞에서는 무색해질 수밖에 없다. 북한 체제가 아무리 정교한 이론으로 무장한다 해도(기실 사이비 神政 이론 같은 것이지만) 주민을 굶주림 속에 방치한 상태에서는 궤변에 불과하다.

지난 8일부터 10일까지 서울에서 열린 북한인권 국제대회가 채택한 '서울선언'이 북한 체제의 속성과 주민 생활의 실상을 정리해 보여줬다. 이 선언은 탈북자에 대한 가혹한 보복 중단, 정치범 수용소 해체, 납북자 및 국군 포로 송환 등 8개 항을 담고 있다. 제대로 먹이지도 못하면서 온갖 죄목을 만들어 징벌을 일삼다니!

북한 정권과 인민의 목적·이익이 상반될 때 우리로서는 당연히 인민의 편에 서야 한다. 그게 동족으로서의 도리이자 도덕적 책무다. 그런데 남한 정부는 북한 인권에 관한 한 어떤 움직임에도 뒷전만 맴돈다. 유엔 총회의 북한인권 결의안 표결에 '기권' 하더니 서울 '북한인권 국제대회' 에는 외교부의 담당 심의관과 과장을 '참관인' 으로 보냈다. 심기가 몹시 불편하다는 뜻이겠다. 《중앙일보》 보도로는 통일부 당국자가 "언제부터 (언론이) 그렇게 북한 인권에 관심을 가졌나"고 했다던가. 비아냥댈 일이 따로 있지.

12일 열렸던 정세현 전 통일부 장관 회갑 기념 출판회에는 정동영 통일부 장관까지 참석했던 모양이다. 정 전 장관은 그 자리에서 "햇볕정책과 포용정책은 통일에 기여했다는 평가를 받게 될 것"이라고 말했다고 전해졌다. 자기 정당화를 이해 못하겠다고 할 것은 없지만 엄밀히 말하자면 이는 북한이 아닌 남한 국민을 설득하기 위한 명분이자 논리였다는 느낌을 털어내기 어렵다.

정부 측과 정부의 대북정책 지지자들은 공개적 인권 개선 요구가 남북 관계의 불안정을 심화시킬 것이라고 우려한다. 그래서 우회적이고 은근한 접근이 소망스럽다는 말이겠다. 그러나 구(舊)동독을 비롯한 동구 공산권의 예로 미루어 볼 때, 변화는 인민의 의식 변화를 통해서만 가능하다. 이를 촉발한 것은 자체 정권의 선의가 아니라 외부의 자유민주 바람이었다.

북한 정권에 햇볕을 쬐어주면 제풀에 누그러져 왕조적 세습과 강권통치를 포기하리라고 정말 믿고 있지는 않을 것이다. 그럼에도 북한 정권에 대해 끈질긴 인내심을 발휘하는 것은(국내 정치에서 그 인내심의 10분의 1이라도 발휘한다면 정치가 이렇게 꼬이진 않을 텐데) 오직 끓어오르는 통일에의 열망과 겨레 사랑 때문일까.

하긴 이럭저럭 세월이 가다보면 언젠가는 북한에도 변화가 올 것이다. 괜히 남북 당국자들 사이에 서로 얼굴을 붉히고 언성을 높이기보다는 '민족 공조' '외세 배격'이라는 공통수사(共通修辭)를 통해 우의를 다지는 게 서로 좋은 일이라 여길 법도 하다. 그래야 정상회담이라는 것도 재개될 수 있을 것이고. 그걸 굳이 나쁘다 할 까닭은 없겠으나 북한 동포들의 절박한 처지도 좀 생각해줄 일이다.

장주(莊周, 곧 장자)가 끼니를 이을 방도가 없어 감하후(監河侯: 魏나라의 文侯)에게 좁쌀을 꾸러 갔다. 감하후가 말했다.

"좋아. 그런데 백성에게 세금을 받아서 그것으로 자네에게 삼백 금을 꾸어줌세."

장주가 얼굴빛을 바꾸며 말했다.

"내가 여기 오는데 누가 부르기에 돌아 봤더니, 수레바퀴 고인 물에 붕어 한 마리가 있더군요. 왜 부르느냐고 물었더니 자기는 동해의 파신(波神: 水官)인데 한 말 혹은 한 되의 물로 목숨을 구해달라더군요. 그래서 말했지요. 남쪽으로 오나라 월나라 임금에게 도를 펴러 가는 길인데 그 후에 서강의 물을 가져다 구해주겠다고요. 그랬더니 붕어가 말하더군요. 자신이 바라는 것은 단지 물 한 말이나 한 되일 뿐인데 무슨 그런 거창한 약속을 하느냐고요. 그러려면 건어물점에 가서 자신의 시체를 찾으라는군요, 글쎄."

『장자』의 외물편(外物篇)에 나오는 이야기, 즉 철부지급(轍鮒之急)의 고사다.

정말 이러는 게 아니다. 아무리 내 배 곯는 게 아니고 내 몸 학대 받는 것 아니라고 이처럼 느긋하게 대처할 일인가. 〈이, 051214〉

그날의 수통이 거기에…

한국전쟁 때의 전사자 유해가 지난 9일 비무장지대(DMZ) 안에서는 처음으로 발굴됐다. 엊그제 육군이 유해 유품 사진과 함께 이 사실을 발표했다. 자체(字體)까지 영화의 것을 그대로 따서 '태극기 휘날리며'라고 제목 붙인 《중앙일보》의 기사처리가 돋보인다. 유해 발굴 이야기가 도입부를 이룬 그 영화의 여운이 아직도 가슴에 남아 있는 독자들이었다면 아마 유품 사진을 대하는 느낌이 예사롭지 않았을 터다. 55년 전의 물이 담긴 채인 수통, 실탄 8발씩을 꽉 물고 있는 탄창들, 주인과 함께 묻혔던 철모 하나와 주인을 잃은 철모 또 하나, 씻으면 새것처럼 보일 듯한 탄띠와 거기 매달린 대검…. 통곡의 시간은 그날 그 자리에서 그렇게 정지돼 있었다.

그런데 개인적으로는 그 사진에서 먼저 떠올린 것이 '비목'이다. 곡도 가사도 매우 처창해서 좋아는 하지만 불러보기는 꺼려지는 이 가곡이 귀 아닌 가슴을 후빈다. 그날뿐만 아니라 전쟁 3년여 동안 숱한 우리의 젊은이들이 전장에서 산화해갔다. 그들이 떠난 산하는 유족들의 피눈물에 젖었다. 반세기도 더 지났지만 고통은 그 때마다 새롭다.

1950년대에 다녔던 초등학교 뒤쪽의 칠보산(七寶山)은 이름이 아름다워 오히려 슬픈 뫼였다. 피아간의 대격전이 있었다는 그 산 꼭대기에서는 휴전 이후로도 오래 동안 백골들이 질펀히 흩어져 풍화하고 있었다. 전쟁 유가족으로 서럽고 힘겹게 자라던 어릴 적 동무들이 초로의 나이에 접어들 만큼 세월이 흘렀다. 이제 젊은이들은 거의 아무도 전쟁에 대해 말하지 않는다. 더욱이 그 책임 소재는 들여다봐선 안 될 금역(禁域)쯤으로 인식되어 있는 세태다. 민족끼리 그것을 따지다니! 그런 호통이 들려오는 듯도 하다.

남북 합쳐 수백만 명의 목숨을 앗아가고 온 겨레의 삶터를 파 뒤집어 버린 전쟁이었다. 역사적 필연성이 있었던 참극, 구조적으로 불가피했던 참화였다면 잊어버리자고 할 수도 있다. 그러나 이는 뚜렷한 목적의식 아래 면밀히 계획된 무력도발이었다('통일전쟁'이라는 주장도 이 같은 인식을 전제로 해서만 가능하다). 우리의 아이들과 그 아이들의 아이들에게 '정의'를 가르치려면 상호 간에, 하다못해 책임 소재만이라도 분명히 밝히는 과정을 거쳐야 옳다.

물론 6년 전의 남북정상회담은 분단사상의 일대 사건이었다. 또 거기서 나온 '6·15 남북공동선언'은 그간의 거듭된 실망에도 불구하고 일말의 민족적 희망이 되었다. 그러나 그날의 의식이 북한 당국의 민족사적 부채를 면해주는 절차일 수는 없었다. '용서는 하되 잊어서는 안 될 것'이 바로 북한 당국의 6·25 도발이다. 그것이 그 때 산화한 국군장병들에 대한 국가의 엄중한 도리고 의무다.

한껏 거드름 피우는 저들을 향해 건강도 좋지 않은 고령의 김대중 전 대통령이 다시 길을 나서려 하고 있다. 그게 한반도의 군사적 긴장을 완화하고 민족 재결합의 길을 닦는 것이라면 나름대로 의미가 있긴 하다. 노무현 대통령이 정상회담을 갖고 싶다는 뜻을 피력한 것도 그런 측면에서는 이해할 수 있다. 그러나 아무리 동족의 당국들 사이라도 사리는 분명히 따져둬야 옳다.

김 전 대통령의 방북이 이뤄지고 제2차 남북정상회담이 성사된다고 해도 북한 당국이 특별한 변화를 보일 것 같지는 않다. 그게 그 쪽의 태생적 한계다. 계속 참고 달래면 언젠가는 이쪽을 믿어 흉금을 열어놓지 않겠느냐는 낭만적 기대는 개인들이나 가질 수 있다. 영구집권체제를 갖춘 북한을 상대로 5년 단임의 정부가 선택할 전략은 되지 못한다.

오래고 깊은 상처를 치유하는 방법은 한 가지다. 곪은 부위를 긁어내는 게 급선무다. 그런 다음에 몹시 고통스럽더라도 소독약을 발라 새로운 감염을 막고 상처 자리를 봉합하는 게 상식적인 순서다. 덮기에 급급하면 속으로 썩어 들어갈 뿐이다. 그리고 언젠가는 더 큰 수술을 필요로 할지 모른다. 5년 단임 정권들로서는 마음이 급할 수밖에 없겠지만 지켜보는 마음이 너무 조마조마해서 하는 말이다. 〈이, 060517〉

기본합의서와 6·15선언

"1992년 남북기본합의서는 잘된 것이고, 그에 비하면 2000년 6·15 남북공동선언은 다소 뒷걸음친 것이다." 노무현 대통령이 29일 대한재

향군인회(향군) 지도부와의 대화중에 했다는 말이다. 어제 동아일보가 이 같이 보도한 데 대해 정태호 청와대 대변인은 "대통령의 말이 잘못 전달됐다"고 해명했다.

하긴 노 대통령이 6·15선언을 기본합의서(남북화해와 불가침 및 교류·협력에 관한 합의서)와 비교해서 소극적으로 평가했다고는 보이지 않는다. 김대중 전 대통령의 햇볕정책을 이어 받아 평화번영정책을 표방한 노 대통령이 6·15선언을 상대적으로라도 가벼이 여기려 할 리가 있겠는가. 그렇지만 "노 대통령은 1992년 기본합의서 및 부속 문서가 6·15선언으로 구체화됐으나 북핵문제로 후퇴했다는 뜻으로 말한 것"이라는 해명은 좀 의아하다. 6·15선언은 원칙적 개괄적 선언이었고 기본합의서는 구체적인 사항들에 대한 합의였다고 하는 게 옳지 않을까.

어쨌든 김대중 정부 이래 아주 잊히고 만듯했던 기본합의서의 존재를 노 대통령이 확인해준 셈이 됐다. 이참에 하는 말이지만 남북한 간 화해·협력과 공영 및 평화통일 의지를 담고 있는 종합적 문서는 남북기본합의서다. 3년간 8차례의 남북고위급회담 예비회담과 2차례의 합의서 문안정리를 위한 실무접촉, 그리고 8차례의 본회담을 거친 끝에 나온 정부 간 공식 문서였다.

그러나 이 합의서는 실효성을 확보하지 못했다. 노태우 정부가 올린 실적이었다는 게 가장 큰 결점이었을 수 있겠다. 김대중 전 대통령의 희망과 의지, 그리고 노벨평화상의 광채가 기본합의서의 빛을 압도해 버린 것도 사실이다. 6·15선언에 대해서는 지금도 화려한 스포트라이트가 쏟아지고 있다. 김 전 대통령이 노령, 지병을 비롯한 여러 장애요인들을 무릅쓰고 북행을 결행하려는 뜻도 달리 있지 않을 것이다.

6·15선언의 의의를 재확인하고 싶다는 열망 때문이 아니겠는가. 제2차 남북정상회담 성사의 계기가 되었으면 하는 것은 정부 측의 기대일 테고….

가고 싶다는 것이야 어쩌겠는가. 다만 이 점은 한 번쯤 진지하게 생각해보자. 6·15선언의 내용 거의 대부분은 기본합의서에 이미 반영됐다. 특히 북한 측이 끈질기게 강조해 온 '자주·평화·민족 대단결'의 원칙은 1972년의 '7·4 남북공동성명'에서 표명된 바 있다. 그럼에도 북측이 6·15선언을 앞세우는 것은 '남측의 연합제 안과 북측의 낮은 단계의 연방제 안'이 '절충 가능한 방안'으로 확인되었기 때문일 것이다(물론 김정일 국방위원장이 서명한 남북관계 문서라는 점도 크게 한몫 했을 것이지만).

앞으로도 남북관계를 규정하는 문서들의 운명은 북한의 판단과 필요에 따라 결정될 개연성이 높다. 게다가 북한 김 위원장은 종신 통치자인데 비해 남한 대통령은 5년 임기의 한시적 국정 관리자라는 한계에 갇혀 있다. 혁혁한 성과를 올리려면 북측이 요구하는 '새로운 항목'을 담은 '새 문서'를 만들어낼 수밖에 없다. 그 때마다 남측엔 족쇄 하나가, 북측엔 고삐 하나가 보태질 것이라고 예상한다면 무리일까.

어쩌면 김 전 대통령의 방북 효과로 제2차 남북정상회담이 성사될지도 모르겠다. 그래서 하는 말인데 노 대통령은 제발 '새 문서' 생산에 조급해하지 말았으면 좋겠다. 북한 군부가 28일 "열차를 통한 그 누구의 평양방문이나…정략적 기도에서 출발된 것"이라고 주장한 사실을 간과해서는 안 되겠다. 김 전 대통령이든 다른 어떤 사람이든 언제나 외면하고 무시하고 부인할 자세가 되어 있다는 뜻이다.

아닌 말로, 노 대통령이 '북한 핵은 방어용'임을 문서로 확인해주는 상황이 된다면 한반도의 군사적 긴장상태는 심각한 지경에 이를 수 있다. 청와대 측은 확인해줄 수 없다고 했다지만 노 대통령이 향군 지도부와의 대화에서 그런 말을 했다는 보도도 있었다. 그렇게 이해해 주는 것이 북핵 문제를 해결하는 방법이 아님은 분명하다. 남북이 기본합의서와 함께 발효시켰던 '비핵화 공동선언'이 지금 어떻게 되어 있는지를 돌아볼 일이다. 〈이, 060531〉

인계철선, 그게 말이지요

이승만 대통령의 끈질긴 요구와 압박으로 1953년 10월1일 우여곡절 끝에 한미상호방위조약이 체결됐다. 이 조약의 발효(54년 11월18일)를 앞두고 이 대통령은 미국을 방문했다. 한해 전 드와이트 D 아이젠하워의 방문 요청을 거절했던 이승만이 7월26일 장도에 오르게 된 데는 그만한 까닭이 있었다. 수많은 젊은이들을 희생시켜가며 우리를 지켜 준 미국인들에게 감사 표시를 할 필요가 있었다. 군사적 경제적 원조의 확대가 절실하던 때이기도 했다.

전쟁으로 만신창이가 된 빈국의 대통령은 초청자 측이 보내준 비행기로 길을 나섰다. 아이젠하워 부부를 위한 28일의 만찬에서 이 대통령은 이렇게 말했다. "우리 집이 주미 한국 대사관이므로 아무리 궁핍할지라도 각하를 우리 집에 초대해야 마땅하나 손님에 비해 집이 너무 협소해

메이플라워에 초대했다."(한표욱, 『이승만과 한미외교』)

그 가난한 가장은 이에 앞서 미 상·하원 합동회의에서 연설했다. "나는 미국인의 어머니들에게 마음속으로부터의 깊은 감사를 드립니다. 자식을, 남편을, 그리고 형제를 우리가 암담한 처지에 놓여 있을 때 보내주신 데 감사합니다. 한·미 양국 군인들의 영혼이 한국 계곡과 산중에서 하나님 앞으로 올라간 것을 영원히 잊을 수 없으며, 하나님이 그들의 혼을 애중해 주시기를 빕니다."(한표욱, 위의 책)

일전 그 미국에, 이제는 경제 강국의 국가원수로서 노무현 대통령이 다녀왔다. 초강대국 미국의 조지 W 부시 대통령과 당당히 마주 앉아 의견을 나누었다. 전시 작전통제권 환수를 기정사실화하고 돌아온 데 대해 이런 저런 우려가 많긴 하다. 그러나 상대가 굳이 돌려주겠다는데 어쩌랴. 물론 개인적으로는 북한의 군사적 위협이 아주 없어질 때까지 한·미 연합방위 체제가 존속되어야 할 듯하지만 일개 서생의 소견에 불과하다. 석연치 않은 점이 있다 하더라도 진지하게 이해하려는 노력을 기울이는 게 국민 된 도리가 아닌가 하는 생각이 들기도 하고.

그러나 귀국 후에 흘러나온 '인계철선' 이야기는 너무 난해하다. 노 대통령은 지난 13일 미 의회 지도자들에게 말했다. "전시 작통권 전환 반대자들은 옛날에 미2사단을 인계철선으로 휴전선에 배치해두어야 한다고 주장했던 사람들이다." 인계철선이란, 말하자면 한반도 유사시 미국의 자동개입을 이끌어내기 위해 북한의 남침로에 주한미군을 배치한다는 개념이다.

이승만이 심지어 '북진통일' 이라는 공갈정책까지 구사하며 한미상호방위조약을 이끌어냈지만 조약상의 '자동개입' 을 보장받지는 못했다.

'각자의 헌법상의 절차에 따라' (제3조) 행동한다는 선에 머물렀다. 이 때문에 한국 정부는 계기가 있을 때마다 미국 행정부로부터 "주한미군 철수 계획이 없다"는 확인과 유사시 공동대응 보장을 받고자 애를 썼던 것이다.

굳이 인계철선이라 할 것까지는 없지만 어쨌든 미국도 주한미군의 그 같은 성격 혹은 역할을 인식하고 있었을 것임에 틀림없다. 상식 아닌가. 북한의 남침으로 수많은 사람이 목숨을 잃고 국토가 초토화되는 참극을 겪은 당시의 우리 정부나 국민이 미국에 한사코 매달린 것은 당연한 생존 욕구였다. 누가 이를 비난하거나 조롱할 수 있다는 것인가.

그게 무슨 대단한 음모나 되는 양 미국 의원들 앞에서 고해바치듯 말했다는 것인지 도무지 이해가 안 된다. 이젠 세월이 많이 흘러, 합일된 민의(民意) 혹은 국익이라는 것은 있을 수가 없게 되었다. 국가안보에 대해서까지도 상반되는 주장이 팽팽히, 때로는 격렬히 맞서게 된 세태가 아닌가. 그렇다 해도 외국에선 전체 국민의 대표로 말해야 한다.

"여러분이 몰라서 그런데 사실은 말이지요." 그런 식으로 말한 것 같아 마음이 아려온다. 아마 다른 뜻이 있었겠지. 나라와 겨레 잘 되는 길 찾자고 나선 길이었는데, 아무려면 외국에 가서까지 정치적 반대자들의 입지를 뺏을 궁리야 했을까. 그렇게 생각하려 하지만 기분은 이렇다. "허, 참—" 〈이, 060920〉

이 시점에 웬 정상회담?

모를 일이 한두 가지가 아니다. 우선 이해찬 전 국무총리가 무슨 일로 북한을 방문하고 왔는지 궁금하다. 열린우리당 동북아평화위원회 위원장 자격으로 간다고 했는데 당에서 특별한 임무를 부여한 것 같은 낌새는 애초에 없었다. 대통령 정무특보라는 이름으로 가는 게 아니라는 사실도 출발 전에 본인과 청와대 측이 거듭 밝혔다. '남북정상회담'과 관련한 모종의 역할을 갖고 가는 길일지도 모른다는 언론의 추측에는 도리질로 일관했다.

그런데 다녀온 다음 정상회담 개최 가능성이 운위되고 있다. 이 전 총리 자신은 12일 "북측에 2·13 합의사항 이행이 순조로울 경우 4월 이후 남북정상회담을 검토해볼 수 있다는 입장을 전했지만 내 의견이라는 점을 분명히 했고, 북쪽에서는 다른 말이 없었다"고 말했다. 청와대와 논의하지 않았으면서 어떻게 자신이 정상회담을 '검토'하고 말고 할 수가 있다고 생각했을까? 같이 북한에 갔던 열린우리당 이화영 의원의 경우는 몇 걸음 앞서나갔다. "상황인식을 공유하면서 정상회담 필요성에 대한 공감대를 형성했다는 게 (방북의) 가장 큰 성과"라고 말한 것으로 보도됐다. 그럼에도 윤승용 청와대 홍보수석이 "아니라고 아무리 우겨도 백약이 무효인 어쩔 수 없는 전형적인 사례"라고 했다니 그렇게 믿기로 하자. 그렇다면 이 의원이 부풀려 말했다는 얘긴데…

북한에 다녀와야 행세할 수 있다는 인식이 왜 여권 내에 확산되었을까? 저쪽 김정일 국방위원장을 만나기라도 했을라치면 가문은 물론 소속정당, 나아가 정권 차원의 영광쯤으로 인식, 과시하는 게 풍조화했다. 아무리 이미지가 좌우하는 정치판이라지만 이건 너무하지 않은가. 북한의 겨레는 당연히 우리가 얼싸안아야 할 혈육들이다. 그러나 그쪽 정권은 국정의 파트너가 아니다. 더더욱 김 위원장이 남한 정권이나 구(舊)여당의 대부일 리 없지 않은가.

언제나 주는 쪽이 눈치를 보기에 바쁘고, 받는 측은 오연히 앉아 배 쑥 내미는 것 같은 느낌을 받게 되는 까닭은 또 뭔가. 무슨 '평화비용'인가 하는 말로 호도하는 분들이 있는 모양이던데, 그런 지출 항목이 옛날에도 있었나 모르겠다. 북한이 이산가족 만나게 해주는 것을 이쪽에 대한 선심이나 되는 양 걸핏 하면 하네 못하네 하고, 식량과 비료 지원을 받으면서는 우리 입장을 봐주기라도 하는 듯이 거들먹거리는 데는 다 그만한 까닭이 있었겠거니—.

지금은 그 정도도 훨씬 넘어섰다. 북한이 우리 대통령 선거에 큰 영향력이라도 행사할 수 있을 것처럼 여기는 열린우리당 인사들이 적어 보이지 않는다. 착시 현상이라면 그보다 다행한 일도 없겠다. 왜 이 시점에 '정상회담'인가. 남북정상회담이 이쪽 표심을 움직여 정권의 향방을 좌우한다는 게 도대체 상상으로라도 그려볼 수 있는 일이던가, 어디.

선거에 북한을 이용할 수 있다는 환상은 제발 버릴 일이다. 그 사람들 셈이 얼마나 빠른데, 대가 없이 이용당하려 하겠는가. 혹 누군가 그 덕에 정권을 잡기라도 한다면, 쌀·비료 같은 것(앞으로는 현금까지 주기로 했다지만)으로는 결코 만족할 사람들이 아니다. 국가보안법 폐지하라, 미군 내 보내라, 한·미상호방위조약 포기하라, 이산가족 달러송금 허용하라는 등 별별 요구가 많아질 게 뻔하다. 그 다음엔? 우리의 '자유혼(自由魂)'까지 내놓으라고 할 것만 같아 지레 기분이 떨떠름해진다.

말이 난 김에 물어보는데, 이 전 총리가 무슨 자격으로 저쪽 인사들에게 '평창 동계올림픽 공동 개최'까지 제안했을까. 한국의 정치인들 정말이지 '못말려!'다. 국가적 사업이나 과제도 자신의 입과 손에 달렸다는 듯이 호기를 부린다. 그건 평창의 과제이고 강원도의 일이다. 전직 총리가, 북한과 함께 하고 말고를 결정할 수 있는 일이 아닌 것이다. 남의 밥상을 차고 앉아 생색내기도 유분수지. 〈이, 070314〉

♣NOTE=8월 8일 오전 10시 백종천 청와대 외교안보실장이 남북정상회담 합의 사실을 밝혔다. 28일부터 30일까지 평양에서 갖기로 했다는 내용이었다. 남북정상회담은 김만복 국정원장이 8월 2~3일, 4~5일 두 차례에 걸쳐 대통령 특사 자격으로 평양을 방문, 북측의 김양건 통일전선부장과 접촉을 한 끝에 성사됐다.

김대중 정권에 이어 노무현 정권도 국가안보의 핵심 축 가운데 하나인 국정원을 오히려 남북 정권 간의 교섭에 이용했다. 정상회담 협상과 관련, 통일부는 참여정부에서도 배제됐다. 비밀주의의 한 단면이다.

임기를 6개월 여 남겨뒀을 뿐인 대통령이 정상회담을 기어이 하겠다는 것도 문제다. 자신이 업적이 될 수 있을지는 모르나 대북전략이라는 측면에서는 대단히 부담스러운 결정이다. 북한으로서는 남한의 대통령 선거에 신경을 쓰지 않을 수 없을 것이다. 만약 보수정권이 들어선다고 할 때 남한 정부를 다루기가 훨씬 힘겨워질 게 뻔하다.

그렇다면 대북 평화번영정책의 '뚜렷한 성과'에 목말라하는 노무현 정권과 협상을 벌이는 것이 더 낫다고 판단했을 법하다. 일단 당국 간에 이뤄진 합의는 설령 서울에 보수정권이 들어선다고 해도 쉽게 변경하거나 백지화할 수 없다는 점에 착안했을 것으로 보인다.

제2차 정상회담이 모양 좋게 이뤄지면 남측의 진보세력이 정권을 재창출하는 데 큰 도움이 될 것이라는 계산도 안 했을 리가 없다. 남한의 정국, 특히 정권의 향방을 자기들이 좌우할 수 있다는 착각을 할만도 하게 된 게 최근의 남북관계 전개 양상이라고 해서 아주 틀린 말은 아닐 것이다.

남북정상회담을 계속 평양에서만 개최하게 된 것도 전략적 이니셔티브를 북측에 빼앗겼거나 넘겨준 결과라고 하지 않을 수 없다. 남한 정부로서는 충분히 감수할 수 있는 일이라고 하더라도 북측 정권의 입장에서는 대단히 중요한 의미를 갖는 일이다. 그 쪽 주민들의 눈에는 남측의 대통령이 김정일 국방위원장을 찾아 오는 모양새가 된다. 권위와 정통성의 독점을 전략 목표의 하나로 하고 있다고 보는 것은 무리가 아니다.

한편 8월 18일 청와대의 천호선 대변인은 남북정상회담을 10월 2일부터 4일까지 열기로 했다고 발표했다. 북측 김양건 통전부장이 이날 김 국정원장에게 전화통지문을 보내 회담 연기를 요청해 온 데 따라 우리 측이 그렇게 날짜를 조정 통보해 합의를 했다고 한다. 북측의 심각한 수재가 이유라고 알려졌다. 아마 김정일 위원장의 '통큰 정치' 레토릭에 대해 남한 정부는 '통큰 지원' 실천으로 화답하게 될 것이다. 늘 그래왔듯이.

6부

'새시대'의 명암

고소당한 '12 · 12' 주모자들

12 · 12때 신군부에 지휘권을 탈취 당했던 정승화(鄭昇和) 육군참모총장, 장태완(張泰玩) 수도경비사령관 등 당시 육군 수뇌부 지휘관 및 참모 22명이 쿠데타 주모자들을 반란 · 내란 · 항명 등의 혐의로 고소당했다.

지난 19일 이들에 의해 대검에 고소당한 사람들은 전두환(全斗煥) · 노태우(盧泰愚) 전 대통령, 유학성(兪學聖) 당시군수차관보, 차규헌(車圭憲) 수도군단장, 박희도(朴熙道) 제1 공수여단장, 최세창(崔世昌) 제3 공수여단장, 박준병(朴俊炳) 제20 사단장, 허삼수(許三守) 보안사 인사처장, 이학봉(李鶴捧) 보안사 대공처장, 허화평(許和平) 보안사 비서실장, 조홍(趙洪) 수도경비사령부 헌병단장 등 34명이다.

12 · 12와 관련, 지금까지 전국 검찰에 접수된 고소 · 고발은 이밖에 6건이 더 있다. 국회도 이 문제에 대한 국정조사를 준비 중이다.

김영삼 대통령은 이를 '하극상에 의한 군사쿠데타적 사건' 이라고 규정한 바 있다. 과연 검찰은 어떻게 대응할지 궁금하다. 민자당 측이 아주 소극적이어서 실질적인 성과를 거둘 수 있을지 의문이긴 하지만, 국회의 국정조사도 주목할 만한 일이다.

"…전략…

성난 뿔 갈아세우고 바리케이드를 무너뜨리다/생뿔 떨어져 쏟아지는 선혈(鮮血)을 뿜어/즐펀히 나동그라진 홍건한 길에/점점이 어룽진 피의 낙화(落花)…/쓸어도 감기지 않는 단아(嬋妍)한 눈썹/부라린 눈매, 부어오른 얼굴, 얼굴,/하늘가리켜 치떨리는 머리칼/향기가 아직 식기도 전에

/혈액은행 창구 뒤 살째기 숨어 시체의/가슴 가슴 구둣발로 짓이겨 디디고 서서/피 값을 날치기 한 날불한당아./'그 사람은 누구던가 알만도 한데…'

스탠드 바아에서 카바레에서/합헌정부(合憲政府)를 뒤집어엎은 난신적자(亂臣賊子)들 사특한 웃음

…후략…"

김관식(金冠植)의 〈완전범죄형의 범죄〉 앞에서' 일부다. 그 범죄란 5·16쿠데타였다. 그가 10년을 더 살아 12·12와 5·17을 목격했더라면 그의 분노는 어떠했을까.

"도탄에 빠진 민생고를 시급히 해결하고…" 운운할 최소한의 명분(그것이 쿠데타를 정당화 시켜줄 것은 못되지만)도 신군부엔 없었다. 옛날 고려(高麗) 적의 무인들처럼 골수에 맺힌 한이 있었던 것도 아니다. 그때 무신의 난을 일으켰던 정중부(鄭仲夫)는 권신 김부식(金富軾)의 아들 김돈중(金敦中)으로부터 수염이 촛불에 태워지는 수모를 겪은 적이 있었다. 거사 당일에도 늙은 대장군 이소응(李紹膺)이 문관 한뢰(韓賴)에게 뺨을 얻어맞았다. 그 정도로 무신은 문신들로 부터 멸시와 천대를 받았다고 역사는 기록하고 있다.

79년은 이미 우리경제가 경이적인 발전을 이뤘을 때였다. 신군부 세력은 누구로부터 핍박을 받기는커녕 군사통치 체제 하에서 권세를 나눠받아 누리던 사람들이었다. 그들이 정권을 걱정해야 할 이유는 전혀 없었다. 그런데도 모의해서 합헌정부를 덮쳤다. 오직 권력 장악만을 위한 쿠데타였던 것이라고 할 수 밖에 없다.

전 전 대통령은 이른바 '평화적 정권교체'를, 노 전 대통령은 '6·29

선언'을 민주헌정사에 대한 큰 공헌쯤으로 여기는 듯했다. 그나마 다행이었던 것은 사실이다.

"남유럽이나 라틴 아메리카, 남아프리카 여러 나라들이 민주주의에로 이행한 양태는 서로 크게 달랐으나 그 속엔 놀랄만한 일관성이 있었다. 니카라과 소모사정권을 제외하고는 구정권이 폭동이나 혁명에 의해 권력의 자리에서 쫓겨난 예는 하나도 없다. 정권교체가 발생한 것은 구정권 내부에서 일부 세력이 민주적으로 선출된 정부에 권력을 이양한다는 결단을 '자발적'으로 내리고 있는데 기인한다. 권력으로부터의 이러한 자주적 철수는, 궁극적으로 민주주의가 현대사회에서 유일한 정통성을 갖는 정치체제라는 신념이 확산되어 있기 때문에 가능했던 것이다."(프랜시스 후쿠야마, 『역사의 종말』)

그 후에도 과테말라 등에서 쿠데타가 일어나긴 했지만, 어쨌든 정치적 후진국들에서도 평화적 정권교체가 대세를 이루고 있는 것은 분명하다. 무력으로 정권을 장악하고, 공포정치로 그것을 유지한다는 것인 이제 한계에 부닥쳤다. 좀 더 버틸 수는 있다. 그러나 결국은 자신들의 파멸로 끝난다는 사실을 다들 깨닫게 된 것이다.

그것은 결코 시혜일 수가 없다. 그들이 시대와 역사의 대세에 굴복한 것에 불과하다. 그것조차도 5공 집권세력의 경우는 재집권을 위한 전략에 지나지 않았다. 왜 '정권이양' '6·29선언' 등이 거의 완전하달 정도로 빛바래고 말았는지, 어째서 12·12쿠데타에 대한 국민의 책임추궁이 이처럼 집요한지를 당사자들도 깊이 생각해 볼 때다

권력찬탈은 결코 재연되어선 안 된다. 그러자면 엄한 교훈이 필요하다. 범법 사실에 대해선 명확한 사법적 판단을 내리고 넘어가야 하는 것

이다. 처벌이니 용서니 하는 것과는 별개의 문제다. 옳고 그름을 분명히 밝혀서 역사에 기록해둬야 한다는 뜻이다. 역사의 올바른 평가를 위해 서라도 그렇다. '용서'는 그 후에 생각할 일이다.

당사자들도 자신들에 대해 보다 엄격해져야 마땅하다. 박정희(朴正熙) 전 대통령이 전역식에서 "다시는 나같이 불우한 군인이 없도록 하자"고 말한 바 있다. 12·12 관련자들 역시 '불우한 군인'으로서 쿠데타 재발 방지를 위해 뭔가 모범을 보여야 하지 않겠는가.

생각해보면 정통성 없는 권력은 허망하기 짝이 없다.

"그렇지만 위신을 건 싸움에서 이겨도 그런 자신을 인정해 주는 것은 노예로 전락해버린 인간, 죽음에 대한 선천적인 공포심으로 인해 인간 성을 지킬 수 없었던 사람들뿐이다. 즉 군주의 가치는 그다지 인간답지 않은 자들로부터 인정받게 되는 것이다."

역시 후쿠야마의 말이다. 불법적으로 성립된 정권은 어떤 힘으로도 자 유인의 자발적 복종을 이끌어내지 못한다. 우리의 30여 년 군사통치에 서도 그것은 증명되었다. 〈세, 930722〉

찬사보다는 비판이

"언론이 실명제를 하라고 쓰더니 막상 하고 나니까 찬양보다는 부작 용을 많이 쓰고 또 '깜짝 쇼'를 했다고 하는데 놀랐다."

김영삼 대통령은 취임 6개월에 즈음해 지난달 24일 가진 기자회견에서 그같이 말했다. '깜짝쇼'라고 했다면 그건 좀 심했다. 그렇지만 정부 시책의 부작용을 지적하고 걱정하는 것은 언론 본래의 기능이다.

언론이 헌정사적 과제로서의 '개혁'을 촉구하고 지지·동참하는 것은 당연하다. 그러나 정부가 입안해서 추진하는 구체적인 시책들 및 그 시행과정은 별개의 대상이다. 당연히 감시·비판자의 입장에 서야 한다. 언론은 정부와 공동의 책임 당사자일 수는 없다. 각자의 자리에 분명히 서는 것이 개혁 성공에도 도움이 된다. 언론에는 언론으로서의 역할과 기능만을 기대하는 게 옳다.

따지고 보면 언론은 세태와 민심의 거울일 뿐이다. 거울을 탓해봐야 소용이 없다. 거울의 면을 왜곡시키거나 깨뜨려 버리면 비치는 상이 달라지겠지만 그 땐 이미 거울로서 쓸모가 없어진 다음이다.

주의되어야 할 것은 비판이 아니라 찬양이다. '90%이상의 지지'는 부서지기 쉬운 유리그릇 다루듯 해야 한다. 개혁 초기의 국민적 흥분상태를 너무 믿으면 아주 거북한 상황에 직면할 수도 있다. 정부를 자만의 늪으로 밀어 넣을지 모른다. 어느 날 갑자기 수치가 급락해 정부를 난감하게 하는 경우가 없으란 법도 없다.

국민은 물론 개혁을 지지하고 그 성공을 바란다. 그렇긴 해도 대의명분보다는 자신의 현실적 이해에 더 민감한 것이 세상인심이다. 국민 대부분이 싫든 좋든 구시대적 질서에 수십 년 간 젖어 익숙해졌다. 아무리 좋게 바뀐다 해도 처음엔 당황하게 되고 경우에 따라선 불편·불안을 느끼게도 된다.

그 같은 상황에서 생활환경이 별로 나아지지 않고 개인의 주머니는 오히려 가벼워지기까지 한다면 개혁에 대한 회의적 분위기는 급격히 확산

될 수 있다. 민심의 무상함을 탓할 게 아니다. 그래서 정치가 어렵다고 하는 것이다.

대과 없이 개혁시책을 추진한다 해도 완전한 지지·찬양은 바랄 바 못 된다. 사람에 따라 시각이 다른 것은 말할 것도 없고 동일인의 시각도 언제나 같지는 않다. 정부는 이 점을 분명히 인식할 필요가 있다.

지금 전두환·노태우 두 전직 대통령에 대한 비판의 소리가 높다. 흔한 말로 그 점에 대해선 '국민적 합의'가 이뤄졌다할 정도다. 그런데 이들에게도 극상의 찬사가 바쳐질 때가 있었다.

가까운 예는 껄끄럽다. 먼 옛날 남의 나라 사람 얘기라야 부담 없이 재미있어 할 수 있다.

로마 최초의 황제 아우구스투스(재위 BC27~AD14)는 오랜 내전을 종식시키고 평화의 시대를 연 명군으로 후세에까지 추앙받았다. 그렇지만 『로마제국 쇠망사』의 저자 기번의 평가는 대단히 시니컬하다.

"천성이 침착 냉정하고 겁쟁이였던 그는 19세 때 위선의 가면을 쓴 후 죽을 때까지 한 번도 이 가면을 벗은 적이 없었다. …그의 덕망은 물론이고 그의 사악함조차도 인위적인 것이었다. …그는 자유시민의 이미지로 백성을 속이고 문민정부의 이미지로 군대를 속이고자 했다."

디오클레티아누스(재위 284~305)는 세계 역사상 처음으로 황제 직을 사임하는 선례를 남겼던 사람이다. 그렇지만 기번은 그에 대해서도 너그럽지 않았다.

"아우구스투스가 겸손을 가장했던 것처럼 디오클레티아누스는 일부러 장엄한 의식을 꾸몄다. 그러나 여기서 인정해야 할 것은 이 두 가지 희극 중에서 전자가 그래도 후자에 비해 훨씬 더 도량이 넓고 남자다운 면모를 지니고 있었다는 점이다."

보는 사람뿐 아니라 보여 지는 사람에게도 양면성은 있다. 인간인 탓이다.

발렌티니아누스 황제(재위364~375)의 경우가 그 전형이라 할만하다. 그는 침실가까이에 사나운 곰 두 마리의 우리를 뒀다. 범죄자가 그 속에 던져져 찢기는 것을 보고 즐기기 위해서였다.

그러면서도 다른 한편으로는 백성의 복지를 중히 여겼다. 신생아 유기의 악습을 엄하게 금하고, 14명의 유능한 의사로 하여금 로마의 14개 구역을 담당케 했다. 그들에겐 후한 봉급과 여러 특전을 베풀었다. 정치적으로는 개명군주이기도 했다.

물론 극단적인 경우다. 그러나 권력의 속성을 이처럼 뚜렷이 보여주는 예는 드물다. 집권자가 권력을 선한 쪽으로만 컨트롤 하기는 대단히 어렵다. 때론 권력의 야수 쪽 고삐를 놓쳐 버릴 수 있다. 집권자가 아무리 웃는 모습을 보여도 국민이 곧이곧대로 믿고 따라 웃지 못하는 까닭이 거기에 있다. 헌정사 초유의 충격적 조치들이 개혁의 기치 아래서 거센 기세로 쏟아져 나오고 있을 때는 더욱 그렇다.

문민정부의 개혁의지가 적어도 현재까지는 찬사를 받을 만하다. 그러나 당사자들이 국민의 찬양이라는 반대급부를 주문해서는 안 된다. 정부는 스스로의 책무를 수행하는 것일 뿐이기 때문이다. 당연한 일을 하면서 힘을 과시하는 것도 안 좋다. 괜히 '정치보복' 이니 뭐니 하는 의심이나 사기 십상이다.

누군가 "홍곡(鴻鵠)의 대지(大志)를 연작(燕雀)이지만 어찌 촌탁(忖度)하지 못하겠습니까" 라고 말했다. 중국 진(秦)나라의 학정에 대항하여 일어섰던 진승(陳勝)이 "참새의 무리가 어찌 고니의 뜻을 헤아리겠느냐(燕雀安知 鴻鵠之志哉)"고 한 말에다가 시경에 나오는 촌탁까지를 동원한 최상의 찬양이었다.

그걸 흠잡자는 것은 아니다. 다만 같이 명념할 것이 있다. 개혁은 홍곡의 대지로써 하는 게 아니라 천하의 마음으로 해야 한다는 점이다. 〈세, 930902〉

♣NOTE＝"누군가～." 김종필 민자당 대표가 1993년 8월 16일 금융실명제와 관련, 김영삼 대통령에 한 말.

개혁과 폭력

"세계는 이제 안심해도 됩니다. 곳곳에 사회적 갈등과 적개심을 뿌리면서 유례없이 무자비한 행동을 보였고, 인류의 마음에 공포를 심어준 공산주의의 우상은 무너졌습니다. 그것은 다시는 소생할 수 없을 것입니다. 제가 이 자리에 선 것은 우리 땅에 다시는 그것이 살아나지 못하게 할 것이라는 확신을 여러분에게 드리기 위해서 입니다."

옐친 러시아 공화국 대통령이 작년 6월 미국의 상·하 양원 합동회의에서 행한 연설이다. 그 전해 8월에 그는 쿠데타 세력 측의 장갑차에 올라가 저항을 호소함으로서 러시아 국민들 뿐 아니라 세계인들에게 깊은 인상을 남겼다.

바로 그 옐친이 지난 4일 최고회의 건물에 포격을 가했다. 거기엔 9월

21일의 의회해산 조치에 불응한 그의 정적들이 몰려 무장저항을 하고 있었다. 옐친은 그것을 '반란'으로 규정했다.

옐친은 개혁에 장애가 된다고 해서 법에도 없는 의회해산 명령을 내렸다. 저항세력은 무력으로 제압했다. 그러기 위해선 의사당에 포격을 가하는 것도 서슴지 않았다. 어떠한 행위도 '개혁'을 명분 삼으면 다 정당화될 수 있다는 것인가. 구소련 시절 그의 민주적 지도력에 갈채를, 그의 민주화 열정에 신뢰를 보낸 많은 사람들에게 그는 큰충격을 안겼다.

"권력을 내주기 위해 권력을 장악한 사람이 없다는 것을 우리는 잘 압니다. 권력은 수단이 아니고 목적입니다. 혁명을 수호하기 위해 독재를 구축하는 것이 아니라 독재를 구축하기 위해 혁명을 하는 것입니다. 박해의 목적은 박해에 있습니다. 고문의 목적은 고문이고 권력의 목적은 권력입니다."

조지 오웰의 『1984년』에서 오브라이언은 그렇게 말한다. 물론 그것은 '전체주의'의 논리고, 거기는 픽션의 세계다. 그러나 권력의 본질은 어디서나 같다. 권력은 본질적으로 폭력이다. 그리고 그 행사의 동기나 방향은 궁극적으로 자기 목적적이다. 전근대적 인식일 수도 있다. 그렇지만 근대적으로 시각을 바꾼다 해도 크게 달라질 것은 없다. '합법성'이라는 별로 믿음직하지 못한 고삐가 폭력을 겨우 제어하고 있을 뿐이다.

그것은 집권자 또는 집권세력의 의도에 따라 언제든지 끊어버릴 수 있다. 정치권력은 웃는 얼굴로써 목적을 이루기 어렵다고 판단할 때는 험악한 얼굴로 표변하는 속성을 갖고 있다. 당연한 얘기지만 그 때마다 스스로를 정당화 한다. 러시아의 예가 그것이다.

권력은 또 끊임없이 자기 강화·확대의 유혹을 받는다. 그리고 대개는 그 유혹에 넘어간다. 민주화를 위해 폭력을 행사하고 개혁을 위해 독재를 해야 한다는 논리도 그래서 생겨나는 것이다.

어느 대학 총장이 "경제는 확 풀어야 하는데 대통령이 무서운 사람으로 비치고 있다"고 말했다. 김영삼 대통령의 응대는 "나는 부드러운 사람"이었다. 지난 5일 청와대 신경제추진회의에 이어 있은 오찬 때의 대화였다고 가십기사가 전했다. 같은 지면에 《타임》지의 김 대통령 관련기사도 소개됐다. 요즘엔 김 대통령의 가부장적 이미지가 민주인사의 이미지를 압도한다고 했다던가.

대통령이 무서워 보이거나 않거나 하는 것이 사회·경제 분위기를 좌우하고 남에게 대통령의 가부장적 이미지가 두드러져 보인다면 민주화의 진척도는 여전히 낮은 수준이라 할밖에 없다. 러시아의 경우에 비길 바는 아니지만 어쨌든 우리도 '유사 이래 첫 개혁'을 추진하고 있다. 정부, 그 중에서도 대통령의 역할이 홀로 우뚝한 것도 사실이다. 김 대통령이 '강력한 정부'를 강조해 왔거니와 실제로 정부의 권력은 아주 부풀어 있다. 죄 없는 가난한 백성들까지도 괜히 겁먹을 정도에 이른 것이다.

국민이 아직은 박수를 보낸다. 자리 높고 가진 것 많던 사람들이 혼찌검 나는 게 속 시원해서다. 이제 참으로 정의로운 사회가 되나보다 하는 기대도 있다. 그런데 개혁이 그 선에서 더 이상 나아가는 것 같지가 않다. 혼나는 게 기득권 세력이긴 한데 격려 받는 것도 역시 그들이다. 국민들의 몫은, 적어도 현재까지 고통분담 밖에 없는 듯하다.

개혁이 기득권세력 내의 권력과 부의 이동일 뿐이라면 국민에겐 별 의미가 없다. 게다가 개혁이 정치권력의 권위주의적 비대화를 만에 하나라도 초래한다면 그것은 자칫 재앙이 될 수도 있다. 국민은 정치권력 주체의 교체만큼, 오히려 더 권력 자체의 민주화를 갈망해 왔음이 분명히 기억돼야 한다.

정치권력 담당자들은 러시아에서만이 아니라 우리나라에서도 '개혁독재'에 대한 우려가 제기되는 데 주의를 기울일 필요가 있다. 권력이 자기 확대 과정에 접어들고 나면 스스로도 제어하기가 거의 불가능해진다. 가장 경계해야 할 것이 자기과시 욕구다. 과시하다보면 확대 유혹에 넘어가게 마련이다.

국민도 병의 회복기가 가장 위험한 시기임을 유념해야 한다. 권력을 합법성의 울타리에 가둬 놓는 가장 믿을 만한 힘은 국민의 민주의식이다. 늘 눈을 뜨고 있어야 하는 것이다. 〈세, 931007〉

자기부정의 정치

공동여당이 국회의원 선거구제 '공기놀이'를 계속하고 있다. 소선거구제, 중선거구제, 복합선거구제 등 생각할 수 있는 모든 방안을 하나씩 들었다 놨다 한다. 결정이 났다고 했다가 금방 번복하기도 예사다. 이제는 1선거구 3인 선출의 중선거구 쪽으로 거의 결론이 나고 있는 중이라고 하지만 그 속을 누가 알겠는가.

명분이 없지는 않다. 지역당 구도를 벗어나게 하는 가장 효과적인 길이 '정당명부식 비례대표제'라고 한다. 선거의 지나친 과열과 이로 인한 타락은 주로 소선거구제에서 비롯되는 만큼 중대선거구제로 이를 극복해야 한다는 주장이다. 글쎄….

그나마 이유도 이젠 힘들여 설명하려 하지 않는다. 보도되는 바로는 아예 노골적으로 이해득실을 계산해서 가장 유리한 쪽을 택하겠다는 자세다. 세상 다 아는 일을 두고 군색하게 핑계 대느니 솔직하게 속셈을 드러내 버리겠다는 뜻인가.

법 혹은 제도란 지속성과 안정성을 가져야 신뢰 권위 실효성을 확보할 수 있다. 게임의 룰도 마찬가지다. 게임마다 달라진다면 그건 규칙일 수가 없다. 단지 바꾸는 측의 오만한 횡포일 뿐이다. 우리 정치의 바탕을 이루고 있는 게 그 같은 일회성의 제도다. 이는 정치가 아니라 3류의 곡예다.

선거제도만 그런 게 아니다. 정권이 바뀐 이후에까지 존속하는 정당은 거의 없다. 그 점에선 여나 야나 마찬가지다. 지금의 정당들도 벌써부터 이름을 바꾸겠다느니 전면 재편을 단행하겠다느니 하며 몸을 비틀고 있다. 정당들이 그런데 정치인들이 진득하겠는가. 정신없이 이 문전 저 문전을 넘나드는 '철새'들이 넘쳐난다.

애초에 남의 제도를 들여와 민주정치를 한다고 했으면 우선은 정착되도록 애쓰는 것이 상식이고 순리다. 그런데 잠시도 못 참고 오직 자신들의 이해득실에 따라 이리저리 뒤집기에만 열을 올렸다. 그것이 반세기 한국 정치사다. 아끼며 이어갈 전통이 만들어질 여지가 전혀 없었다. 정치사가 단절되고 굴절되어 온 까닭이 달리 있겠는가. 헌법개정만도 아홉 차례였다. 나라의 기본법을 이렇게 쉴 새 없이 바꾸는 나라에서 '민주정치의 정착'을 운위한다는 것은 코미디로도 낯 뜨거울 노릇이다.

개혁이든, 개정이든, 개선이든 그건 이름 붙이기 나름이다. 다른 시각으로 보면 개혁은 '파괴'일 수 있다. '창조를 위한 파괴'라면야 마다할 까닭이 없다. 우리가 진실로 추구하는 '개혁'의 진면목이 또한 그것이다. 그러나 우리의 경우는 파괴 그 자체가 목적인 듯한 인상이 너무 짙다.

끝없이 부수고 또 부순다. 헌법이나 선거법 개정은 단지 한 국면에 불과하다. 모든 것을 부숴버리지 않으면 못 견디겠다고 한다. 건조물을 허물고 사람까지 망가뜨린다. 동시대에 대해서만 악착스러운 것이라면 역사 속에서나마 위안을 얻을 수가 있다. 우리는 그것조차 허용하지 않는다.

역사와 관련된 소설 영화 TV드라마들 대부분, 게다가 사서(史書)까지도 부도덕하고 비열하고 잔인한 국면을 끈질기게 부각시켜 후손인 우리의 증오심 자괴감을 자극한다. 조상들에게 이처럼 악착스런 민족도 흔치는 않을 것이다. 겨우 세종대왕, 이순신 장군과 몇몇 청백리와 학자들만이 공격권에서 벗어나 있다(하긴 그분들조차도 묘소에 식칼과 쇠말뚝이 박히는 곤욕을 치렀지만…).

한 젊은이가 동틀 무렵의 하늘을 배경으로 가파른 지붕위에서 바이올린을 켜고 있다. 실루엣으로 잡혀서 더 인상적인 이 영상은 영화 〈지붕 위의 바이올린〉 첫 장면이다. 왜 경사가 급한 지붕위에서 아슬아슬한 자세로 바이올린을 켜고 있는가. 우크라이나의 아나테브카 유태인 집단거주지, 전통을 중히 여기며 사는 마음 넉넉한 가장이자 다섯 딸의 아버지 테비에가 들려주는 대답은 흥겹고 명쾌하다.

"트러디션!"

전통이기 때문이라는 것이다. 그들이 온갖 고난과 박해에도 굴하지 않고 민족의 긍지와 생명력을 이어올 수 있었던 원동력이 그 한마디로 축약되었다. 그건 전통에 대한 사랑, 곧 민족애였다.

한국 정치와 정치인의 전통은 무엇인가. 끊임없는 파괴와 자기부정, 사익 및 집단이익 추구 말고 달리 어떤 게 있는가(저 오랜 정치적 암흑기에 보여줬던 많은 정치인들의 정의감과 용기는 물론 생생히 기억한다. 동시에 정치인보다 더 많은 학생과 시민들이 더 큰 희생정신을 발휘했던 사실도 잊지 않고 있다).

〈부기(附記)〉=정당이나 정치인의 이해와 직결된 제도의 변경은 당사자들이 아닌 제3의 '국민기구'에 맡겨야 옳다. 〈세, 990513〉

하루살이 정치

노스트라다무스가 뭐라고 예언했건 지구가 1999년 7의 달, 즉 이달 안에 멸망하는 일은 절대로 일어나지 않는다. 이건 100%의 확신이다. 뿐만 아니라 우리의 생각이 미칠 수 있는 장래(수천, 수만 년 혹은 수억 년)에도 지구는 건재할 것임에 틀림없다.

그러나 그 위에 살고 있는 60억 명 인류의 앞날과 관련해서는 그처럼 확신에 차서 말할 자신이 생기지 않는다. 그리 멀지 않은 미래의 어느 날 인류가 절멸의 위기에 봉착할 가능성을 완전 배제하기는 어렵다. 과학저술가 아이작 아시모프가 프레데릭 폴과 함께 쓴 『성난 지구』에서 인용한 가이아(지구) 생명체론자 제임스 러블록의 말은 섬뜩하다.

"사람들은 가끔씩 '가이아가 돌봐줄 것'이라는 태도를 취한다. 그건 틀린 생각이다. 가이아는 자기 자신을 돌볼 뿐이다. 가이아의 자기방어 수단 가운데 최상 책은 인류의 멸종일지도 모른다."

러블록의 가이아 이론은 여전히 소수설이다. 그러나 그의 이 경고는 의심의 여지가 없어 보인다. 인간이 어떻게 환경을 파괴하든 지구는 존재한다. 멸망하는 쪽은 가해자인 인간이다.

그러고 보면 사람들이란 정말 이상한 존재다. 자기 생명의 근원일 뿐 아니라 후손의 삶터인 자연을 악착스레 훼손해가며 이익을 탐한다. 자식들은 어디서 살라는 것인가. 하긴 그런 걱정 같은 건 이미 필요 없어졌는지도 모르겠다. 환경호르몬으로 인해 인간의 생식능력이 급격히 떨어지고 있다던가. 인류의 차원에서 말하자면 이보다 더 확실한 자살방법이 달리 있을 것 같지가 않다.

미래를 포기하기로는 우리 정치인만한 사람도 드물다. 말 그대로 하루살이다. 입으로는 다투어 21세기를 운위하지만 진실로 장래의 성숙 정치를 위해 애쓰는 이는 눈을 닦고 봐도 안 보인다. 이 말이 마음에 안 들면 정치인 스스로 자신과 주변을 둘러 볼 일이다.

십 수 년을 개혁한다 했으면서도 폭로하고 사정(司正)하고 감옥 보내는 일만을 거듭한다. 그렇게 다 쓸어내고 나면 새 세상이 올 것인가. 범법을 눈감아 줘야 한다는 말이 아니다. 개혁은 적정 수의 목표를 신속히 달성할 때만 성공할 수가 있다. 사시사철 연년세세 되풀이되는 것은 이미 개혁이 아니다.

민주화되었다는 나라에 오직 대통령의 의지와 결단만이 두드러져 보이는 현상도 아주 난해하다. 집권자에의 권력집중 구조를 타파하겠다고 그토록 오랜 세월, 그렇게 많은 눈물과 피를 바쳤던 국민이다. 그런데도 대통령이 홀로 우뚝하기는 예나 지금이나 한가지다. 우리 헌법은 모든 권력이 국민으로부터 나온다고 명시하고 있지만 현실 정치의 모든 결정은 대통령으로부터 나온다.

내각제 문제는 또 어떤가. 지금은 김대중 대통령의 임기 5년을 보장하는 대신 김종필 총리가 상당한 정치적 실권을 할애 받는 선에서 DJP사이에 밑그림이 대략 그려진 듯한 분위기지만 사실 개헌은 애초에 대국민 공약일 수가 없었다. 국민이 바로 헌법 제·개정권자이기 때문이다. 개인 사이에 '추진'을 약속할 수 있었을 뿐인 일을 두고 국민을 증인 겸 들러리로 세웠던 셈이다.

몇 차례의 경험에 미루어 추측할 수 있을 뿐이나 진실로 국리민복을 위해 권력 구조 변경을 시도하려 했다는 믿음이 들지는 않는다. 아무래도 개인적 정파적 이해가 적극적인 동인(動因)이었을 것 같은 느낌이다. 국회의원 선거구제 변경 안이 주는 인상도 마찬가지다.

우리 정치인들이 진실로 다음 세대와 후세를 걱정한다면 정치를 이렇게 황폐화시킬 리가 없다. 프랑스 대혁명의 원인을 제공했던 무능한 왕 루이 15세가 어느 날 그의 후궁 퐁파두르 여후작 잔 앙투아네트 푸아송에게 말했다. "내(우리)가 죽은 후에 홍수야 나든 말든." 후궁이 전쟁에 패한 왕을 위로한답시고 한 말이었다기도 하고….

정치인들은 선거공보용 사진을 찍을 때 말고도 아이들을 좀 안아 올려 그들의 눈망울을 들여다볼 일이다. 오늘 자신들이 대의민주정치, 민주적 정당정치의 장을 황폐화시켜 버리면 그 후유증은 고스란히 우리 아이들의 몫으로 떠안겨지고 만다. 이 자해행위를 언제까지 계속할 것인가.

여야는 궁극적으로 공동운명체다. 서로 미움과 불신을 걷어내면 협력의 여지는 넓어진다. 여야가 함께 성숙해가는 정치, 선의의 경쟁으로 국민의 행복과 나라의 발전을 이뤄내는 정치가 곧 '큰 정치' '상생의 정치' 다. 자기 파괴적 공멸적 대결정치에서 벗어나 대타협을 이룰 수 있는 지혜와 용기를 참으로 간절히 기대한다. 〈세, 990714〉

남의 흠 가리키기 전에

남들이 보기엔 걸핏하면 엄한 민주주의 교사(敎師) 행세를 하는 미국의 정치 시스템이 알고 보니 허점투성이였다. 평소에 훈계깨나 들었던 나라들로서는 한마디 하고 싶어지게 마련이다. 각국에서 온갖 비아냥거림과 조롱이 쏟아지는 게 아마 그 탓일 터이다.

사실 민주주의란 미국에서조차 그리 뿌리 깊은 개념이 아니다. "(민주주의란 말이) 현재는 보편적으로 사용되고 있지만 전 세계적으로 애용되게 된 것은 극히 최근의 일이요, 특히 우드로 윌슨이 제1차 대전 당시에 이 말을 불러낸 후의 일이다." 솔 K 파도버의 말(『민주주의의 이념』, 양호민 역)이다.

물론 미국의 건국 시조들이 인식했던 '민주주의' 는 오늘날의 어의와는 달랐다. 그 때엔 민주주의라면 직접 민주정치를 의미했다. 토머스 제퍼슨과 그 지지자를 제외한 대다수의 리더들이 '인민의 정부' 에 대해 두려움을 갖고 있었다.

미국 헌법의 입안자로 불리는 제임스 매디슨도 초기엔 그랬다. 그는 '인민에 의한 정치'의 위험성을 우려해서 공화주의, 즉 '대표의 정부'를 선호했다. L P 바라다트는 "매디슨은 궁극적인 견제를 선거 과정 자체에다 두었다. 무엇보다도 먼저, 하원의원만이 직선으로 선출됐다. 16차 수정헌법이 1913년 통과될 때까지만 해도 상원의원은 주 의회에서 뽑혔다. 대통령과 부통령은 여전히 대통령 선거인단에 의해 선출되고 있다"(『현대정치사상』, 신복룡 외 역)고 지적한다.

케네스 C 데이비스는 『교과서에서 배우지 못한 미국의 역사(Don't Know Much About History)』(진병호 역)에서 헌법 기초자들이 '민주주의가 너무 흔하면 위험하다는 생각에서' 선택한 것이 선거인단제도라고 말한다. 이들은 선거 결과 분명한 승자가 나오지 않을 때에 대비한 안전장치로 '하원에서의 선출'을 규정했다. 그리고 조지 워싱턴 외에는 어느 누구도 절대다수 표를 얻지 못할 것이므로 사실상 사려 깊은 국회가 대통령 선출권을 행사하게 될 것으로 전망하고 기대했다.

그러나 이들의 예상은 크게 빗나갔고 그간 몇 차례에 걸쳐 심각한 문제점도 노정했다. 이 제도가 양당제를 보호하는 방패막이로 작용, 제3당 후보의 당선을 원천봉쇄한다는 비판도 제기됐다. 상원에서 부결되긴 했지만 지난 1979년에는 직선제 법안이 제출되기까지 했다. 지금은 힐러리 클린턴 상원의원 당선자를 비롯한 많은 사람이 다시 제도개선의 목소리를 높이고 있다. 그럼에도 불구하고 아마 이 이상한 선거인단제는 존속할 것이다.

제도만이 아니다. 미국의 선거 기술이라는 것도 허술하기 짝이 없다. 투표용지에 구멍이 제대로 안 뚫려 기계가 이를 읽지 못하고, 그 때문에 무효로 처리되는 표수가 선거결과에 결정적 영향을 미칠 정도라고 한다. 정말 '바나나공화국'(중미의 약소국들을 비하해서 부르는 이름이라던가)에서도 이런 해프닝은 일어나지 않을 것이다.

더 이상한 것은 중첩된 모순적 관행과 제도를 애써 정비할 생각이 별로 있어 보이지 않는다는 점이다. 그런데도 현실 정치 과정은 무리 없이 진행되어 간다. 데이비스의 말로는 '아주 망가지지 않았거든 손대지 말라'는 오랜 속담을 미국 국민이 믿고 있기 때문이란다.

우리는 어떤가. "미국도 별 수 없지 않으냐" "그간 우리는 지나치게 자기 비하를 해오지 않았는가." 그런 볼멘 자성의 소리가 넘쳐난다. 그러나 누가 물어 온다면 낯간지러워서라도 도저히 그런 말은 못할 것 같다.

선거 한번 끝나면 다시 제도를 구조에서부터 뜯어고치자고 덤비는 것이 우리 정당이고 정치인들이다. 총선에서 의석 대부분을 잃어버린 어느 정당은 국회법을 고쳐 원내교섭단체 구성요건을 완화해내라고 억지를 부렸다. 집권당은 공동여당의 미련에 발목 잡혀서 그 편을 들어 국회 운영위 법안 날치기를 감행했고….

그저께는 여당 의원들이 정치 분야 국회 본회의 대정부 질문에서 '대통령 4년 중임제' 개헌을 주장하려 했다가 지도부의 염려 때문에 포기했다는 보도다. 그간 기회 있을 때마다 나온 말이긴 하지만, 이른바 '군사독재 정권의 장기집권 음모'를 극복한지 얼마나 됐다고 이러는지 그 건망증이 신기하기까지 하다.

꿰매고 덧대고 해서 누더기같이 된 옷을 입은 처지에 남의 어색한 입성을 가리키며 박장대소할 일인가, 지금이? 이제 우리도 제도를 존중하고 이의 전통을 세우는 일에 좀 신경을 쓰자. 그래서 제도의 허점과 모

순까지도 전통이 되어 한국 민주주의를 받치는 버팀목이 될 때쯤이라야
비로소 안심하고 남의 제도에 훈수를 들 수도 있을 것이다.

〈이, 001115〉

'3당 연정'이라는 것은

역시 봄 날씨다. 금방이라도 모든 꽃망울을 일제히 터뜨려 놓을 것처
럼 기온이 치솟더니 갑자기 곤두박질치면서 때 아닌 진눈깨비까지 흩뿌
렸다. 꽃샘추위야 봄마다 겪는 것이지만 적응하기가 그리 쉽지는 않다.
화창한 날엔 다시 사나워질 수도 있다는 사실을 잊어버리고 만다. 그 탓
에 '봄의 변덕'은 그때마다 새삼 견디기가 어려워지는 것이다. 어디 날
씨만이 그럴까.

알렉산더는 프리기아 전역을 정복하고 미다스왕의 수도였다는 고르디
움에 도착했다. 거기서 그는 산수유나무 껍질을 꼬아 동여맨 유명한 전
차를 보았다. 그 매듭을 푸는 사람은 온 세계를 정복한다는 전설이 있었
다. 알렉산더는 매듭의 끝을 찾아내는 대신 칼로 잘라버렸다. 플루타르
코스의 영웅전에 전해지는 이야기다.

성공한 사람들은 뭔가 달라도 다르다. 얼마나 통쾌한 해법인가. 상승
장군의 위용, 정복자의 기개를 그 한 장면이 다 말해준다. 주저하고 고
심할 게 뭔가. 선택은 간단명료하다. 군대식 용어를 빌리자면 이렇다.
"안 되면 되게 하라!"

그러나 치세의 집권세력은 달라야 한다. 국사(國事)의 매듭은 단칼에 끊어서 될 일이 아니다. 참을성 있게 풀어 나가는 것이 곧 민주적 정치 과정이다.

경우는 다르지만 유사한 고사가 있다. 진시황이 제(齊)나라 왕후에게 옥을 이어 만든 고리를 보냈다. 사신이 이를 바치며 말했다. "제나라에 지혜로운 신하가 많다고 들었는데, 과연 이 지혜의 고리를 풀 수 있는 사람이 있을까요?" 신하들이 다투어 덤벼들었으나 아무도 해답을 찾지 못했다. 그러자 왕후가 망치로 고리를 부숴버렸다. 그러고는 사자에게 말했다. "삼가 지혜의 고리를 풀었소."(『전국책』, 최효선 편역)

강자의 시험에 들었을 때 약자 측의 대응 방법으로서는 담대함·과감성의 과시보다 더 효과적인 것도 달리 없다. "국민이 표를 안 준다고 소수정당의 처지를 감내해야 할 까닭이 어디 있는가. 모자라면 늘려야지." 정부와 여당의 인식이 그러한가? 현실의 족쇄를 과감히 벗어 던져버리는 게 무용담으로서는 제격이다. 그렇지만 정치의 순리라 하기는 어렵다.

김대중 대통령이 마침내 개각을 단행했다. 국면 전환, 분위기 일신을 위해선 이만한 처방도 달리 없다고 판단된 듯하다. 그건 나쁠 것이 없다. 잦은 개각이 문제이긴 하나 적절한 기회를 놓치는 것은 더 안 좋을 수가 있기 때문이다.

그런데 새로 임명된 각료들의 면면이 이채롭다. 정치권 인사들이 대거 진입한데다 민주-자민련은 물론 민국당까지 숟가락을 걸쳤다. 이른바 '3당 연정 구도'다. 대통령 중심제 아래서 연립정부를 구성하겠다는 것이다. 다른 나라에도 대통령제＋내각제, 이 절묘한(?) 혼합의 예가 있는

지 궁금하다.

"정치에 무슨 정답이 있느냐?"고 하면 별로 할 말이 없다. 그러나 정치적 난국을 풀어나가는 일과 고르디우스의 매듭을 푸는 것과는 다르다. 민주정치는 '과단'이 아니라 '순리'를 전제로 한다. 그게 외면 또는 거부되면 그 순간 민주정치는 위기국면으로 빠져들고 만다.

대통령제와 내각제의 원칙 없는 혼합이 왜 좋지 못한가는 굳이 설명할 필요도 없다. 내각제의 정부는 국회에 대해 책임을 진다. 이에 비해 대통령제의 정부는 임기 중 누구에게도 책임을 지지 않는다. 정치를 어떻게 해나가든 헌법이 정한 임기를 보장받는다. 이 두 제도를, '강한 정부 강한 여당'을 위해 어설프게 섞어 놓으면 책임 안지는 내각책임제가 되어 버린다.

원래 대통령제는 엄격한 '3권 분립'을 이념적 기반으로 한다. 이들 권력이 상호견제와 균형을 유지함으로써 민주정치의 타락, 독재정권의 출현을 막는다는 데 제도의 의의가 있다. 이에 대해 내각제는 원내 다수당이 정부를 구성하되 국회의 불신임을 받으면 물러나야 하는 제도다. 더 중요한 것은 '왕은 군림하나 통치하지 않는다'는 대전제다.

지금 정부 여당이 시도하는 '연정'은, 한마디로 다수당과 정부가 결합되긴 하지만 누구에게든 책임을 지지 않는 체제다. 두 제도 가운데서 집권세력에 유리한 속성만 활용하겠다는 뜻이나 마찬가지다. 대통령은 통치권자의 권한을 다 행사하고 정당 연립의 정부는 대통령에게만 책임을 지면 되는 이런 체제는 자칫 독선, 더 심하게는 독재를 초래할 수도 있다.

지금의 정부 여당이 그런 의도를 갖고 있느냐 없느냐 하는 것은 사안의 본질이 아니다. 나쁜 선례는 더 쉽게 답습된다. 다음 정부에 들어서

감당하기 어려운 부작용, 후유증이 나타나지 않으리라고 누가 보장하겠
는가. 3당 연정이라는 것을 납득하지 못하는 게 그 때문이다.

〈이, 010328〉

개혁, 이제부터는

아주 옛날 깊은 산 속에 굴이 하나 있었다. 그 속에는 일곱 가지 무지
개 색이 가득했다. 어느 날 굴 안에서만 살던 토끼는 그 고운 빛이 들어
오는 바깥 세상에 대한 생각에 잠겼다. 마침내 토끼는, 아마도 자신이
왔으리라고 여겨지는 굴 밖의 세상을 향해 나아갔다. 천신만고 끝에 굴
을 벗어나 고개를 내밀었을 때 눈에 보인 것은 황홀한 새 세상이 아니라
암흑이었다. 강렬한 태양광선으로 눈이 멀어버렸던 것이다. 토끼는 돌
아갈 길을 잃을까봐 그 자리를 떠나지 못했다. 토끼가 죽은 자리에 버섯
하나가 돋아났다. 그의 후예들은 이것을 '자유의 버섯'이라며 어려운 일
이 있을 때마다 그 앞에서 제사를 지냈다.

장용학의 단편 소설 '요한 시집' 전반부를 삭막한 산문 투로 요약하자
면 이렇다. 고교 시절이나 지금이나 이 소설은 난해하다. 누구는 "작가
가 사르트르의 '구토'를 읽고 이 글을 썼다더라"고 전한다. 그래서 그
프랑스 실존주의 철학자의 냄새를 이 작품에서 맡는다는 말도 했지만
그런 어려운 이야기를 왜 길게 끌랴.

언뜻 느껴지기로 이 비유의 무대 및 구조는 플라톤이, 눈에 보이는 현

상의 세계와 지성에 의해 비로소 알 수 있는 실재(實在)의 세계를 구분해 보이려고 '정체론'(政體論)에서 묘사하고 있는 '동굴의 신화'와 흡사하다. 그러나 재미가 별로 없는 이야기니까 이 또한 굳이 소개할 필요가 없겠다.

어쨌거나―, 장용학의 '눈먼 토끼'와 '자유의 버섯'에서 유감스럽게도 우리의 정치 현실을 연상하게 된다. 우리는 수많은 사람의 희생 덕분으로 오랜 권위주의의 질곡을 벗어나 자유 가득한 새 세상을 보게 됐다고 했다. 그런데 희망에 들떠 눈을 번쩍 뜨게 된 순간 그만 방향 감각에 문제가 생겨버렸다. '요한 시집' 흉내를 내자면 개혁의 검광(劍光)이 너무 강렬했던 탓이다.

처벌 위주의 개혁이 된 데는 나름대로 사정이 있었을 수 있다. 대통령으로서 국정을 확고히 장악할 수 있는 기간이 길어야 3년이다. 이 동안에 완결 지을 수 있는 정책 과제란 거의 없다(이를 감안하면 남북관계에 엄청난 진전을 이룰 수 있었던 국민의 정부는 행복한 편이다).

개혁의 성과를 바로 국민 앞에 제시할 수 있으려면 아무래도 사정이나 수사가 제격이다. 김영삼 전 대통령이 임기 내내 검찰 의존형 개혁을 선호했던 까닭이 다르지 않을 것이다. 국민의 정부도 달리 뾰족한 방법을 찾아내지 못했던 듯하다.

그렇지만 분명히 인식해야 할 일이 있다. 처벌하고 또 해도 검찰의 수고는 덜어지지 않는다. 아무려면 잘못을 덮어주자고 할까. 범법자를 찾아내 처벌하는 것은 정부의 당연한 책무다. 다만 검찰 의존적 개혁의 위험성을 지적하려는 것이다. 검찰과 법원이 두드러져 보이는 나라일수록 정치적 건강지수는 낮다고 봐서 틀림이 없다.

작용은 반작용을 낳는다. 정권측이 사정·처벌 위주 개혁의 검을 높이 치켜들면 정치적 반대세력도 똑같은 강도로 대응하려 하게 마련이다. 지금의 정치상황이 보여주는 바가 그것이다. 이러다가는 국정 조사·특검제 홍수가 날까 두렵다.

긍정적이고 조장적(助長的)인 개혁이야말로 진정한 개혁이 아니겠느냐고 이즈음에 와서 더욱 절실히 생각하게 된다. 부정적이고 징벌적인 개혁은 우리 모두를 '과거'라는 늪에서 헤어나지 못하게 한다. 5년 단임제의 한계일지는 모르지만 극복 불가능한 일은 아니다. 개헌? 천만에! 문제의 본질은 거기에 있지 않다. 권력을 강제력으로만 파악하는 게 곧 '한계'다. 정치권력을 조장력 창조력으로 승화시킬 줄 아는 리더십의 발휘가 소망스럽다. 그럴 때 개혁은 진취적 생명력을 갖는다.

물론 전제 조건이 있다. 정부가 바뀌어도 정책은 승계 된다고 할 때, 그리고 국민이 인내심을 가지고 정책의 추진 과정을 지켜봐 줄 때 리더들은 생산적이고 미래 지향적인 개혁에 열성을 보이게 될 것이다. 예는 가까이 있다. 노태우 정부 때의 적극적인 대북정책이 김영삼 정부와 현 정부에로 이어진 결과가 분단사상 최초의 남북정상회담과 노벨평화상 수상이었다. 이 전통을 이어가면 된다. 당연히 영예와 보람을 함께 누리겠다는 진지한 배려도 필수적이다.

지금이야말로 대화해가 소망스러운 때다. 한 나라의 정치를 좌우하는 리더들이 날이면 날마다 남을 징벌하는 데만 골몰할 일이겠는가. 민주화의 결정적 전기가 됐던 6·10항쟁의 승리가 이미 십 수 년 전의 일이 됐다. 그런데도 방향 감각을 잃은 채 동굴 입구만 맴도는 토끼의 시늉을 하고 있을 수는 없지 않은가. 〈이, 010926〉

개헌 논란 벌일 땐가

유진오가 주도한 헌법기초위원회는 당초 내각 책임제 헌법 초안을 마련했다. 그러나 이승만(李承晩)의 거듭된 압력으로 미국식 대통령제에 내각제 요소를 가미한 구조를 채택하게 됐다.

내각제에 대해서는 당시 무소속의 조봉암(曺奉岩)도 거부감을 표출했다. 그는 사석에서 자신은 이론상으로는 내각책임제가 옳다고 생각하지만 한민당계가 정계를 좌지우지하는 한 반대한다고 말한 것으로 유진오는 기록하고 있다(『헌법기초회고록』).

내각제 개헌은 제1공화국 때 야당의 정책 목표가 됐다. 그리고 1960년의 4·19 혁명 이후 이를 실현할 수가 있었다. 그렇지만 제2공화국은 이듬해의 5·16 쿠데타로 붕괴되고 말았다.

박정희의 장기 철권통치에 맞섰던 야당 정치인 가운데서도 뚜렷이 부각됐던 인물들이 바로 김영삼·김대중이다. 그런데 이들은 내각제가 아니라 '대통령 직선제'를 내걸고 싸웠다. 직선제만 회복된다면 자신들이 집권할 수 있다고 믿었을 게 틀림없다. 정권 장악이 확실한 데 대통령제를 왜 마다하랴.

역시 쿠데타로 성립됐던 5공 정권이 수명을 다할 즈음 이번에는 오히려 집권자 측이 내각제 개헌을 시도했다. 정권을 놓치지 않는 방법으로 이들은 창고 속에 먼지 쌓인 채 처박혀 있던 내각제를 꺼냈던 것이다. 벼랑 끝에서 정권을 잡는 데 성공했던 노태우는 1990년 3당 합당하면서 다시 내각제에 집착했다. 잘만 되면 임기 후에도 강력한 힘을 행사할 수 있을 것이었다.

김종필이 내각제에 매달렸던 까닭이라고 달랐겠는가. JP의 내각제 개헌은 'DJP 연합'으로 빛을 보는가 했으나 역부족이었다. 그래도 끈질기게 '내각제 개헌'을 고집하며 정치권에 버티어 온 JP에게 희미하나마 서광이 비치기 시작한 분위기다.

한나라당의 이규택 총무가 지난 3일 당직자회의에서 이 문제를 내놨다. 같은 당 영남권 출신 의원들이 적극적인 지지 움직임을 보이고 있다. 당연히 JP와 이인제 총재 권한대행을 비롯한 자민련 지도부가 반색했고 한화갑 민주당 대표까지 "내각제 문제를 거론할 때가 됐다"며 가세했다. 민주당 중진 의원 몇몇도 긍정적 반응을 보인다는 소문이고.

이 정도가 됐으면 쏘시개에 불을 댕긴 셈은 됐다. 기존의 세력을 유지하고 싶어 하는 정파, 정치권 내에서 살아남아 장래를 기약하고자 하는 정치인 등에게는 정말 '듣던 중 반가운 말'이 아니겠는가.

무슨 논의든 할 수 있는 것이 민주주의다. 특히 정치인들이 정치제도의 개선 문제를 두고 의논해보겠다는 데 잘못이라 할 일은 못 된다. 그러나 속셈이 너무 빤히 보이는 듯해서 입맛이 쓰다. 더욱이 아직 새 정부가 출범도 하기 전이다. 이건 정치인으로서의 도리가 아니다.

내각제 개헌은 '제왕적 대통령'의 폐해를 극복한다는 점을 가장 큰 명분으로 삼고 있다. 거기에 지역할거정치 탈피, 만성적 대결정치 극복 등의 기대 효과도 곁들여진다. 그러나 진선진미한 제도란 있을 수 없다. 다만 그걸 원하는 사람들의 명분과 핑계가 있을 뿐이다.

내각제가 되면 정파 보스들, 국회의원들의 기득권이 철옹성처럼 굳어진다. 모두가 제각기 권력자연하는 사태가 벌어지지 않으리라고 누가 보장해 줄 것인가. 이를 비롯, 내각제나 대통령제나 취약점을 찾으라면 당장 이 자리에서 열 손가락을 몇 번씩이라도 꼽을 수 있다.

P H 비거의 시니컬한 경구 하나를 귀담아 들어둬도 좋겠다. 그는 마르크스의 계급투쟁론과 옛 소련의 현실에 대해 쓰면서 이렇게 말한다.

"앞문으로 들고양이를 쫓아내면 뒷문으로 스컹크가 들어올지도 모른다."(D 톰슨 편, 『근대정치사상』)

악을 제거하면 선만 남는 게 아니라 또 다른 악이 자리바꿈할 수도 있다는 말이다. 마르크스의 계급투쟁론과 옛 소련의 현실에 대해 쓰면서 한 말이지만 그가 부연한 것처럼 '인생의 진리'일 것 같기도 하다.

그래서 말인데, 내각제를 하면 '위기의 정치인'들에게 다시 찬란한 희망의 아침이 올까. 정치가 잘 안 되는 게 헌법 탓이라고 말하는 분들! 개헌만 하면 정치 선진국이 된다고 정말로 믿습니까? 국민 가운데 상당수는 구태 정치인들이 자성하거나 물러날 때 정치가 새로워질 수 있을 거라고 말하던데요? 〈이, 030115〉

"공론이 저잣거리에 있으면"

법리적으로는 논쟁의 여지가 있을 수 있겠으나 정서가 쏠리는 대로 말하자면 '노무현 대통령 측근 비리 의혹 규명 특검법'은 수용돼야 한다. 무엇보다 '측근 비리 의혹' 가운데는 노 대통령이 대통령직을 걸고 재신임을 받겠다고 선언했어야 할 만큼 심각한 문제가 포함돼 있다. 대통령직을 좌우할 수 있는 일이라고 현직 대통령 스스로 판단했다면 그보다 더 심각한 일이 있을 리 없다.

뻔한 이야기지만 검찰은 정부의 한 기관이다. 행정부의 수반은 대통령이다. 대통령 자신도 연루되었을지 모르는 사건들을 검찰이 수사하면서 독립성 중립성을 확고히 지킬 수 있다고 주장한다면 이는 강변(强辯)에 가깝다. 강금실 법무장관, 송광수 검찰총장, 대검 중수부의 의지 문제가 아니다. 이야말로 본질적 한계다.

검찰의 수사가 이 부분에서는 소극적이라는 주장도 있다. 주로 야당 쪽에서 나오는 불만이지만 그렇다고 무조건 과장이거나 허위 주장이라고 할 수는 없다. 대통령 측근 인사들의 비리 의혹을 수사하면서 의욕이 넘치는 모습을 보일 검사가 몇 명이나 되겠는가.

그래서 말이지만 이런 경우는 특검이 수사토록 하는 게 낫다. 검찰이 소신껏 수사하기가 곤란한 사건, 검찰의 수사 결과가 국민적 신뢰를 확보하기 어려운 사건의 수사와 기소를, 독립성 중립성이 담보되는 특별검사에게 맡김으로써 수사 과정의 투명성과 결과의 신뢰성을 높이고자 도입한 게 바로 특검제다. 측근 비리 의혹 말고 달리 어떤 사건에 특검제를 적용할 것인가.

기실 '측근 비리 의혹'과 관련해서는 노 대통령이 특검 수사를 자청하는 게 상식적 대응이다. 그러는 것이 의혹을 털어내는 첩경이다. 그런데 정부와 '정신적' 여당은 국회 본회의 특검법 통과에 대해 강력히 비판하고 나섰다. 있을 수는 있지만 반드시 합당한 반발이라고 보기는 어렵다. 국회 재적 3분의 2가 넘는 의원들이 찬성해서 통과시킨 법이다. 의회가 불법적인, 또 전례가 없는 결정을 했다면 모르겠거니와 합법적인 절차에 따라 의결한 일이라면 일단은 존중해야 옳다.

그간 노 대통령은 오히려 '재신임 정국'에서 힘을 얻어왔다. 전략으로는 절묘했다고 할 수 있다. 그러나 국민에 대한 도리를 다했다고 보긴 어렵다. 측근의 문제가 무엇인지를 알았다면 국민 앞에 전말을 밝히고 사과하는 게 순서이자 마땅한 도리일 터였다. 혹 내용을 몰랐다고 해도 정치적 도박의 인상을 주는 제의를 대통령직까지 걸면서 그처럼 쉽게 해서는 안될 일이었다.

노 대통령이 별 것 아닌 측근의 문제를 미끼로 삼아 야당으로 하여금 '도덕성 경쟁'이라는 낚싯바늘을 덥석 물게 했든, 공세적 대응으로 위기 돌파를 시도했든 최고 정치 지도자로서의 취할 바는 못 되었다. 당장은 이길 수 있다고 해도 그 부담이 임기 내내 청와대와 정부를 짓누를 것임을 생각했어야 했다.

노 대통령 스스로 좀 더 신중해지지 못하고 모든 참모들이 함께 정치 게임에 뛰어들게 만든 요인은 한두 가지가 아니겠지만 아마 한 쪽으로만 열린 언로(言路)도 그 가운데 하나일 것이다. 옛날의 군주에게나 지금의 대통령에게나 가장 필요한 것은 내부의 직언·간언이다.

이는 달리 말하자면 청와대 또는 정부 안에서의 논의가 활발해야 한다는 뜻이다. 대통령과 코드가 맞는 사람들 일색으로 구성된 청와대에서는 이를 기대하기 어렵다. 대통령 앞에서 담배를 피우며 자유롭게 토론할는지는 몰라도 본질적인 문제에서 대통령과 다른 말이 나올 수는 없다.

"공론은 나라의 원기(元氣)이다. 그 공론이 조정에 있으면 나라가 잘 다스려지고 공론이 여항(閭巷)에만 머무르면 나라가 어지러우며, 만약 공론이 위아래 어디에도 없다면 나라는 망하고 만다."

율곡 선생의 가르침이다. 지금도 그 이치에는 다름이 없다. 청와대에 대통령의 목소리와 참모들의 화답뿐일 때 바람직한 결정은 결코 이뤄지지 않는다. 민의(民意)가 저자에서만 맴돌지 않고 청와대와 정부에 전해져 활발한 논의의 소재가 될 때 민주정치는 성숙미를 갖출 수 있다.

특히 청와대 참모들은 대통령에 대한 민심의 대변자가 되어야 한다. 그런데 지금까지는 대통령의 불평과 분노를 국민에게 대변하는 모습만 보였다. 이제부터라도 문제가 있는 것은 있다 하고, 해서는 안될 일은 안된다고 말해야 한다. 마침 중요한 과제가 제기됐다. 특검제와 관련, 청와대 내의 서로 다른 목소리를 들어 볼 수 있을까 해서 귀 기울인다.

〈이, 031112〉

정치적 '순결 강박증'

백이(伯夷)와 숙제(叔齊)는 중국 은대(殷代) 고죽국(孤竹國) 군주의 아들들이었다. 아버지의 사후 서로 제후 자리를 미루다가 함께 은둔한 이들은 서백(西伯) 창(昌)이 늙은이들을 공경한다는 소문을 듣고 주(周)나라에 가서 살기로 했다. 그런데 가서 보니 이미 서백은 죽었고 그 아들(즉 武王)이 저 유명한 폭군, 은나라의 주(紂)를 치려고 하는 상황이었다. 형제는 극구 만류했으나 무왕은 기어이 은을 멸망시키고 주의 천하를 열었다.

두 형제는 주나라의 곡식을 마다하고 수양산(首陽山)에 숨어 고비를 캐어먹으며 연명하다가 죽었다. 아사 지경에 이르러 백이가 채미가(採薇歌)를 지었다.

"지금 나는 서산에 올라 고비를 뜯노라/무왕은 폭력으로 폭력에 바꾸되, 그 그릇됨을 알지 못하더라.

신농(神農)·우(虞)·하(夏)는 어느 사이엔가 이미 사라져 버렸으니/나 어디로 돌아 가리, 아! 가리라, 목숨도 이미 지쳤거니."

정치적 순결성의 극치다. 그런데 이들의 필사적 순결주의가 오히려 모자란다고 탓한 사람이 있다. 조선 세조 때의 사육신 가운데 한 분인 성삼문(成三問)이다.

"수양산 바라보며 이제(夷齊)를 한하노라/주려 주글진들 채미도 하는 것가/아모리 푸새엣 거신들 그 뉘 따해 낫더니."

이 정도로 치열하게 의리를 지키며 살 각오가 되어 있는 사람은 과연 얼마나 될까? 그들 가운데 이를 실천할 수 있는 사람은 몇일 수 있을까?

해방 된 후로도 몇 년이나 지나서 태어났으니 일제(日帝)와 인연이 있을 리 없다. 농부의 손자로, 아들로 태어나 자랐으니 친일(親日) 시비와도 무관할 수밖에. 그러니 "친일 인사를 처단하자, 그 자손을 매장시키자"고 큰소리치며 나선다고 누가 뭐라 시비하랴!

그렇지만 그럴 자신이 없다. 그 시대에 지금 같은 서생(書生) 정도의 처지로 살았다 하고, 일인들의 총칼에 맞서 뜻을 지킬 수 있었을 것 같지가 않다. 혹독한 고문은 고사하고 일제 순사의 고함 한 마디에도 지레 주눅이 들었을 듯만 하다.

어차피 가상이니 훨씬 모양 나고 멋있는 역할을 한껏 맡을 수 있겠지만 양심이라는 것에 걸려 제풀에 주저앉고 만다. 이래서 갈 데 없는 소시민인가.

어쨌든 해방 이후 세대라는 특권(?)으로 말하자. 일제의 식민 통치를 당하게 된 것은 못난 왕조와 그 고관들 탓이다. 당연히 책임을 물어도 우선은 그들에게 물어야 한다. 그리고 가능하면 그 선에서 책임 추궁을 끝내는 게 우리의 상처를 슬기롭게 치유하는 길이다.

민족적 순결성을 잣대 삼아 따지고 들어가다 보면 일제 치하의 이 땅에서 목숨을 부지했던 우리 부모, 조부모 또 그 윗대 가운데 어느 한 사람도 책임 추궁을 면할 길이 없다. 왜 목숨을 걸고 감연히 항거하지 못하고 구차스럽게 살아남아 자식을 낳고 길렀느냐고 호통 칠 것인가?

열린우리당이 친일 반민족 행위자의 범위를 대폭 확대하는 내용의 '친일반민족행위진상규명특별법' 개정안을 당론으로 확정했다는 기사를 읽다가 문득 느껴져 하는 말이다. 물론 역사를 분명히 정리하는 것은 중요하다. 일제 치하의 서러운 피붙이들을, 그 앞잡이가 되어 핍박했던 사람들이 슬그머니 역사 속, 또는 망각 속으로 도피하도록 내버려 두어서는 안 된다는 데 어찌 이견이 있겠는가. 그렇더라도 '순결지상주의'는 곤란하다.

비단 이 문제뿐이랴. 정치적으로도 순결 강박증이 우리 사회를 지배하고 있는 게 아닌가 하는 착각을 종종 일으키게 된다. 취모멱자, 털을 불어 헤쳐 가면서까지 남의 허물을 찾아내어 비난하고 조롱하고 공격해 대는 일이 정치권의 항다반사가 된 분위기다.

세태도 참으로 묘해져서 요즈음은 권력을 쥔 측이 더 공격적이다. 원도 한도 없이 반대 세력을 공격해서 초토화해버리겠다는 기세다. 용어

를 가리는 법도 없다. 험악하고 모욕적인 말만 골라서 퍼부어대는 상황
이다. 그게 다 개혁을 위해서인가?

다시 말하지만 아무도 전적으로 순수하고 순결한 사람은 없다. 그런데
도 그것으로 남을 공격하고 단죄할 경우, 언젠가는 '되로 주고 말로 받
는' 처지에 놓이게 된다. 극단적 순결주의가 서슬 퍼런 단죄의 칼을 휘
두르는 곳에서 이름을 온전히 지켜낼 사람이 어디 있겠는가. 특히 집권
세력이 명심할 일이다. 〈이, 040714〉

자기 덫에 걸린 사람들

상앙(商鞅, 公孫鞅)은 법치의 확립을 통해 진(秦)나라를 중국 전국 시
대의 패권 국가로 만드는 데 기여한 법가의 선구자다. 상앙의 법은 아주
엄혹했을 뿐 아니라 왕족 중신 가림 없이 철저히 적용됐다. 조량(趙良)이
그에게 "덕을 믿는 자는 번영하고 힘을 믿는 자는 망한다"는 '서경(書經)
의 말을 들어 충고했으나 그는 듣지 않았다.

효공이 죽고 태자가 그 자리를 물려받자 그는 모반의 밀고에 쫓겨 도
망가는 신세가 됐다. 국경의 관문에 이른 그는 객사에서 하루 밤을 묵으
려 했다. 그러나 주인은 "상군(商君, 앙의 봉호)의 법률에 여행증이 없는
손을 재우면 연좌로 죄를 받게 된다"며 거절했다. "아! 신법(新法)의 폐
단은 마침내 내 몸에까지 미쳤는가." 그는 절망에 빠져 탄식했다(사마
천, 『사기』 상군열전).

프랑스 대혁명을 상징하는 인물이라면 우선 떠오르는 이들이 당통과 로베스피에르다. 장 폴 마라와 함께 뛰어난 웅변술로 혁명을 이끌었던 당통은 혁명재판소와 공안위원회 조직에도 앞장섰다. 그러나 그는 결국 혁명 동지 로베스피에르에 의해 1794년 4월 5일 단두대에 세워졌다. 국민공회가 내놓은 죄목은 뇌물 수수 및 반역죄였다.

당통과는 달리 아주 냉철했던 로베스피에르는 공포 정치와 동의어가 되어 있었다. 그는 '공화국의 모든 잠재적 적들을 사회에서 제거'(페터 벤데 편, 『혁명의 역사』, 권세훈 역)하고 혁명의 목적을 달성하기 위해 필수적이라는 확신을 가지고 공포 정치를 행했다. 그러던 그도 당통이 처형된 지 3개월 20여일 후인 7월 27일 국민공회 다수파에 의해 실각, 다음 날 단두대에서 생을 마감했다. 혁명에 대한 광신적 열정이 수많은 사람의 목숨과 함께 자신의 생명까지 앗아가 버린 것이다.

사람 사는 사회를 하나의 틀 속에 넣어 규격화하려는 것은 어리석다는 사실을 이들은 가르친다. 하나의 이념, 하나의 가치, 하나의 질서, 이런 것들에 너무 집착하면 편집증이 되고 그에서 비롯되는 행동은 극단으로 흐르기 십상이다. 어떤 숭고한 목적으로 치장하든 자기도취와 편집증은 끝내 자신까지도 희생시키고 마는 괴물이 되어 버린다.

사람을 억압하고 억눌러서 이루어질 수 있는 이상향은 없다는 사실도 이들의 예에서 깨닫게 된다. 그것이 혁명이든 뭐든 그 과정은 죽이는 것이 아니라 살리는 것이 돼야 한다. 증오감, 피해 의식, 지배욕 같은 것을 정의로 포장하고 나설 때 행동은 더욱 과격해지기 쉽다. 그리고 증오로 군중을 자극하면 언젠가 자신이 그 과녁이 된다는 사실을 유념해야 한다.

유난히 '과거사 진상 규명'의 목소리를 높여 오던 신기남 열린우리당 의장이 '부친의 친일 전력'으로 휘청거리는 모습을 보는 심정은 착잡하다. 가능하면 숨기고 싶어 했던 모양인데《신동아》가 확실한 증거와 증언들을 제시하면서 들춰내 버렸으니 어쩌겠는가. 그러고 보면 신 의장의 '과거사 청산' 웅변은 자기 부친에 대한 준엄한 책임 추궁이나 다를 바 없다. 이것이 오늘날 한국적 상황의 한 단면이다.

해방 전후에 출생한 세대가 역사의 족쇄를 발목에 차지 않아도 좋게 된 것은 각자의 애국심이나 용기 때문이 아니다. 다만 그 시대에 태어나지 않았다는 행운 덕분이다. 그 행운을 무기로 내세워 부모 조부모 세대를 호령하고 단죄하는 것은 아무래도 거북하다.

사회는 엄청나게 다양한 모습과 가치관이 뒤섞여 형성되고 변화해가는 인간 공동체다. 하나의 잣대로 선악을 가린다는 것은 어불성설이다. 더욱이 법으로 역사를 판단할 일은 못 된다. 특정 목적을 위한 법이야말로 당대 지배 세력의 가치관을 반영하는 기준이기 때문이다. 그래서 말이지만 혹시라도 정적과 정치적 반대 세력의 도덕적 입지를 완전히 붕괴시킴으로써 이른바 개혁 세력의 장기적 집권 기반을 확립하기 위한 전략일 경우, 지금 포기하는 것이 낫다. 과거사는 역사가에게 맡길 일이다.

의사의 본분은 병균을 죽이고 병소를 제거하는 일 자체에 있는 것이 아니라 환자를 살려내고 건강을 되찾게 하는 데 있다. 정부의 책무는 도덕의 심판자가 되어 세상에서 악을 단죄하고 몰아내는 데 있는 것이 아니고 국민이 안심하고 행복하게 살 수 있는 물질적 정신적 기반을 만들어 가는 데 있다. 왜 그걸 생각하지 않는가. 〈이, 040818〉

4년 연임제 이래서 안 된다

노무현 대통령은 자신의 부족한 점이 말을 고상하게 하지 못하는 것이라면서 "앞으로 한 번 더 시켜주면 확실하게 하겠다"고 말했다. 지난 2일 '참여정부평가포럼' 강연에서 한 말이라고 언론들이 보도했다. 농담이었다고 생각되지만 '대통령의 말'이니까 무겁게 받아들이지 않을 수가 없다.

우선 아무리 지지자들을 대상으로 한 강연이라 해도 대통령의 말은 품격을 갖춰야 한다. 이른바 '노가다 어휘'를 고집하는 것은 국민에 대한 도리가 아니다. '한 번 더 시켜주면…' 또한 위트라고 하기엔 너무 나간 표현이다. 그냥 해본 말이라고 해도 '4년 연임제 개헌'을 고집스럽게 밀어붙였던 노 대통령으로서는 조심했어야 했다. 그는 이날 강연에서 '그놈의 헌법'이라는 말까지 했다. 정말이지 '막가는' 표현이었다.

이럴 때마다 그가 '대통령으로서 너무 천박하고 험하다'고 여겨서 참는 말이 과연 있을까 하는 의문이 든다. 적어도 말에 관한 한 노 대통령은 원도 한도 없이 다 했다. 이날 4시간여를 혼자 말했다는 사실만으로도 그의 언변을 짐작하기엔 부족함이 없다. "야당 정치인으로 있었더라면 훨씬 행복했을 분이…" 미안하지만 그런 생각이 들 때가 잦다.

노 대통령은 240분 연설에 100여 회의 박수를 받았다고 한다. 만약 그가 '4년 연임제' 대통령이었다면 어땠을까? 격정적인 행동과 지지자들의 기세에 국민은 주눅들었을 게 뻔하다. 노 대통령은 그들의 무조건적인 지지에 떠받들려 자신을 '무오류'의 리더로 믿게 되었기 십상이고.

그게 바로 권위주의적 정치환경 및 행태의 단면이다.

열성적 지지자들을 상대로 하는 연설은 성공적이지 않을래야 않을 수가 없다. 그런데도 그 분위기에 휩쓸려 시쳇말로 '오버' 한 것은 노 대통령이 너무 순진한 때문인가. 대통령제란 국민의 동질성을 은연중에 전제하는 제도다. 그렇기 때문에 취임하는 순간 '국민의 대통령' 으로 불리고 인식되는 것이다. 자기편끼리 모인 자리에서 대통령이 반대자들에 대해 온갖 험담을 퍼붓는 것은 국민 정서만이 아니라 대통령제의 의의라는 측면에서도 용인되기 어렵다.

시어도어 루스벨트는 1901년 9월 암살당한 윌리엄 매킨리의 후임으로 제26대 미국 대통령이 됐다. '42세, 최연소 대통령' 의 기록은 지금까지 유지되고 있다. 그는 대단히 인기 있는 대통령이었다. 러시모어산 4명의 큰 바위 얼굴 가운데 그도 들어 있다. 후임 윌리엄 하워드 태프트에게 실망, 1912년에 혁신당을 조직해 다시 대선에 출마했으나 민주당의 우드로 윌슨에게 패배했다. 그 4년 후 혁신당이 또 그를 대통령 후보로 지명했지만 이번엔 그가 포기했다. 어쨌든 그 유능했던 루스벨트가 낙선했어도 미국은 발전을 거듭해 왔다.

에이브러햄 링컨이 암살된 후 그 자리를 물려받은 제17대 앤드루 존슨 대통령의 경우는 탄핵 일보직전까지 가는 우여곡절을 겪으며 겨우 전임자의 잔여임기를 채울 수 있었다. 다음 선거에서 그는 어느 당으로부터도 공천을 받지 못했다. 고향 테네시로 돌아가 두 차례나 실패한 끝에 연방 상원의원이 되었지만 겨우 5개월을 재임하고 사망했다. 자신의 대통령직 수행에 대해 나름대로 해명하고 인정받고 싶다는 생각으로 임기 후에도 정치를 계속했을 것이다. 그러나 전혀 도움이 되지 못했다.

　임기말의 대통령이 다시 정치적 전선을 광범위하게 구축하는 것을 도무지 이해할 수가 없다. 임기와 함께 자신의 역할도 끝난다는 사실을 도저히 받아들일 수 없다는 생각일까? 특정인이 정치 일선에서 떠난다고 정치의 기반이 붕괴되고 그 틀이 허물어지는 일은 없을 것이다. 역할도 기회도 넘겨줄 줄 아는 게 곧 지도자의 길이다. 지금 국민들은 노 대통령이 아니라 차기 대통령감에 관심을 기울이고 있다. 이를 인정해야 한다. 〈이, 070606〉

7부

일본 이웃에 사는 법

수구세력

소련의 정정이 극도의 긴장상태에 빠져들고 있다. 무력을 앞세운 보수세력의 쿠데타가 성공할 것인지, 국민을 등에 업은 개혁세력의 반격이 이를 좌절시킬 것인지 예측하기 어려운 상황이다. 사태는 매우 심각하고 대단히 위험스런 양상을 띠고 있다. 그리고 이것은 분명히 세계적 사건이다. 그 결과가 세계질서의 기본구도를 좌우할 것이기 때문이다.

개혁의 과정은 수구세력의 반발을 수반하게 마련이다. 고르바초프의 '페레스트로이카'가 상시적 위기 속에 곡예처럼 추진되어 온 것을 모르는 사람은 없다. 그럼에도 불구하고 충격은 크다. 수구세력들의 구시대회귀 욕구가 얼마나 집요한가를 우리 모두 직접 목격, 확인하게된 것이다.

물론 국민이 최후의 승리를 거둘 것임은 의심할 바 없다. 이는 가능성이 아니라 필연이다. 그러나 대가를 치러야 한다. 혼란의 고통은 고스란히 국민에게 떠넘겨진다. 문제는 거기에 있다.

어디를 가나 소련이야기 일색이다. 사태의 심각성을 감안하면 전혀 이상할 것이 없는 현상이다. 그것은 그렇다하고 우리의 사정은 어떤가. 양태는 다르지만 수구세력의 정치전면 복귀 움직임은 이곳에서도 가시화되고 있다. 아무래도 소련사태를 '강건너 불' 구경하듯 할 상황은 아닌 듯하다.

이른바 '5공 핵심 중 핵심'으로 지칭돼온 장세동 전 안기부장은 일전에 '창조적 정당'이란 신조어를 앞세우며 세인 앞에 등장했다. 소련뉴스에 파묻혀버렸지만 아마 다시 논쟁거리로 부각될 것이다. 5공 세력의 재부상 기도는 새로운 사실이 아니다. 그렇더라도 그들의 집념엔 새삼 놀라워 할 수밖에 없다. 과시 대단한 뱃심들이다. 청산의 대상인 구시대를 이끌어온 사람들이 '미래'를 운위하고 있다. 어떤 계산법으로 이들의 논리를 이해할 수 있겠는가.

수구세력은 아무리 작은 틈새라도 놓치지 않는다. 기존 정치권은 이 점을 유의해야 한다. 모두가 제몫차지에만 열을 올린 결과가 이 같은 엉뚱한 현상을 초래하고 있는 것이다. 우리의 사회분위기가 고르비를 걱정해주고만 있을 만큼 여유롭지 않다. 제발 정신들 차려주기 바란다.

〈한, 910821〉

일본의 무치

전시 성폭행에 대해 중형이 선고됐다. 옛 유고의 전범 재판을 맡고 있는 국제형사재판소(ICTY)가 22일 내린 판결이다. 지난 92~93년 보스니아-헤르체고비나의 포차 시에서 회교도 여성과 소녀들을 감금해놓고 성폭행을 저지른 세르비아계 군인 3명에 대해 재판부는 28~12년의 징역형을 선고했다.

물론 성폭행만을 이유로 내려진 형은 아니다. 이 사건의 경우 성폭행이 '인종청소'를 위한 테러의 수단으로 행해진 조직적 범죄였다는 사실이 중형 선고의 주요인이 됐다. 그렇긴 하나 전쟁 중의 성폭행을 반인류

범죄로 단죄한 첫 판결이라는 점에서의 의의도 각별하다.

그간 중시되지 않았다 뿐이지, 전시 성폭행 자체도 당연히 법적으로 금지된 전쟁범죄다. 쉽게 떠올릴 수 있는 예가 '전시에 있어서의 민간인의 보호에 관한 1949년 8월12일의 제네바 조약'이다. 이 조약 제27조(피보호자의 지위 및 취급)는 "…여자는 그 명예에 대한 침해, 특히 강간, 강제 매음, 기타 모든 종류의 외설행위로부터 특별히 보호하여야 한다"고 규정하고 있다.

말할 것도 없이 이는 법 이전에 '자명한 인간의 조건'이다. 그럼에도 불구하고 그간 이런 행위가 전범으로 처벌된 적은 없었다. 전쟁의 특수 상황이 감안됐을 것이다. 그러나 더는 안 된다. 명백한 반인류적 전쟁범죄이기 때문이다.

이를 전제로 다시 일본을 본다. 1937년 중·일전쟁을 일으켰던 일제는 조선 여성들을 중국으로 데려가 위안소, 육군오락소 등의 이름을 붙인 군대시설에 배치했다. 그 수가 1938년 초부터 가을 사이에만 3만~4만 명에 이르렀다.

1940년까지는 꾀어서 데리고 갔으나 1941년부터는 행정구역별로 인원을 할당했다. 그리고 1944년엔 이른바 여자정신대 근로령을 만들어 공공연히 강제 연행해 갔다. 정신대라는 이름으로 끌려간 조선 여성이 20여만 명, 이 가운데 위안부로 희생된 사람은 5만~7만 명에 달했다(송건호, 『한국현대사론』/강만길, 『한국현대사』). 국가에 의해 자행된 비열하고 잔혹한 범죄였다.

옛 유고 전범 재판의 주심 재판관 프로렌스 뭄바 판사가 판결문에서 한 말을 흉내 내자면 이렇다. 일본은 '인간 존엄성의 마지막 흔적마저도 강탈하고 (조선 여인들을) 가축처럼 취급' 했다. 그러고도 최소한의 피해보상조차 악착같이 거부한다. 1965년의 한·일협정으로 일체의 개인청구권도 함께 소멸됐다는 것이다.

더 기 막히는 일은 국가 차원의 증거인멸 음모다. 그들은 기어이 모든 중학교 역사교과서에서 '일본군위안부' 라는 용어를 삭제해버리기로 했다. 다음 달 초에 있을 문부과학성 검정에서의 통과도 이미 기정사실이 됐다는 보도다. 후손들의 양심까지도 마비시켜버리려 하는 이들을 차라리 가엾다 할 거나. 그 죗값을 어쩌려고 이러는지….〈한, 010224〉

악연

'일본어는 경상도 사투리' 라고 했다. 박병식이 자신의 저서 『일본어의 비극』에서 분석한 결과다. 십 수 년 전에 읽은 글이지만 기억에서 떠나지 않는다. 어원·음운 등에 대해서는 어깨너머로라도 배워 본 바가 없다. 그래도 재미있어 했던 것은 단편적으로 주장되던 바를 이 책이 줄기를 세워 정리하고 있기 때문이다.

언젠가 TV를 켜둔 채 다른 일을 하면서 들은 어느 할머니의 말소리가 늘 그 책 내용에 겹쳐진다. 밤늦은 시간, 경상도 할머니가 어떤 이야기인지 혼자서 계속하고 있었다. 태어나면서부터 들어온 억양이다. 잘못들을 까닭이 없다. 몇 분이 지나 하던 일을 끝내고 고개를 들었다. 이런 착각이라니! 화면 속에선 일본 오사카의 한 할머니가 일본말로 이야기하고 있는 중이었다.

『일본서기(日本書紀)』, 『고사기(古事記)』, 『만엽집(萬葉集)』도 우리말로 읽어야 본디 뜻을 알 수 있다고 설명해준 것 역시 그 책이다. 일본어를 전혀 모르는데 그 이해력이 오죽할까. 그래도 느낌은 있다. 아득한 옛날부터 지어진 인연이 어쩌다 이렇게 뒤틀리고 헝클어지기만 하며 이어져 왔는지….

한·일간의 역사적 악연은 작정하고 만들려 해도 어려울 만큼 악착스럽다. 어쨌든 기록이 가 닿는 과거에서부터 지금까지 일본은 우리에게 참으로 모진 이웃이었다. 물론 읽고 들어서 알뿐이다. 그래도 이런 한탄이 절로 나온다. "우리가 무엇을 잘못했기에 하필이면 이런 이웃을…."

양차 7년에 걸친 왜란, 36년 간의 식민통치, 그 때의 학살과 수탈 등만으로도 원한은 사무치고도 남는다. 남의 나라를 뺏어 온갖 행패를 부리다 무모하게 벌인 전쟁에 지고 쫓겨 가면서 까지 분단의 고통을 안긴 그들. 그러면서도 자신들은 천황제인가 하는 것을 유지하고 국토까지도 온전히 지켜냈다. 사마천의 물음은 여전히 분노롭다. 천도시야비야(天道是耶非耶: 천도, 옳은가 그른가).

우리의 분단에 대해서는 할 말이 더 남았다. 최초의 분할 기도는 임진왜란 때 있었다. 왜는 명(明)과의 화의(和議) 조건으로 조선 영토의 일부 할양을 요구했다가 거절당했다. 두 번째 분할론은 1894년 동학농민혁명 때 영국 외무장관 킴벌리(John W Kimberley)에 의해 제기됐다. 청-일간의 군사충돌을 타개하기 위한 중재안이었으나 일본은 다 차지할 속셈으로 거부했다. 세 번째로는 고종의 아관파천(俄館播遷) 후 일본이 러시아를 상대로 제안했다. 서로 욕심을 부리던 끝에 전쟁으로 치달았다(이상이기종, 『한국국제관계사』).

　이들이 이런 사람들이다. 이제 우리도 옛말하며 살게 되긴 했지만 이들의 행태로 보아 장래에 대해서도 안심하긴 틀린 듯하다. 일인들은 국가적 차원에서 차세대에게 거짓을 가르치고 있다. 자신들의 죄과를 숨길 정도가 아니라 오히려 미화하는 게 이들의 수법이다. 후손들까지 자신들과 그 조상들의 범죄에 공범으로 끌어들이는 것이다.

　부모 되고 자식을 이 지경으로, 기를 쓰고 타락시켜가는 사람들이 이들 말고 달리 있을까. 우리의 분노도 분노지만, 정말 걱정스러운 바는 정직하지 못한 조상들에게서 잘못 교육받고 자라나 일본을 움직여 갈 그들의 후세들이다. 세상이 들끓고 있는데도 고이즈미 준이치로 일본 총리는 오불관언이다. 이웃나라 국민들의 한이 서린 야스쿠니 신사를 당당히 참배하고 나서야 우리나라 및 중국과의 관계 회복에 나설 것이라고 한다. 오만도 이쯤 되면 할 말을 잊게 된다.

　이들과 '21세기의 새로운 파트너십'을 함께 선언했던 김대중 대통령이 마침내 "용납할 수 없다"고 분명한 어조로 말했다. 정부는 '국제적 연대' 등 가능한 모든 수단으로 대응하겠다는 태세다. 이 점에선 야당도 한 목소리를 내고 있다. 참으로 오랜만의 의견일치다.

　그래서 말인데 여야 정치인들이 분명히 인식해야 할 게 있다. 일제의 통치를 받고 있을 때 해방된 조국의 정치가 이 모양으로 뒤틀리고 우리 사이에 이처럼 격렬한 갈등과 대립상이 빚어질 것으로는 누구도 상상조차 못했을 일이다. 남에게 어이 없이 나라를 빼앗기고, 수십 년 학살과 수탈의 고통을 당하다가 또 다른 남의 덕으로 해방을 맞은 사실이 부끄럽지도 않아 반세기가 훨씬 넘도록 정치권력을 두고 이렇게 사생

결단인가.

패전 일본이 저처럼 기고만장한데도 우리끼리 증오하고 저주하는 기막힌 상황이다. 지금 이 땅에 살고 있는 우리는 머지않아 다 떠난다. 앞서고 뒤서는 차이가 있다 해도 긴 역사의 안목으로 보면 수유(須臾)이고 찰나(刹那)일 뿐이다. 권력을 장악한들 그게 천년을 가겠는가 만년을 가겠는가. 큰소리 잘 치고 욕 잘하는 분들 말씀 좀 하시라. 〈이, 010711〉

이상한 애국

『맞아 죽을 각오를 하고 쓴 한국, 한국인 비판』이라는 제목의 책이 한동안 화제가 된 적이 있다. 이곳에 오래 산 일본인 이케하라 마모루씨의 한국 체험기다. 물론 베스트셀러의 목록에도 올랐다. 그건 그때부터 잘 알았지만 책을 손에 잡기는 지금이 처음이다.

이미 제목이 충분히 말해주고 있었다. 한국과 한국인의 안 좋은 면을, 보고 느낀 대로 '신랄하게' 적은 글일 터였다. 그 점이라면 이분만큼은 아니더라도 매일 싫도록 겪으며 사는 처지다. 굳이 남의 글을 통해 불쾌한 기억을 떠올리며 심화를 돋울 까닭이 있을까.

그러면서도 제목에 대해서는 상당한 거부감을 가졌던 게 사실이다. 우리가 얼마나 험한 심성을 가졌다고 여기기에 '매맞을 각오'도 아닌 '맞아 죽을 각오'인가. 그래서 저자의 말이라기보다는 출판사 측이 '튀라고' 붙인 제목이겠거니 했다. 그러고는 잊어버렸다.

2년 반쯤 전의 그 기억을, 누가 두드려 일깨워 놓는다. '맞아 죽을 각오'가 어쩌면 필요했을지도 모른다는 엉뚱한 생각이 거기에 겹쳐진다. 철도청의 참으로 대단한 애국심 이야기다. 일본의 역사교과서 왜곡에 항의한다며 지난 23일부터 새마을 열차를 필두로 차내 일본어 안내방송을 중단해버렸다. 아주 '기발한 애국심'이긴 한데 상대가 틀렸다. 화풀이에 경고를 겸해 불편을 안겨주기로 했다면 지금 일본에서 기고만장해 있는 '새 역사교과서를 만드는 모임'의 구성원과 그들의 지지자들을 찾아다니며 할 일이다. 한국에 관심을 갖고 찾아온 사람들을 홀대하고 그들에게 본때를 보여주겠다는 발상은 도대체 어떻게 된 것인가.

분명한 목소리로 역사 왜곡에 반대하는 일본 사람도 결코 적지 않다. 지난달 29일 교내에서 왜곡 교과서에 대한 항의집회를 갖고 반대성명을 발표했던 '새 역사… 교과서에 항의하는 도쿄대 실행위원회' 교수 및 학생들이 그 예다. 지난 16일, 상급 교육위원회에 정면으로 맞서 왜곡 교과서 채택을 거부해버린 도치기현 시모쓰가 지구 소속의 고쿠분지마치 및 후지오카 교육위원회의 위원들도 그들 가운데 일부다. 이들에 이어 같은 결정을 내린 시모쓰가 지구의 다른 5개 교육위 관계자들과 학부모들 또한 마찬가지다.

이들 말고도 수많은 일본인이 아마 역사교과서 왜곡에 대해 반대의 뜻을 가지고 있을 것이다. 그렇게 믿는 까닭은 분명하다. 어느 나라에나 애국자는 있게 마련이다. 그냥 있는 정도가 아니라 무수히 많다. 그러니까 역사교과서 왜곡에 반대하는 일본인도 무수히 많을 수밖에 없다.

오해 없기를 바란다. 국민들에게 진실을 말해주고 양심을 북돋워 주면서 후손들이 높은 덕성을 갖춘 사람들로 살아가게 되기를 희망하며, 이를 위해 노력하는, 일본의 진정한 애국자들을 두고 하는 말이니까. 이들은 자신들의 선대가 어떤 죄과를 범했건 국제사회의 떳떳한 일원일 수가 있다. 이런 사람들이야말로 우리와 만인의 친구다. 당연히 우리는 진정한 우의로써 격려해줘야 한다. 우리의 진정한 모습을 보여주고, 우리가 말하는 역사를 이해하고 믿을 수 있게 해야 한다. 그게 일인들의 역사 왜곡에 대한 현명한 대응이다.

그러지 않아도 지레 겁을 먹은 일본인들이 한국관광계획을 포기하는 바람에 여행업계에 찬바람이 불고 있는 때다. '2001년 한국 방문의 해' '2002년 월드컵'이란 구호를 들고 관광객 유치를 위해 안간힘을 쓴다는 나라의 관련 기관이 머리 쓴다는 게 이렇다.

하긴 어디 일본의 역사 교과서 왜곡 문제에 대해서 만일까. 우리끼리도 작은 이견 하나 서로 용납 못해 그때마다 사생결단이다. 말 한 마디 마음에 안 든다고 온 나라가 들썩거릴 정도로 비난과 욕설을 퍼부어댄다. 좀더 가면 "저놈 죽여라!"하는 소리인들 왜 안 나오겠는가.

국제적 코미디가 될 뻔한 일을 민주당이 들어서 수습한 모양이다. 민주당 측의 권유에 따라 철도청은 이달 말부터 다시 일본어 안내 방송을 재개키로 했다는 소식이다. 그나마 다행이다. 그러면서도 어이없다.

이 기회에 한 마디 덧붙이자. 민주당은 철도청의 반사적 대응에 자제를 요청한 심정으로 거울 앞에 서 줬으면 한다. 여당 스스로의 정국 운영 자세는 반사적이지 않은가. 야당의 한 마디 한 마디에 울컥울컥 화를 내고, 언론의 쓴 소리에 감정 상해하기 일쑤다. 변호사협회의 비판도 참지를 못하고 그예 멱살잡이 하듯 반박하고 나섰다. 그뿐만이 아니다. 당

내에서도 혹 다른 목소리가 나올라치면 그걸 속으로 못 삭여 소란을 빚고 만다. 의연한 집권당의 대응 자세를 정말이지 보고 싶다.

〈이, 010725〉

일본을 어떻게 할 것인가

초등학교 아동이었을까 아니면 중학생이 되어 있었을까. 일본인 고미카와 순페이가 쓴 『인간의 조건』(김상호 역)을 읽은 게 그 무렵이다. 그 시절의 시골 아이에겐 교과서가 읽을 거리의 거의 전부였다. 아마 가형(家兄)이 사왔을 그 책을 단지 호기심에 끌려 읽었을 터다. 이 글을 쓰면서 뒤적여 확인한 출판 연도가 단기 4294년이다. 초등학교 6학년이 된, 바로 5 · 16쿠데타의 해다.

종잇장이 누렇다 못해 갈색으로 변해 버린 채로 지금껏 책꽂이를 지키고 있다. 상 · 하 각권 정가 1200환(120원)짜리 치고는 각별한 대접을 받는 셈이다.

열 서너 살짜리 소년의 느낌이야 뻔하다. 주인공 가지(梶)에게 빠져든 것이다. 가슴 속 깊은 곳에다 분노와 고독, 지순한 사랑과 애틋한 그리움을 간직한 인도적 회의주의자—.

그쯤 되면 막 사춘기에 들어서던 무렵의 소년에겐 우상이 되고도 남을 만했다. 내무반의 새디즘과 인간성 파탄, 그리고 전장의 공포 · 광기 · 파국…. 그런 장면들이 비장감을 한껏 고조시킨다. 가장 비참해진 순간

368

에도 버려지지 않는 인간의 가학성, 그에 대한 주인공의 처절한 저항이 소년의 정의감을 충동질한다. 그 무렵만 해도 극장에선 영화의 극적인 장면마다 박수가 쏟아지곤 했다. 어쩌면 그런 기분이었는지도 모른다.

기실 이 소설은 고미카와 자신의 체험기록 같은 것이다. 그는 자신의 모습을 닮은 가지를 만들고 그로 하여금 자신의 생각과 말을 대신하게 했을 것이다.

그런데, 이 참담한 비극은 일본인에 의해 일본인에게 강요된 것이었다. 그것이 주는 충격은 대단했다. 일본인은 모두가 가해자인 줄 알았더니 그게 아니었다. 우리 민족이 저들의 잔학한 압제 아래서 신음하고 죽어가던 그 시절에 수많은 일본인들도 바로 자신들의 동족에 의해 고난과 죽음에로 내몰리고 있었던 거다. "천황폐하 만세!" 같은 것은 없었다. 소설의 전편에 흐르는 것은 전쟁과 그것을 일으키고 이끌어가는 자들에 대한 항변이다.

자라면서 일본에 대한 나쁜 인상과 자료들이 가슴에 겹겹이 덧쌓였지만 속속들이 이들을 미워할 수 없었던 것은 어린 시절 읽었던 그 소설 한 권, 다시 말하자면 고미카와의 그 분노 때문이었다. 그것이 대한민국 한 소시민의 의식 속에서 일본인의 이미지를 구해내고 있었던 것이다.

한창 고이즈미 준이치로 일본 총리의 야스쿠니 신사 참배에 대한 성토의 목소리가 높은 때 이런 말을 하는 게 어떨지 모르겠으나 아무래도 진정하는 게 좋을 듯하다. 하기는 강도 높게 대응하리라던 정부가 먼저 진정해버린 분위기지만…. 김대중 대통령의 광복절 경축사 어조는 아주 점잖았다. 정부의 공식 항의도 외무차관 선에서 모양 갖추기에 그친 느낌이다.

정부가 모범을 보였으니 국민들도 진정하고 잊어버리자고 말할 생각은 추호도 없다. 다만 분노는 언제 해도 늦지 않다고 말하고 싶은 거다. 일본의 국수주의자들은 지치지도 않고 군국 일본의 피해자들을 자극해 왔다. 그 때문에 우리는 반세기 넘는 세월을 날마다 적개심 끓이며 지내야 했다. 그렇지만 해결된 것은 아무 것도 없다. 저들 가운데 일부의 후안무치한 헛소리는 여전하다. 독도 영유권 시비, 교과서 왜곡도 예나 지금이나 그대로다.

안 보고 살아도 될 사람이라면야 한 번 크게 화내는 것으로 위안 삼을 수가 있다. 그러나 천년만년이 가도 멀리 밀쳐내 버릴 수 없는 이웃이다. 그들을 근본적으로 바꾸는 길은 아무래도 달리 있을 것 같다.

일본의 극우세력들을 상대로 웃음을 보내자는 게 아니다. 일본의 '침묵하는 다수' 즉 합리적인 생각을 갖고 있는 일본인들이 바로 자신들의 장래, 그들의 후손들을 위해 입을 열도록 하자는 거다. 그들에게 진실을 말하게 하는 것이 일본인들을 불행에서 구하고 우리가 진정한 이웃을 얻는 길이다. 진실로 우리가 이기는 길이 무엇인지 광복절 쉰 여섯 돌에 다시 생각해 볼 일이다.

아 참! 일본인들 일부의 획일적 성향을 생각하다가 생긴 걱정이어서 덧붙여 두고자 한다. 어느 사회, 어떤 구호 아래서든 극단은 위험하다. 일본은 그렇다 하고 우리는 또 어떤가. 한 극단에서 다른 극단으로 이념과 가치관의 무게 중심이 급속히 이동해 가는 것을 피부로 느낀다. 그래서 각계 원로들도 '극단적 이분법'에 대해 심각한 우려를 표했을 것이다.

민주화된 나라라면 민주적 다양성이 만개해야 옳다. 나라 사정이야 어

떻게 돌아가든 내 알 바 있느냐는 표정으로 저마다 대통령 되기에 안간
힘을 쓰는 이른바 '차기 주자' 분들의 생각은 어떤지 모르겠다.

〈이, 010815〉

일본 이웃에 사는 법

"한국은 정의가 영구적 평화의 유일한 기반이라는 굳건한 믿음으로
대마도의 영토적 지위에 대한 완전한 검토를 할 것을 요청한다. 역사적
으로 이 섬은 한국 영토였으나 일본에 의해 강제적, 불법적으로 점령당
했다."

《연합뉴스》가 최근 미국 국립문서기록관리청(NARA)에서 이 같은 내
용의 미 국무부 외교문서를 찾아냈다는 보도다. 우리 정부는 1951년 4
월27일 미 국무부에 보낸 문서를 통해, 한창 초안 작성 작업이 진행 중
이던 샌프란시스코 평화조약에 '대마도 영유권의 한국 반환'을 명문화
해 줄 것을 요구했던 것으로 이 문서는 밝히고 있다.

기실 이승만 초대 대통령은 정부 수립 후 기회 있을 때마다 대마도 영
유권을 주장하며 일본과 맥아더 사령부에 대해 '대마도 반환'을 요구했
었다. 65년의 이른바 '한·일국교 정상화' 이후 (공식적으로는) 오랫동
안 잊힌 일이 되고 말았지만 그 명분과 근거의 뚜렷함으로 말하자면 일
본의 독도 영유권 주장 따위는 비교할 바 못된다.

비록 그가 주도해서 성립시키고 이끌었던 제1공화국은 '친일 부역세
력의 소굴'이라는 비난을 받기도 하나, 그 자신만을 두고 말한다면 적어

371

도 '반일(反日)'에서는 어느 누구에도 뒤지지 않았다. 그것은 일본과 일본인에 대한 그의 남다른 통찰력에서 비롯된 의식 및 태도다.

"승패의 확률이 반반일 때는 뒤로 물러가서 100퍼센트의 승산이 있을 때까지 기다리는 것이 일본 군부 전략가들의 특징이다. 이러한 사실은 그들이 승리한 모든 전쟁이라는 것이 준비 없고 경계를 하지 않는 적에 대하여만 전개된 것이었다는 것을 미루어 증명할 수 있다."

"일본으로 하여금 아시아 전 대륙에 그의 중세기적 야만행위를 뻗치게 한다는 것은 최대의 국제 범죄일 것이다."

그는 1941년 초 미국에서 출간한 『Japan Inside Out』(일본군국주의 실상, 이종익 역)에서 일본의 정체를 이렇게 꿰뚫고 있다. 이 책을 저술한 동기가 바로 미국에 대한 일본의 전쟁 도발 경고에 있었고 그의 일본 해부는 지금의 독자까지도 감탄시키기에 충분하다. 어쨌든 그해 12월 일본은 그의 예언대로 '준비 없고 경계를 하지 않는 적' 즉 미국에 대해 기습공격을 감행했다.

그는 미국인들의 일본의 침략성에 대한 대응방안을 제시했다.

"병균은 전염된 후에 죽이는 것이 아니라 그 발생처에서 죽여야 한다."

그러면서 말했다.

"미합중국을 활동하게 하라—지금 당장에!"

불행하게도 미국은 대단히 안이하고 굼뜨게 대응했다. 그리고 그 대가는 가혹했다.

새삼 이승만 리뷰를 하자는 게 아니다. 그의 정부가 '대마도 영유권'을 전후 조약을 통해 확인받고자 했다는 보도가 '한국과 일본의 질기디

질긴 악연'을 떠올리게 한다. 일본의 정체, 일인들의 본성을 꿰뚫어 본 사람이 어디 이승만 한 사람 뿐이었겠는가. 그건 어쩌면 아득한 옛날부터 지금까지 일관된 한국인의 '일본 상식'일 것이다.

그렇지만 싫다고 피해 앉을 수 있는 이웃이 아니니 어쩌겠는가. 특별한 사정이 없다면 지구가 존재하는 한 양국의 거리적 관계에도 변함이 있을 리 없다. 결코 달갑지 않은 이웃, 그러나 좁은 해협을 사이에 두고 공존해야 할 이웃이 일본이다. 우리에게 정말로 소망스러운 것은 장구한 앞날을 내다볼 수 있는 긴 안목과 실력으로 이겨내겠다는 굳건한 의지다.

하루 이틀에 끝날 싸움이 아니다. 울컥 화를 내는 것으로 일단락 지어질 수 있는 문제라면야 오죽 좋으랴. 대통령의 어조로는 아주 격하다는 느낌을 주는 언급을 몇 차례 하던 노무현 대통령이 독일 방문에서는 "(일본에 대해)감정적 대응을 하지 않고 냉정하게 계속 설득해 나가겠다"고 밝혀 전해 듣는 사람들을 어리둥절하게 만들었다. 불같이 화내고는 시침 뚝 떼는 격인데, 하긴 그것도 한 방법이 될 수 있겠다.

어쨌든 일본이 선한 이웃이 되기를 기다리는 데는 대단한 인내가 필요하다는 것을, 역사를 통해 다시 깨닫게 되는 이 즈음이다. 그들을 깨우쳐 주는 길로는 우리가 그들보다 더 강해지는 것 이상이 없다는 것도 거듭 확인한다. 그래서 말인데, 우리끼리 싸우고 지지고 볶는 일은 이제 그만 둘 때가 되었다. 울타리 밖에서 그걸 바라고 즐기는 사람들이 있다는 것을 잊지 말 일이다. 〈이, 050413〉

고이즈미적 의식과 행태

고이즈미 준이치로 일본 총리가 한국·중국 등의 야스쿠니 신사 참배 중지 요청을 또 거부했다. "전몰자를 추도하는 방법은 일본 스스로 고민해야 할 문제"라는 게 그의 주장이다. 13일 총리 관저에서 기자들을 상대로 그렇게 말했다.

조국을 지키기 위해 전장에 나섰다가 장렬히 산화한 이들을 추도하는 것이야 살아남은 사람들의 당연한 도리다. 추도의 형식 또한 전적으로 해당 국가가 결정할 일이다. 문제는 일본의 전몰자들이 이웃 나라 국민들에게는 침략자 수탈자 학살자들이었다는 데 있다. 게다가 야스쿠니 신사에 합사되어 있는 A급 전범들은 자국민은 물론 타국의 국민까지 전장으로 내몰아 인류적 재앙을 초래했던 죄인이다.

고이즈미는 "전몰자에 대한 위로를 전하고 다시는 전쟁을 하지 않겠다고 맹세하는 데 신경을 쓰고 있을 뿐"이라고 해명했다. 그럴듯하게 꾸몄지만 그게 선후가 바뀐 궤변임은 자신이 더 잘 알 것이다. '매우 추상적인 용어를 동원한 사과 한 번 마다, 대단히 직설적인 망언 수십 번＋정부 인사들의 빈번한 야스쿠니 신사 참배'라는 태도는 오히려 피해국 국민들의 분개심만 자극할 뿐이다.

C W 케글리 Jr와 E R 위트코프가 『세계정치론』(김철범 역)에서 전쟁과 평화의 주기에 대해 설명하는 가운데 눈길을 끄는 대목이 있다. 이탈리아 역사가 포르토(Luiqi da Porto)를 인용한 부분이다.

"평화는 부(富)를 불러오고, 부는 자존심을 불러오며, 자존심은 화

(anger)를 불러온다. 화는 전쟁을 불러일으키고, 전쟁은 가난을 부르며, 가난은 인간성을 부른다. 그리고 인간성은 평화를 가져오고, 평화는 다시 부를 불러오게 되는 식으로 세계사는 돌아간다."

일본인들을 생각하면 정말 그럴듯한 분석이다. 태평양 전쟁의 폐허 위에 인민의 피땀이 고여 부가 쌓이고, 그 덕분에 '부자 나라 일본'으로 불리기 시작한 지 30여년…. 그동안 일본인들은 슬슬 교만해지면서 자존심 부풀리기에 집착하는 모습을 보였다. 그러다가 십 수 년 전부터는 'NO라고 할 수 있는 일본인'(이시하라 신타로) 운운하며 분개하는 표정까지 지어 보이고 있다.

고이즈미가 국제적 비난, 전직 총리 등 국내 유력 인사와 유족회의 만류에도 불구하고 '과시적 참배'를 계속하는 까닭은 이로써 분명해진다. 일본 국민 중의 다수가 과거의 패배에 대해 분개하면서 경제력에 버금가는 정치·군사력을 과시해야 한다고 요구하고 있음을 제대로 간파하고 있기 때문 아니겠는가. 하긴 교과서 왜곡을 일삼는 '새역모'인가 하는 단체와 이를 지지하는 일인들을 보면 '간파'하고 말고 할 것도 없이 누구의 눈에든 분명한 일본적 기류고 기세다.

아마도 분노를 부추기는 세력들이 앞으로도 득세를 하게 될 것이다. 고이즈미와 그 부류의 인사들이 그 가운데 있을 것임은 자명하다. 이들의 목적과 일본인들의 정서가 서로 상승작용을 하면서 '분노하는 일본인'을 늘려갈 것이고, 어느 날 그 한계에 이르면 일인들은 또 엉뚱한 집단적 욕구 분출 상태에 빠져들어 갈지도 모른다.

"지금이 어떤 세상인데!" 말은 맞지만 지금도 세계 도처에서는 전쟁이 계속되고 있다. "그래도 선진국인데!" 그러나 강대국끼리는 몰라도 강대국의 약소국에 대한 전쟁은 항다반사로 있어 왔다.

더욱 걱정스러운 것은 고이즈미적 의식과 행태다. 그의 '전몰자 추도 방식'은 일본이 고민해서 결정한 게 아니라 개인 고이즈미가 일본 유권자들의 표를 계산해 거듭한 독단적 행동이 아니던가. 개인의 신조나 계산을 국가와 국민의 의지로 쉽게 치환하는 리더들이야말로 정말 위험한 사람이다. 바로 이런 유형의 리더들로 인해 인류 역사는 인간의 고통과 한숨과 피에 절어야 했다.

이달 내 한·일 정상회담이 열릴 듯이 보도되더니 어제는 양국 관계자들에게서 비관적인 언급이 나왔다. 앙금이 안 걷힌 탓이겠다. 그래도 언젠가는 두 정상이 만나서 다시 감정의 봉합을 선언하고 선린의 우의를 강조하게 될 것이다. 그건 나쁘지 않은데 돌아서기 무섭게 고이즈미 자신이나 일본 각료들 입에서 또 엉뚱한 말이 나오지 않기를 간절히 바란다. 미워하고 원망하기도 너무 힘이 들어 하는 부탁이다. 〈이, 050615〉

일본 생각하지 말자 해도…

1954년 제5회 월드컵 축구 스위스 대회 아시아 지역 예선은 중국의 기권으로 한국과 일본 두 나라만이 참가한 가운데 치러졌다. 당초 '홈&어웨이' 방식으로 예정돼 있었으나 이승만 대통령이 일본 선수단의 입국을 허용하지 않았기 때문에 두 경기 모두 일본에서 열렸다. 이 전 대통령 개인은 그처럼 극단적 반일주의자였다.

　그 후 3공화국 들어 졸속이긴 했지만 한·일 국교 정상화라는 것이 이뤄졌고, 이후 적어도 당국 사이에선 특별한 마찰 없이 선린을 서로 강조하며 잘 지내왔다. 물론 심각한 상황에 이른 적도 아주 없지는 않았다. 특히 김영삼 전 대통령은 지난 95년 일본 각료의 망언에 불쾌감을 표하며 "이번에 이 버르장머리를 기어이 뿌리 뽑아야 하겠다"고 말해 대한해협의 파고를 한껏 높여 놓았었다.

　그럼에도 불구하고 양국 정부는 다시 어정쩡한 봉합 상태를 유지했으나 일본에 고이즈미 준이치로 정부가 들어서면서 민간은 말할 것도 없고 정부 사이의 긴장도 고조되어 왔다. 대단히 독특한 스타일과 행태를 과시하듯 드러내 보이고 있는 정치인이다. 4년 넘게 집권하고 있는 배경에는 그의 국가주의(혹은 민족주의)가 있다고 해서 과히 틀리지 않을 듯하다. '누가 무슨 말을 하든 내 갈 길을 간다' 는 식의 대단히 고집스럽고도 자유분방한 언행을 거듭하고 있으나 그게 개성 탓만은 아닐 것이다. 면밀한 계산이 깔린, 잘 연출된 행동일 수도 있다.

　이런 고이즈미 정부와의 갈등 긴장 관계 속에서 노무현 대통령은 '독도 영유권 주장 및 교과서 왜곡' 사태와 관련, '외교전쟁' '뿌리뽑겠다' 는 등의 격한 표현으로 감정을 표출했다. 기실 노 대통령도 언행의 자유분방함에는 앞자리를 양보할 것 같지 않은 리더다. 노 대통령 또한 말한 마디 한 마디의 효과를 계산한다는 느낌을 주어온 게 사실이다.

　노 대통령과 고이즈미 총리가 기대고 있는 언덕은 각국의 민족주의적 경향이다. 그러나 내용은 아주 다르다. 일본의 민족주의는 자기 확대 회구형이고 우리의 그것은 방어형, 다시 말해 외세 배격형이라고 할 수 있다.

그래서 일인들은 끊임없이 과거사를 정당화하려고 기를 쓰고 있다.

"일본은 생존권을 확보하고 자위를 위하여 태평양 전쟁을 일으킨 것이다. …중략… 이것은 장발장이 한 조각의 빵을 훔치지 않을 수 없도록 몰렸던 경위와 비슷하다고 할 수 있다. 일본도 이와 마찬가지로 미·영·네덜란드로부터 경제 봉쇄를 받자 어쩔 수 없이 전쟁으로까지 몰려 갔던 것이다."

시오다 마치오라는 일인이 『일본 사람의 변명』(박종배 역)에서 한 말이지만 새삼스러운 것이 아니라 일본 우익의 틀에 박힌 궤변이다. 그들은 당시의 한국·중국 등 아시아 국가들을, 자신들이 잡아 놓은 사냥감으로 인식하면서 그것을 가로챈 구미 강대국을 규탄하고 있다. 이 황당한 오만이라니….

반면 우리나라에서 민족주의는 진보적 세력에 의해 주도되고 있는 점이 이채롭다. 그게 잘못이랄 것은 아니지만 '외세 배격' '민족끼리' 구호가 풍기는 뉘앙스가 그렇듯 너무 수세적 폐쇄적인 게 문제다. 노 대통령과 정부의 행동반경도 거기에 갇힌 인상이다.

그런 두 리더가 엊그제 청와대에서 정상회담을 가졌다. 예견된 대로 '이견만 확인한 대화'였다. 두 정상도 별로 유쾌한 회담이 못 되었음을 굳이 숨기려 하지 않았다. 하긴 아무리 좋은 말을 하고 우의를 돈독히 하는 회담이었더라도 양국 관계가 특별히 달라질 것은 없다.

꼭 그래서 하는 말은 아니지만 유사 이래 우리가 겪은 외침이 931회에 이르는데 그 중 바다로부터 가해진 것이 3국시대 이후 493회에 이른다고 한다. 김용운이 『일본인과 한국인의 의식구조』에서 인용한 유봉영의 통계다. 이게 역사 속의 한·일관계다. 따라서 더 멀리 보고 더 긴 호흡으로 대응할 일이다.

　차제에 민족주의의 껍질을 깨고 더 적극적으로 세계를 무대로 삼겠다는 의지를 갖출 필요도 있다. 궁극적으로 일본을 이기는 길을 거기서 찾아야 한다. 정치적 계산 때문이라고 하더라도 너무 한반도, 한(韓)민족 안에 갇혀 있어서는 금방 뒤처지고 만다. 특히 정치 리더들이 명심해주시라. 〈이, 050622〉

이런 미국인들

　"…전략… 식민의 땅에 와서 그들이/밤이고 낮이고 찾는 것은/눈을 까뒤집고 기를 쓰며 찾는 것은/술집이고 여자였다 그뿐이었다/그들은 오직 술집을 찾기 위해/무장을 하고 그리고 버스를 탈취했다/그들은 오직 여자를 가로채기 위해/총칼을 들었고 그리고 능욕했다/내 조국의 딸들을 …후략…"

　광복으로부터 43년이나 지난 그때까지도 주한미군(아니면 방문한 해군?)은 오만한 점령군으로 비쳤다. 장기표가 '민족해방과 민중해방을 전취하려는 투쟁 자체'라고 평가한 김남주의 시 가운데 한 편 '포항 1988년 2월'이다. 젊은 시절 한때 다들 그 같은 미군의 이미지를 떠올리며 분개해봤을 법하다. 민족 및 민족통일의 명제를 두고 미군과 그들의 나라 미국에 대한 적개심으로 밤잠 설치는 이들 또한 많을 터이다. 그러지 않고서야 인천의 맥아더 동상을 끌어내리겠다고 그렇게들 격렬한 몸

짓으로 나섰겠는가.

그러나 미국을 미워하기 어렵게 하는 사례도 결코 부족하지 않다. 굳이 이 설명 저 설명을 늘어 놓을 필요가 있을까. 내친 김에 하는 말이지만 민족지상주의에는 찬동할 수가 없다. 민족을 지고지선(至高至善)의 가치로, 민족통일을 지상의 과제로 내세우는 목소리를 들으면 가슴이 부풀기는커녕 되레 움츠러들고 만다. 관념으로서의 민족은 원도 한도 없이 미화할 수 있다. 그렇지만 현실적 구체적 존재로서의 민족과 관련해서는 미화가 반드시 바람직한 것은 아니다. 생존과 생계는 인간 각자 또는 가족의 문제로 귀착되고 마는 탓이다.

왜 굶으면서라도 민족을 사랑하지 못하느냐고 따지면 할 말이 없다. 굶더라도 겨레붙이끼리 어울려 사는 게 낫지 저 혼자 잘 먹겠다고 벽을 두고 사느냐고 몰아 세워도 대거리할 말이 마땅찮다. 그 정도로 우리의 핏줄 의식은 대단하다. 그래서 더욱 이런 이야기는 해둬야 하겠다.

해외 입양아를 친부모가 찾아가 만나는 과정을 보여주는 TV프로그램이 있다. 갓난이 또는 젖먹이를 멀리 남의 나라에 입양시켜야 했던 사정이 오죽했을까. 20년 30년 혹은 그 이상의 긴 세월을 단장의 고통과 가슴 저미는 그리움 속에 살았을 친부모들이다. 울음 말고는 미안함과 안도감을 표할 길이 없다는 듯 끌어안고 통곡하는 모습들이 애처롭다. 처음엔 머뭇거리다가 금방 울음에 함께 젖는 입양 자녀들의 기쁨에 넘친 표정도 시청자의 눈물을 빼앗기는 마찬가지다.

이들처럼 해외 입양된 우리나라 아이들 수가, 보건복지부 자료로는 1958년부터 지난해까지 15만 5044명에 이른다. 이들 가운데 66%인 10만 3095명이 미국으로 보내졌다. 국내 입양이 원활했다면 왜 먼 남의 나라, 다른 인종을 부모 삼도록 했겠는가. 우리의 유난스런 혈통주의에 탓을 돌리는 사람이 많지만 우리끼리는 몰라도 우리 아이들을 입양해 간 외국인들을 상대로는 할 수 있는 말이 못된다. 그들에겐 혈통은 고사하고 인종까지 다른 아이들이 아닌가.

KBS 2TV의 '지금 만나러 갑니다'를 비롯해 언론에 가끔 등장하는 입양아들의 부모 찾기 프로그램이나 기사를 보면 외국인 양부모들의 '사람 사랑'에 감탄과 존경을 금할 수 없다. 그들은 몸이 성치 않은 아이들까지 데려가 훌륭히 키워냈을 뿐 아니라 생부모 찾기에 함께 나서기도 한다. 내 핏줄이어서, 내 겨레여서 그러는 게 아니라 같은 인간이기 때문에 사랑한다. 이게 그들의 사랑 방식이다.

주체할 수 없는 민족애 때문에 군사적 초 강대 세력인 미국을 거북해할 수는 있다. 그러나 아무래도 미국인을 비난할 용기는 일지 않는다. 우리와 우리의 조국이 버린 아이들을 데려다가 정성껏 키우고 가르쳐 세상에 당당히 서게 해준 사람들 가운데 대다수가 미국인이다.

덧붙여 말하자면 이렇다. 폐쇄적 민족주의, 관념적 민족지상주의는 위험하다. 자신의 직접적 헌신이 아니라 국민 부담을 전제로 한 민족애 과시도 스스로 경계할 필요가 있다. 인류 가족에게 박애는 구호가 아닌 실천의 명제다. 민족애가 유별나게 강조되어야 할 이유는 있어 보이지 않는다. 피붙이가 더 소중스럽다 하더라도 사람 사랑에 경중이 있을 리 없다. 남에게 소리쳐 과시하고 요구하기 전에 스스로 실천하는 게 사랑이다. 정부의 높은 분들 생각은 어떤지 궁금하다. 〈이, 050928〉

오만한 馬夫들(한국의 정치·정치인)

2007년 10월 2일 초판 1쇄 인쇄
2007년 10월 9일 초판 1쇄 발행

지은이 | 이진곤
펴낸이 | 孫貞順
펴낸곳 | 도서출판 작가
　　　　서울 서대문구 북아현3동 1-1278 (우120-866)
　　　　전화 | 365-8111~2 팩스 | 365-8110
　　　　이메일 | morebook@morebook.co.kr
　　　　홈페이지 | www.morebook.co.kr
　　　　등록번호 | 제13-630호(2000. 2. 9.)

편집 | 이현호 곽대영
디자인 | 박은정
영업 | 손원대 설동근
관리 | 이용승

ISBN 978-89-89251-67-5 (03810)

* 잘못된 책은 구입하신 서점에서 바꾸어 드립니다.
* 지은이와의 협의 하에 인지를 붙이지 않습니다.

값 13,000원